劉禹錫集箋證

[唐]劉禹錫 著
瞿蛻園 箋證

劉禹錫集箋證外集卷第七

律詩

和浙西李大夫霜夜對月聽小童吹觱篥歌 依本韻。

海門雙青暮煙歇，萬頃金波湧明月。侯家小兒能觱篥，對此清光天性發。長江凝練樹無風，瀏慄一聲霄漢中。函胡畫角怨邊草，蕭瑟清蟬吟野叢。沖融頓挫心使指，雄吼如風轉如水。思婦多情珠淚垂，仙禽欲舞雙翅起。郡人寂聽衣滿霜，江城月斜樓影長。纔驚指下繁韻息，已見樹杪明星光。謝公高齋吟激楚，戀闕心同在羈旅。一奏荆人白雪歌，如聞洛客扶風鄔。吴門水驛接山陰，文字殷勤寄意深。欲識陽陶能絶處，少年榮貴道傷心。

【箋證】

按：李大夫謂李德裕。德裕之鎮浙西，始於長慶二年（八二二），至大和三年（八二九）召入爲兵部侍郎，凡歷七載。友好之中，元稹罷相後，自同州移浙東，白居易自中書舍人出刺杭州，旋復刺蘇州，禹錫則除喪後授夔州，旋移和州。惟寶曆中德裕在浙西，稹在浙東，居易在蘇，禹錫在和，萃於東南，各有淪屈之感。此篇牽涉四人，中含無數史事。除德裕原作已佚、稹詩未見，今録居易詩及羅隱之作以資並觀。四人之中，居易之政見稍不分明，若李、元、劉則素分至深，觀白詩專就陽陶立言，不及德裕一字，知其於德裕不甚心許矣。白集中載其小童薛陽陶吹觱篥歌和浙西李大夫云：「剪削乾蘆插寒竹，九孔漏聲五音足。近來吹者誰得名，關璀老死李衮生。衮今又老誰其嗣，薛氏樂童年十二。指點之下師授聲，含嚼之間天與氣。潤州城高霜月明，吟霜思月欲發聲。山頭江底何悄悄，猿鳥不喘魚龍聽。翕然聲作疑管裂，詘然聲盡疑刀截。有時婉轉無筋骨，有時頓挫生稜節。急聲圓轉促不斷，轢轢轔轔似珠貫。緩聲展引長有條，有條直直如筆描。下聲乍墜石沉重，高聲忽舉雲飄蕭。明旦公堂陳宴席，主人命樂娱賓客。碎絲細竹徒紛紛，宫調一聲雄出羣。衆音覼縷不落道，有如部伍隨將軍。嗟爾陽陶方稚齒，下手發聲已如此。若教頭白吹不休，但恐聲名壓關李。」

又按：其後羅隱作薛陽陶觱篥歌，乃追紀此段故實者。詩云：「平泉上相東征日，曾爲陽陶歌觱篥。烏江太守會稽侯，相次三篇皆俊逸。橋山殯葬衣冠後，金印蒼黄南去疾。龍樓冷落夏口寒，從此風流爲廢物。人間至藝難得主，懷抱參差限星律。邗溝僕射戎政閒，試渡瓜洲吐伊鬱。西風九月草樹秋，萬喧沉寂登高樓。左篁揭指徵羽吼，煬帝起坐淮王愁。高飄咽滅出滯氣，下感知己時横流。穿空激遠不可遏，髣髴似向伊水頭。伊水林泉今已矣，因取遺編認前事。武宗皇帝御宇時，四海恬然知所自。掃除桀黠似提箒，制壓羣豪若穿鼻。九鼎調和各有門，謝安王儉真兒戲。功高近代竟誰知，藝小似君猶不棄。勿惜喑嗚更一吹，與君共下難逢淚。」詩中之烏江太守指禹錫，會稽侯指稹，而以德裕之鎮浙西爲平泉上相東征也。龍樓謂禹錫終於太子賓客，夏口謂稹終於武昌節度使，橋山二句謂武宗卒後，德裕即遭貶逐，而德裕在會昌時之相略爲劉元二人所不及見也。其不涉居易一字，亦足徵居易與元劉雖至交，而論政則不若元劉之親附德裕。所謂邗溝僕射，則咸通中之淮南節度使李蔚也。大和初，陽陶年十二，至咸通中約五十餘矣。據桂苑叢談（太平廣記二〇四引），咸通中，丞相李蔚拜端揆日，自大梁移鎮淮海……一旦聞浙右小校薛陽陶監押度支米運入城，公喜其姓名有同曩日朱崖李相左右者，遂令試詢之，果是舊人矣，公甚喜，如獲古物，乃命衙庭小將代押運糧，留止別館。一日，公召陽陶遊，詢其所聞及往日蘆管之事，因獻朱崖李相、元、白所撰歌一軸，公益喜之。此正羅氏作歌之本事也，（羅氏作歌時必備見李、元、劉三人之詩，桂苑叢談漏舉禹錫。）羅詩格調情韻爲其集中之冠，足徵史事，尤爲可貴。李蔚，舊唐書一七一、新唐書一八一均有傳，開成中進士，其祖上公，元和初爲陝虢觀察使，宜其備諳德裕在時之事也。而文苑英華辨證九云：「羅隱薛陽陶觱篥歌：平泉上相東征日，曾爲陽陶歌鷰築。烏江太守會稽侯，相次三篇皆俊逸。平泉謂李德裕曾作此歌，蘇州刺史白居易，越州刺史元稹並有和篇，此言烏江，恐是吴江，乃蘇州也。」彭氏竟不知禹錫有此詩。禹錫之詩不但次本韻，且有「吴門水驛接山陰」之句，專指德裕與稹，故羅詩亦但舉烏江、會稽相次三篇，誠以白詩非爲德裕而發，羅詩則專爲表章德裕，宜其不數白詩而獨數劉詩也。於此可見宋人不甚詳讀劉集，乃致失之眉睫。

又按：今全唐詩僅載德裕原作之殘句云：「君不見，秋山寂歷風飆歇，半夜青崖吐明月。寒光乍出松篠間，萬籟蕭蕭從此發。忽聞歌管吟朔風，精魂想在幽巖中。」即禹錫所和之前六句也。

〔扶風鄔〕文選馬融長笛賦序：「獨卧郿平陽鄔中，有洛客舍逆旅，吹笛爲氣出精列相和。」李善注：「漢書，右扶風有郿縣，平陽鄔，聚邑之名也。」

浙西李大夫示述夢四十韻并浙東元相公酬和斐然繼聲

位是才能取，時因際會遭。羽儀呈鷟鷟，銛刃試豪曹。洛下推年少，山東許地高。門承金鉉鼎，家有玉璜韜。呂伋嗣侯。海浪扶鵬翅，天風引驥髦。便知蓬閣閟，不識魯衣褒。興發春塘草，魂交益部刀。形開猶抱膝，燭盡遽揮毫。昔仕當初筮，逢時詠載櫜。懷鉛辨蟲蠹，染素學鵝毛。車騎方休汝，歸來欲效陶。大夫罷太原從事歸京師。議南臺資謇諤，内署選風騷。羽化如乘鯉，樓居舊冠鼇。美香焚溼麝，名果賜乾萄。對赦蠅棲筆，邀歌蟻泛醪。代言無所戲，謝表自稱叨。蘭錟凝芳澤，芝泥瑩玉膏。對頻聲價出，直久夢魂勞。草詔令歸馬，批章答獻獒。幽冀歸闕，西戎乞盟，事並具注前。銀花懸院牓，翠羽映簾條。諷諫欣然納，奇觚率爾操。禁中時諤諤，天下免忉忉。左顧龜成印，雙飛鵠織袍。謝賓緣地密，潔己是心豪。五日思歸沐，三春羨衆遨。茶鑪依緑筍，棋局就紅桃。溟海桑潛變，陰陽炭暗熬。仙成脱屣去，臣戀捧弓號。建節辭烏柏，宣風看鷺翿。玉山京口峻，鐵甕郡城牢。舊説潤州城如鐵甕，事見韓滉南征記。曲島花千樹，官池水一篙。鶯來和絲管，雁起拂麾旄。宛轉傾羅扇，迴旋墮玉搔。罰籌長豎纛，觥盞樣如舠。山是千重障，江爲四面濠。卧龍曾得雨，浙東。孤鶴尚鳴皋。浙西。劍用雄開匣，二公。弓閒蟄受弢。自謂。鳳姿常在竹，二公。鷃羽不離蒿。自謂。吴越分雙鎮，東西接萬艘。今朝比潘陸，江海更滔滔。

【校】

〔題〕紹本、崇本、全唐詩均無示字。

〔呂伋〕紹本、崇本、全唐詩伋均作仍。

〔批章〕崇本批作封，下文答作合，非。

〔歸闕〕結一本闕作閣，誤。

〔鷺翿〕紹本、崇本、全唐詩翿均作濤。按：原唱是濤字。

〔玉山〕崇本、全唐詩玉均作土，紹本字壞。

〔韓滉〕結一本作歸浣，誤，當依紹本。崇本滉亦誤作浣。

【注】

〔益部刀〕晉書王濬傳：「濬夜夢懸三刀于卧室梁上，須臾又益一刀，驚覺意甚惡之。主簿李毅賀曰：三刀爲州字，又益一者，明公其臨益州乎！果遷濬爲益州刺史。」按此似趁韻，未必實有所指。

〔獻葵〕書旅獒：西旅厎貢厥獒。

〔左顧〕見外集卷五酬竇員外使君詩。

〔仙成〕謂穆宗之卒。時德裕已出爲浙西矣。

〔潘陸〕鍾嶸詩品：予常言陸才如海，潘才如江。按謂陸機、潘岳。

【箋證】

按：李德裕於長慶初與元稹、李紳同爲翰林學士，此詩皆敍其在内職時之遭際及出鎮之抑塞，原詩有序云：「去年七月，溽暑之後，驪降其夕，五鼓未盡，涼風淒然，始覺枕簟微冷，俄而假寐斯熟，忽夢賦詩懷禁掖舊遊，凡四十餘韻，初覺尚憶其半，經時悉已遺忘，今屬歲杪無事，覊懷多感，因綴其所遺爲述夢詩，以寄一二僚友。」德裕初次出鎮浙西，在長慶二年（八二二）九月，則此詩之作，必在三年（八二三）以後，更據禹錫和詩「仙成脱屣去」及原詩「更望茂陵號」之句，審爲穆宗卒後在長慶、寶曆之間明矣。德裕自云此詩僅寄一二僚友，禹錫未嘗與德裕聯職，而得與元稹同和其詩，更可徵德裕之許禹錫爲同調，三人者仕路各殊，而始終契合無間也。

又按：此詩之作正繼觱篥歌之後，據元稹和詩自注可知。詳附録。

〔山東〕李德裕趙郡人，與隴西之李有別，故云山東許地高。

〔門承金鉉鼎〕此二句指李棲筠、吉甫、德裕三世皆爲卿相。

〔不識魯衣褒〕魯衣褒喻儒生，德裕不由進士而爲翰林學士，暗喻其不屑爲儒生之業。

〔休汝〕謝朓休沐重還道中詩：「休汝車騎非。」李善據後漢書釋之云：「許劭，汝南人，爲郡功曹，同郡袁紹爲濮陽令，東徒甚盛，將入界時，曰：吾輿服豈可使許子將見？遂單車歸家。」

〔南臺〕〔内署〕唐人習用南臺指御史臺，内署指學士院。德裕本傳：元和十四年（八一九），從張弘靖入朝，真拜監察御史，明年正月，穆宗即位，召入翰林充學士。

〔蠅棲筆〕晉書苻堅載記：「與王猛密議於露臺，親爲赦文，有一大蒼蠅棲於筆端，驅而復來，俄而長安街巷相告：官今大赦，堅驚，敕外推窮之。咸言有一小人衣黑衣呼於市曰：官今大赦，須臾不見，堅歎曰：「其向蒼蠅乎？」又按：異苑云：「晉明帝嘗欲肆眚，祕而不諆，乃屏曲室，去左右，下帷草詔。有大蒼蠅，觸帳而入，萃于筆端，須臾亡出。帝異焉，令人看蠅所集處，輒傳有赦，喧然已遍矣。」（據太平廣記四七三引）傳說不一，未知禹錫所據，其實皆流俗所附會耳。

〔玉山〕〔鐵甕〕按：玉山、鐵甕皆指潤州。清一統志：玉山在丹徒縣西江口。又云：子城吴大帝所築，内外甃以甓，號鐵甕城。圖經言古號鐵甕城者，以其堅固如金城也。潤州爲浙江西道治所。

附録　李德裕原作

賦命誠非薄，良時幸已遭。君當堯舜日，官接鳳皇曹。目睇煙霄闊，心驚羽翼高。椅梧連鶴禁，埤堄接龍韜。（原注：内署北連春宫，西接羽林軍。）我后憐詞客，（原注：先朝曾宣諭：卿等是我門客。）吾僚並隽髦。著書同陸賈，待詔比王褒。重價連懸璧，英詞淬寶刀。泉流初落澗，露滴更濡毫。赤豹欣來獻，彤弓喜暫櫜。（原注：時西戎乞盟，幽鎮二帥束身赴闕，海内無事累月，詩稱赤豹黄羆，蓋蠻貊之貢物。）非煙含瑞氣，馴雉潔霜毛。静室便幽獨，虚樓散鬱陶。（原注：學士各有一室，西垣有小樓，時宴語於此。）花光晨豔豔，松韻晚騷騷。畫壁看飛鶴，仙圖見巨鼇。（原注：内署垣壁皆畫松鶴。先是西壁畫海中曲龍山，憲宗曾欲臨幸，中使懼而塗焉。）倚簷陰藥樹，落格蔓蒲桃。（原

注：此八句悉是内署物色，惟嘗遊者依然可想也。）荷静蓬池鱠，冰寒郢水醪。（原注：每學士初上賜食，皆是蓬萊池魚鱠，夏至後頒賜冰及燒香酒，以酒味稍濃，每和冰而飲，禁中有郢酒坊也。）荔枝來自遠，盧橘賜仍叨。（原注：先朝初臨御，南方曾獻荔枝，亦蒙頒賜，自後以道遠罷獻也。）麝氣隨蘭澤，霜華入杏膏。恩光惟覺重，攜挈未爲勞。（原注：此八句以述恩賜。每有賜與，常攜挈而歸。）夕閲梨園騎，宵聞禁仗獒。（原注：每梨園獵回，或抵暮夜，院門常見歸騎。）扇回交彩翟，鵰起颺銀縧。轡待袁絲攬，書期蜀客操。盡規常謇謇，退食尚忉忉。（原注：此八句述内庭所覩。）龜顧垂金紐，鸞飛曳錦袍。（原注：曾蒙賜錦袍。）御溝楊柳弱，天廄驌驦豪。（原注：學士皆蒙借飛龍馬。）屢換青春直，閒隨上苑遨。（原注：普濟寺與芙蓉苑相連，常所遊眺，芙蓉亦謂之南苑也。）煙低行殿竹，風拆繞牆桃。（原注：此八句述休澣日遊戲。）聚散俄成昔，悲愁益自熬。每懷仙駕遠，更望茂陵號。地接三茅嶺，川迎伍子濤。花迷瓜步暗，石固蒜山牢。蘭野凝香管，梅洲動翠篙。泉魚驚綵妓，溪鳥避干旄。感舊心猶絶，思歸首更搔。無聊然蜜炬，誰後勸金舠？（原注：余自到此，絶無夜宴，酒器中大者呼爲舠，賓僚顧形迹，未曾以此相勸。）嵐氣朝生棟，城陰夜入濠。望煙歸海嶠，送雁渡江皋。宛馬嘶寒櫪，吴鈎在錦弢。未能追狡兔，空覺長黄蒿。水國逾千里，風帆過萬艘。閲川終古恨，惟見暮滔滔。

附録二　元稹和作

聞有池塘什，還因夢寐遭。攀禾工類蔡，詠豆敏過曹。莊蝶玄言祕，羅禽藻思高。戈矛排筆陣，貔虎讓文韜。綵繢鸞皇頸，權奇驥騄髦。神樞千里應，華衮一言褒。李廣留飛箭，王祥得佩刀。傳乘司隸馬，繼染翰林毫。辨潁□超脱，詞鋒豈足櫜？金剛錐透玉，鑌鐵劍吹毛。（原注：自戈矛以下皆述大夫刀筆贍盛，文藻秀麗，翰苑謨猷，綸誥褒貶，功多名將，人許三公，世總臺綱，充學士等矣。）顧我曾陪附，思君正鬱陶。近酬新樂録，仍寄續離騷。（原注：近蒙大夫寄觱篥歌，酬和才畢，此篇續至。）阿閣偏隨鳳，（原注：大夫與稹偏多同直。）方壺共跨鼇。借騎銀杏葉，（原注：學士初入，例借飛龍馬。）横賜錦垂萄。冰井分珍果，金瓶貯御醪。獨辭珠有戒，廉取玉非叨。麥紙侵紅點，（原注：書詔皆用麥紋紙。）蘭燈燄碧膏。（原注：麻制例皆通宵勘寫。）代予意不易，承聖旨偏勞。（原注：稹與大夫相代爲翰林承旨。）繞月同棲鵲，驚風比夜獒。吏傳開鎖契，（原注：學士院密通銀臺，每旦常聞門使勘契開鎖，聲甚煩多。）神撼引鈴絛。（原注：院有懸鈴，以備夜直，警急文書出入皆引之，以代傳呼。每用兵，鈴輒有聲如人引，聲耗緩急亦如之，曾莫之差。）渥澤深難報，危心過自操。犯顔誠懇懇，騰口懼忉忉。佩寵雖緺綬，安貧尚葛袍。賓親多謝絶，延薦必英豪。（原注：自阿閣而下皆言稹同在翰林日，居處深祕，與頻繁奉職，勤勞畏慎周密等事也。）分阻盃盤會，閒隨寺觀遨。（原注：學士無過從聚會之例，大夫與稹時時期於寺觀閒行而已矣。）祇園一林杏，（原注：慈恩。）仙洞萬株桃。（原注：玄都。）渤海滄波減；昆明刼火熬。未陪登鶴駕，已訃墮烏號。痛淚過江浪，冤聲出海濤。尚看恩詔溼，已夢壽宮牢。再造承天寶，新持濟巨篙。猶憐弊簪履，重委舊旌旄。（原注：渤海已下皆言舉感先恩，捧荷新澤等事。）北望心彌苦，西回首重搔。九霄難就日，兩浙僅容舠。暮竹寒窗影，衰楊古郡濠。魚鰕集橘市，鶴鸛起亭臯。（原注：越州宅窗户間盡見城郭。）朽刃休衝斗，良弓枉在弢。早彎摧虎兕，便鑄墾蓬蒿。漁艇宜孤棹；樓船稱萬艘。量材分用處，終不學滔滔。

按：德裕與稹同時爲翰林學士，兩篇所述，多關唐代典制，亦足見二人相契特深也。又稹有寄浙西李大夫四首，並録其二，以與此詩相參。「蕊珠深處少人知，網索西臨太液池。浴殿曉聞天語後，步廊騎馬笑相隨。」「禁林同直話交情，無夜無曾不到明。最憶西樓人静夜，玉晨鐘磬兩三聲。」原注：網索在太液上，學士候對歇於此。玉晨觀在紫宸殿後面也。

和浙西李大夫晚下北固山喜松徑成陰悵然懷古偶題臨江亭并浙東元相公所和 依本韻。

一辭温室樹，幾見武昌柳。荀謝年何少？韋平望已久。種松夾石道，紆組臨沙臯。目覽帝王州，心存股肱守。葉動驚綵翰，波澄見頳首。晉宋齊梁都，千山萬江口。煙散隋宮出，濤來海門吼。風俗泰伯餘，衣冠永嘉後。江長天作限，山固壤無朽。自古稱佳麗，非賢誰奄有？八元邦族盛，萬石門風厚。天柱揭東溟，文星照北斗。高亭一騁望，舉酒共爲壽。因賦詠懷詩，遠寄同心友。禁中晨夜直，江左東西偶。筆手握兵符，儒腰盤貴綬。頒條風有自，立事言無苟。農野閒讓耕，軍人不使酒。用材當構厦，知道寧窺牖。誰謂青雲高？鵬飛終背負。

【校】

〔題〕紹本、崇本、全唐詩松徑二字均乙。

〔天柱〕崇本柱作桂，誤。

〔筆手〕全唐詩筆作將。

〔閒讓〕紹本、崇本、全唐詩閒均作聞。

【注】

〔北固山〕據清一統志，在丹徒縣北一里。三山志：京峴山右折，結爲郡治。郡治之北，特起此山。南史：京城西有別嶺入江，高數十丈，號曰北固，蔡謨起樓其上，梁大同十年（五四四），帝登望久之，曰此嶺不足須固守，然於京口實乃壯觀，乃改曰北顧。元和志：在縣北一里，下臨長江，其勢險固，因以爲名。寰宇記：山斗入江，三面臨水。輿地志：天清景明，登之望見廣陵城，如在青霄中，相去烏道三十餘里。

【箋證】

按：李德裕原作未見，元稹和作亦佚，其中必有可爲研史之助者，可惜也。李、元情好之篤，出處之同，亦禹錫平生顯晦所關。德裕本傳略云：「德裕幼有壯志，苦心力學，尤精西漢書、左氏春秋。恥與諸生同鄉賦，不喜科試，年纔及冠，志業大成。貞元中，以父讁逐蠻方，隨侍左右，不求仕進。元和初，以父再秉國鈞，避嫌不仕臺省，累辟諸府從事。十一年（八一六），張弘靖罷相，鎮太原，辟爲掌書記，由大理評事得殿中侍御史。十四年（八一九）府罷，從弘靖入朝，真拜監察御史。明年正月，穆宗即位，召入翰林充學士。帝在東宮，素聞吉甫之名，既見德裕，尤重之，禁中書詔大手筆多詔德裕草之。是月，召對思政殿，賜金紫之服，踰月改屯田員外郎。穆宗不持正道，多所恩貸，戚里諸親，邪謀請謁，傳導中人之旨，與權臣往來，（按疑指王播）德裕嫉之。……尋轉考功郎中、知制誥，（長慶）二年（八二二）二月轉中書舍人，學士如故。初吉甫在相位時，牛僧孺、李宗閔應制舉直言極諫科，二人對詔，深詆時政之失，吉甫泣訴於上，由是考策官皆貶，事在李宗閔傳。元和初，用兵伐叛，始於杜黃裳誅蜀，吉甫經畫欲定兩河，方欲出師而卒。繼之元衡、裴度，而韋貫之、李逢吉沮議，深以用兵爲非。而韋、李相次罷相，故逢吉常怒吉甫、裴度。而德裕於元和時久之不調，而逢吉、宗閔、僧孺以私怨恒排擯之。時德裕與李紳、元稹俱在翰林，以學識才名相類，情頗款密。而逢吉之黨深惡之，其月（按謂即長慶二年二月，德裕甫拜中書舍人依前翰林學士之命，數日之間又除御史中丞，則不得不出學士院矣。其爲被人排陷可知。）罷學士，出爲御史中丞。時元稹自禁中出拜工部侍郎平章事。三月，裴度自太原復輔政。是月，李逢吉亦自襄陽入朝，乃密賂纖人構成于方獄。六月，元稹、裴度俱罷相，稹出爲同州刺史。逢吉代裴度爲門下侍郎平章事。既得權位，鋭意報怨，時德裕與牛僧孺俱有相望，逢吉欲引僧孺，懼紳與德裕禁中沮之，九月，出德裕爲浙西觀察使。尋引僧孺同平章事，由是交怨愈深。」此傳所敍皆長慶二年（八二二）事，元、李二人之内外仕履皆得於此見之。自此至大和三年（八二九），德裕皆在浙西，與稹之在浙東首尾恰同。禹錫詩所謂「禁中晨夜直，江左東西偶」也。德裕時年三十六，見賈餗所撰贊皇公德政碑，此詩「荀謝年何少」之句亦實録也。

〔武昌柳〕按：晉書陶侃傳：「嘗課諸營植柳，都尉夏施盜官柳植之於己門，侃後見，駐車問曰：此是武昌門前柳，何因盜來此種？」南朝以武昌爲重鎮，此句但借指德裕之出鎮，不泥定地名而言。

〔荀謝〕晉書荀羨傳：「除北中郎將、徐州刺史，監徐、兖二州、揚州之晉陵諸軍事，假節。殷浩以羨在事有能名，故居以重任，時年二十八，中興方伯未有如羨之少者。」又南史謝澹傳：「從子晦爲荆州，將之鎮，詣澹别，晦色自矜，澹問晦年，答曰三十五，澹笑曰：昔荀中郎年二十九爲北府都督，卿比之已爲老矣。」禹錫以兩事合用，已足徵其熟於史傳，剪裁精切。又世説：「荀中郎在京口，登北固望海，云：雖未覩三山，便自使人有凌雲志。」禹錫暗用此事以比德裕，本地風光，尤確不可易。

〔頳首〕按：頳字必誤。此當用詩小雅魚藻：「魚在在藻，有頒其首。」傳：「頒，大首貌，魚以依蒲藻爲得其性。」頳尾雖有之，不得云頳首。

和浙西李大夫伊川卜居

早入八元數，嘗承三接恩。飛鳴天上路，鎮壓海西門。清望寰中許，高情物外存。時來誠不讓，歸去每形言。洛下思招隱，江干厭作藩。按經脩道具，依樣買山村。馬高唐爲御史大夫，時置宅，命畫工圖其狀，戒所使曰，依此樣求之。開鑿隨人化，幽陰爲律暄。遠移難得樹，立變舊荒園。絶塞通潛徑，平泉占上原。煙霞遥在想，簿領益爲繁。丹禁虚東閣，蒼生望北轅。徒令雙白鶴，五里自翩翻。

【校】

〔高唐〕結一本作葛堂，誤，崇本作高堂，亦非，當依紹本及全唐詩。按：馬高唐謂馬周也。

〔時置〕紹本、崇本、全唐詩時均作將。

〔絶塞〕紹本絶字缺。

〔上原〕紹本、崇本原均作源。

〔簿領〕結一本領作令，誤。

【箋證】

按：李德裕有詩題云：近於伊川卜山居將命者畫圖而至欣然有感聊賦此詩兼寄上浙東元

相公大夫使求青田胎化鶴，詩云：「弱歲弄詞翰，遂叨明主恩。懷章過越邸；建旆守吴門。西圮陰難駐，東臯意尚存。慙逾六百石，愧負五千言。寄世知嬰繳，辭榮類觸藩。欲追緜上隱，況近子平村。邑有桐鄉愛，山餘黍谷暄。既非逃相地，乃是故侯園。野竹多微逕，巖泉豈一源？映池芳樹密，傍澗古藤繁。邛杖堪扶老，黄牛已服轅。只應將唳鶴，幽谷共翩翻。」原注云：「乙巳歲作」。即寶曆元年（八二五）也。以上各詩似皆是禹錫到和州後所和。

和滑州李尚書上巳憶江南禊事

白馬津頭春日遲，沙洲歸雁拂旌旗。柳營唯有軍中戲，不似江南三月時。

【注】

〔白馬津〕據地理志，滑州治白馬縣，即以白馬津得名，古黄河渡口也。

【箋證】

按：李德裕本傳云：「文宗即位，就加檢校禮部尚書。大和三年（八二九）八月，召爲兵部侍郎。裴度薦以爲相，而吏部侍郎李宗閔有中人之助，是月拜平章事。懼德裕大用。九月，檢校禮部尚書，出爲鄭滑節度使。德裕爲逢吉所擯，在浙西八年，雖遠闕庭，每上章言事，文宗素知忠藎，采朝論徵之。到未旬時，又爲宗閔所逐，中懷於邑，無以自申。賴鄭覃侍講禁中，時稱其善。

雖朋黨流言，帝乃心未已。宗閔尋引僧孺同知政事，二憾相結，凡德裕之善者皆斥之於外。」此詩自是大和四年（八三〇）德裕到滑州後之第一上巳所作，禹錫方在長安。詩云：「柳營惟有軍中戲，不似江南三月時」，亦有以知德裕之抑鬱也。

酬滑州李尚書秋日見寄

一入石渠署，三聞宫樹蟬。丹霄未得路，白髮又添年。雙節外臺貴，洞簫中禁傳。徽黄在旦夕，早晚發南燕。

【校】

〔洞簫〕全唐詩洞作孤。

【注】

〔雙節〕新唐書百官志：節度使賜雙旌雙節。

〔洞簫〕漢書王褒傳：太子喜褒所爲甘泉及洞簫頌，令後宫貴人左右皆誦讀之。

【箋證】

按：此詩即大和四年（八三〇）之秋所作，禹錫以大和二年（八二八）入長安直集賢院，至是已歷三秋，故有「一入石渠署，三聞宫樹蟬」之句。「洞簫中禁傳」者，指德裕昔爲翰林學士也。此時物論亦知德裕必當秉政矣，本集卷二十八送李尚書鎮滑州詩所謂「自古相門還出相，如今人望在巖廊」也。

吐綬鳥詞　并引

滑州牧尚書李公以吐綬鳥詞見示，兼命繼聲，蓋尚書前爲御史時所作，有翰林二學士同賦之，今所謂追和也。鳥之所異，具於首篇。

越山有鳥翔寥廓，嗉中天綬光若若。越人偶見而奇之，因名吐綬江南知。四明天姥神仙地，朱鳥星精鍾異氣。赤玉雕成彪炳毛，紅綃翦出玲瓏翅。湖煙始開山日高，迎風吐綬盤花絛。臨波似染琅邪草，映葉疑開阿母桃。花紅草緑人間事，未若靈禽自然貴。鶴吐明珠暫報恩，鵲銜金印空爲瑞。春和秋霽野花開，翫景尋芳處處來。翠幕雕籠非所慕，珠丸柘彈莫相猜。按月啼煙淩縹緲，高林先見金霞曉。三山仙路寄遥情，刷羽揚翹欲上征。不學碧雞依井絡，願隨青鳥向層城。太液池中有黄鵠，憐君長向高枝宿。如何一借羊角風，來聽簫韶九成曲。

【校】

〔天綬〕全唐詩天下注云一作吐。

〔按月〕紹本、崇本、全唐詩按均作棲。

〔長向高枝〕崇本向高作在瑤，枝下注云：一作長向瑤枝，紹本向高二字缺。

【注】

〔天綬光若若〕漢書石顯傳：印何纍纍，綬若若邪！

〔四明〕文選孫綽遊天台山賦：「登陸則有四明天台。」李善注：「謝靈運山居賦注曰：天台四明相接連，四明方石四面，自然開窗。」

〔天姥〕太平寰宇記：天姥山在越州剡縣南八十里。

〔鶴吐明珠〕搜神記：噲參行，遇黔鶴被傷，收養之，放去。一夜，雌雄各銜一明月珠來以報參。

〔鵲銜金印〕搜神記載，張顥爲梁相，天新雨，有鳥如山鵲飛翔，墜地化爲圓石，椎破之，得一金印，文曰忠孝侯印，顥以上聞，藏之秘府。顥後官至太尉。

〔井絡〕文選左思蜀都賦：遠則岷山之精，上爲井絡。

【箋證】

按：此詩序云德裕爲御史時所作，是元和十四五年（八一九、八二〇）事。云有翰林二學士同賦之，頗疑是長慶初同爲學士之元稹、李紳。德裕原作今不傳，他人集中亦無此和作，故無由審其本事。觀禹錫此詩以越山發端，而繼以四明、天姥等語，疑德裕父吉甫貞元中爲明州長史時得此鳥也。吉甫傳云：自員外郎出官，留滯江淮十五餘年，德裕隨侍所歷之地多矣。詩既是追和，則只能就前此情事言之。方德裕之初入臺，因已久著才望，騰達在意中，故詩有「三山仙路」、「刷羽揚翹」之句。然據「珠丸柘彈莫相猜」一語，則又暗指德裕之屢爲異黨所排矣。至「不學碧雞依井絡，願隨青鳥向層城」，頗似預言日後之自西川節度入相，蓋唐時以西川爲宰相迴翔之地，如高崇文所云（崇文語見通鑑二三七），已成慣例也。德裕於大和四年（八三〇）十月自滑州遷西川節度使，似詩中碧雞井絡之語即指此。禹錫和此詩時當與前一首同爲大和四年（八三〇），正爲郎官學士。太液黄鵠之喻，亦望德裕之相汲引，不謂德裕得勢於會昌初，禹錫已老病且死矣。

和西川李尚書漢川微月遊房太尉西湖

木落漢川夜，西湖懸玉鉤。旌旗環水次，舟楫泛中流。目極想前事，神交如共遊。瑶琴久已絶，松韻自悲秋。

【校】

〔題〕紹本、崇本、全唐詩漢川均作漢州。

〔目極〕紹本目作自。

【箋證】

按：李德裕自滑州移鎮西川，在大和四年（八三〇）十月，至六年（八三二）冬召入爲兵部尚書。此詩當作於此二年之間。房太尉謂房琯。琯，舊唐書一一一、新唐書一三九均有傳。傳云：「上元元年（七六〇）四月，改禮部尚書，尋出爲晉州刺史。八月，改漢州刺史。寶應二年（七六三）四月，拜特進刑部尚書，在路遇疾，卒於閬州僧舍。」琯爲故相房融之子，負濟世之略，人門才地與德裕有相似者，宜德裕之引爲同調。禹錫目極神交之語，蓋洞悉其心事也。琯爲賀蘭進明所讒，德裕爲牛黨所擠，亦頗相類。以下二首皆同時作。德裕原作三首皆在，其一云：「丞相鳴琴地，（原注：房公以好琴聞於四海。）何年閉玉徽！偶因明月夕，重敞故樓扉。桃柳谿空在，芙蓉客暫依。誰憐濟川楫，長與夜舟歸。」其二云：「晚日臨寒渚，微風發棹謳。鳳池波自闊，魚水運難留。亭古思宏棟，川長憶夜舟。想公高世志，祇似冶城遊。」其三題云：「房公舊竹亭聞琴，緬慕風流，神期如在，因重題此作。」詩云：「流水音長在，青霞意不傳。獨悲形解後，誰聽廣陵絃？」不覩原詩，不能窺見德裕之志事與禹錫之衷曲，蓋不獨陳濤之役，非可盡歸咎於琯，成敗論人之見，在所當破，尤以琯之獲罪，關鍵在賀蘭進明所謂「於聖皇（指玄宗）似忠，於陛下非忠」一語激起肅宗之猜恨。與禹錫等忠於順宗而不忠於憲宗，恰如一轍。忠於其父，乃結怨於子，帝王家事之醜惡有如是者。肅宗於乾元元年（七五八）詔中斤斤辨明斥琯之由，坐以朋黨之罪，其欲蓋彌彰，内愧於心，尤不難窺見。由此論之，禹錫詩中「目極想前事」一語彌可玩味矣。

和重題

林端落照盡，湖上遠嵐清。水榭芝蘭室，仙舟魚鳥情。人琴久寂寞，煙月若平生。一泛釣璜處，再吟鏘玉聲。

【校】

〔遠嵐〕紹本、崇本嵐均作風。

【注】

〔人琴〕晉書王徽之傳：「獻之卒，徽之取獻之琴彈之，久而不調，歎曰：嗚呼子敬，人琴俱亡。」

按房琯好琴，故前後三詩皆語及之。

和遊房公舊竹亭聞琴絶句

尚有竹間路，永無綦下塵。一聞流水曲，重憶餐霞人。

【校】

〔餐霞〕崇本餐作食，誤。

【箋證】

按李德裕原詩三首皆在，其一云：丞相鳴琴地，何年閉玉徽？（自注：房公以好琴聞於四海。）偶因明月夕，重敞故樓扉。桃柳谿空在，芙蓉客暫依。誰憐濟川楫，長與夜舟歸。其二云：晚日臨寒渚，微風發棹謳。鳳池波自闊，魚水運難留。亭古思宏棟，川長憶夜舟。想公高世志，祇似冶城遊。其三題云：房公舊竹亭聞琴緬慕風流神期如在因重題此作。詩云：流水音長在，青霞意不傳。獨悲形解後，誰聽廣陵絃？

西川李尚書知愚與元武昌有舊遠示二篇吟之泫然因以繼和二首

來詩云：元公令陳從事求蜀琴，將以爲寄，而武昌之訃聞，因陳生會葬。

如何贈琴日，已是絶絃時。無復雙金報，空餘掛劍悲。寶匣從此閉，朱絃誰復調？祇應隨玉樹，同向土中銷。

【注】

〔雙金〕文選張載擬四愁詩：「佳人遺我緑綺琴，何以報之雙南金。」按古人以佳人指友人。

〔玉樹〕世説新語：「庾文康亡，何揚州臨葬云：埋玉樹著土中，使人情何能已。」按：庾文康即庾亮，字元規。何揚州即何充，字次道。

【箋證】

按：元稹以大和五年（八三一）八月卒於武昌節度使任。禹錫與稹之交誼始於元和初同在謫籍，而李德裕與稹之交誼則始於長慶初同在翰林，故云「知愚與元武昌有舊」也。注云「求蜀琴」者，嘉話録云：「蜀王嘗造千面琴，散在人間。王即隋文帝之子楊秀也。距此時已逾二百年，宜爲人所重矣。」又國史補云：「蜀中雷氏斲琴，常自品第，第一以玉徽，次瑟徽，次金徽，又次螺蚌徽。」或亦謂此。稹有黄草峽聽柔之琴詩，柔之，其妻裴淑也，能鼓琴，索琴蓋爲此。

和西川李尚書傷韋令孔雀及薛濤之什

玉兒已逐金環葬，翠羽先隨秋草萎。唯見芙蓉含曉露，數行紅淚滴清池。後魏元樹，南陽王禧之子，南奔到建業，數年後北歸，愛姬朱玉兒脱金指環爲贈，樹至魏，卻以指環寄玉兒，示有還意。

【校】

〔題〕全唐詩無韋令二字。

〔玉兒〕絶句兒作倪，誤。

〔南奔〕全唐詩奔作陽。

【注】

〔薛濤〕唐詩紀事：濤好製小詩，惜其幅大，狹小之，蜀中號薛濤箋。營妓無校書之號，韋南康欲爲奏之而罷。後遂呼之。胡曾詩曰：萬里橋邊女校書，枇杷花裏閉門居。掃眉才子知多少，管領春風總不如。

【箋證】

按：韋令謂韋皋，舊唐書一四〇、新唐書一五八均有傳。據傳，皋以貞元十七年（八〇一）加檢校司徒兼中書令。皋爲永貞（八〇五）政變策動者之一。王、韋之敗，皋有以啓之。禹錫爲此詩，必有無窮隱恨，故不及其本身一字。前此武元衡在蜀，已有詠韋所養孔雀之作，云：「荀令昔居此，故巢留越禽。動摇金翠尾，飛舞碧梧陰。上客徹瑶瑟，美人傷蕙心。會因南國使，得放海雲深。」韓愈和作云：「穆穆鸞皇友，何年來止茲？飄零失故態，隔絶抱長思。翠角高獨聳，金華焕相差。」生蒙恩顧重，畢命守階墀。」白居易和作云：「寂寞少顔色，池邊無主禽。難收帶泥翅，易結著人心。頂毳落殘碧，尾花銷闇金。放歸飛不得，雲海故巢深。」詩皆膚泛。禹錫和德裕此詩又在十餘年以後，宜孔雀已亡矣。王鳴盛云：「史言王叔文干政，皋遣劉闢來京師，謁叔文曰：公使私於君，請盡領劍南，則惟君之報；不然，則惟君之怨。叔文怒欲斬闢，闢遁去。皋知叔文多釁，又自以大臣可與國大議，即上表請皇太子監國，又上箋太子，暴叔文、伾之姦，且勸進。會大臣繼請，太子遂受禪，因投殛姦黨，（原注：叔文欲斬闢，亦見南部新書卷丙。）愚謂皋雖有功，位已極矣，地已廣矣，又欲盡領劍南，何其貪也！始知叔文專權，則私請之，鄙甚。後知其孤立爲中人所惡，則乘間傾之，險甚。表請監國，豈爲國乎？憾其不許闢請耳。皋以闢爲腹心，闢之亂，皋實啓之，惜叔文之先見而其計不行也。憲宗讐視其父所用之人，而隱德皋之首請太子監國且上箋勸進，故於其死後追思不已，曲加褒美。……新舊書言劉闢厲階實皐所爲，在蜀侈横斂財以事月進，幕僚皆奏署屬郡刺史，又務私其民以市恩。其於叔文，干請擠陷，反覆傾危，真小人之尤，豈純臣耶？」（見十七史商榷九〇）所論甚合當時情事。禹錫集中涉及韋皐者，尚有本集卷二十九與廣宣一詩，皆泛語也。又按：詩中「玉兒已逐金環葬」一語，似指薛濤而言。而唐人盛傳韋皐玉簫一事，恰與此詩自注相關合，豈禹錫故迷離其詞，或所傳聞者不同，而今無考，皆未可知也。雲谿友議記玉簫事云：「西川韋相公皐，昔遊江夏，止於姜使君之館，姜氏孺子曰荆寶……有小青衣曰玉簫，年才十歲。常令祗候，侍於韋兄，玉簫亦勤於應奉……玉簫年稍長大，因而有情。時廉使陳常侍得韋君季父書云：姪皐久客貴州，切望發遣歸覲，廉察啓緘，遺以舟楫服用，仍恐淹留，請不相見，泊舟江渚，俾篙工促行，昏暝拭淚，乃書以別荆寶，寶頃刻與玉簫俱來，既悲且喜，寶命青衣從往，韋以違覲日久，不敢俱行，乃固辭之，遂爲言約，少則五載，多則七年，取玉簫。因留玉指環一枚并詩一首，五年既不至，玉簫乃静禱於鸚鵡洲，又逾二年，暨八年春，玉簫嘆曰：韋家郎君一别七年，是不來耳。遂絶食而殞。姜氏愍其節操，以玉環著於中指而同殯焉。後韋公鎮蜀，……因作生日，節鎮所賀皆貢珍奇，獨東川盧八座送一歌姬，未當破瓜之年，亦以玉簫爲號，觀之乃真姜氏之玉簫也，而中指有肉環隱出，不異留别之玉環也。」此事盛傳於當時，自是附會不經之談。

酬李相公喜歸鄉國自鞏縣夜泛洛水見寄

鞏樹煙月上，清光含碧流。且無三已色，猶泛五湖舟。鵬息風還起，鳳歸林正秋。雖攀小山桂，此地不淹留。

【箋證】

按：原作未見。李德裕本傳：「大和七年（八三三）以兵部尚書同平章事。八年（八三四），李訓、鄭注惡德裕排己，復召李宗閔於興元，授中書侍郎平章事，代德裕，出德裕爲興元節度使。德裕中謝日，自陳戀闕，不願出藩，追勅守兵部尚書。宗閔奏：制命已行，不宜自便。尋改檢校尚書左僕射、鎮海軍節度使，代王璠。德裕至鎮，奉詔安排宮人杜仲陽於道觀，與之供給。仲陽者，漳王養母，王得罪，放仲陽於潤州故也。九年（八三五）三月，左丞王璠，户部侍郎李漢進狀，論德裕在鎮，厚賂仲陽，結託漳王，圖爲不軌。四月，帝於蓬萊殿召王涯、李固言、路隨、王璠、李漢、鄭注等，面證其事，璠、漢加誣構結，語甚切至。路隨奏曰：德裕實不至此，誠如璠、漢之言，微臣亦合得罪。羣論稍息。尋授德裕太子賓客分司東都，其月又貶袁州長史。路隨坐證德裕罷相，出鎮浙西。其年七月，宗閔坐救楊虞卿貶虔州，李漢坐黨宗閔貶汾州。十一月，王璠於李訓造亂伏誅，而文宗深悟前事，知德裕爲朋黨所誣。明年三月，授德裕銀青光禄大夫，量移滁州刺史。七月，遷太子賓客。十一月，檢校户部尚書，復浙西觀察使。德裕凡三鎮浙西，前後十餘年。」是德裕凡兩度爲賓客，第一次在大和九年（八三五），第二次在開成元年（八三六）。而裴潾平泉詩石刻云：「大和（按：原作開成，開成無九年，今改。）九年（八三五）九月，相公以太子賓客分司東都，九月十九日達洛下，安居於平泉别墅。潾輒述公素尚，賦四言詩，兼述山泉之美，未及刻石。其年十一月二十一日，除浙西觀察使，寵兼八座亞台之重，十二月四日發赴任。開成二年（八三七），潾自兵部侍郎除河南尹，乃於河南廨中自書於石，立於平泉之山居。」其敍德裕自賓客再除浙西之年稍不合，殊可疑。此詩原作雖未見，玩其製題之語，似是初到平泉别墅時，據德裕夏晚有懷平泉林居詩，注云宜春作，則其自賓客貶袁州以前，固已曾居平泉，當是大和九年（八三五）德裕初歸鄉國時作矣。禹錫方在汝州。

和李相公平泉潭上喜見初月

家山見初月，林壑悄無塵。幽境此何夕？清光如爲人。潭空破鏡入，風動翠蛾嚬。會向瑣窗望，追思伊洛濱。

【校】

〔鏡入〕結一本入字缺，各本皆有。

【箋證】

按：李德裕原作云：「簪組十年夢，園廬今夕情。誰憐故鄉月，復映碧潭生。皓彩松上見，寒光波際輕。還將孤賞意，暫寄玉琴聲。」玩其語意，與前一首自是同時之作。德裕非洛陽人，而自稱鄉國、故鄉，禹錫亦稱以家山，知唐人之置田宅於洛陽者，即以洛陽爲故鄉，禹錫亦其比也。

和李相公初歸平泉過龍門南嶺遥望山居即事

暫别明庭去，初隨優詔還。曾爲鵩鳥賦，喜過鑿龍山。新墅煙火起，野程泉石間。巖廊人望在，只得片時閒。

【校】

〔鵩鳥〕紹本、崇本鵩均作鵬，較合。按：蓋原稿用漢書賈誼傳以服鳥對鑿龍。或疑服鳥語不祥，不宜對李言之，不知賈誼作服鳥賦後歲餘即有宣室之召，正以祝李德裕之再起，唐人固不似後人之多忌諱也。全唐詩鵩下注云一作鵬。

【箋證】

按：李德裕原作云：「初歸故鄉陌，極望且徐輪。近野樵蒸至，平泉燈火新。農夫饋雞黍，漁子薦霜鱗。惆悵懷楊僕，慚爲關外人。」此當亦是第一次爲賓客分司時作。

和李相公以平泉新墅獲方外之名因爲詩以報洛中士君子兼見寄之作

業繼韋平後，家依崐閬間。恩華辭北第，蕭灑愛東山。滿室圖書在，入門松菊閒。垂天雖暫息，一舉出人寰。

【校】

〔題〕紹本、崇本、全唐詩之作均作之什。

〔垂天〕結一本垂作華，誤。

【箋證】

按：李德裕原作題云：洛中士君子多以平泉見呼愧獲方外之名因以此詩爲報奉寄劉賓客，詩云：「非高柳下逸，自愛竹林閑。才異居東里，愚因在北山。徑荒寒未掃，門設晝常關。不及鴟夷子，悠悠煙水間。」據其稱禹錫爲賓客，則必是德裕開成元年（八三六）自滁州再除賓客後作，又出鎮浙西，禹錫已自同州除賓客矣，故寄以此詩。

酬柳柳州家雞之贈

日日臨池弄小雛，還思寫論付官奴。柳家新樣元和脚，且盡薑牙斂手徒。

【校】

〔斂手〕全唐詩斂下注云：一作劍。

【注】

〔官奴〕褚遂良撰右軍書目正書五卷，第一、樂毅論四十四行，書賜官奴行書五十八卷，其第十九，有與官奴小女書。官奴羲之女。是時柳未有子，故夢得以此戲之，見柳集舊注。

〔薑牙〕狀書字鈍拙也。

【箋證】

按：此數首須取柳宗元原作匯參，方得其解。柳詩題云：殷賢戲批書後寄劉連州并示孟崙二童。自注云：「家有右軍書，每紙背庾翼題云王會稽六紙，二月三十日。」詩云：「書成欲寄庾安西，紙背應勞手自題。聞道近來諸子弟，臨池尋已厭家雞。」據柳集舊注：「王僧虔論書云：庾征西翼書，少時與右軍齊名，右軍後進，庾猶不分，在荆州與都下人書曰：小兒輩賤家雞，皆學右軍書，須吾還叱之。舊注又解其題曰：因話録云：柳柳州書，後生多師效，就中尤長於章草，爲時所寶，湖湘已南，童稚悉學其書，頗有能者。以此觀之，蓋有之矣。公與夢得聞問最數，殷賢戲題其書後，故舉庾翼事爲寄，蓋劉家子弟當有學其書者，孟、崙二童必夢得之子，殷賢雖不能詳，亦必夢得家子弟也。」按：崙爲禹錫次子小名，已見白居易劉白唱和集解，云：仍寫二本，……一授夢得小兒崙郎也。殷賢之爲劉家子弟恐不確。柳詩原意以庾翼指禹錫，「手自題」者，謂禹錫見之必自加品題也。「厭家雞」者，謂禹錫本自書家，何必遠求柳之指授也。禹錫嗜書法，已見本集卷二十論書一文矣。再試論禹錫之答詩，其大意謂亦思以書學傳於子弟，無奈有柳家新樣，則不得不斂手矣。柳集舊注云：「柳公權，元和間有書名，元和脚者，指公權也。」按：宗元作此詩當在元和十年、十一年（七九四、七九五）初到柳州時。公權以元和三年（八〇八）第進士，恐名位尚未甚隆，禹錫之意仍當指宗元，未必指公權。宗元與公權雖同出西眷房，（據世系表）往還似少，行逕亦殊，禹錫何至於宗元之前偏譽公權，喧賓奪主？讀者所宜細辨也。大抵宋以後人不重宗元之書，以其名爲公權所掩，且有尊韓抑柳之成見亘於胸中也。集古録跋尾八：「右般舟和尚碑，柳宗元撰并書。子厚所書碑世頗多有，書既非工，而字畫多不同，疑喜子厚者竊借其名以爲重。子厚與退之皆以文章知名一時，而後世稱爲韓柳者，蓋流俗之相傳也。其爲道不同猶夷夏也。然退之於文章每極稱子厚者，豈以其名並顯於世，不欲有所貶毀，以避争名之嫌，而其爲道不同，雖不言，顧後世當自知歟！」據歐陽修此文，宗元傳世之碑刻，在北宋時尚多，縱或間有僞託，豈遂無一真品？而今日宗元之書迹竟渺然不可復見，豈非後人爲尊韓抑柳之論所中，輕其文遂并輕其書耶？

又按：宗元得此詩後，復有重贈二首，其一云：「聞道將雛向墨池，劉家還有異同詞。如今試遣隈牆問，已道世人那得知。」第二句以向、歆父子爲喻，所以申前詩「厭家雞」之説也。第三四句則奬譽劉兒之詞，以王獻之爲比也。其二云：「世上悠悠不識真，薑芽盡是捧心人。若道柳家無子弟，往年何事乞西賓？」此首自謙時論不足憑，勉强學步亦不足取。柳家雖無子弟，不能與禹錫媲美，亦固曾荷謬賞也。「乞西賓」見下。禹錫詩所謂答前篇者，即答其第一首。「小兒弄筆」云云，謝宗元之奬譽也。「夢熊未兆」云云，謂宗元猶未有子也。柳集舊注云：「子男二人，長曰周六，始四歲。」蓋生於元和十一年（八一六），此詩作於周六未生時。「誰是衛夫人」者，法書要録云：衛夫人名鑠，字茂漪，廷尉展之女弟，恒之從女，汝陰太守李矩之妻也。子克爲中書郎，亦工書。引此以祝宗元之有令妻賢子也。所謂「答後篇」者，即答其第二首。全首皆自謂素未留意書法，雖得宗元所書西都賦，殊以爲愧。近則頗有意臨池，漸能與宗元角勝矣。柳集舊注云：「王右軍云：吾書比之鍾繇當抗行，比張芝猶雁行也。」繇字元常。以上各詩本爲一時遣興戲作，後人不能盡知當時情事，殊覺費解，然大要亦可默會也。宗元仍有疊前、疊後二首，再答其第一首云：「小學新翻墨沼波，羨君瓊樹散枝柯。在家弄土惟嬌女，空覺庭前鳥跡多。」似宗元此時雖未生男而有女也。再答其第二首云：「事業無成恥藝成，南宫起草舊連名。勸君火急添功用，趁取當時二妙聲。」此乃引禹錫爲同調之意，然詩殊粗率，非上乘也。

又按：後人多震於柳公權之名，而不甚知宗元之爲書家。遂以柳家專屬公權。如宋長白柳亭詩話云：「劉夢得酬柳子厚詩：柳家新樣元和脚，且盡薑芽斂手徒。柳復以詩報之曰：世上悠悠不識真，薑芽盡是捧心人。劉意蓋謂諫議書此時方有盛名，柳與同宗，所有書帖必盡付愛女，故前示孟、崙二童有臨池尋已厭家雞之句，柳則謂吾雖有女，不堪效顰西子，那能如官奴之付與樂毅論乎？薑芽二字出相書，官奴，子敬小字。」諫議謂公權，公權之書有盛名非此時事，與宗元實渺不相涉。此數語關係劉、柳交情，決不能牽附公權也。

〔元和脚〕按：元和脚一語頗引起後人疑揣，蓋他處既從未見此語，無從比附也。似是當時流行俗語以之稱時世裝，非當時人不知所謂，宋人議論亦無可徵信。如苕溪漁隱叢話引復齋漫録云：「子厚寄劉夢得詩，書成欲寄庾安西，紙背應勞手自題。聞道近來諸子弟，臨池尋已厭家雞。蓋其家有右軍書，每紙背庾翼題云，王會稽六紙。其詩謂此也。故夢得有酬家雞之贈，乃答前詩，非子厚作也。其中有柳家新樣元和脚，人竟不曉，高子勉舉以問山谷，山谷云：取其字製之新，昔元豐中晁無咎作詩文極有聲，陳無己戲之曰：聞道新詞能入樣，相州紅纈鄂州花。蓋相州纈，鄂州花也。（按此處似有脱誤。）則柳家新樣元和脚者，其亦類此與！余頃見徐仙者效山谷書，而無己以詩寄之曰：蓬萊仙子補天手，筆妙詩清萬世功。肯學黄家元祐脚，信知人厄匪天窮。則知山谷之言無可疑。最後見東坡柳氏求筆迹詩：君家自有元和手，莫厭家雞更問人。其理雖同，但手字爲異。」

答前篇

小兒弄筆不能嗔，涴壁書窗且賞勤。聞彼夢熊猶未兆，女中誰是衞夫人？

【校】

〔賞勤〕紹本賞作當，全唐詩作當，注云：一作賞。

〔聞彼〕結一本彼作被，誤。

答後篇

昔日傭工記姓名，遠勞辛苦寫西京。近來漸有臨池興，爲報元常欲抗行。

【校】

〔記姓〕絶句記作寄。

再授連州至衡陽酬柳柳州贈别

去國十年同赴召，渡湘千里又分歧。重臨事異黄丞相，三黜名慚柳士師。歸目併隨迴雁盡，愁腸正遇斷猿時。桂江東過連山下，相望長吟有所思。

【注】

〔黄丞相〕漢書循吏傳：黄霸字次公，淮陽陽夏人也。爲潁川太守，治爲天下第一，徵守京兆尹，秩二千石。坐發民治馳道不先以聞。又發騎士詣北軍，馬不適士，劾乏軍興，連貶秩。有詔歸潁川太守官，以八百石居，治如其前，郡中愈治。

〔三黜〕論語微子：柳下惠爲士師，三黜。

〔迴雁〕輿地紀勝：荆湖南路衡州：回雁峯在州城南，或曰雁不過衡陽，或曰峯勢如雁之回。

〔桂江〕元和郡縣志：嶺南道桂州臨桂縣：桂江一名灕水，經縣東，去縣十步。

【箋證】

按：本集卷三十重至衡陽傷柳儀曹詩引云：「元和乙未歲（八一五），與故人柳子厚臨湘水爲别，柳浮舟適柳州，余登陸赴連州。」柳之贈詩即在是時。柳集原作云：「十年顦顇到秦京，誰料翻爲嶺外行？伏波故道風煙在，翁仲遺墟草樹平。直以慵疎招物議，休將文字占時名。今朝不用臨河别，垂淚千行便濯纓。」禹錫詩中「重臨事異黄丞相，三黜名慚柳士師」二句最爲精切。柳集舊注云：「夢得初貶連州，今又出刺連州，故曰重臨。初貶連州刺史，再貶朗州司馬，又除連州，是爲三黜。」非也。三黜正指宗元，以切其姓，二語與同赴召又分岐連貫而下，「名慚」者，謂己名蹔與柳名並稱也。又柳集別有答劉連州邦字詩云：「連璧本難雙，分符刺小邦。崩雲下灕水，劈箭上潯江。負弩啼寒狖，鳴槍警夜狵。遥憐郡山好，謝守但臨窗。」劉之原作已不存矣。又按：前人之評此詩者，王夫之唐詩評選云：「字皆如濯，句皆如拔，何必出沈宋下？長吟有所思五字一氣，有所思樂府篇名，言相望而吟此曲也。於此可得七言命句之法。」

重別

二十年來萬事同，今朝岐路忽西東。皇恩若許歸田去，歲晚當爲鄰舍翁。

【校】

〔歲晚〕絶句二字乙。

〔鄰舍〕絶句鄰作田。

三贈

信書誠自誤，經事漸知非。今日臨湘別，何年休汝歸？

【校】

〔臨湘〕柳集作臨岐。

〔休汝〕紹本及柳集休作待，崇本作得，非。按：柳集以此二首爲柳作，而劉之原詩云：「會待休車騎，相隨出罻羅」，據此乃用謝朓休沐東還道中詩：「還邛歌賦似，休汝車騎非，」故以休汝對臨湘，校者不識其義而臆改耳。

【箋證】

按：柳集第一首題爲重別夢得，第二首爲三贈劉員外。其禹錫答詩第一首云：「弱冠同懷長者憂，臨岐回想盡悠悠。耦耕若便遺身世，黄髮相看萬事休。」第二首云：「年方伯玉早，恨比四愁多。會待休車騎，相隨出罻羅。」細審柳集，似有舛誤。以第二首論之，「會待休車騎」者，用謝朓休沐東還道中詩：「還邛歌賦似，休汝車騎非。」故和詩用之，以「休汝」對「臨湘」，若無原唱此語，則「休汝」二字不可解矣。劉、柳二人詩境分别甚微，姑發此論，更俟詳考。今劉集與柳集恰成互易。參詳文義，原詩云「黄髮相看萬事休」，故和詩云「晚歲當爲鄰舍翁」。原詩云「會待休車騎」，故和詩云「何年休汝歸」。唐人唱和詩例如此。

題淳于髡墓

生爲齊贅壻，死作楚先賢。應以客卿葬，故臨官道邊。寓言本多興，放意能合權。我有一石酒，置君墳樹前。

【校】

〔客卿〕全唐詩卿下注云：一作鄉，崇本與一作同。

【箋證】

按：此詩當是元和十年（八一五）赴連州途次弔古之作。柳集有善謔驛和劉夢得酹淳于先生詩云：「水上鵠已去，亭中鳥又鳴。辭因使楚重，名爲救齊成。荒壠遽千古，羽觴難再傾。劉伶今日意，異代是同聲。」舊注云：「驛在襄州之南，即淳于髠放鵠之所，今訛爲善謔驛。」

又按：史記滑稽列傳褚先生補云：「昔者齊王使淳于髠獻鵠於楚，出邑門，道飛其鵠，徒揭空籠，造詐成辭，往見楚王曰：齊王使臣來獻鵠，過於水上，不忍鵠之渴，出而飲之，去我飛亡。吾欲刺腹絞頸而死，恐人之議吾王以鳥獸之故令士自傷殺也。鵠，毛物，多相類者，吾欲買而代之，是不信而欺吾王也。欲赴他國奔亡，痛吾兩主使不通，故來服過叩頭，受罪大王。楚王曰：善，齊王有信士若此哉！厚賜之，財倍鵠在也。」索隱曰：「案韓詩外傳：齊使人獻鵠於楚，不言髠。又説苑云：魏文侯使舍人無擇獻鴻於齊，皆略同而事異，殆相涉亂也。」

懷妓四首

玉釵重合兩無緣，魚在深潭鶴在天。得意紫鸞休舞鏡，能言青鳥罷銜牋。金盆已覆難收水，玉軫長抛不續絃。若向蘼蕪山下過，遥將紅淚灑窮泉。

鸞飛遠樹棲何處？鳳得新巢有去心。紅壁尚留香漠漠，碧雲初斷信沈沈。情知點污投泥玉，猶自經營買笑金。從此山頭似人石，丈夫形狀淚痕深。

舊曾行處徧尋看，雖是生離死一般。買笑樹邊花已老，畫眉窗下月猶殘。雲藏巫峽音容斷，路隔星橋過往難。莫怪詩成無淚滴，盡傾東海也須乾。

三山不見海沈沈，豈有仙蹤更可尋？青鳥去時雲路斷，姮娥歸處月宫深。紗窗遥想春相憶，書幌誰憐夜獨吟？料得夜來天上鏡，只應偏照兩人心。

【校】

〔題〕全唐詩注云：前三首一作劉損詩，題作憤惋。

〔休舞〕全唐詩休下注云：一作辭。

〔罷銜〕全唐詩罷下注云：一作斷。

〔遥將紅淚〕全唐詩遥下注云：一作空，紅下注云一作狂。

〔有去心〕紹本、崇本有均作已，全唐詩作想稱心。

〔紅壁〕全唐詩壁下注云：一作粉。

〔情知〕全唐詩注云：一作那堪。

〔猶自〕全唐詩注云：一作嬾更。

〔舊曾〕紹本舊作大，崇本作人，全唐詩作但。

【箋證】

按：揚慎升庵詩話云：「唐吕用之在維揚日，佐高駢，專權擅政，有商人劉損妻裴氏有國色，用之以陰事搆取，損憤惋，因成詩三首。」即此集中之前三首而字句略有改竄。今全唐詩收劉損詩云：「寶釵分股合無緣，魚在深淵日在天。得意紫鸞休舞鏡，斷蹤青鳥罷銜箋。金杯倒覆難收水，玉軫傾欹嬾續絃。從此蘼蕪山下過，祇應將淚比黄泉。鸞辭舊伴知何止，鳳得新梧想稱心。紅粉尚存香幕幕，白雲將散信沉沉。已休磨琢投泥玉，嬾更經營買笑金。願作山頭似人石，丈夫衣上淚痕深。舊嘗游處遍尋看，覩物傷情死一般。買笑樓前花已謝，畫眉窗下月空殘。雲歸巫峽音容斷，路隔星河去住難。莫道詩成無淚下，淚如泉滴亦須乾。」較之劉集，所改尤卑俗。然劉詩亦迥不似平日風格。懷妓二字亦不合集中製題之例，當存疑。又苕溪漁隱叢話引古今詩話云：「大和初，有爲御史分務洛京者，有妓善歌，時太常李逢吉留守求一見，既不敢辭，盛妝以往，李命與衆姬相見，李姬四十餘輩皆出其下，既入不復出，頃之，李亦辭以疾，遂罷坐，信宿耗絶，但怨嘆不能已，爲詩兩篇投獻，明日李但含笑曰大好詩，遂絶。詩曰三山不見云云，一篇亡。苕溪漁隱曰：余觀劉賓客外集有憶妓四首，内一首即前詩也，其餘三首亦是前詩之意。古今詩話中既不誌御史姓名，則此詩豈非夢得爲之假手乎？」此則傳説附會，不足深論。本事詩云：「李丞相逢吉性强愎而沉猜多忌，好危人，略無怍色。既爲居守，劉禹錫有妓甚麗，爲衆所知。李恃夙望，恣行威福，分務朝官取容不暇，一旦陰以計奪之，約曰：某日皇城中堂前致宴，應朝賢寵嬖並請早赴宴會，稍可觀矚者，如期雲集，敕閽吏先放劉家妓從門入。傾都驚異，無敢言者。劉計無所出，惶惑吞聲。又翌日與相善數人謁之，但相見如常，從容久之，並不言境會之所以然者，坐中默然相目而已。既罷，一揖而退。劉歎咤而歸。無可奈何，遂憤懣而作四章，以擬四愁云爾。」今按禹錫若有家妓，其與白居易唱和諸詩中不應從未涉及，逢吉雖凶暴，亦恐不至舉動如此無禮，外集卷六有將赴蘇州途出洛陽留守李相公累申宴餞寵行話舊形於篇章謹抒下情以申仰謝一詩。李相公即逢吉也。此或因逢吉有此宴而附會，逢吉爲東都留守，在大和五年（八三一）八月至八年（八三四）三月間，禹錫似亦僅此一度謁之，此數年中禹錫皆在蘇州，非分司官也。傳說附會本不足辨，惟唐人既有此一説，或是緣人知禹錫與逢吉素不相洽，假此以甚言逢吉之惡耳。

登清暉樓

逸前四句。在江州。

潯陽江色潮添滿，彭蠡秋聲雁送來。南望廬山千萬仞，共誇新出棟梁材。

【校】

〔逸前〕結一本逸作送，誤。

〔在江〕結一本在作爲，誤。

【箋證】

按：此詩不知何意，當是贈江州某人，非謂禹錫本人在江州也。

省試風光草際浮

熙熙春景霽，草緑春光麗。的歷亂相鮮，葳蕤互虧蔽。乍疑芊緜裏，稍動丰茸際。影碎翻崇蘭，香浮轉叢蕙。含煙絢碧彩，帶露如珠綴。幸因採掇日，況此臨芳歲。

【校】

〔香浮〕崇本、全唐詩二字均乙。

【箋證】

按：唐試進士詩五言律體得用仄韻。

赴和州於武昌縣再遇毛仙翁十八兄因成一絶

武昌山下蜀江東，重向仙舟見葛洪。又得案前親禮拜，大羅天訣玉函封。

【箋證】

按：唐詩紀事八一：「劉禹錫云：唐長慶二祀（八二二）壬寅秋九月，止鄂州官舍，時風勁秋寒，掩關無事。月晦前三日，有異客毛仙翁至，禹錫攝袵見之，晬容秀目，精貌輝然，初莫之測。坐久，語及裴相國晉公、韓祭酒文公，皆爲方外之交，嘗有述序，今因請焉。齋心拭目，盡得披諷，知仙翁之道，非人間人也。拜請延留，奉以師禮，欣然見許，止余所止，凡七晝夜。師之異者故不可窮，其大榷裴、韓二公具述矣，不能復書，其察人吉凶貴賤壽夭，或假寐自生死，（句疑）雖百年之變，窮通修短，皆俊發利詞，指陳毫釐，無疑忌語，堅意真聞，人皆失色，則果然符契于意，其神授乎，其智知乎！至於金火飛伏之道，鍊魂御氣之訣，吾又莫得而窮之矣。嗟夫，禹錫之生，蹇厄以至羈死，遇師之日，謂其有人爵之望，可至大臣，則鄙誠豈敢企望？但師之道多隱晦，人不能盡知，況仁義惻憫，時又甚焉，真出乎世者也。今將適桃花溪，訪秦人，追羽客，臨風再拜，謹志大略，以備他日之約。其年九月二十九日，門人劉禹錫述。」考此文恐出僞託。毛仙翁事跡及諸人投贈詩文皆出杜光庭所輯録。觀其許禹錫至大臣，期元稹以再相（見稹贈毛仙翁詩序），明是敢爲大言之江湖術士，以逢迎朝貴爲事者耳。杜光庭謂與毛往還贈詩之人有裴度、牛僧孺、令狐楚、李程、李宗閔、李紳、楊於陵、楊嗣復、王起、元稹、白居易、崔郾、鄭澣、李益、張仲方、沈傳師、崔元略、柳公綽、韓愈、李翺。此諸人者，幾全與禹錫相稔，除張仲方一人外，皆已見本集中。元和、長慶、寶曆、大和間之貴人有文名者備入網羅，亦可見此江湖術士聲氣之廣矣。宋史藝文志有送毛仙翁詩一卷，題牛僧孺、韓愈等贈，必即杜光庭所編次。

劉禹錫集箋證外集卷第八

律詩

寄毗陵楊給事三首

揮毫起制來東省，躡足修名謁外臺。好著櫜鞬莫惆悵，出文入武是全才。

曾主魚書輕刺史，今朝自請左魚來。青雲直上無多地，卻要斜飛取勢迴。

東城南陌昔同遊，座上無人第二流。屈指如今已零落，且須歡喜作鄰州。

【校】

〔躡足〕紹本、崇本躡均作蹀，絶句作躡。

〔好著〕結一本著作看，誤。

〔歡喜〕全唐詩喜下注云：一作笑。

【注】

〔東省〕據職官志，給事中屬門下省，門下省龍朔中改東臺，給事中改東臺舍人。唐人習稱門下省爲東省，中書省爲西省，尚書省爲南省。惟給事中掌讀署駁正奏抄，不嘗云揮毫起制，此語未詳。

〔曾主魚書〕據職官志，符寶郎亦屬門下省，出納符節，辨其左右之異，藏其左而須其右。故云曾主魚書。元李翀日聞録云：「漢太守之官，必得左符以出，至郡用以爲驗，蓋右符先已留州，故令以左合右也。唐刺史亦執左魚至州，與右魚合契，亦其制也。左魚之外，又有勅牒將之，故兼名魚書。」（按此語出演繁露。）

【箋證】

按：楊給事謂楊虞卿，已見外集卷六和浙西王尚書聞常州楊給事製新樓詩。虞卿，舊唐書一七六、新唐書一七五均有傳。虞卿爲李宗閔之黨，楊嗣復之宗人，而李德裕之所惡也。諸楊分布仕途，禹錫不得不與之作緣，又以白居易妻族之故，尤不得不勉維友誼，若因此詩而謂禹錫與有深交，則未必然。舊傳云：「虞卿元和五年（八一〇）進士擢第，又應博學宏辭科。元和末，累官至監察御史。穆宗初即位，……遷侍御史，再轉禮部員外郎，史館修撰。長慶四年（八二四）八月，改吏部員外郎。大和二年（八二八），南曹令史李賨等六人僞出告身籤符……虞卿以檢下無術，停見任。及李宗閔、牛僧孺輔政，起爲左司郎中。五年（八三一）六月，拜諫議大夫，充弘文館學士，判院事。六年（八三二），轉給事中。七年（八三三），宗閔罷相，李德裕知政事，出爲常州刺史。」禹錫此詩正作於此時，禹錫方任蘇州刺史，蘇常鄰境，固不能不相周旋也。此後虞卿傳中復云：「虞卿性柔佞，能阿附權倖以爲姦利。每歲銓曹貢部爲舉選人馳走取科第占員闕，無不得其所欲，升沉取捨出其脣吻，而李宗閔待之如骨肉。以能朋比唱和，故時號黨魁。八年（八三四），宗閔復入相，尋召爲工部侍郎。九年（八三五）四月，拜京兆尹。其年六月，京師訛言鄭注爲上合金丹須小兒心肝，密旨捕小兒無算，民間相告語，上（文宗）聞之不悦，鄭注頗不自安。御史大夫李固言素嫉虞卿朋黨，乃奏曰：臣昨窮問其由，此語出於京兆尹從人，因此扇於都下。上怒，即令收虞卿下獄，翌日貶虔州司馬，再貶虔州司户卒。」更考新唐書一七四李宗閔傳復載虞卿初貶常州之事云：「德裕爲相，與宗閔共當國，……帝（文宗）曰：衆以楊虞卿、張元夫、蕭澣爲黨魁，德裕因請皆出爲刺史，帝然之，即以虞卿爲常州，元夫爲汝州，澣爲鄭州。宗閔曰：虞卿位給事中，州不容在元夫下。德裕在外久，其知黨人不如臣之詳。虞卿日見賓客於第，世號行中書，故臣未嘗與美官。德裕質之曰：給事中非美官云何？」則虞卿結援怙勢，囂張自喜之情態已可概見，而交游之廣亦無足怪。禹錫此詩之第三首云：「東城南陌昔同遊，坐上人無第二流。」虞卿名輩在禹錫之後，所謂同遊，正是大和三、四、五（八二九、八三〇、八三一）等年禹錫爲郎官學士時也。其時李、牛當國，虞卿驟起而膺峻擢，聲勢赫奕，不言可知。禹錫蓋不得不勉與周旋，姑冀自保。更取三首而通觀之，第一首言以供奉官而屈爲觀察使之巡屬，聊作慰解之詞。第二首言前日猶以刺史許人，今乃自爲刺史，正當直上青雲之日而有此顛蹶，不過暫時屈抑耳。第三首言京華舊遊無多，蘇、常接境猶爲可喜。其詞似莊似狎，禹錫殆亦不心許其人而又不敢忤之也。然虞卿爲人雖不足取，而惡之亦有甚於墜淵者，且其後此得罪尤未免出於羅織。李商隱於虞卿卒後有詩哭之云：「本矜能弭謗，先議取非辜。」與本傳所言下獄之由相合。商隱於虞卿有恩門之誼，其他則不免過情之譽矣。商隱詩有「旋踵戮城狐」之句，自注云：「是冬舒、李伏誅。」謂舒元輿、李訓也。於李訓加此醜詆，實與商隱之有感、重有感等詩持論不合，故知當時交遊黨援之間情態錯綜，非可執一而論。又虞卿以大和九年（八三五）七八月連貶，其到虔州必已在冬間，甘露之變在十一月，「是冬」者，貶官之冬，非謂虞卿身殁之冬也。虞卿非甫到虔州即殁者，張采田玉谿生年譜會箋詮之似未確，因與白居易哭虞卿詩有關，附辨於此。白集中送楊八給事赴常州詩云：「無嗟別青瑣，且喜擁朱輪。五十得三品，百千無一人。須勤念黎庶，莫苦念交親。此外無過醉，毘陵何限春？」與禹錫此詩同看，語意尤渾融。至其哭師皋詩云：「南康丹旐引魂迴；洛陽籃舁送葬來。北邙原邊尹村畔，月苦煙愁夜過半。妻孥兄弟號一聲，十二人腸一時斷。往者何人送者誰？樂天哭別師皋時。平生分義向人盡，今日含冤唯我知。我知何益徒垂淚，籃輿迴竿馬迴轡。何日重聞掃市歌，誰家收得琵琶妓？蕭蕭風樹白楊影，蒼蒼露草青蒿氣。更就墳邊哭一聲，與君此則終天地。」蓋居易於楊虞卿有不能已於言者，而又不可言，故曰「我知何益徒垂淚」，虞卿死時禹錫即不聞有哀挽之作矣。

又按：容齋隨筆一一論此詩云：「虞卿之刺毘陵，乃爲朝廷所逐耳，禹錫猶以爲自請，詩人之言，渠可信哉？」其實詩中「斜飛取勢」之語固已含左官之意矣。唐人用「請」字，正如今人之用「領」字，故領俸謂之請俸，「請魚書」亦猶請俸耳。洪氏習見宋時侍從有乞郡之例，故有此言。不知唐人出爲刺史者大抵皆遭貶逐也。唐代制度，南宋人已不能熟知，有如此者。

巫山神女廟

巫峯十二鬱蒼蒼，片石亭亭號女郎。曉霧乍開疑捲幔，山花欲謝似殘妝。星河好夜聞清佩，雲雨歸時帶異香。何事神仙九天上，人間來就楚襄王。

【校】

〔巫峯〕紹本、崇本峯均作山。

【注】

〔神女廟〕方輿勝覽云：高唐神女廟在巫山縣西北二百五十步。

【箋證】

按：此當是禹錫初到夔州時所作，純是詠古跡，别無寓意。結聯云：「何事神仙九天上，人間來就楚襄王。」斥神話傳説之妄，而以微婉出之，使人自悟，見解自與常人不同。元稹詩云：

「芙蓉脂肉緑雲鬟，罨畫樓臺金黛山。千樹桃花萬年藥，不知何事戀人間。」意亦相近。唐人詩中議論絲毫不著痕迹，往往類此。

又按：雲谿友議云：「秭歸縣繁知一聞白樂天將過巫山，先於神女祠粉壁，大署之曰：蘇州刺史今才子，行到巫山必有詩。爲報高唐神女道，速排雲雨候清詞。白公覩題處悵然，邀知一至曰：歷陽劉郎中禹錫三年理白帝，欲作一詩於此，怯而不爲，罷郡經過，悉去千餘首詩，但留四章而已。此四章者，乃古今之絶唱也。而(？)人造次不合爲之。」范氏此條，全爲臆説，居易之刺忠州過巫山，遠在禹錫刺夔州以前，其刺蘇州亦遠在刺忠州以後，安得有「蘇州刺史今才子」之言？禹錫刺和州時亦未爲郎中。此已舛錯不可究詰矣。今禹錫集中明明有巫山神女廟詩，又何嘗怯而不爲乎？范氏蓋道聽塗説，展轉附會，亦未親見劉集。不得因此而疑此詩非禹錫所作也。

柳絮

飄颺南陌起東鄰，漠漠濛濛好度春。花巷暖隨輕舞蝶，玉樓晴拂豔妝人。縈迴謝女題詩筆，點綴陶公漉酒巾。何處好風偏似雪，隋河隄上古江津。

【校】

〔好度〕紹本、崇本、全唐詩好均作暗，似是，因下文已有好風也。

【箋證】

按：此詩似純爲詠物，非必有所指。李商隱七律詩多祖此派而益深曲，此大輅椎輪之異也。

陪崔大尚書及諸閣老宴杏園

更將何面上春臺？百事無成老又催。唯有落花無俗態，不嫌憔悴滿頭來。

【注】

〔閣老〕國史補：兩省官相呼爲閣老。

【箋證】

按：崔大尚書謂崔羣。羣之任宣歙，吴廷燮唐方鎮年表繫於長慶三年（八二三）。蓋據外集卷八歷陽書事詩，四年（八二四）正在宣歙也。文宗紀：大和元年（八二七）正月，以前户部侍郎于敖爲宣歙觀察使，代崔羣，以羣爲兵部尚書。三年二月，以羣爲荆南節度使。則此詩之作必爲大和二年入爲尚書時，禹錫方自主客郎中分司入都，若前一年則尚在洛陽，後一年則羣又出鎮，皆不能陪宴杏園也。羣與禹錫同甲子，登進士則同一科，而已身歷將相，復還朝端，今禹錫猶以郎官憔悴塵土中，其感喟自不可免。是年之春，所作諸詩大抵旨趣如此，所謂前度劉郎，其尤著者耳。此詩則詞意尤爲激切，落花一語，豈有慊於羣在相位時不能援手，今已無及乎？然考羣爲皇甫鎛所讒，自元和末罷相後，在長慶中僅得以侍郎中丞召，而武寧節度之授又不能終其事，忽忽十年，未得大用，落花之句或兼爲羣鳴不平，未可定也。

曹剛

大絃嘈囋小絃清，噴雪含風意思生。一聽曹剛彈薄媚，人生不合出京城。

【箋證】

按：樂府雜録云：「貞元（按：侯鯖録作元和，恐非。）中，王芬、曹保、保子善才，其孫曹鋼皆襲所藝，次有裴興奴，與鋼同時，曹善運撥若風雨而不事扣絃，興奴長於攏撚，時人謂曹鋼有右手，興奴有左手。武宗初，朱崖李太尉有樂吏廉郊者，師於曹鋼，盡鋼之能。」鋼、剛字通。白居易有聽曹剛琵琶兼示重蓮詩云：「撥撥絃絃意不同，胡啼番語兩玲瓏。誰能截得曹剛手，插向重蓮衣袖中？」薛逢亦有聽曹剛彈琵琶詩云：「禁曲新翻下玉都，四絃棖觸五音殊。不知天上彈多少，金鳳銜花尾半無。」

發蘇州後登武丘寺望海樓

獨宿望海樓，夜深珍木冷。僧房已閉户，山月方出嶺。碧池涵劍彩，寶刹摇星影。卻憶郡齋中，虛眠此時景。

【校】

〔題〕紹本、崇本望海均作望梅，誤。全唐詩注云：一作望梅。

【注】

〔武丘寺〕即虎丘寺，唐人避諱改。方輿勝覽云：「在城西北九里。晉司徒王珣及弟珉捨宅爲寺。」

別蘇州二首

三載爲吴郡，臨岐祖帳開。雖非謝桀黠，且爲一徘徊？

流水閶門外，秋風吹柳條。從來送客處，今日自魂銷。

【校】

〔臨岐〕結一本岐作期，誤。

〔送客處〕絶句處作去。

【箋證】

按禹錫以大和六年到蘇州，八年移汝州，故云三載爲吴郡。

松江送處州奚使君

吴越古今路，滄波朝夕流。從來别離地，能使管絃愁。江草帶煙暮，海雲含雨秋。知君五陵客，不樂石門遊。

【箋證】

按：本集卷二奚公神道碑，奚陟之子敬則官至濮州刺史，敬玄官至刑部郎中，昃亦舉進士，此奚使君似是其中之一。題云松江，則禹錫方在蘇州刺史任也。然陟卒於貞元十五年（七九九），碑作於其後三十四年，則當大和七年，正在蘇州，彼時陟之諸子仕履如上，則此奚使君又似非陟之子矣。據詩中「知君五陵客」之語，其人亦京兆人，則或是陟之從子行也。

題報恩寺

雲外支硎寺，名聲敵虎丘。石文留馬跡，峯勢聳牛頭。泉眼潛通海，松門預帶秋。遲迴好風景，王謝昔曾遊。

【注】

〔馬跡〕蓋以支遁好馬而附會，輿地紀勝云：在吴縣西報恩山。

【箋證】按：此詩與送處州奚使君及館娃宫、姑蘇臺三首皆當編在發蘇州後，則蘇州詩之前。

〔支硎寺〕按：吴地記云：「支硎山在吴縣西十五里……山中有寺，號曰報恩，梁武帝置。」輿地紀勝云：「支硎乃報恩山之東南峯，晉支遁道林遁迹其上，故名。」又引咸平錢儼碑銘云：「蘇州觀音禪院即東晉支公所建支硎寺。」

罷郡姑蘇北歸渡揚子津

幾歲悲南國，今朝賦北征。歸心渡江勇，病體得秋輕。海闊石門小，城高粉堞明。金山舊遊寺，過岸聽鐘聲。

【注】

〔揚子津〕清一統志，揚子橋在江都縣南十五里，即揚子津，自古爲江濱津要。

〔金山〕清一統志：金山在丹徒縣西北七里大江中。九域志：唐時裴頭陀於江際獲金數鎰，李錡鎮潤州，表聞，賜名。

【箋證】按：禹錫少時遊江淮，故有「金山舊遊寺」之句。揚子津即與白居易相遇之地，見外集卷一鶴歎詩序。本卷别夔州官吏詩亦有「一去揚州揚子津」之語。

館娃宫在舊郡西南硯石山上前瞰姑蘇臺旁有采香徑梁天監中置佛寺曰靈嵒即故宫也信爲絶境因賦二章

宫館貯嬌娃，當時意太誇。豔傾吴國盡，笑入楚王家。

月殿移椒壁，天花代舜華。唯餘采香徑，一帶繞山斜。

【校】

〔題〕紹本、崇本郡上均無舊字。全唐詩無上字。

〔繞山〕結一本繞作入，誤。

姑蘇臺

故國荒臺在，前臨震澤波。綺羅隨世盡，麋鹿古時多。築用金椎力，摧因石鼠窠。昔年雕輦路，唯有采樵歌。

【校】

〔題〕全唐詩此首并入罷郡姑蘇北歸渡揚子津下，注云：一作姑蘇臺詩。

〔古時〕紹本古作占，似是。

〔金椎〕紹本、崇本、全唐詩椎均作槌。按：依漢書賈山傳，作椎爲是。

贈同年陳長史員外

明州長史外臺郎，憶昔同年翰墨場。一自分襟多歲月，相逢滿眼是淒涼。推賢有愧韓安國，論舊唯存盛孝章。所歎謬遊東閣下，看君無計出悽惶。

【校】

〔題〕結一本外下有石字，未知何據，按：禹錫同年陳姓者有陳璀、陳祐二人，頗疑石是祐字之壞。

【箋證】

按：禹錫同年中陳姓者有陳璀、陳祐二人。登科記考一六，元和元年達於吏理可使從政科有陳岵，注云：「疑即貞元九年（七九三）登第之陳祐。」又考唐會要五六：「寶曆二年（八二六）九月，以新授濠州刺史陳岵爲太常少卿。岵常好釋氏，學佛，經中尤好維摩，自爲有得，即加注釋，輒復上獻，遂有宣令與好官，乃追前命，列在清賢。羣議紛然，諫官劉寬夫等七人同疏論……岵尋改少府監。」未知即此陳岵否。然岵既於寶曆中已宦達，則與此詩「推賢有愧韓安國」之語不合。詩又云：「所歎謬遊東閣下」，乃禹錫爲集賢學士時所作。宰相中一人領集賢院，其時裴度爲集賢殿大學士，故以東閣爲比。

寄湖州韓中丞

老郎日日憂蒼鬢，遠守年年厭白蘋。終日相思不相見，長頻相見是何人？

【校】

〔長頻〕全唐詩頻下注云：一作頭，紹本、崇本均與一作同。

【箋證】

按：韓中丞謂韓泰。據嘉泰吴興志郡守題名，泰自大和元年（八二七）七月至四年（八三〇）五月，在湖州刺史任。是時禹錫爲郎官學士，老郎云云自謂，遠守謂泰。

有感

死且不自覺，其餘安可論？昨宵鳳池客，今日雀羅門。騎吏塵未息，銘旌風已翻。平生紅粉愛，唯解哭黄昏。

【箋證】　按：此詩語意激切，可與卷三十代靖安佳人怨同參。但此疑指王播。播之卒，禹錫已有輓詩，即卷三十之哭王僕射相公詩。播本傳載其以大和四年（八三〇）正月患喉腫暴卒，故云「死且不自覺」。傳又云：「不存士行，姦邪並進，君子恥之。」故有「平生紅粉愛」之語，譏其不務薦達士類也。外集卷十又有代諸郎中祭王相國文。其時禹錫正爲郎官學士。

楊柳枝

揚子江頭煙景迷，隋家宮樹拂金隄。嵯峨猶是當時色，半蘸波中水鳥棲。

【校】

〔題〕樂府與「迎得春光先到來」及「巫峽巫山楊柳多」三首共一題。

〔宮樹〕絶句宮作官。

〔猶是〕紹本、崇本、樂府、絶句是均作有，全唐詩注云：一作是。

海陽十詠　并引

元次山始作海陽湖，後之人或立亭榭，率無指名，及予而大備。每疏鑿構置，必揣稱以標之。人咸曰有旨。異日遷客，裴侍御爲十詠以示予，頗明麗而不虛美，因捃拾裴詩所未道者，從而和之。一云：「予爲吏隱亭述，言海陽之所從來詳矣」，「異日」下與此同。

吏隱亭

結構得奇勢，朱門交碧潯。外來始一望，寫盡平生心。日軒漾波影，月砌鏤松陰。幾度欲歸去，迴眸情更深。

切雲亭

迴破林煙出，俯窺石潭空。波搖杏梁日，松韻碧窗風。隔水生別島，帶橋如斷虹。九疑南面事，盡入寸眸中。

雲英潭

芳幄覆雲屏，石奩開碧鏡。支流日飛灑，深處身疑瑩。潛去不見跡，清音常滿聽。有時病朝酲，來此心神醒。

玄覽亭

蕭灑青林際，夤緣碧潭隈。深流冒石下，輕波逐砌迴。香風過人度，幽花覆水開。故令無四壁，清夜月光來。

裴溪 時御史已遇新恩。

楚客憶關中，疏溪想汾水。縈紆非一曲，意態如千里。倒影羅文動，微波笑顔起。君今賜環歸，何人承玉趾？

飛練瀑

晶晶擲巖端，潔光如可把。瓊枝曲不折，雪片晴猶下。石堅激清響，葉動承餘灑。前時明月中，見是銀河瀉。

蒙　池

瀠渟幽壁下，深静如無力。風起不成文，月來如一色。地靈草木腴，人遠煙霞逼。往往疑列仙，圍棋在巖側。

棼絲瀑

飛流透嵌隙，噴灑如絲棼。含暈迎初旭，翻光破夕曛。餘波繞石去，碎響隔溪聞。卻望瓊沙際，逶迆見脈分。

雙　溪

流水繞雙島，碧溪相並深。浮花擁曲處，遠影落中心。閒鷺久獨立，曝鼅驚復沈。蘋風有時起，滿谷簫韶音。

月窟

濺濺漱幽石，注入團圓處。有如常滿杯，承彼清夜露。巖曲月斜照，林寒春晚煦。遊人不敢觸，恐有蛟龍護。

【校】

〔遷客〕結一本、全唐詩客均作官，誤。

〔身疑〕紹本、崇本、全唐詩身均作自。

〔深流〕紹本、崇本、全唐詩深均作淙。

〔逐砌〕紹本、崇本、全唐詩逐均作觸。

〔過人〕紹本、崇本、全唐詩過均作逼。

〔清夜〕紹本、崇本、全唐詩清均作晴。

〔微波〕全唐詩波下注云：一作浪。

〔雪片〕全唐詩雪作雲。

〔前時〕全唐詩前下注云：一作池。

〔深静〕紹本、崇本、全唐詩静均作浄。

〔如一〕紹本、崇本、全唐詩如均作同。

〔木腴〕紹本、崇本、全唐詩腴均作瘦。

【箋證】 按：海陽湖在連州，禹錫因元結之遺迹而標其勝地，已見本集卷二十九海陽湖别浩初師詩箋證。外集卷九又專有吏隱亭述一篇。所云遷客裴御史待考，當是貶爲連州司馬等官者。述風景爲十詠，乃唐人所開風氣，王維輞川而後，韓愈有虢州三堂新題二十一詠，韋處厚有盛山十二詩，皆其例也。

送周魯儒赴舉詩 并引

晝居外次，晨門曰：有九疑生持一刺來謁，立西階以須。生危冠方袂，淺拱舒拜，且前致詞稱贄。其文頗涉獵前言。居五六日，復袖來，益引古事以相劘切。與之言，能言其得姓因家之所自，暨縣道鄉亭之風俗，望山名水之概狀，羅含所未記，朱贛之未條，咸得之於生。由是始列於賓籍，臨觴而司斟，觀博而竄言，有日矣。初邑中人聞有生來，而二千石客之，駢然來觀。遷客裴御史遇生於座，抵掌曰：「人固有貌類而族殊者，周生疑羅玠也。」衆咸矖然而熟視生，疑也愈甚。夫形似古所有也，優孟似叔敖而楚君欲以爲相。人殊而貌肖，猶或欲用之。玠生於衡山而生生於九疑，其似誠匹也。無乃躡其武，昇俊造，仕甸服，佐君藩爲御史乎？古之人無避事，即有而書之，尚實也。行李之貺，則徵夫詩曰：

宋日營陽内史孫，因家占得九疑村。童心便有愛書癖，手指今餘把筆痕。自握蛇珠辭白屋，欲憑雞卜謁金門。若逢廣坐問羊酪，從此知名在一言。

【校】

〔袖來〕結一本袖字缺。

〔叔敖〕紹本、崇本叔均作薦。

〔之人〕紹本、崇本、全唐詩之均作文。

〔宋日〕崇本宋作當，非。

〔廣坐〕全唐詩坐下注云：一作知，誤。

【箋證】

按：裴御史已見前一首，羅玠未詳。據「二千石客之」一語，知爲禹錫任連州刺史時作。營陽内史孫蓋即周魯儒所自述。雞卜，羊酪蓋譏其人鄉曲之見，語雜嘲詼，不足深論。

送曹璩歸越中舊隱詩 并引

予爲連州，諸生以進士書刺者，浩不可紀。獨曹生崖然自稱爲山夫。及與語，以徵其實。則曰：「所嗜者名，嘗遠遊以索之。抗喉舌，胘胝脢，以干東諸侯。見之日，率莞然曰：秀才者，天下是，不禮，庸何傷？今方依名山以揚其聲，將掛幘於南嶽。」生之言未及休，予遽曰：在己不在山。若子之言，依山而爲高，是練神叩寂，捐日月而不顧，名聞而老至，持是焉用？生聞言愀然如晦，色見於眉睫。因留止道士院，從予求書以觀。居三時，而功倍一歲。讀史書自黄帝至吴魏間，班班能言之。然而絶口不敢言衡山，知山夫不販而贏也。十一月，告予歸，隱於會稽，且曰：「知求名之自矣，乞詞以發之。」遂賦七言詩以鑒其志。詩曰：

行盡瀟湘萬里餘，少逢知己憶吾廬。數間茅屋閒臨水，一盞秋鐙夜讀書。地遠何當隨計吏？策成終自詣公車。剡中若問連州事，唯有千山畫不如。

【校】

〔胘胝脢〕紹本作胝敏拇，崇本作胝足拇，全唐詩作胝梅脢。按：紹本近是，敏拇見詩大雅生民鄭箋。

〔秀才者〕結一本者字缺。

〔不禮〕結一本作禮不，各本作不禮，皆不可解。

〔爲高〕紹本、崇本爲作易。

〔焉用〕紹本、崇本用下均有乎字。

〔如晦〕紹本、崇本、全唐詩晦均作悔。

〔黄帝〕結一本、全唐詩黄均作皇，紹本、崇本均作黄，是。

【箋證】

按：詩引云：「予爲連州，諸生以進士書刺者，浩不可紀。」進士者，指應進士科而言，非如後世必進士登科者方謂之進士也。禹錫謫官遠守僻郡，而干謁之遊士遊僧乃應接不暇若此，可見唐時求食之不易而噉名者之多。此人籍越中而芒芒然遠遊於嶺外，禹錫勸之歸隱，亦可謂忠告而善道之者。詩引云：「今方依名山以揚其聲，將挂幘於南嶽」，言外之意亦謂求仙學道之人無非仍爲求利禄計。禹錫之詩文多能抉發時世風氣之弊，如此者比比。

尋汪道士不遇

仙子東南秀，泠然善御風。笙歌五雲裏，天地一壺中。受籙金華洞，焚香玉帝宫。我來君閉户，應是向崆峒。

八月十五日夜桃源翫月

塵中見月心亦閒，況是清秋仙府間。凝光悠悠寒露墜，此時立在最高山。碧虚無雲風不起，山上長松山下水。羣動翛然一顧中，天高地平千萬里。少君引我昇玉壇，禮空遥請真仙官。雲軿欲下星斗動，天樂一聲肌骨寒。金霞昕昕漸東上，輪敧影促猶頻望。絶景良時難再逢，他年此日應惆悵。

叔父元和中取昔事爲桃源行，後貶官武陵，復爲翫月作，並題於觀壁。爾來星紀再周，蒸牽故此郡，仰見文字闇缺，伏慮他年轉將壓没，故鐫在貞石，以期不朽。大和四年蒸謹記。

【校】

〔立在〕結一本立作云，誤。

〔一顧〕紹本、崇本顧均作境。

〔金霞〕全唐詩金下注云：一作朝。

〔再逢〕紹本、崇本、全唐詩逢均作并。

〔此日〕紹本日作夕。

〔取昔事〕紹本、全唐詩取均作徵，崇本作攷。

〔故此〕崇本故作復。

〔轉將〕紹本轉字缺。

【箋證】

按：劉蒨附記既謂禹錫元和中爲桃源行，後貶官武陵，復爲翫月作，則桃源行必作於元和以前無疑。禹錫於元和元年已貶朗州司馬，乃盡人皆知之事，豈容其姪有誤？蓋元和當作貞元，傳寫爲人妄改耳。桃源行已見卷二十六。卷二十有猶子蔚適越戒，蒨當是其弟兄，蔚入元稹浙東幕，爲時略早於此。蒨當亦是使府從事，故云牽故此郡。禹錫此詩當是禹錫元和元年（八〇六）至九年（八一四）之間作。

又按：禹錫無同胞兄弟，集中已屢言之，蔚、蒨皆從兄之子，本集卷二十八有奉送家兄歸王屋詩，未知即其人之子否。

罷和州遊建康

秋水清無力，寒山暮多思。官閒不計程，偏上南朝寺。

【校】

〔偏上〕崇本偏作徧，非。

【注】

〔建康〕六朝事迹編類三：建康縣城，吴冶城東今天慶觀東是其地。寰宇記云：在縣西一里，晉太康三年分淮水北爲建康縣，上元之地居多。

【箋證】

按：本集卷二十四金陵五題序云：「余少爲江南客而未遊秣陵，嘗有遺恨，後爲歷陽守，跂而望之。」則其金陵諸詩皆非親歷其境而作。今身得遊建康矣，而詩反止寥寥二韻，幾不成章。由此可見前人懷古之作，不能即定爲其人之行蹤，論詩者所不可不慎也。卷二十二金陵懷古，卷二十五臺城懷古二首或亦遊建康時作，然反不及金陵五題之精采。

田順郎歌

清歌不是世間音，玉殿嘗聞稱主心。唯有順郎全學得，一聲飛出九重深。

【校】

〔嘗聞〕全唐詩聞下注云：一作開，絶句與一作同。

【箋證】

按：白居易亦有聽田順兒歌云：「戛玉敲冰聲未停，嫌雲不遏入青雲。争得黄金滿衫袖，一時抛與斷年聽。」

米嘉榮

一別嘉榮三十載，忽聞舊曲尚依然。如今世俗輕前輩，好染髭鬚事少年。

【校】

按：此詩全唐詩作「唱得涼（一作梁）州意外聲，舊人唯數（一作唯有，一作難數）米嘉榮。近來時事（一作年少）輕先（一作前）輩，好染髭鬚事後生。」注云：一作一別云云，與此詩同，參看卷二十五與歌者米嘉榮一詩。

自江陵沿流道中

三千三百西江水，自古如今要路津。月夜歌謡有漁父，風天氣色屬商人。沙村好處多逢寺，山葉紅時覺勝春。行到南朝征戰地，古來名將盡爲神。

【校】

〔題〕紹本題下、全唐詩篇末注有「陸遜甘寧皆有祠宇」八字。

【箋證】

按：此當是禹錫長慶四年（八二四）自夔州刺史遷和州赴任時作。詩寫長江兩岸之山川風物，令人宛然如置身其中。可參看本卷夜聞商人船中箏一首。「山葉紅時覺勝春」，在杜牧「霜葉紅於二月花」之前，飄逸不及而古秀過之，佳句乃無人稱道。名將一語指陸遜、甘寧。全唐詩篇末注云：陸遜、甘寧皆有祠宇，不知何人所注。

別夔州官吏

三年楚國巴城守，一去揚州揚子津。青帳聯延喧驛步，白頭俯傴到江濱。巫山暮色常含雨，峽水秋來不恐人。唯有九歌詞數首，里中留與賽蠻神。

【箋證】

按：禹錫以長慶元年（八二一）除夔州刺史，四年（八二四）遷和州。故有首聯。是年五月，李程入相，至秋而有和州之授，蓋程有力焉。「唯有九歌詞數首，里中留與賽蠻神。」指卷二十七之竹枝詞九篇。禹錫既於竹枝詞引言之，而臨別夔州，又自爲夔人道之，可見當時已爲人所重。新唐書禹錫傳中誤爲作於朗州，不辨自明。

夜聞商人船中箏

大艑高船一百尺，新聲促柱十三絃。揚州布粟商人女，來占西江明月天。

【校】

〔高船〕全唐詩船作帆。

〔新聲〕絶句新作清。

〔布粟〕紹本、崇本、絶句、全唐詩均作市裏。

〔西江〕結一本、絶句均作江西，紹本作西江，似勝。

聞道士彈思歸引

仙翁一奏思歸引，逐客初聞自泫然。莫怪殷勤悲此曲，越聲長苦已三年。

【校】

〔仙翁〕紹本、崇本翁均作公。全唐詩翁作公，注云：一作翁。

【箋證】

按：此詩有「越聲長苦已三年」之句，當是元和三年在朗州作。

喜康將軍見訪

謫居愁寂似幽棲，百草當門茅舍低。夜月將軍忽過訪，鶺鴒驚起繞籬啼。

【校】

〔夜月〕紹本、絶句、全唐詩月均作獵，崇本作静。

〔忽過〕紹本、崇本、絶句、全唐詩過均作相，似是。

【箋證】

按：康將軍當是諸衛將軍之同在謫籍者。據詩中所寫景物，必在朗州，以員外司馬不得不僦屋以居，卷九機汲記所謂「主人授館於百雉之内」也。若在連州，則身居郡齋，不得云「謫居愁寂似幽棲，百草當門茅舍低」。

贈劉景擢第

湘中才子是劉郎，望在長沙住桂陽。昨日鴻都新上第，五陵年少讓清光。

【箋證】

按：詩有「住桂陽」一語，疑亦是禹錫在連州時所識之人，連州亦古桂陽也。

赴連山途次德宗山陵寄張員外

當時並冕奉天顔，委佩低簪綵仗間。今日獨來張樂地，萬重雲水望橋山。

【校】

〔當時〕崇本當作常，似是，按：赴連山正在永貞元年（八〇五），相去未久，不得云當時。

【箋證】

按：憲宗紀，永貞元年（八〇五）十月，葬德宗於崇陵。其時禹錫但聞貶連州刺史之命，於途次作此。其貶在九月，十月當已行近荆南矣。張員外待考，必與禹錫同曹又同爲崇陵使判官者。卷十上杜司徒書述韓愈之言，所謂七月禮畢，一朝慶行，誥言斆之，授以顯秩者，指此輩也。

〔張樂地〕謝朓新亭渚別范零陵詩：「洞庭張樂地，瀟湘帝子遊。」李善注：「莊子：北門成問於黄帝曰：帝張咸池之樂於洞庭之野，吾始聞之懼，後聞之怠。山海經曰：洞庭之山，帝之二女居之，是常遊於江淵、澧沅，風交瀟湘之川。……」禹錫蓋兼用謝詩二句之意，以虞舜比德宗也。

嘗茶

生拍芳叢鷹觜芽，老郎封寄謫仙家。今宵更有湘江月，照出霏霏滿盌花。

【校】

〔生拍〕崇本拍作操。

【箋證】

按：詩稱老郎，似非禹錫初貶朗州時語氣，或是爲蘇州刺史時寄友，而其人亦遷謫江湘者，疑未敢定。

梁國祠

梁國三郎威德尊，女巫簫鼓走鄉村。萬家長見空山上，雨氣蒼茫生廟門。

【校】

〔題〕絶句作梁國辭。

【箋證】

按：梁國祠未知何在，或與卷二十四之陽山廟有關，要之不在朗州即在夔州也。

九日登高

世路山河險，君門煙霧深。年年上高處，未省不傷心。

【箋證】

按：禹錫集中甚少登高之作。此亦必作於初貶之數年中，故云：「世路山河險，君門煙霧深」，爲己之遭謗負屈而言，其詞甚直而切。

謝柳子厚寄疊石硯

常時同硯席，寄此感離羣。清越敲寒玉，參差疊碧雲。煙嵐餘斐亹，水墨兩氛氲。好與陶貞白，松窗寫紫文。

【校】

〔寄此〕全唐詩此作硯，注云：一作此。

〔紫文〕結一本文字缺。

元日感懷

振蟄春潛至，湘南人未歸。身加一日長，心覺去年非。燎火委虛燼，兒童衒綵衣。異鄉無舊識，車馬到門稀。

【箋證】

按：詩有湘南人未歸之句，當是元和十一年（八一六）至十四年（八一九）間在連州作。

謝宣州崔相公賜馬

浮雲金絡膝，昨日别朱輪。銜草如懷戀，嘶風尚意頻。曾將比君子，不是换佳人。從此西歸路，應容躡後塵。

【校】

〔絡膝〕全唐詩膝下注云：一作膕，紹本、崇本與一作同。

【箋證】

按：禹錫於長慶四年（八二四）過宣州赴和州，崔羣方爲宣歙觀察使，攀留飲宴，見本卷歷陽書事詩，贈馬當即在是時。資暇集云云：「成都府出小駟，以其便於難路，號爲蜀馬。今宣城郡亦有小馬，時人皆呼爲宣州蜀馬。語習不悟，良可笑焉。」據此知宣州出馬是唐人所重，故羣以其地之名産贈禹錫。非李氏此條，他書無言及此者，今人更無從聞此事矣。末聯「從此西歸路，應容躡後塵」，乃預祝羣之還朝，已亦有彈冠之慶也。

南中書來

君書問風俗，此地接炎州。淫祀多青鬼，居人少白頭。旅情偏在夜，鄉思豈唯秋？每羨朝宗水，門前盡日流。

【校】

〔君書〕全唐詩書下注云：一作來。

〔盡日〕紹本、崇本均作日夕。

【箋證】

按：詩之末聯用「江漢朝宗」語意，似作詩時在夔州。所謂「南中書來」者，連州故人相問訊也。杜甫在夔州，有句云：「大江秋易盛，空峽夜多聞。」與此詩所寫情景亦相似。

題招隱寺

隱士遺塵在，高僧精舍開。地形臨渚斷，江勢觸山迴。楚野花多思，南禽聲例哀。殷勤最高頂，閒卻望鄉來。

【校】

〔閒卻〕紹本、全唐詩卻均作即。

思歸寄山中友人

蕭條對秋色，相憶在雲泉。木落病身死，潮平歸思懸。涼鐘山頂寺，暝火渡頭船。此地非吾土，閒留又一年。

【校】

〔身死〕崇本死作健，全唐詩注云：一作起。

【箋證】

按：詩意似在和州或蘇州時作，若在謫籍中則不得云「思歸」也。然身任刺史，亦不得云「閒留又一年」。全唐詩李頻卷中有秋夜山中思歸送友人詩，字句小異。疑誤收入劉集。題與詩皆與本集不相類。

望洞庭

湖光秋月兩相和，潭面無風鏡未磨。遥望洞庭山水翠，白銀盤裏一青螺。

【校】

〔水翠〕結一本作翠水，崇本作翠小，紹本、全唐詩均作水翠，全唐詩注云：一作山翠色。

〔白銀〕全唐詩銀下注云：一作雲。

【箋證】

按：禹錫以永貞元年（八〇五）之秋初貶連州刺史，繼改朗州司馬，取道荆州，似未至岳州而聞後命，即由荆州西赴朗州。若曾中道折回，恐集中不致無一語涉及。則望洞庭之詩當是由朗州出遊時遥望，不然則是由夔州東赴和州時，下歷陽書事詩序有觀洞庭一語可據。若元和十年（八一五）再貶連州，則身經洞庭，無所謂遥望矣。此詩頗爲古今傳誦，必曾至其地者尤知其賦物之工也。當與卷二十六洞庭秋月詩互參。

魚復江中

扁舟盡室貧相逐，白髮藏冠鑷更加。遠水自澄終日緑，晴林長落過春花。客情浩蕩逢鄉語，詩意留連重物華。風檣好住貪程去，斜日青帘背酒家。

【箋證】

按：本卷歷陽書事詩序云：「長慶四年八月，余自夔州轉歷陽」，别夔州官吏云：「峽水秋來不恐人」，與此詩中所寫時令景物略符，可斷爲自夔州啓程後所作。若長慶元年（八二一）禹錫赴任夔州時則正在嚴冬，迥不相合矣。長慶四年（八二四），禹錫五十三歲，故有「白髮藏冠」之句。

禹錫集中不甚有嗟貧之語，未嘗自道生計，此詩獨有「貧相逐」及「貪程去」之語，蓋和州之授，宦囊自此可稍豐，未免喜形於色也。「遠水自澄終日緑，晴林長落過春花。」可與外集卷一酬樂天揚州初逢之「沈舟」「病樹」一聯互參，亦與外集卷二贈樂天之「在人雖晚達，於樹似冬青」一聯意境相似。歲寒後凋之志操，於禹錫詩中屢見之。

歷陽書事七十韻

長慶四年八月，予自夔州轉歷陽，浮岷山，觀洞庭，歷夏口，涉潯陽而東，友人崔敦詩罷丞相鎮宛陵，緘書來抵曰：「必我覿而之藩，不十日飲不置子。」故予自池州道宛陵如其素。敦詩出祖於敬亭祠下，由姑孰西渡江，乃吾圉也。至則考圖經，參見事，爲之詩，俟采之夜諷者。

一夕爲湖地，千年列郡名。霸王迷路處，亞父所封城。漢置東南尉，梁分肘腋兵。本吴風俗剽，兼楚語音傖。沸井今無湧，烏江舊有名。土臺遊柱史，石室隱彭鏗。老君適楚有臺在焉，彭鏗石室在含山縣。曹操祠猶在，濡須隖未平。海潮隨月大，江水應春生。一昨深山裏，終朝看火耕。魚書來北闕，鷁首下南荆。雲雨巫山暗，蕙蘭湘水清。章華樹已失，鄂渚草來迎。廬嶺香鑪出，湓城粉堞明。雁飛彭蠡暮，鴉噪大雷晴。平野分風使，恬和趁夜程。貴池登陸峻，春穀渡橋鳴。絡繹主人問，悲歡故舊情。幾年方一面，卜晝便三更。助喜杯盤盛，忘機笑語訇。管清疑警鶴，絃巧似嬌鶯。熾炭烘蹲獸，華裀織鬬鯨。迴襜飄霧雨，急節墮瓊英。斂黛凝愁色，安鈿耀翠晶。容華本南國，妝梳學西京。日落方收鼓，天寒更炙笙。促筵交履舄，痛飲倒簪纓。謔浪容優孟，嬌憐許智瓊。蔽明添翠帟，命燭拄金莖。坐久羅衣皺，杯傾粉面騂。興來從請曲，意墮即飛觥。令急重須改，歡憑醉盡呈。詰朝還選勝，來日又尋盟。道別殷勤惜，邀筵次第爭。唯聞嗟短景，不復有餘酲。衆散扃朱户，相攜話素誠。晤言猶亹亹，殘漏自丁丁。出祖千夫擁，行廚五熟烹。離亭臨野水，別思入哀箏。接境人情洽，方冬饌具精。中流爲界道，隔岸數飛甍。沙浦王渾鎮，滄洲謝傳塋。望夫人化石，夢帝日環營。半渡趨津吏，緣隄簇郡甿。埸黄堆晚稻，籬碧見冬菁。里社争來獻，壺漿各自擎。鴟夷傾底舄，秬籹鬬成□。采石風傳柝，新林暮擊鉦。藺綸牽撥刺，犀餤照澄泓。露冕觀原野，前驅抗旆旌。分庭展賓主，望闕拜恩榮。比屋惸嫠輩，連年水旱并。遐思常後已，下令必先庚。遠岫低屏列，支流曲帶縈。湖魚香勝肉，官酒重於餳。憶昔泉源變，斯須地軸傾。雞籠爲石顆，龜眼入泥坑。事繫人風重，官從物論輕。江春俄澹蕩，樓月幾虧盈？柳長千絲宛，田塍一綫絣。遊魚將婢從，野雉見媒驚。波浄攢鳬鵠，洲香發杜蘅。一鍾菰葑米，千里水葵羹。受譴時方久，分憂政未成。比瓊雖碌碌，於鐵尚錚錚。早忝曹三署，曾聞奏六英。無能甘負弩，不慎在騎衡。口語成中遘，毛衣阻上征。時聞關利鈍，智亦有聾盲。昔愧山東妙，今慚海内兄。後來登甲乙，早已在蓬瀛。心託秦明鏡，才非楚白珩。齒衰親藥物，宦薄傲公卿。捧日皆元老，宣風盡大彭。好令朝集使，結束赴新正。

【校】

〔岷山〕紹本、崇本山均作江，是。

〔抵曰〕全唐詩抵作招。

〔吾圉〕結一本圉作園，誤，崇本作州，亦淺，吾圉字見左傳隱十一年。

〔采之〕全唐詩采下有風字。

〔亞父〕結一本父作夫，誤。

〔一昨〕全唐詩一作憶。

〔廬嶺香鑪〕崇本廬下注云：逸三字，紹本、全唐詩嶺作阜。

〔春穀〕全唐詩春作舂，崇本穀作轂，皆非。

〔迴襜〕紹本、崇本、全唐詩襜均作裾。

〔安鈿〕結一本安字缺，崇本作拾，紹本作安，全唐詩作施。
〔妝梳〕紹本梳作掠，全唐詩作束。按：梳字失粘必非。
〔嬌憐〕紹本憐作矜。
〔拄金莖〕全唐詩拄下注云：一作挂。紹本、崇本均作拄。
〔杯傾〕紹本、崇本、全唐詩傾均作頻。
〔傅瑩〕結一本此二字缺，崇本似勝，紹本、全唐詩均作朓城，城字韻重，亦非。
〔津吏〕紹本吏作史，誤。
〔鶡夷傾底舃〕紹本、崇本、全唐詩舃均作寫，是。紹本鶡作雞，非。
〔成□〕紹本、崇本缺字均作文，出韻必非。
〔遐思〕紹本、崇本遐均作退。
〔憶昔〕紹本、崇本昔均作惜，非。
〔鼻鶻〕紹本、崇本鶻均作鵠。
〔忝曹〕崇本曹作遊，紹本、全唐詩均作登。
〔騎衡〕全唐詩騎作提。
〔心託〕結一本託作記，誤。
〔宦薄〕紹本宦作官，非。

【箋證】

按：禹錫自連州刺史任内丁母憂，旋值穆宗即位，不得在量移之列，終喪後起爲夔州刺史，仍未全離謫宦之境。和州列於腹裏，介在江淮，雖非美遷，亦可稍抒積鬱矣。加以崔羣情殷敍舊，邀勒留連，必有肺腑之言，縱不能盡宣之於筆墨，亦大足爲吟詠生色。故此詩乃禹錫自敍生平之一段關鍵也。詩中故實多已自注，今逐段增釋，並隱括其意，以便參證。自首聯至「江水應春生」，皆總敍和州建置風土大概。「一夕爲湖」者，淮南子云，歷陽之都一夕爲湖也。「千年」者，漢書地理志，歷陽都尉治屬九江郡也。「霸王」「亞父」二句謂項羽死於烏江，即和州屬縣，而范增封歷陽侯，均見史記項羽本紀也。「東南尉」亦指漢置歷陽都尉，「肘腋兵」當指梁末事，「濡須隝」是漢建安十七年曹操伐孫權時所修。自「一昨深山裏」以下則敍自夔州沿江東下行程所經，「貴池」、「春穀」謂池州也。自「絡繹主人問」以下則敍崔羣挽留歡宴之殷勤。自「離亭臨野水」以下則敍别後登程由姑孰而采石渡江所經古跡，即至和州轄境矣。自「分庭展賓主」以下則敍與前任交代，受事撫人，巡視境内。自「早忝曹三署」以下則敍昔年早達獲譴，而後輩聯翩繼起，今則自居於耆老之列矣。所敍和州之事惟「梁分肘腋兵」一語較隱晦。據輿地紀勝云：「梁山在歷陽縣南七十里，俯臨曆水。侯景之亂，梁王僧辯軍次蕪湖，與景將侯子鑒戰於梁山，大破之。江東有博望山，屬姑孰，二山相對如門，南朝謂之天門山。兩岸山頂各有城，並王元謨所築。自六代爲始，皆於此屯兵扞禦。」或是指此。

又按：前人之評此詩者，詩人玉屑一五引吕氏童蒙訓云：「蘇子由晚年多令人學劉禹錫詩以爲用意深遠，有曲折處。後因見夢得歷陽詩云：一夕爲湖處，千年列郡名。霸王迷路處，亞父所封城。皆歷陽事。語意雄健，後殆難繼也。」又按：後山詩話云：「蘇詩始學劉禹錫，故多怨刺。」後村詩話又引莫傜及蠻子二詩云：「世傳坡詩初學夢得，觀此二詩信然。」與吕氏童蒙訓之語不無關聯，然皆不甚可解，姑連類附載之於此。

〔朝集使〕此詩末語可藉以考見唐代朝集使之制。唐會要二四：「貞觀十五年（六四一）正月，上謂侍臣曰：頃聞都督刺史充考使至京師，皆賃房與商人雜居，既復禮之不足，必是人多怨歎。至十七年（六四三）十月一日下詔，令就京城閒坊爲諸州朝集使造邸第三百餘所，上親觀焉。又開元八年（七二〇）十一月敕：諸州都督上佐每年分番朝集，限十月二十五日到京，十一月一日見。其年十一月十二日敕：諸州朝集使長官上佐分番入計，如次到有故，判司代行。未經考者不在禁限，其員外同正員次正官後集。又二十二年（七三四）十一月敕：諸朝集使十日一參，朔望依常式，應須設食等，準例處分。」今按禹錫以秋末冬初到和州，須急遣朝集使，方能依十月二十五日到京之限。故詩云：「好令朝集使，結束赴新正。」柳宗元集有銅魚使赴都寄親友詩，自注云：「嶺南支郡無綱官，考典帳典等悉附都府至京。」亦謂朝集使也。

劉禹錫集箋證外集卷第九

雜著

爲淮南杜相公論西戎表

臣某言：臣一辭闕庭，已僅二載，官當重任，身受厚恩，既懷子牟戀闕之心，又負臧文竊位之責。思所以歌頌聖德，裨補箴規，塵露至微，不任懇迫。臣遠祖詩，顯名漢代，出牧南陽，讜言善策，隨事獻納。忠醇之至，聞於中外。遺風可襲，有激愚衷。臣是以輒竭聞見，粗陳梗概，雖不盡陛下聖明萬分之一，然臣子之心，有直必獻。伏惟皇帝陛下，德合天地，道躋文武。弛張普博，事法陰陽。氣均生成，人霑亭育；凡是氛沴，覆以春和。銷除容納，皆如聖意；寬宥肆赦，實賴皇明。河中誅鋤，不勞兵革，淮右底定，不戮一人。慶浹萬邦，事出千古。近又西戎背約，寇犯王師。陛下宏貸豺狼，矜其兇悍，布以恩澤，果此知懟，功因德成，不以兵制。故詩云玁狁孔熾，書稱蠻夷猾夏。臣觀自古帝王不忍小忿以貽大患，故竭耗中國，盡力邊陲。至如滅昆明之城，平大宛之種，豈足發輝皇猷，增榮簡册？故聖哲之論，薄衛、霍之功。陛下鏡歷代無益之端，脩大君文德之教，遂得北狄深藏，五城晏閉，百蠻向化，四海無虞。唯此小蕃，尚迷聲教。陛下示之大信，宏以舊恩，雖關防暫驚，而烽燧旋罷。

臣負恩方鎮，初懼寇戎，正於憂迫之時，果聞仁聖之諭，攘卻兇孽，不勞干戈。擇臣静思遠圖，久計莫若存信，施惠以愧其心。歲通玉帛，待以客禮，昭宣聖德。擇奉義之臣，恢拓皇威；選謹邊之將，積粟塞下。坐甲關中，以逸待勞，以高御下。重其金玉之贈，結以甥舅之歡。小來則慰安，大至則嚴備。明其斥候，不撓不侵。則戎狄爲可封之人，沙場無戰死之骨。若天下無事，人安歲稔，然後訓兵命將，破虜摧衡。□□原州營田，靈武盡復舊地。通使安西，國家長算，悉在於此。計熟事定，舉必有功；苟未可圖，豈宜容易？此皆陛下朝夕倦談之事，前後立驗之謀。臣質性頑疏，籌畫庸近，受恩非據，敢忘獻忠？犬馬之心，實所罄盡。謹遣某官某奉表。

【校】

〔已僅〕全唐文僅作經，是後人所改。

〔厚恩〕結一本厚作重，涉上而誤。

〔事法〕崇本作法則，全唐文作上法。

〔氛沴〕結一本氛作氣，誤。

〔兵制〕全唐文制作革，與上文複，非。

〔小忿〕紹本、崇本、全唐文此下均無以字，非。

〔至如〕英華、全唐文如作必。

〔豈足〕崇本足作是。

〔聖哲〕紹本、崇本、全唐文聖均作賢。

〔聲教〕全唐文聲作聖。

〔久計〕全唐文上有爲國二字。

〔以愧〕全唐文以作多。

〔重其〕全唐文其作以。

〔摧衡〕崇本衡作衝。

〔原州〕此上二字缺，紹本、崇本、全唐文不缺，非。

〔豈宜〕紹本宜作得，崇本作曰。

【箋證】

按：杜相公謂杜佑，據佑本傳，以貞元五年（七八九）十二月自陝虢觀察使除淮南節度使。此文有云，一辭闕庭，已僅二載，則上表時當爲貞元七年（七九一）或八年（七九二）。不應已稱爲相公，蓋追題之誤。文中所云「河中誅鋤」，指貞元元年（七八五）李懷光爲其下所殺，「淮右底定」，指貞元二年（七八六）李希烈爲其下所殺，「西戎背約」，指貞元三年（七八七）平涼敗盟之事。此表既指貞元初年情事，則禹錫年方弱冠，已有能文之譽，非虛語也。（見下所引權德輿贈序）禹錫雖尚未入幕任職，或偶爲草表，特不知當時果據以入奏否。卞孝萱劉禹錫年譜以此表指貞元十七年（八〇一）韋皋所奏維州一事，是未詳究表中文句而誤斷。

又按：佑本傳有論吐蕃事一表，則屬晚年之事，然亦有足與此文相參者。傳云：「元和元年，册拜司徒同平章事，封岐國公。時河西党項潛導吐蕃，邊將邀功，亟請擊之。佑上疏論之曰：臣伏見党項與西戎潛通，屢有降人指陳事迹，而公卿廷議以爲誠當謹兵戎，備侵軼，益發甲卒，邀其寇暴，此蓋未達事機，匹夫之常論也。夫蠻夷猾夏，唐虞已然，周宣中興，玁狁爲害，但命南仲，往城朔方，追之太原，及境而止。誠不欲弊中國而怒遠夷也。秦平六國，恃其兵力，北築長城，以拒匈奴，西逐諸羌，出於塞外，勞力擾人，結怨階亂，中國未静，白徒競起，海内雲擾，實生謫戍。漢武因文景之富，命將興師，遂至户口減半，竟下哀痛之詔，罷田輪臺，前史書之，尚嘉其先迷而後復。蓋聖王之理天下也，惟務綏静蒸人，西至流沙，東漸於海，在南與北，亦存聲教，不以遠物爲珍，匪求遐方之貢，豈疲内而事外，終得少而失多？故前代納忠之臣，並有匡君之議。淮南王請息師於閩越，賈捐之願棄地於珠崖，安危利害，高懸前史。昔馮奉世矯漢帝之詔擊莎車，傳其王首於京師，威震西域，宣帝大悦，議加爵賞。蕭望之獨以爲矯制違命，雖有功效，不可爲法，恐後之奉使者争遂發兵，爲國家生事。述理明白，其言遂行。國家自天后已來，突厥默啜，兵强氣勇，屢寇邊城，爲害頗甚。開元初，邊將郝靈佺親捕斬之，傳首闕下，自以爲功，代莫與二，坐望榮寵。宋璟爲相，慮武臣邀功，爲國生事，止授以郎將。由是迄開元之盛，無人復議開邊，中國遂寧，外夷亦静。此皆成敗可徵，鑒戒非遠。且党項小蕃，雜處中國，本懷我德，當事撫綏。間者邊將非廉，亟有侵刻，或利其善馬，或取其子女，便賄方物，徵發役徒，勞苦既多，叛亡遂起，或與北狄通使，或與西戎寇邊，有爲使然，固當懲革。傳曰：遠人不服，則修文德以來之。管子曰：國家無使勇猛者爲邊境。此誠聖哲識微知著之遠略也。今戎醜方强，邊備未實，誠宜慎擇良將，誡之完葺，使保誠信，絶其求取，用示懷柔，來則懲禦，去則謹備，自然懷柔（二字誤），革其姦謀。何必遽圖興師，坐致勞費？陛下上聖君人，覆育羣類，動必師古，謀無不臧。伏望堅保永圖，置兵衽席，天下幸甚云云」是佑深以黷武殃民爲非，禹錫啓之而佑始終持之。

謝上連州刺史表

臣某言：伏奉去三月七日制：授臣使持節連州刺史。恭承睿旨，跪奉詔書。皇恩重於丘山，聖澤深於雨露。抃舞失次，神魂再揚。臣某中謝。臣性愚拙，謬學文詞，幸遇休明，累登科第。出身入仕，並不因人。德宗臨御之時，臣忝御史。陛下龍飛之日，臣忝郎官。恭守章程，勤脩職業。權臣奏用，蓋聞虛名，實非曲求，可以覆視。跡卑易枉，無路自明。亦緣臣有微才，所以嫉臣者衆，競生口語，廣肆加誣。伏賴陛下至仁，特從寬典。舉以緣坐，貶佐遐藩。屢變星霜，頻經恩赦。犬馬懷戀，寢興匪寧。唯讀佛經，願延聖壽。昨蒙詔命，追赴上都，隨例授官，俾居遠郡。在臣之分，榮幸已多。伏荷陛下孝理宏深，皇明照燭，哀臣老母羸疾，憫臣一身零丁，特降殊恩，得移善部。光榮廣被，母子再生。凡在人臣，皆感聖德；凡爲人子，皆荷聖慈。豈唯賤臣獨受恩造，不覺喜極至於涕零！昔殷王俯念於前禽，且聞解網；漢帝有感於少女，爰命罷刑。方之聖朝，不足多尚。感召和氣，慰安羣生，非臣隕越，所能上報。

伏以南方癘疾，多在夏中。臣自發郴州，便染瘴瘧，扶策在道，不敢停留。即以今月十一日到州上訖，謹宣聖旨，以示遠人；恭述詔條，所期富庶，無任云云。

【校】

〔去三月七日〕全唐文去下有年字。此即本年之事，不得云去年，可證爲後人所妄加，惟三月七日與紀微不合。

〔臣性〕全唐文臣下有本字。

〔屢變〕全唐文變作易。

〔聖壽〕英華、全唐文壽均作算。

〔隨例〕崇本例作列。

〔殊恩〕紹本、全唐文殊均作新，崇本作洪。

〔善部〕英華、全唐文部均作郡，似非。

〔受恩〕英華、全唐文，受均作蒙。

〔郴州〕崇本、結一本郴均作柳，誤。

〔富庶〕英華、全唐文均作安復，下作無任感恩戀闕之至。

【箋證】

按：禹錫歷任各州謝上表均見本集十四、十五、十六等卷，連州一表表白貶逐之由來，尤爲考史者不可少之佐證，幸外集中猶存之，未至遺佚。通鑑考異云：「舊禹錫傳，元和十年（八一五），自武陵召還，宰相復欲置之郎署，時禹錫作遊玄都觀詠看花君子詩，語涉譏刺，執政不悦，復出爲播州刺史。禹錫集載其詩曰：玄都觀裏花千樹，盡是劉郎去後栽。按當時叔文之黨一切除遠州刺史，不止禹錫一人，豈緣此詩？蓋以此得播州惡處耳。實録曰：中丞裴度奏，其母老，必與此子爲死別，臣恐傷陛下孝理之風。憲宗曰：爲子尤須謹慎，恐貽親之憂。禹錫更合重於他人，卿豈可以此論之？度無以對。良久，帝改容而言曰：朕所言是責人子之事，然終不欲傷其所親之心。明日，改授禹錫連州，既而語左右，裴度終愛我切。趙璘因話録曰：憲宗初徵柳宗元、劉禹錫至京城，俄而柳爲柳州刺史，劉爲播州刺史，柳以劉須侍親，播州最爲惡處，請以柳州换，上不許，宰相對曰：禹錫有老親。上曰：但要與郡，豈繫母在？裴晉公進曰：陛下方侍太后，不合發此言。上有愧色，劉遂改爲連州。按柳宗元墓誌，將拜疏而未上耳，非已上而不許也。禹錫除播州時，裴度未爲相。今從實録及諫諍集。」以上考異（見通鑑二三九）所言差爲詳確，然元和九年（八一四）所召還之左降官，不限於王、韋一案，十年（八一五）重貶諸人亦不止劉、柳等，例如元稹且自唐州再貶通州司馬，處分較劉、柳尤重，而通鑑未嘗能明其故也。惟敍禹錫改授連州一節與此表所云「哀臣老母，得移善部」皆合。唐時制度，内外五品以上官除授皆中書所擬進，君主固不親裁，禹錫之獨貶惡處，自是宰相有意齮齕之。及制命已行，而士論不以爲可，怵於衆議，乃言於憲宗而改授耳。表中「特降殊恩」一語，紹本作「新恩」，足見由播改連，是别敕所改，前敕已行下矣。又觀此表「臣有微才，嫉臣者衆，競生口語，廣肆加誣」，證諸卷十上杜司徒書所云「飛語一發，臚言四馳」者，如出一轍。蓋禹錫之遭貶斥，不止爲王、韋牽累，仍有他故，惜文獻無徵矣。

參看本集卷十八謝門下武相公啓等篇箋證。

含輝洞述

河東薛公景晦以文無害爲尚書刑部郎中，以訕爲道州刺史，居郡大理，至於無事。清機羨溢，盡付山水。一旦以書來誇曰：「吾得異境於近郊，自城西門並南山俯江水，有石穹然如夏屋，其左右前後又如迴廊曲房，藻繡雕彤之象，雲生日入，怪狀迭發，水石卉木，杳非人寰。意其當爲食霞御氣者之所遊息，委蜕而去，不知其幾千百年。逮今得諸黄冠野夫，及請而往，因名其地曰含輝洞，蓋詩家流所謂『山水含清輝』者是已。吾子常以詞雄於世，盍爲我誌焉。」

愚得書，退而深惟。若薛公者，少居江湖，閒遊名山。東探禹穴，上四明、句曲、金華、陽羨；南過九江，薄匡廬以涉彭蠡，天下山水之籍，存乎胸中，第其高下，銖兩不失。及是而口呿不能名，顧謂奇，信矣！若江華者，九嶷、三湘之佳麗地也。前此二千石御史中執法河南元次山、諫大夫北平陽亢宗、司刑大夫東平吕和叔，皆碩人也，考槃、招隱之致，恒汲汲然，卒使兹境貴於異日。豈地愛其寶，有時而登耶！顧謂異，信矣！夫物之有作，俟言而遠。故述焉以書於洞陰曰：

營陽鬱鬱，山水第一。洞有含輝，遊人忘歸。忘歸孔樂，請言其略。先是斯境，翳於榛薄，天姿孤絕，凡目所忽。閟其清光，有待而發。公之來思，探異翫奇，芟野憩林，而民悅之。既悅其至，益知其嗜。捫陘歷峴，來適公志。偶得奇絕，聿來告公。駕言從之，谷岸溟濛。有石如門，又如垣墉。樛蔓交木，似綸似組。乃芟乃治，乃可布武。伸脰掉臂，空洞無阻。左右迴環，儼若廊廡。飛泉出竇，練縋花吐。觸石吹沙，佩搖絃撫。側徑夤緣，豁然見天。有石如堂，度之五筵。東西二門，與石明昏，奧者如室，宣者如軒。因其高下，爰構亭榭，匠生於心，隨指如化。開山翦木，役以私屬。結構墍茨，子來嬉嬉。無事而就，邦人不知。淑清之辰，休澣之時，雅步幅巾，琴壺以隨。前無俗人，與白雲期。年日盡適，形神不羈，元氣顥然，觀吾朵頤。遵渚之鴻，有時而飛。石門之下，可以棲遲。此谷而盈，彼丘而夷。維公之跡，永永在斯。

【校】

〔河東〕崇本東作南，非。按：河東乃薛之郡望。

〔羨溢〕崇本溢作益。

〔杳非〕崇本杳作香，非。

〔當爲〕紹本、崇本當均作嘗。

〔食霞〕紹本、崇本食均作餐。

〔及請〕紹本、崇本請均作諂。

〔而往〕紹本、崇本往均作信。

〔詞雄〕紹本雄作集，崇本作業。

〔上四明〕紹本、全唐文上均作歷，崇本作止。

〔匡廬〕崇本匡作莊，蓋避宋諱改。

〔顧謂〕紹本、崇本謂均作爲。按：唐人二字常通用。

〔諫大夫〕全唐文諫下有議字。

〔而登〕紹本、崇本、全唐文登均作發。

〔異信〕結一本異作奇，涉上而誤。

〔孔樂〕結一本此上二字缺，紹本、崇本、全唐文疊作忘歸二字，似是。

〔其略〕紹本、全唐文略均作朔，崇本作明。

〔其嗜〕紹本、崇本，全唐文其均作所。

〔交木〕紹本木作互，崇本作才。

〔似綸〕結一本綸作編，誤。按：似綸語出爾雅。

〔與石〕崇本石作日。

〔役以〕結一本役作後，誤。

〔塈茨〕紹本、崇本、結一本塈均作曁，全唐文作塈，是。

〔年日〕紹本、全唐文作耳目。

〔維公之跡〕此二句紹本、崇本、全唐文均作維公之褕，跡永在斯。

【箋證】

按：薛景晦爲道州刺史，與禹錫在連州爲鄰境，故常有往還。本集卷十答道州薛郎中兩書，即其人也。柳河東集有道州毁鼻亭神記，云：「元和九年，河東薛公由刑部郎中刺道州，」注云「伯高」。道州文宣王廟碑亦云：「儒師河東薛公伯高由尚書刑部郎中爲道州」，事實全合，而此文及下篇傳信方述皆稱薛景晦，孰名孰字，頗爲可異。别詳本集卷十箋證。

〔含輝洞〕輿地紀勝云：「含輝巖在營道縣南，唐劉夢得有記。」

〔元次山〕元次山謂元結，御史中執法指御史中丞，蓋結任容管經略使帶此銜也。結，新唐書一四三有傳。

〔陽亢宗〕陽亢宗謂陽城，以諫議大夫貶。舊唐書一九二、新唐書一九四均有傳。

〔吕和叔〕按：吕和叔謂吕温，自刑部郎中出。已見本集卷十九。

吏隱亭述

元和十五年，再牧於連州，作吏隱亭海陽湖壖。入自外間，不知藏山，歷級東望，怳非人寰。前有四榭，隔水相鮮。凝靄蒼蒼，深流布懸。架險通蹊，有梁如霓。輕泳徐轉，有舟如翰。澄霞漾月，若在天漢。視彼廣輪，千畝之半。翠麗於是，與世殊貫。澂明峭絶，靃靡蔥蒨。炎景有宜，昏旦迭變。疑昔神鼇，負山而抃，擢其別島，置此高岸。

海陽之名，自元先生。先生元結，有銘其碣。元維假符，予維左遷。其間相距，五十餘年。封境服人，其猶比肩。

天下山水，無非美好。地偏人遠，空樂魚鳥。謝公開山，涉月忘還，豈曰無娛，伊險且艱。溪山風物，城池爲伍。郤倚佛寺，左聯仙府。勢拱臺殿，光含廂廡。窈如壺中，別見天宇。石蜑不老，水流不腐。不知何人，爲今爲古。堅焉終泐，流焉終竭。不知何時，再融再結。

【校】

〔外間〕紹本間作門。

〔深流〕紹本、崇本、全唐文深均作淙。

〔如翰〕結一本翰作翰，按：義雖似可通，然不叶韻。

〔澄霞〕崇本澄作登。

〔五十〕紹本、崇本均作十五，非。按：元結距此時不止十五年。

〔服人〕紹本服字似作壤或懷。

〔無非〕紹本、崇本、全唐文均作非無。

〔風物〕紹本、崇本、全唐文風均作尤。

〔廂廡〕崇本廂作霜。

〔石壑〕紹本、崇本、全唐文壑均作堅。

〔堅焉〕崇本堅作石。

〔終泐〕結一本泐字缺。崇本泐作堅。

〔流焉〕崇本流作水。

【箋證】

按：吏隱亭已見前卷海陽十詠中。詩有云：「外來始一望，寫盡平生心。」與此文所述詞意相合。文首云：元和十五年（八二〇）再牧於連州，恐不合，是年禹錫已奉母喪北歸矣。五字當衍。

傳信方述

予爲連州四年，江華守河東薛景晦以所著古今集驗方十通爲贈。其志在於拯物，予故甲之以書。異日景晦復寄聲相謝，且咨所以補前方之闕。醫拯道貴廣，庸可以學淺爲辭。遂於篋中得已試者五十餘方，用塞長者之問，皆有所自，故以傳信爲目云。元和十三年六月八日，中山劉禹錫述。

【箋證】

按：新唐書藝文志醫術類有劉禹錫傳信方二卷，今雖已佚，仍偶見政和本草所引。答薛景晦書見本集卷十。又禹錫研求醫藥之由，見答道州薛郎中論方書書，其留意攝生，則見卷六因論中之鑒藥、述病二篇，可參看。

彭陽唱和集引

丞相彭陽公始由貢士以文章爲羽翼，怒飛於冥冥。及貴爲元老，以篇詠佐琴壺，取適乎閒宴，鏘然如朱絃玉磬，故名聞於世間。鄙人少時亦嘗以詞藝梯而航之，中途見險，流落不試。而胸中之氣伊鬱蜿蜒，泄爲章句，以遣愁沮，悽然如焦桐孤竹，亦名聞於世間。雖窮達異趣，而音英同域，故相遇甚歡。其會面必抒懷，其離居必寄興，重酬累贈，體備今古，好事者多傳布之。

今年公在并州，予守吴門，相去迥遠，而音徽如近，且有書來抵曰：「三川守白君編録與吾子贈答，緘縹囊以遺予。白君爲詞以冠其前，號曰劉白集。悠悠思與所賦亦盈於巾箱，盍次第之以塞三川之誚。」於是緝綴凡百有餘篇，以彭陽唱和集爲目，勒成兩軸。爾後繼賦，附於左方。大和七年二月五日，中山劉禹錫述。

【校】

〔音英〕按：此必爲韺字誤析爲二，下缺一字則不可考。

〔同域〕崇本域作或。

〔會面〕崇本作合面。

〔之誚〕結一本、全唐文誚作請，當依各本。

【箋證】

按：彭陽公謂令狐楚。楚本傳云：「楚才思俊麗，德宗好文，每太原奏至，能辨楚之所爲，頗稱之。」李商隱傳云：「從事令狐楚幕，楚能章奏，遂以其道授商隱。」其實楚之所長亦當時流行之四六耳，於五七言，所詣亦不足與禹錫較短長也。文中有云「三川守白君編録與吾子贈答，緘縹囊以遺予，白君爲詞以冠其前，號曰劉白集」，白居易集中有劉白唱和集解一篇，云：「至大和三年（八二九）春已前，紙墨所存者凡一百三十八首，其餘乘興扶醉率然口號者，不在此數。」末云：

「己酉歲（八二九）三月五日樂天解。」不云序而云解，避禹錫之父嫌名也。己酉即大和三年，禹錫初至長安，此後仍有十二年之往還，何止一百三十八首之唱和？今觀禹錫集中與居易唱和之作，大抵始於大和元年（八二七），三年之中，爲數亦不甚多，居易集中亦甚少有大和元年（八二七）以前之唱和，可見今存之兩家集中皆非悉備，即三年（八二九）以後之作亦必遠逾集中所存。文中稱居易爲三川守，大和五年（八三一）至七年（八三三）間居易方爲河南尹故也。則楚所見之劉白集疑又非大和三年（八二九）所編之劉白集矣。

彭陽唱和集後引

貞元中，予爲御史，彭陽公從事於太原，以文章相往來有日矣。無何予受讁南遷，十餘年間，公登用至宰相，出爲衡州，方獲會面。輸寫蘊積，相視泫然。爾後或雜賦詩贈答，編成兩軸。大和五年，予領吴郡，公鎮太原，常發函寓書，必有章句，絡繹於數千里内，無曠旬時。八年，公爲吏部尚書，予牧臨汝，有詩歎七年之別，署其後云：集卷自此爲第三。未幾，予轉左馮，公登左揆，每恨近而不見，形於詠言。開成元年，公鎮南梁，予以太子賓客分司東都，新韻繼至，率云三軸成矣。二年冬，忽寄一章，詞調悽切，似有永訣之旨，伸紙悸歎。居數日，果承訃書。嗚呼！聆風相悦者四十年，會面交歡者十九年，以詩見投凡七十九首，勒成三卷，以副平生之言。

【校】

〔每恨〕全唐文恨作悔。

〔悖歎〕崇本悖作慨。

【箋證】

按：禹錫與令狐楚交道之終見外集卷三之末，此文云會面交歡十九年者，楚以元和十五年（八二〇）貶衡州刺史，至開成二年（八三七）之卒，實得十八年。彭陽唱和集今雖不傳，今外集卷三所收禹錫之作亦殆五十首，此外本集卷二十八及外集卷一卷二仍有數首，較之此文所稱三卷七十九首，遺者當亦無幾，楚之作則多亡佚矣。唐人編次詩文率計字若干爲一卷軸，其時印板之術尚未大行，傳世惟賴手寫之卷軸本。彭陽唱和集或寫本無多，故不復流傳耳。

吴蜀集引

長慶四年，予爲歷陽守，今丞相趙郡李公時鎮南徐州。每賦詩，飛函相示，且命同作。爾後出處乖遠，亦如鄰封。凡酬唱始於江南，而終於劍外，故以吴蜀爲目云。

【箋證】

按：趙郡李公謂李德裕。文云始於江南而終於劍外，蓋謂德裕於大和六年自西川内召以後所作不復列在集中也。然禹錫集中與德裕往還之詩多有在此以後者。

汝洛集引

大和八年，予自姑蘇轉臨汝，樂天罷三川守，復以賓客分司東都。未幾，有詔領馮翊，辭不拜職。授太子少傅分務，以遂其高。時予代居左馮。明年，予罷郡，以賓客入洛，日以章句交歡。因而編之，命爲汝洛集。

【箋證】

按：禹錫與白居易唱和之詩自以晚年同在洛陽時爲尤多。此文蓋謂自刺汝州以後至以賓客居洛，皆編在此集，然未知終於何年。今白集中有詩而劉集中無者尚不乏，蓋散佚者亦多矣。

又按：新唐書藝文志列有劉白唱和集、汝洛集、洛中集、彭陽唱和集，吴蜀集。洛中集下不著人名，而汝洛集下云：裴度、劉禹錫唱和，似微不合。然足見諸集在北宋時猶存，外集諸詩或即是由此纂成。

子劉子自傳

子劉子，名禹錫，字夢得。其先漢景帝賈夫人子勝封中山王，謚曰靖，子孫因封爲中山人也。七代祖亮，事北朝爲冀州刺史、散騎常侍，遇遷都洛陽，爲北部都昌里人。世爲儒而仕，墳墓在洛陽北山。其後也陿不可依，乃葬滎陽之檀山原。由大王父已還，一昭一穆如平生。曾祖凱，官至博州刺史。祖鍠，由洛陽主簿察視行馬外事，歲滿轉殿中丞、侍御史，贈尚書祠部郎中。父諱緒，亦以儒學，天寶末應進士，遂及大亂，舉族東遷，以違患難，因爲東諸侯所用。後爲浙西從事，本府就加鹽鐵副使，遂轉殿中主務於埇橋。其後罷歸浙右，至揚州，遇疾不諱。小子承夙訓，禀遺教，眇然一身，奉尊夫人不敢殞滅。後忝登朝，或領郡，蒙恩澤先府君累贈至吏部尚書，先太君盧氏由彭城縣太君贈至范陽郡太夫人。

初，禹錫既冠，舉進士，一幸而中試。開歲，又以文登吏部取士科，授太子校書。官司閒曠，得以請告奉温凊。是時年少，名浮於實，士林榮之。及丁先尚書憂，迫禮不死，因成痼疾。既免喪，相國揚州節度使杜公領徐泗，素相知，遂請爲掌書記。捧檄入告，太夫人曰：「吾不樂江淮間，汝宜謀之於始。」因白丞相以請，曰：諾。居數月而罷徐泗而河路猶艱難，遂改爲揚州掌書記。涉二年而道無虞，前約乃行，調補京兆渭南主簿。明年冬，擢爲監察御史。

貞元二十一年春，德宗新棄天下，東宫即位。時有寒儁王叔文以善弈棊得通籍博望，因間隙得言及時事，上大奇之。如是者積久，衆未之知。至是起蘇州掾，超拜起居舍人、充翰林學士，遂陰薦丞相杜公爲度支鹽鐵等使。翊日，叔文以本官及内職兼充副使。未幾，特遷户部侍郎，賜紫，貴振一時。愚前已爲杜丞相奏署崇陵使判官，居月餘日，至是改屯田員外郎，判度支鹽鐵等。按初叔文北海人，自言猛之後，有遠祖風，唯東平吕温、隴西李景儉、河東柳宗元以爲言然。三子者皆與予厚善，日夕過言其能。叔文實工言治道，能以口辨移人。既得用，自春至秋，其所施爲，人不以爲當非。時上素被疾，至是尤劇，詔下内禪，自爲太上皇。後謚曰順宗。東宫即皇帝位。是時，太上久寢疾，宰臣及用事者都不得召對。宫掖事秘，而建桓立順，功歸貴臣。於是叔文首貶渝州，後命終死。宰相貶崖州。予出爲連州。途至荆南，又貶朗州司馬。居九年，詔徵復授連州。歷夔、和二郡，又除主客郎中，分司東都。明年，追入充集賢殿學士，轉蘇州刺史，賜金紫。移汝州，兼御史中丞。又遷同州，充本州防禦、長春宫使。後被足疾，改太子賓客分司東都。又改秘書監，分司一年，加檢校禮部尚書兼太子賓客，行年七十有一。身病之日，自爲銘曰：

不夭不賤，天之祺兮。重屯累厄，數之奇兮。天與所長，不使施兮。人或加訕，心無疵兮。寢於北牖，盡所期兮。葬近大墓，如生時兮。魂無不之，庸詎知兮！

【校】

〔因封〕崇本無封字。

〔也陋〕紹本、崇本、全唐文也均作地。

〔由大王〕結一本由作田，據紹本、崇本、全唐文改。

〔浙西〕崇本浙作淮，非。

〔夙訓〕崇本夙作風。

〔登朝〕結一本作朝登，誤。

〔開歲〕紹本、崇本、全唐詩開均作間。

〔授太子〕紹本、崇本授作换。

〔閒曠〕結一本閒作門，誤。紹本、全唐詩作閒，是。崇本曠作廣，非。

〔河路〕崇本路作洛，非。

〔猶艱難〕紹本無難字。

〔揚州掌書記〕崇本無掌字。

〔涉二年〕紹本二作一。按：禹錫以貞元十六年（八〇〇）秋從事淮南，至十八（八〇二）年春已入京，云涉一年亦可。

〔博望〕崇本作待詔。按：通籍即待詔也。王叔文本侍順宗於東宫，漢太子宫有博望苑，故用此典，必崇本校者不識其義而誤改。

〔之知〕結一本、全唐詩均作知之，紹本乙。

〔言然〕紹本、崇本言均作信。

〔予厚〕紹本予作子，誤。

〔日夕遇〕紹本、崇本、全唐文遇均作過。

〔自爲〕紹本爲作稱。

〔連州〕紹本、崇本、全唐文下有自連二字。

〔之祺〕結一本祺作稘。

〔北牖〕崇本北作此，誤。

【箋證】

按：此文謹嚴而事詳覈，足可徵信，逐段疏釋如下：

〔一〕據新唐書宰相世系表，劉氏定著七房，一曰彭城，二曰尉氏，三曰臨淮，四曰南陽，五曰廣平，六曰丹陽，七曰南華。尉氏房出東漢河間孝王，臨淮房出東漢廣陵思王，南陽房出西漢長沙定王，廣平房出西漢趙敬肅王，南華房出西漢楚元王，而著望皆歸彭城。宋書武帝紀稱劉裕爲彭城縣綏輿里人，楚元王之後。故凡劉姓皆沿稱彭城，時人即以之稱禹錫，而禹錫獨標其譜系爲中山，於以上七房皆無與焉。傳云子孫因封爲中山人，因封者，因中山靖王之封也。據漢書景十三王傳，中山靖王有子百二十餘人，其子孫之繁昌可想，以中山爲望，是符於事實矣。至以禹錫爲生於中山，著籍中山，則非也。禹錫家於洛陽，其墳墓田宅在滎陽，見本集卷十上杜司徒書。

〔二〕劉亮，周書一七、北史六五均有傳。傳云：「本名道德，祖祐速，魏蔚州刺史，父持真，（北史作特真，蓋胡人名。）鎮遠將軍領民酋長。……亮少倜儻，有縱横計略，姿貌魁桀，見者憚之。普泰初，以都督從賀拔岳西征……及太祖置十二軍，簡諸將以將之，亮領一軍。每征討，常與怡峯俱爲騎將。魏孝武西遷，以迎駕功，除使持節右光禄大夫、左大都督，南秦州刺史。大統元年，以復潼關功，進位車騎大將軍、儀同三司，改封饒陽縣伯，邑五百户，尋加侍中。從擒竇泰，復弘農，及沙苑之役，亮並力戰有功，遷開府儀同三司、大都督，進爵長廣郡公，邑通前二千户。……亮以勇敢見知，爲時名將，兼屢陳謀策，多合機宜。太祖乃謂之曰：卿文武兼資，即孤之孔明也。乃賜名亮，並賜姓侯莫陳氏。十年，出爲東雍州刺史……子昶，尚太祖女西河長公主，大象中，位至柱國，秦、靈二州總管，以亮功封彭國公，邑五千户。」（北史傳云：隋開皇中坐事死。）據此，亮之勳閥亦一時之盛，而禹錫但稱爲冀州刺史散騎常侍，蓋不欲侈陳其先世。然亮之父爲領民酋長，則已久居邊塞，或且非漢人。自傳云，遇遷都洛陽，爲北部昌都里人，則亦謂本爲朔土之人，隨魏孝文帝遷洛陽也。然劉亮已在西魏、北周之際，當居關中，無由復居洛陽。此語當敍於七世祖亮之前方合。且劉亮實事宇文氏，宇文即隋唐統系所承，安得云「北朝」？禹錫自敍其家世里貫乃惝恍迷離若此，得非有所諱耶？要之，北魏後期，漢胡之辨漸泯，有未易確言者。姑發其疑於此。

〔三〕自北周至唐大曆間，約爲二百年，云劉亮爲禹錫七世祖，近之。但亮之子既貴顯如此，恐「世爲儒而仕」一語亦未盡然。或劉昶以宇文氏懿親之故，遭隋文帝毒手，後世遂微乎！

〔四〕據傳文，曾祖凱蓋即自洛陽遷葬滎陽之第一人，其人蓋當武后、中宗之世。

〔五〕祖鍠由洛陽主簿察視行馬外事，疑當武后、睿宗之世，其時帝室常居洛陽宫。察視行馬外，借古司隸校尉之職稱之，或當時有此差遣。但禹錫於薛公神道碑（本集卷三）自云：「愚方冠惠文冠，察行馬外事。」則其意以監察御史爲察行馬外，與古制不必相應。

〔六〕舉族東遷以違患難者，安史亂時，此爲常有之事，權德輿傳中所謂「兩京蹂於胡騎，士君子多以家渡江東」也。元和中諸文學之士，韓愈、柳宗元等，幾無不於早年游吴越者，文風之盛亦由南北交流有以致之。

〔七〕埇橋爲鹽鐵轉運中心，江淮鎡貨由此入汴泗以達東西二京，即宿州也。舊唐書地理志：

「元和四年（八〇九），敕復置宿州於埇橋，在徐之南界汴水上，當舟車之要。」埇橋巡院爲劉晏所創置。新唐書食貨志：「鹽鐵使劉晏……置巡院十三，曰揚州、陳許、汴州、廬壽、白沙、淮西、埇橋、浙西、宋州、泗州、嶺南、兗鄆、鄭滑，捕私鹽者，姦盜爲之衰息。」據新唐書晏本傳云：「晏分置諸道租庸使，慎簡豪閣專之。時經費不充，停天下攝官，獨租庸得補署，且數百人，皆新進鋭敏，盡當時之選，趣督倚辦，故能成功。雖權貴干請，欲假職仕者，晏厚以稟入奉之，然未嘗使親事，是以人人勸職。嘗言士有爵祿，則名重於利，吏無榮進，則利重於名。故檢劾出納，一委士人，吏惟奉行文書而已。」禹錫之父以殿中侍御史主務埇橋，自即晏所委士人之一，傳雖言租庸，實兼包鹽鐵言之。柳宗元故嶺南鹽鐵院李侍御墓誌云：「君以試大理評事佐荆南兩税使，督天下諸侯之半，調食饒裕，車擊舟連，又守湖南鹽鐵轉運院，以能遷官，移嶺南。」此亦士人主鹽鐵院之例。

〔八〕禹錫之父雖應進士而未登第，故不得不就浙西幕職以爲生。自大曆以前，浙西屢困兵革。自大曆元年（七六六）始，爲浙西觀察使者，韋元甫、李栖筠、李涵、李道昌、韓滉，雖不知所事之使主定爲其中何人，但似爲韋元甫，詳見下。本集卷二十八送裴處士應制舉詩有云：「憶得童年識君處，嘉禾驛後聯牆住。垂鈎釣得王餘魚，踏芳共登蘇小墓。」彼時禹錫蓋侍其父母家於吴中，以便於隨使府也。浙西觀察使之定駐潤州，當爲貞元以後之事。

〔九〕禹錫以大曆七年（七七二）壬子生，貞元九年（七九三）癸酉進士登第，實二十二歲，故云既冠舉進士，一幸而中試也。次年登宏詞科，故云又以文登吏部取士科也。至此始得授官。太子校書屬司經局，爲從九品官。

〔一〇〕禹錫授官後仍請告歸家，其時父母俱存，祖母似亦尚在堂。禹錫少年事略見於權德輿送劉秀才登科後侍從赴東京覲省序，（見全唐文四九一）而自傳反言之甚簡。序已見本集卷十獻權舍人書箋證中，兹仍録之以補自傳所闕。序云：「每歲儀曹獻賢能之書於王，然後列於禄仕，宣其績用耳。小司徒以楚金餘刃受詔兼領，彭城劉禹錫實首是科。始予見其丱，已習詩書，佩觿韘，恭敬詳雅，異乎其倫。及今見夫君子之文，所以觀化成，立憲度，學者爲之，則角逐舛馳多方而前。子獨居易以遜業，立誠以待問，秉是嗛慤，退然若虚。況侍御兄以文章行實著休問於仁義，義方善慶，君子多之。春服既成，五綵其色，去奉嚴訓，歸承慈歡，與侍御遊久者，賀而祝之曰：太丘之德，萬石之訓，亦將奉膳羞於公府，敬杖履於上庠，公卿無憖，黽俎交映，不待異日而前知矣。鄙夫既識其切，乃序夫羣言耳。」所謂侍御兄，即禹錫之父矣。所謂奉膳羞於公府，言尚有重闈之慶也，以禹錫年甫逾冠計之，其祖母當亦在七十歲左右。據德輿本傳，貞元初，爲江西觀察使李兼判官，再遷監察御史。府罷，杜佑、裴胄皆奏請，二表同日至京，則德輿亦與佑爲舊識，而禹錫日後之居佑幕，更多此一淵源。德輿早歲居潤州，與禹錫之父同爲流寓，德輿見禹錫於幼時，蓋即由此。至禹錫登科，則德輿已自太常博士轉左補闕，次年遷起居舍人矣。又禹錫登科之年，知貢舉爲顧少連，新唐書一六二有傳，時爲翰林學士中書舍人，不言其爲户部，此云「小司徒受詔兼領」，未詳所指。

〔一一〕禹錫丁父憂未知在何年。自傳云：既免喪，相國揚州節度使杜公領徐泗，請爲掌書記，按淮南節度原領揚、楚、滁、和、舒、廬、壽、光、宿等州。杜佑兼領徐、泗、濠，是貞元十六年（八〇〇）事。以三年喪期計之，則其父之卒當在貞元十三四年（七九七、七九八）間，即禹錫登第後之四五年也。禹錫之不赴調而就使幕者，其時皆以從事藩府爲入仕捷徑，且求禄入之豐也。

〔一二〕自傳云與杜佑素相知。此有可證者。據佑傳，佑初仕時嘗爲剡縣丞，時潤州刺史韋元甫嘗受恩於佑父希望，佑初謁見，元甫僅以故人子待之。他日元甫視事，有疑獄不能決，佑時在旁，元甫試訊於佑，佑口對響應皆得其要。元甫奇之，乃奏爲司法參軍。元甫爲浙西觀察使，淮南節度，皆辟爲從事，深所委信。據唐方鎮年表，韋元甫之鎮浙西，在大曆元年（七六六）至三年（七六八），則佑之爲浙西從事必在此三年中，以後至六年（七七一），則隨元甫至淮南。禹錫之父既亦從事浙西，則與佑爲同僚殆無疑矣。後此禹錫爲佑掌書記，集中代佑所作表疏至多，蓋緣故人子而得之也。

〔一三〕杜佑一生仕履與鹽鐵轉運所關最密，佑傳言楊炎入相，徵入朝，歷工部、金部二郎中，並充水陸轉運使，改度支郎中兼和糴等使。時方軍興，餽運之勞，悉委於佑。及貞元末入相，王叔文仍假其重名，推佑爲鹽鐵轉運使，而已爲副使。方佑之從事浙西韋元甫幕中，正劉晏典領江淮財賦之日，浙西使府與鹽鐵使院職事相關至多，禹錫之父與佑蓋皆受知於晏者，禹錫之從舅盧徵亦即晏之僚屬，疑皆以此熟於理財之事。

〔一四〕所謂「河路猶艱難」者，貞元十五年（七九九），始則汴州軍亂，殺陸長源，雖以劉全諒鎮宣武暫告寧息，繼而淮西吴少誠奪壽州茶園，陷臨潁，圍許州。次年，徐州軍亂，俄而討徐討蔡之師皆敗，始罷兵，故云涉二年而道無虞也。其時當在貞元十七年（八〇一）。

〔一五〕調補渭南主簿者，辭使府職，赴吏部選而得是官也。唐制宏詞拔萃入等，須赴吏部期集。畿縣主簿爲正九品，是爲登朝之初階，後來之公卿，多履此途而起。

〔一六〕唐制進士出身者，補官後往往登朝爲監察御史，拾遺補闕。有文學政事者，則由此入翰林，掌綸誥，馴致大用。禹錫登朝，當是由杜佑薦揚。舊唐書禹錫傳云，從佑入朝，爲監察御史，則時爲貞元十九年，其任渭南主簿爲時必甚暫，唐時畿縣簿尉多不久於其任也。

〔一七〕以下禹錫敍永貞政變事，字句極有斟酌，當析言之。其言王叔文爲「寒雋」者，首明叔文之爲南人，與中原士族無淵源。次言「如是積久，衆未之知」者，復明在貞元中叔文未嘗與政也。知叔文之爲寒雋，則知其所以招忌而不容於衆之故矣。唐之顯宦出於南裔者，如張九齡、如陸贄、如黎幹，如姜公輔，皆見阨於朝端，何況叔文之又非進士，亦無文譽乎？知叔文之在貞元中未嘗與政，則知其謗議多出於虚誣矣。即如韓愈之貶陽山，亦歸咎於叔文之排擯，斷非事實。永貞初政之力清貞元積弊，正由叔文平日私爲東宫言之，非外人所得聞，德宗猜忌成性，亦斷不容東宫僚屬之敢於昌言也。

〔一八〕以下言前已爲杜丞相奏署崇陵使判官云云，亦以辨明不盡由叔文之汲引，以己爲杜佑舊僚，固可得之也。至於改屯田員外郎，判度支鹽鐵等案，則顯然出於叔文之意，使禹錫當居間之任耳。

〔一九〕以下敍王叔文之爲人，雖未極言推許，然謂有王猛之風，則其素懷霸略，有用世之志，自在言外矣。當唐之中葉，承德宗醉心文華諱言建樹之風，而叔文輩以霸略自負，其遭時人側目，固無足異。謂吕温、李景儉、柳宗元日夕言其能，明八司馬朋黨之爲讏言也。温與景儉皆不在八司馬之列，惟宗元與禹錫乃真莫逆耳。凡此皆鄭重辯明叔文之爲時賢所可，非由私暱也。其下數語，既言其議論動人，復言其所設施能得人心，則叔文之負謗爲枉屈，無待申説矣。

〔二〇〕此下敍順宗内禪事，云：「太上久寢疾，宰臣及用事者都不得召對，建桓立順，功歸貴臣。」此數語關繫尤大。蓋順宗内禪之舉，不獨非宰相意，更非順宗意，宫掖已被隔絶，而順宗之存與亡，疾終之與被弑，皆成千古無從證實之疑案。十五年之後，憲宗之死也，宣宗以爲是郭后與穆宗之陰謀。憲宗以後，屢有宫闈之變亂，安見非習聞順憲間之隱祕而襲爲故事乎？〔通鑑二四八：「初，憲宗之崩，上（宣宗）疑郭太后預其謀。」考異引東觀奏記曰：「憲宗皇帝晏駕之夕，上雖幼，頗記其事，追恨光陵（穆宗）商臣之酷，即位後，誅鉏惡黨，無漏網者。

郭太后以上英察孝果，且懷慙懼，時居興慶宫，一日與一二侍兒同升勤政樓，倚衡而望，便欲殞於樓下，欲成上過。左右急持之，即聞於上，上大怒，其夕太后暴崩，上志也。」〕卞孝萱據續玄怪録辛公平上仙條，論證其中「元和末」一語爲「貞元」末之誤，（按：或是有意錯亂其詞，以待讀者默喻。）所記「將軍曰：昇雲之期，難違頃刻」，及「收血捧輿」等語，終之以「更數月方有攀髯之泣」，殆可爲順宗被弑露一綫索。卞氏復以續玄怪録著者李諒曾受知於王叔文，柳宗元有爲王户部薦李諒表可證，傳聞尤出有因。姑置此不論。即「建桓立順」一語觀之，禹錫泚筆至此，亦若隱詔後人以此中情事矣。憲宗既爲順宗所立之太子，由監國而即位，名正言順，何用舉東漢之順帝，桓帝爲喻乎？順帝者，先爲太子而被廢爲濟陰王，安帝之死，不得立，立北鄉侯，北鄉侯又死，閻顯、江京等欲别有所立，而中常侍孫程等十九人擁立濟陰王，顯、京等皆誅，而閻太后以幽死。桓帝則於質帝死後，由梁冀定策，以蠡吾侯入承大統。而太尉李固、司徒胡廣、司空趙戒初皆主立清河王蒜者。此二事皆於帝統傳授爲非常之舉也，豈非憲宗之立有名不正而言不順者耶？考順宗之爲太子，固已嘗甚不安矣。通鑑二三三略載：〔貞元三年（七八七）〕太子之妃母郜國大長公主得罪，德宗告李泌曰：舒王近已長立，孝友温仁。泌曰：何至於是？陛下惟有一子，奈何一旦疑之，欲廢之而立姪，得無失計乎？德宗勃然怒曰：卿何得間人父子？誰語卿舒王爲姪者！對曰：陛下自言之。大曆初，陛下語臣：今日得數子。臣請其故，陛下言昭靖諸子（昭靖太子爲德宗之弟）

主上令吾子之。今陛下所生之子猶疑之，何有於姪？又太子使人謝泌曰：若必不可救，欲先自仰藥，何如？泌曰：必無此慮，願太子起敬起孝，苟泌身不存，則事不可知耳。觀此，知太子之不安於位，乃唐室之家風，自其開國已然。而所謂皇子者，固不必皆帝所親生。例如德宗且以順宗所生之子爲子。（以孫爲子），追封文敬太子。所謂長幼之序，亦不難於事後掩飾，凡即帝位者即謂之嫡長，其誰得而證其不然。即如李泌云：陛下惟有一子，而德宗諸子傳則云有十一子。而幾於奪嫡之通王諶（即舒王），則恰以永貞元年（八〇五）十月，即憲宗即位後之二月死，豈順宗疾中有欲擯憲宗而立通王者，故遭憲宗之毒手，如文宗之立而殺絳王悟，武宗之立而殺陳王成美、安王溶乎？要之，順宗之疾終於不治，已爲人人意中之事，因而對憲宗有迎拒之兩黨，此可爲「建桓立順」四字之注脚也。又按：通鑑二三六載：永貞元年（八〇五）：德宗崩，倉猝召翰林學士鄭絪、衛次公等至金鑾殿，草遺詔，宦官或曰：禁中議所立尚未定，衆莫敢對，次公遽言曰：太子雖有疾，地居冢嫡，中外屬心，必不得已，猶應立廣陵王，不然必大亂。絪等從而和之，議始定。此正月事也，順宗之立，宦官中固已有不謂然者矣。至三月，通鑑又載：上（順宗）疾久不愈，時扶御殿，羣臣瞻望而已，莫有親奏對者。中外危懼，思早立太子，而王叔文之黨欲專大權，惡聞之，宦官俱文珍，劉光錡，薛盈珍皆先朝任使舊人，疾叔文、（李）忠言等朋黨專恣，乃啓上召翰林學士鄭絪、衛次公、李程、王涯入金鑾殿，草立太子制。時牛昭容輩以廣陵王淳英睿，惡之，絪不復請，書紙爲「立嫡以長」字呈上，上頷之。則擁順宗者爲李忠言，擁憲宗者爲俱文珍等，皆宦官爲之，朝士亦各附其所識之宦官耳。文珍本爲汴州監軍，韓愈從事汴州時已識之，宜愈之力詆王、韋而不顧劉、柳之友誼矣。自貞元末以至天復百二十年中，皆朝士與宦官互相迎拒之局也。

〔二〕禹錫於叔文敍之至詳，且終言其於憲宗即位後數日即貶渝州司户，旋賜死，而於韋執誼則不斥言其名，疑禹錫甚重叔文，而薄執誼之持兩端也。

〔三〕禹錫此後之仕履雖大致已無遺，惜未分析載其年月，猶幸得於詩文中鈎稽得之。據其「行年七十有一」一語，知此文屬草於會昌二年（八四二），蓋已在病中，距其卒不過數月。禹錫恐己之經歷非後人所能備述，故紀之以有倫有要之詞，於志而晦，婉而成章之中，不没事之真相。白居易挽禹錫詩云「文章微婉我知丘」，豈非即指此文耶？又按：全唐文紀事四五引密齋雜記云：「劉禹錫自傳，敍王叔文事，云其官職出於叔文，又復坐累，不以爲諱。」其實此文微而顯，所謂春秋之志，安在其必以爲諱？後人狃於唐代官史之記載，於王、韋之獄不明真相，類此者亦不勝辨。容齋續筆四引此傳，文字略不同，蓋傳寫之誤，洪氏未及察也。

唐故監察御史贈尚書右僕射王公神道碑銘

公諱俊，字真長，其先葉黄帝。夫聖人之後，與庶姓不同，如河出崐崙，潛於厚地，欻焉振起，奮爲洪瀾，環迴自天，非衆川也。故自黄帝八代而生舜，武王克殷，求有嬀之胤滿封於陳，是爲胡公。十三葉生完，自以公子，國難不得立，乃抱樂器奔齊，桓公以卿禮接之。下又十一葉和，以久爲政，陰浹於人，遂有齊國，三代稱王。至是爲秦所滅。項羽入秦，封建孫安爲濟北王。漢興失國，齊人謂之王家，因以爲氏。安子涓，仕漢爲鎮東將軍、青州牧，封劇縣伯。自涓至彤，凡一十九代，兩漢公卿牧守如家牒然。十代祖猛，字景略，苻秦尚書令，佐秦成霸業，與孔明佐蜀同功，故時人謂之王葛，史云北海劇人，遂著爲族望。九代祖休，儀曹尚書。八代祖鎮惡，佐命宋，長安擒姚泓。至北齊，五代祖昕，七兵尚書，兄弟九人，時號王氏九龍，於齊史有傳。高祖顗，字君粹，北齊著作郎、燕郡太守。曾祖敬忠，成州刺史。大父上客，高宗封嶽，進士及第，歷侍御史、主客、兵部員外郎，累遷至右金吾衛將軍、冀州刺史、靈州都督、朔方道總管。見職官儀及衣闕

烈考曒，宣州宣城縣令，贈工部郎中。娶河東裴氏，乃生僕射。季睦餘力，工爲文。始以崇文生應深謀秘策，考入上第，拜監察御史。天之賦予，莫能兩大。既揚令名，而不以景福，享齡五十五。葬於河南府偃師縣亳邑鄉。後以子貴，累贈禮部尚書至右僕射。夫人江夏李氏祔焉。李門多奇材，父暄，起居舍人。暄子鄘，門下侍郎平

章事。高叔祖善，蘭臺郎、崇文館學士，注文選行於時。善子邕，北海郡太守，有重名，四方之士求爲碑誌者傾天下。故夫人於盛宗禮範可法。累贈至江夏郡夫人。

僕射有三子：長子早終。次子處元，少嬰沈恙，慕道士養生之術，高尚其趣，强仕而殁，積善不試，後來果大焉。

季子彦威，字子美，始以五經登甲科，歷太常博士、祠部員外郎，遷屯田郎中，轉户部司封，並充禮儀使判官、弘文館學士、京兆少尹、諫議大夫、史館脩撰。以直諫出爲河南少尹，入爲少府監、司農卿，改淄青節度使，徵拜户部侍郎、判度支。勢逼生患，出爲衛尉卿，分司東都。尋起爲陳許節度使、檢校禮部尚書、充汴宋亳等州節度觀察處置等使，北海縣開國子，食邑五百户。娶潁川韓氏，主客員外郎衢之女，國子祭酒楊頊之外孫。夫人有三弟，皆材，無子，早謝，已如禮祔葬於亳邑原。僕射厚德覆露之，尚書丕承之，以早孤，鋭意嚮學。嘗閲詩至蓼莪篇，感激流涕，故其志如刃始淬。及學成，立朝爲鴻儒。入用爲能臣，參定儀制，財成經費，起書生，擁旌節。今又領全師鎮上游，握神符垂三組，皆嚮時感發之所激也。志就而學成，名聞而身達。欲報無所，外榮中悲。人子之孝，在乎揚其先德以耀於遠，乃俾學古者書本系所自，且銘於龜趺螭首云。銘曰：

山積而高，澤積而長。聖人之後，必大而昌。由聖與賢，或爲霸强。建不克嗣，濟北疏疆；齊人德之，其族稱王。佐於苻秦，北海重光。僕射之生，負材而起。策於萬乘，擢爲御史。同時絛對，千目仰視。桂林一枝，拾芥相似。名動海内，夫豈不偉！種德而芽，迺生令子。出入鼎貴，理財統師。流根之澤，蜜印纍纍。峻其追崇，幽顯有輝。孝嗣之孝，歉然弗怡。春露秋霜，感傷履之。時久能慕，禄豐益悲。明發不寐，永懷孝思。攄之無窮，曷若豐碑。景亳之原，佳城在斯。乃刻金石，揭於道陲。松耶柏耶，有洛之湄。過者必下，來觀信詞。

【校】

〔諱倰〕紹本、全唐文倰均作俊，誤。

〔先葉〕紹本、崇本葉均作乘。

〔聖人〕紹本、崇本作大聖。

〔奮爲〕以下結一本缺字，紹本作洪瀾環迴，崇本無迴字，全唐文此二句作奮爲洪瀾，環迴自天，以紹本爲勝。

〔下又〕紹本無下字。

〔陰浹〕紹本陰下有德字。

〔至是〕紹本、崇本、全唐文是均作建。

〔謂之〕紹本、崇本謂均作爲。

〔命宋〕崇本宋下有武字。

〔上客〕崇本客作容。

〔至右〕崇本、結一本、全唐文至均作兵，非，紹本作至，是。

〔及衣〕下缺字紹本作冠，冠下尚缺一字，崇本注云逸二字。

〔考暾〕結一本、全唐文暾均作瞰，誤。

〔季睦〕紹本、崇本季均作孝。

〔蜜印〕結一本、崇本、全唐文蜜均作密，紹本作蜜，是。

〔孝嗣之孝〕紹本、崇本、全唐文之孝均作之志。

〔乃刻金石〕紹本、崇本、全唐文均作乃金石刻。

【箋證】

按：舊唐書一五七王彦威傳云：「世儒家，少孤貧苦學，尤通三禮，無由自達。元和中，遊京師，求爲太常散吏。卿知其書生，補充檢討官。彦威於禮閣掇拾自隋已來朝廷沿革，吉凶五禮，以類區分，成三十卷獻之，號曰元和新禮。由是知名，特授太常博士，累轉司封員外、郎中。……〔大和〕五年（八三一），遷諫議大夫。興平縣人上官興因醉殺人亡竄，吏執其父下獄，興自首請罪，以出其父。京兆尹杜悰、御史中丞宇文鼎以其首罪免父，有光孝義，請減死配流。彦威與諫官上言曰：殺人者死，百王共守，若許殺人不死，是教殺人，興雖免父，不合減死。詔竟許決流。彦威詣中書投宰相面論，語訐氣盛，執政怒，左授河南少尹，未幾改司農卿，李宗閔重之，既秉政，授青州刺史兼御史大夫，充平盧軍節度、淄青等觀察使。開成元年（八三六），召拜户部侍郎，尋判度支。……彦威既掌利權，心希大用，時内官仇士良、魚弘志禁中用事，先是左右神策軍多以所賜衣物於度支中估，判使多曲從，厚給其價。開成初有詔禁止，然趨利者猶希意從其請託。至是彦威大結私恩，凡内官請託無不如意。物議鄙其躁妄。復修王播舊事，貢奉羨餘，殆無虚日。會邊軍上訴衣賜不時，兼之朽故。宰臣惡其所爲，令攝度支人吏付臺推訊。彦威略不介懷，入司視事。及人吏受罰，左授衛尉卿，停務，方還私第。三年七月，檢校禮部尚書，代殷侑爲許州刺史，充忠武軍節度、陳許溵觀察等使。會昌中，入爲兵部侍郎，歷方鎮，檢校兵部尚書，卒，贈僕射。」新唐書一六四本傳則載其自忠武徙鎮宣武，（吴氏唐方鎮年表繫於會昌元年八四一）其卒也在會昌中。李商隱集有代絳郡公祭宣武王尚書文，文中敍彦威無子，與此文合，此文「再起爲陳許節度使」之下，不應遽接「檢校禮部尚書、充汴宋亳等州節度觀察處置等使」。蓋中奪改宣武一節，而又有誤字。彦威之鎮宣武在會昌初，則此爲禹錫所撰碑銘中之絶筆矣。豈以衰病中執筆，未能精神貫注耶！文中「以直諫出爲河南少尹」及「勢逼生患」二節，皆須以史傳參證，方得其解。傳言宰臣惡其所爲，考開成元二年（八三六、八三七）間，宰相在位較久者，爲鄭覃、陳夷行，其他則李固言、李石。三年（八三八）之初，則楊嗣復、李珏入相矣。彦威既爲李宗閔所重，則亦必爲楊嗣復所親，故三年（八三八）七月即有忠武之授，以分司官起爲節鎮，非有大力奥援不可得，情勢固極顯然。然則彦威之左遷，亦必由鄭、陳之攻擊矣。李固言亦宗閔之黨，固言以宰相判户部，彦威之判度支，非即由固言之援引耶？禹錫爲彦威作一詩一文，皆泛而略，蓋不取其人，不得已而與之酬酢也。詩見外集卷六。

〔暄子鄘〕按：李鄘，舊唐書一五七與王彦威合傳，新唐書一四六有傳。舊傳云，鄘與楊憑、穆質、許孟容、王仲舒友善。此文但稱其官門下侍郎同平章事，不贊一詞，禹錫蓋亦不許其人。楊虞卿妻即鄘之女，虞卿又與張又新友善，故鄘必亦附李逢吉者。（見太平廣記二五一引本事詩）

劉禹錫集箋證外集卷第十

墓誌祭文

故荆南節度推官董府君墓誌

元和七年夏四月某日，前荆州部從事董府君以疾終於故府私第，年若干。其孤泣書前人之爵里耿光，求我以銘於幽，且先志也，故重爲之。

董姓出於豢龍氏，至辛有而分，在晉，爲良史，在趙，佐簡子爲能臣。項羽主盟，爲翟王，高皇帝舉兵漢中，劫其兵衆，不克其土。後裔遂爲隴西人。凡稱事不稱名，不待事而彰也。始予謫於武陵，人多中之，賢有董生，爲守令客。既而以士相見之禮成，與之言，能言墳典數，旁捃百氏之學。弱年嗜屬詩，工弈棊，用是索合於貴遊，多所慰薦。中年奉浮圖，説三乘。用是貢誠於清賢，多被辟書。脱巾爲弘文館校書郎，再遷至大理評事。咸視真秩，而不纍其章，職繫於外故也。晚節尚道，故投劾於幕府。治扁舟浮江沱，泛洞庭，登熊耳，訪浮丘以探異，賦枉渚以寄傲。居數歲，投老於南荆，迷邦縱性，委和從化。逮夫寢巨室也，自含襚至於卜窀皆仁人之賻焉。是歲五月十二日，卜葬於龍山之某岡。外姻至矣。

君名侹，字庶中。大父曰思簡，位至汝南太守，父承祖，歿於試守太子舍人。始爲君求婦於鄭之里，生嗣子夏卿，既立而夭，今未之從。其後又娶於閻氏，生二子曰周卿雲卿。嫠也繐裳髽首，有正家之道。嗚呼！道愈富而室愈貧，志甚脩而知甚寡。士以隴西爲貴，將在令名與！銘曰：

學待問而文藻身，藝不試兮名孰聞？大道甚夷兮非我辰，何生不茂兮非我春。脩門之達兮連岡膴膴。蔓草如□兮新墳若斧。吁嗟董生兮於焉終古。

【校】

〔中之〕崇本中作言。按：中之不甚可解，言之亦太淺。據上下文義，似當爲穀梁傳桓九年「爲之中」之意，猶言爲之介也。詳參下篇絶編生墓表，語意近似。

〔慰薦〕結一本薦字缺，各本均有。

〔多被〕崇本多作乃。

〔再遷〕紹本、崇本遷均作選。
〔之里〕崇本里作族。
〔夏卿〕紹本、全唐文此下均有殷卿二字。
〔非我辰〕結一本非作此，誤。
〔草如〕如下缺一字，紹本、崇本均作徒，疑，全唐文作茵，似是。
〔吁嗟〕紹本、崇本吁均作于。

【注】

〔故府〕謂江陵府。
〔良史〕謂董狐，見左傳。
〔能臣〕謂董安于。
〔翟王〕謂董翳。均見史記。

【箋證】

按：董府君謂董侹，集中涉及侹者頗多，如本集卷七辨易九六論、卷十九董氏武陵集紀、卷二十二聞董評事疾、卷二十三和董庶中古散調詞、卷二十四覽董評事思歸之什因以詩贈，皆是。蓋禹錫在朗州可與言者無多，故文字往還稍密也。此文不言侹年若干，而集紀言其及見杜甫，則至元和七年（八一二）必將七十歲矣。觀其人貧老流浪，棄婦別娶，蓋不偶之尤者。

〔不纍其章〕唐制，使府幕職皆帶檢校官，但敍階資，無職事，故云「不纍其章」。董之官爲校書郎及大理評事，而職則荆南節度推官也。

絶編生墓表

顧彖，吴郡人，食力於武陵沅水上，以讀易聞。病且死，飭其子曰：「吾年十有五而授易於師，積六十三年於兹，未嘗一日不吟乎繫象。里中兒從吾讀其文多矣，死則必葬我於黨庠之側，尚其有知，且聞吾書。」君子曰：若彖者，可謂志篤於學矣。因以絶編生謚之，且表其墓。後之讀功令者或采焉。

予既謫居是邦，始至之日，問能道古語可與言者，邑子以生爲對。既而執贄請見之，生危冠大袂，闊視雅拜，及門知讓，候肅而後入，又肅而躋階。心存聖賢，潤徹眉睫，有野態而無苟容。問其所執，曰：「幼學易，老而尤嗜。」問安學？曰：「始聞於師，晚熟於心。自尼父兼三才，紬八索，繫詞焉以通微言，與伏羲文王並行，猶夫三辰，同麗太極。秦脱大患，完文顯行。漢之田丁京劉而東京有馬鄭，魏之何荀兩王，而吴有韋陸。前者導源，後者灑之。渢融混合，百派奔湊。唐興，沙門一行方洩天機，以探古人，神交造物，智斟人事，制動也有梱，變道也無方。嚮之支流，委輸於我。

其他紬繹祖述三十有餘家，朱藍之，樸斲之，爲羽翼，爲鼓吹。疇咨天人之際，旁魄上下，騖精於攟摭，匱巧於穿鑿。猶制氏之於樂，鏗鏘而已；徐氏之於禮，善容而已。然而前脩之盡心也，得以味腴孳芳焉。手胝於運管，目矆於臨燭，而氣耗於詠呻。家居無貲，不能與計偕；地偏且遠，無有能晤語者。心愈苦而跡愈卑，寒膚嗛腹，以至於耋老。微夫子之問，持是安施乎？」

他日予造其室廬，簞瓢在左，汙樽在右。有龜栒然，有筴甚澤。予攈蓍指骨而訊之曰：「是亹亹者曾不予欺乎！」生攸爾而對云：「古先聖人知道之妙，不可摶而得也。故設象以致意，梯有以取無。取當其粗，用當其精。夫權衡所以揣輕重，不爲捶鉤者設也。尋尺所以商遠邇，不爲運斤者設也。龜筴所以決羣疑，不爲知幾者設也。幾存乎人，是則以天時爲卦體，以地理爲爻位。外附人事以象焉，内取諸身以象焉。得樞於寰中，迎數於象外。自然之理，不知其然。雖欲强名，措説無地。彼枯莖朽殼，安能與於此乎？今夫揲之以至刓，灼之以殆盡，徒與夫蚩蚩者問歉穰，占熊虺，起訟需食、亡羊喪牛之間耳。資其握粟，以餬予口，烏足爲夫子道哉？」予以斯言遂於易，故書之。

噫！國有太學，學有館以延專門。若生者，苦形役志如是其專也，茹經於腹，湮滅糞壤。璧水湯湯，不聞其聲。摧藏樸遬，與屮木同朽。豈地遠然耶！彼文甲綷毛，剽筋壽革，嶺嶠之華實，炎溟之蜃蝦，飛苞驛篚，所至而貴。夫豈貴邇也哉！悅者衆故也。

生之死在元和七年秋七月，由死之日推而上求，直始生之辰得四百有七十甲子，葬在杜渚西石磯上，其墳可隱，東望里塾，尚行其志云。

【校】

〔侯肅〕紹本、崇本侯均作俟。

〔聖賢〕紹本、崇本、全唐文賢均作言。

〔猶夫〕結一本、全唐文夫均作天，誤；紹本、崇本均作夫，是。

〔大患〕紹本、崇本大均作火。

〔灑之〕崇本灑作濬。

〔奔湊〕紹本、崇本湊均作奏。

〔神交〕崇本、全唐文交均作友，紹本雖作友，疑是交之變體。

〔味腴〕崇本本味作采。

〔無貲〕紹本、崇本、全唐文貲均作呰。

〔簞瓢〕紹本、崇本、全唐文二字均乙。

〔汙樽〕紹本、崇本均作汙簡。

〔可摶〕紹本摶作博，崇本作徒。

〔捶鈎〕結一本鈎作鈞，非。按：語出莊子，崇本不誤。

〔地理〕崇本無地字，紹本作物理。

〔熊虺〕崇本熊作能，非。按：熊謂男，虺謂女，語出詩小雅斯干。

〔其專〕紹本專作顓。

〔璧水〕紹本、崇本璧均作辟。

〔屮木〕紹本、全唐文作山木，崇本作山水，誤，屮亦非，當作艸。

〔貴邇〕紹本、崇本無貴字。

〔始生〕結一本、全唐文始均作治，誤。

〔枉渚〕結一本、全唐文枉均作征，誤。

【箋證】

按：此文所志爲一流寓朗州之老卜師吴人顧象，不舉其姓氏而謚以絶編生，蓋憫其窮且陋也。文分三段，第一段迄「微夫子之問，持是安施乎？」極意摹寫窮老書生朴陋迂疏之狀，而終之以飢寒困頓，猶抱此殘編不釋，語意於憫歎之中微寓嘲諷。第二段則假顧氏之言以明卜筮之爲僞託以惑衆博衣食，而術士之誕妄無賴，信者之愚昧受欺，皆昭然若揭。第三段則因顧氏之摧藏泯滅而感己身之遠斥也。顧之卒爲元和七年（八一二），作文時在朗州已七閱寒暑，抑塞之悲，宜其不能自已。

又按：禹錫以制氏之於樂，徐氏之於禮，比諸家之説易，且譏之爲攟摭，爲穿鑿。説易者猶如此，則揲蓍灼龜之爲誣妄，又安待辨？禹錫託爲顧氏之言以明己意，與其天論三篇宗旨一貫，灼然可知。而本集卷七乃有辨易九六論，瑣瑣不厭陳言，又何其矛盾之甚？宜來柳宗元之譏也。

沈作喆寓簡乃以禹錫之假辭爲真，竟謂：「唐人顧彖深於易，嘗言自漢田、丁、京、劉以來，百派奔湊，惟唐一行方見天機，劉禹錫嘗指龜策訊之，彖曰云云。予觀顧生之言，蓋邃於易者，惜其無著述傳世以盡見其所學。」不知如顧者，一老江湖術士耳，焉能真邃於易哉？舊唐書李華傳言：華著論言龜卜可廢，通人當其言。華之卜論具在，不獨併蓍龜言之，且併鬼神言之，與禹錫此文，皆所以破迷惑也。

〔田丁京劉〕漢書儒林傳：「傳易者田何、丁寬、京房。」劉蓋謂劉向。

〔制氏〕漢書藝文志：制氏以雅樂聲律，世在樂官，頗能紀其鏗鏘鼓舞，而不能言其義。

〔徐氏〕漢書儒林傳：「魯徐生善爲頌。」注：「蘇林曰：漢舊儀有二郎，爲此頌貌威儀事，有徐氏，後有張氏，不知經，但能槃辟爲禮容。天下郡國有容史，皆詣魯學之。」

附録　李華　卜論

天地之大德曰生，舜好生之德洽於人心。五福首乎壽，麟鳳龜龍謂之四靈。龜不傷物，呼吸元氣，於介蟲爲長而壽。古之聖者刳而焌之，觀其裂畫以定吉凶，殘其生，剿其壽，既剿殘之而求其靈，夫何故？愚未知夫天地之心，聖達之謨，靈之壽之而夭戮之，脱其肉，鑽其骸，精氣復於無物，而貞悔發乎焦朽，不其反耶？夫大人與天地合其德，與日月合其明，與四時合其序，與鬼神合其吉凶，不當妄也。壽而夭之，豈合其德乎？因物求徵，豈合其明乎？毒靈介而徼其神，豈合其序乎？假枯殼而決狐疑，豈合其吉凶乎？洪範曰：爾有大疑，謀及卜筮。聖人不當有疑於人以筮也。夫祭有尸，自虞夏商周不變，戰國蕩古法，祭無尸。尸之重，重於卜，則明廢龜可也。又聞夫鑄刀劍者不成，則屠犬彘血而祭之，被髮而哭之，則成而利，蓋不祥器也。其神者躍爲龍蛇，穿木石，入泉源，以至發炯光聲音。人不能自神，因天地之氣，化天地之物而爲神，固無悉然，是亦爲怪。古者成宫室必落之，鐘鼓器械必釁之，豈神明貴殺享羶腥歟？今亡其禮，未聞屋室不安身而器物不利用，由是而言，則卜筮陰湯之流皆妄作也。夫潔壇墠而布精誠，求福之來，緬不可致，耕夫蠶婦，神一草木，禱一禽畜，鼓而舞之，謂妖祥如答，實歟妄歟！犧文之易，更周孔之述，以爲至矣。揚子雲爲太玄，設卦辨吉凶，如易之告。若使後代有如子雲，又爲一書可筮，則象數之變，其可既乎？專任道德以貫之，則天地之理盡矣。又焉假夫蓍龜乎？又焉徵夫鬼神乎？子不語是，存乎道義也。

祭柳員外文

維元和十五年歲次庚子正月戊戌朔日，孤子劉禹錫銜哀扶力，謹遣所使黄孟萇具清酌庶羞之奠敬祭於亡友柳君之靈。

嗚呼子厚，我有一言，君其聞否！惟君平昔，聰明絶人，今雖化去，夫豈無物？意君所死，乃形質耳。魂氣何託？聽予哀詞。嗚呼痛哉！

嗟予不天，甫遭閔凶。未離所部，三使來弔。憂我哀痛，諭以苦言。情深禮至，款密重複。期以中路，更申願言。途次衡陽，云有柳使。謂復前約，忽承訃書。驚號大叫，如得狂病。良久問故，百哀攻中。涕洟迸落，魂魄震越。伸紙窮竟，得君遺書。絶絃之音，悽愴徹骨。初託遺嗣，知其不孤。末言歸輤，從祔先域。凡此數事，職在吾徒。永言素交，索居多遠。鄂渚差近，表臣分深。想其聞訃，必勇於義。已命所使，持書徑行。友道尚終，當必加厚。退之承命，改牧宜陽。亦馳一函，候於便道。勒石垂後，屬於伊人。安平宣英，會有還使。悉已如禮，形於其書。

嗚呼子厚，此是何事！朋友凋落，從古所悲。不圖此言，乃爲君發。自君失意，沈伏遠郡。近遇國士，方伸眉頭。亦見遺草，恭辭舊府。志氣相感，必踰常倫。顧予負釁，營奉萬里。猶冀前路，望君銘旌。古之達人，朋友製服。今有所厭，其禮莫申。朝晡臨後，出就别次。南望桂水，哭我故人。孰云宿草？此慟何極？嗚呼子厚，卿真死矣。

終我此生，無相見矣。何人不達？使君終否。何人不老？使君夭死。皇天厚土，胡寧忍此？知悲無益，奈恨無已？子之不聞，予心不理。含酸執筆，輒復中止。誓使周六，同於己子。魂兮來思，知我深旨。嗚呼哀哉！尚饗。

【校】

〔黄孟萇〕英華無孟字。

〔形質〕結一本二字乙，非。

〔哀痛〕紹本、崇本、全唐文均作衰病，必爲校者臆改。按：禹錫方遭母喪，不應自稱衰病，况年不及五十，與柳年相若，尤不合情理。

〔當必〕英華必作所。

〔其書〕英華其作冥，紹本、崇本均作具，似皆其字之壞。

〔遺草〕崇本遺作道，非。

〔萬里〕紹本、崇本、全唐文均作方重，似是。

〔製服〕崇本、全唐文製均作則。
〔真死〕英華真作其。
〔厚土〕紹本、崇本、全唐文厚均作后。
〔子之不聞〕此二句紹本、崇本均作：余之不聞，余心不理。全唐文作：君之不聞，予心不理。

【注】

〔遺嗣〕按韓集柳誌，子男二人，長曰周六，始四歲。参以外集卷七酬柳詩，必到柳州後生子，然二人書問竟不及之，直至此時方知其不孤，頗不可解。

【箋證】

按：此文於元和十五年（八二〇）正月稱孤子，則禹錫丁母憂必在十四年（八一九）秋冬，此時方在扶柩北歸之途中。宗元以十四年（八一九）十一月卒，（此據韓集，但十一月或作十月，見舊注。）猶三使來弔禹錫，則禹錫之喪母當更早於是時，或竟在秋末，故一朞爲元和十五年（八二〇），再朞爲長慶元年（八二一），冬間釋服，即得夔州之命。否則不能於長慶元年（八二一）即赴官也。此文乃考禹錫出處行止之重要綫索，其他詩文中苦無明文可據。

又按：「鄂渚差近」二語，蓋以營護柳柩北歸之事望於方爲鄂岳觀察使之李程。「退之受命」二語，則以韓愈新得恩命，不日復登高位，以周恤孤寡之事望之也。後此二人之於柳，恩紀何如，不可知矣。柳柩北歸，或未取道鄂州，以禹錫代程作祭文有「出疆路阻」一語也。愈則爲宗元作墓誌而已。此文云「誓使周六同於己子」，據誌尚有周七一男，宗元殁後方生，作此文時尚未卜其爲男爲女，故未之及。據新唐書世系表，宗元子名告，字用益。據韓集舊注，後登咸通四年（八六三）進士，或是禹錫所撫育以至於成立也。

又按：此文半用韻半不用韻，詞意真摯，不假文飾，非但禹錫在親喪之中宜然，爲摯友鳴哀，固當異於尋常也。

〔表臣〕表臣爲李程字，已見外集卷五詩題。

〔宜陽〕宜陽即宜春，爲袁州治，韓愈是時方自潮州刺史移袁州。

〔安平宣英〕安平爲韓泰字，宣英爲韓曄字。皆永貞同貶之人。

〔國士〕「近遇國士，方伸眉頭」二語當指桂管觀察使裴行立。行立嘗以文屬宗元，或謂其有意善遇宗元也。參見後篇。

重祭柳員外文

嗚呼！自君之没，行已八月。每一念至，忽忽猶疑。今以喪來，使我臨哭。安知世上，真有此事？既不可贖，翻哀獨生。嗚呼！出人之才，竟無施爲。炯炯之氣，戢於一木。形與人等，今既如斯。識與人殊，今復何託？生有高名，没爲衆悲。異服同志，異音同歎。唯我之哭，非弔非傷。來與君言，不言成哭。千哀萬恨，寄以一聲。唯識真者，乃相知耳。庶幾儻聞，君儻聞乎！嗚呼痛哉！

君有遺美，其事多梗。桂林舊府，感激主持。俾君内弟，得以義勝。平昔所念，今則無違。旅魂克歸，崔生實主。幼稚甬上，故人撫之。敦詩退之，各展其分。安平來賻，禮成而歸。其他赴告，咸復於素。一以誠告，君儻聞乎？嗚呼痛哉！

君爲已矣，予爲苟生。何以言別？長號數聲。冀乎異日，展我哀誠。嗚呼痛哉！尚饗！

【校】

〔言成〕紹本、崇本、全唐文二字均乙。

〔庶幾儻聞〕全唐文聞作言。

〔甬上〕二字必誤，崇本作在側。

〔來賻〕崇本賻作贈。全唐文作賵。

【箋證】

按：文中「君有遺美，其事多梗」二語頗難索解。「桂林舊府，感激主持」當即指裴行立，韓愈所作柳子厚墓誌云：「其得歸葬也，費皆出觀察使河東裴君行立」是也。内弟謂宗元表弟盧遵。

墓誌銘云：「葬子厚於萬年之墓者，舅弟盧遵。遵，涿人，性謹慎，學問不厭，自子厚之斥，遵從而家焉。逮其死不去，既往葬子厚，又將經紀其家」是也。崔生俟考。「敦詩退之各展其分」，兼謂崔羣也。羣亦有祭文，見附録。

又按：此文首云「自君之殁，行已八月」，計自元和十四年（八一九）十一月宗元之卒，踰八月當爲十五年（八二〇）秋初。禹錫前已以十五年（八二〇）正月途次遣使祭宗元於柳州，則此次之重祭必在柳喪已到之時。韓撰墓誌云十五年（八二〇）七月十日歸葬萬年，甚合。

附録一　崔羣　祭柳員外文（全唐文六一二）

惟靈天姿秀異，才稱儁傑。早著嘉名，遠播芳烈。總六藝之要妙，踐九流之清切。鏌鋣鋒利，浮雲可決。騏驥逸步，飛塵可絶。閉匣不用，伏櫪何施？才命罕並，今古同悲。五嶺三湘，寒暑潛推。樂道忘憂，襟靈甚夷。掞藻揮毫，褰翔是期。奈何終否，神也我欺。嗚呼！雕飛半空，羊角中戾。彼蒼難詰，善人斯逝。羣宿受交分，行敦情契。遺文在篋，贈言猶佩。撫孤追往，泫然流涕。孑孑丹旐，翩翩素帷。鵩弔是月，龜從有時。路出長阡，將赴京師。旨酒一觴，哭君江湄。往矣子厚，魂期來斯。

今按：宗元與羣之交契，見其集中送崔羣序，有云：「清河崔敦詩有柔儒温文之道，以和其氣，近仁復禮，物議歸厚。其有禀者歟！有雅厚直方之誠，以正其性，懿論忠告，交道甚直，其有合者歟！是故日章之聲振於京師。嘗與隴西李杓直、南陽韓安平洎余交友。杓直敦柔深明，沖曠坦夷，慕崔君之和。安平厲莊端毅，高朗振邁，説崔君之正，……余於崔君有通家之舊，外黨之睦，然吾不以是合之。」及宗元、禹錫之遠斥，羣已爲相而不能一援。及是則羣已罷政，出爲湖南觀察使矣。疑羣於赴任時遇柳柩而祭之。此文風格亦頗近於禹錫。

附録二　韓愈　祭柳子厚文

維年月日，韓愈謹以清酌庶羞之奠，祭於亡友柳子厚之靈：嗟嗟子厚，而至然耶！自古莫不然，我又何嗟！人之生世，如夢一覺，其間利害，竟亦何校？當其夢時，有樂有悲，及其既覺，豈足追惟？凡物之生，不願爲材，犧尊青黄，乃木之災。子之中棄，天脱馽羈。玉佩瓊琚，大放厥辭。富貴無能，磨滅誰紀？子之自著，表表愈偉。不善爲斲，血指汗顔，巧匠旁觀，縮手袖間。子之文章，而不用世。乃令吾徒，掌帝之制。子之視人，自以無前。一斥不復，羣飛刺天。嗟嗟子厚，今也則亡。臨絶之音，一何琅琅！徧告諸友，以寄厥子。不鄙謂余，亦託以死。凡今之交，觀勢厚薄。余豈可保，能承子託？非我知子，子實命我。猶有鬼神，寧敢遺墮。念子永歸，無復來期。設祭棺前，矢心以辭。嗚呼哀哉！

按：韓文與禹錫兩篇相較，詞氣頗有間。至謂人生如夢，利害不足較，殊非守道不回之君子所宜言，抑非真知宗元者之言也。蓋韓新獲牽復，懲禍慎言，不欲輕貽忌者之口實耳。韓集舊注云：

「子厚以元和十四年（八一九）十月五日卒於柳州，公其月自潮即袁，明年自袁召爲國子祭酒。此文袁州作也。故劉夢得祭子厚文有云：退之承命，改牧宜陽，亦馳一函，候於便道。其後序柳集又云：凡子厚行己之大方，有退之誌若祭文在。祭文，蓋謂此也。」

爲鄂州李大夫祭柳員外文

嗚呼！至人以在生爲傳舍，以軒冕爲儻來。達於理者，未嘗惑此。昔予與君，論之詳熟。孔氏四科，罕能相備。惟公特立秀出，幾於全器。才之何豐？運之何否？大川未濟，乃失巨艦。長途始半，而喪良驥。縉紳之倫，孰不墮淚？

昔者與君，交臂相得。一言一笑，未始有極。馳聲日下，騖名天衢。射策差池，高科齊驅。攜手書殿，分曹藍曲。心志諧同，追歡相續。或秋月銜觴，或春日馳轂。甸服載朞，同并憲府。察視之列，斯焉接武。君遷外郎，予侍内闈。出處雖閒，音塵不虧。勢變時移，遭罹多故。中復賜環，上京良遇。曾不逾月，君又即路。遠持郡符，柳江之壖。居陋行道，疲人歌焉。予來夏口，忽復三年。離索則久，音問屢傳。篋盈草隸，架滿文篇。鍾索繼美，班揚差肩。賈誼賦鵩，屈原問天。自古有死，奚論後先？痛君未老，美志莫宣。邅迴世路，奄忽下泉。嗚呼哀哉！

令妻早謝，稚子四歲。天喪斯文，而君永逝。翩翩丹旐，來自遐裔。聞君旅櫬，既及岳陽。寢門一慟，貫裂衷腸。執紼禮乖，出疆路阻。故人奠觴，莫克親舉。馳神假夢，冀獲寤語。平生密懷，願君遺吐。遺孤之才與不才，敢同己子之相許。嗚呼哀哉！尚饗。

【校】

〔論之〕紹本、崇本論均作諭。

〔同并〕紹本、崇本、全唐文并均作升，是。

〔之列〕全唐文列作烈。

〔予侍〕紹本予作子，誤。

【箋證】

按：李大夫謂李程。貞元十二年（七九六），程狀元及第，於宗元較晚三科，故云「射策差池」。而宗元又與程同以貞元十二年（七九六）宏詞登科，則所謂「高科齊驅」也。宗元嘗尉藍田，據此文有「攜手書殿，分曹藍曲」之語，則程與宗元必皆嘗以藍田簿尉充集賢校理。二人皆於貞元二十年（八〇四）爲監察御史，宗元遷禮部員外郎，程充翰林學士，故云「匍服載朞，同升憲府，君遷外郎，予侍內闈」也。元和十年（八一五），宗元、禹錫之自貶所內召，程方爲兵部郎中知制誥，三人皆必聚首，而爲時甚暫，又復遠謫，諒非程所能爲力，故云「中復賜環，上京良遇，曾不逾月，君又即路」也。禹錫在程與宗元之間，蹤跡略同，故代言而能親切若此。

祭韓吏部文

高山無窮，太華削成。人文無窮，夫子挺生。典訓爲徒，百家抗行。當時勍者，皆出其下。古人中求，爲敵蓋寡。貞元之中，帝鼓薰琴。奕奕金馬，文章如林。君自幽谷，升於高岑。鸞鳳一鳴，蜩螗革音。手持文柄，高視寰海。權衡低昂，瞻我所在。三十餘年，聲名塞天。公鼎侯碑，志隧表阡。一字之價，輦金如山。權豪來侮，人虎我鼠。然諾洞開，人金我灰。親親舊尚，丹其壽考。天人之學，可與論道。二者不至，至者其誰？豈天與人，好惡背馳？

昔遇夫子，聰明勇奮。常操利刃，開我混沌。子長在筆，予長在論。持矛舉楯，卒不能困。時惟子厚，竄言其間。贊詞愉愉，固非顔顔。磅礴上下，羲農以還。會於有極，服之無言。逸數字。

岐山威鳳不復鳴，華亭別鶴中夜驚。畏簡書兮拘印綬，思臨慟兮志莫就。生芻一束酒一杯，故人故人歆此來。

【校】

〔貞元之中〕紹本無之字，崇本作在貞元中。

〔我灰〕全唐文灰作土，失韻，非。

〔舊尚〕紹本、崇本、全唐文二字均乙。

〔丹其〕紹本、崇本、全唐文丹均作宜，是。

〔固非〕結一本缺此二字，據紹本、崇本、全唐文補。

〔服之〕紹本、全唐文之下有無字，結一本脱。

【箋證】

按：此文頗有即效韓體、與韓角勝之意。而後幅有脱簡，不知何處斷句雜出於此。當存疑。韓卒於長慶四年（八二四）冬，此文禹錫在和州時作。

又按：前人之評此文者，日知録云：「劉禹錫祭韓愈文曰：公鼎侯碑，志隧表阡，一字之價，輦金如山。可謂發露真贓者矣。」今按韓集有謝許受王用男人事物狀、謝許受韓弘物狀，一受鞍馬玉帶，一受絹五百匹。此猶指勅撰之文而言，集中著録之碑誌在七十篇以上，所受餽贈可以概見矣。禹錫所言與劉叉所譏，誠非虚語。

又按：困學紀聞云：「劉夢得文不及詩，祭韓退之文乃謂子長在筆，予長在論，持予舉楯，卒莫能困。可笑不自量也。」趙敬襄困學紀聞參注（豫章叢書）云：「此論字似指談論。」其説差是。

所謂筆者，即單行之文也，此六朝習用語。以論對筆，知其意固以文推韓矣。不謂博學如王應麟，讀書乃粗率乃爾。試以韓劉集比勘觀之，韓之持論多不脱世俗之見，未能精思，未有如天論之比者，故禹錫有持矛舉楯之喻，韓誠非其敵。且古人所謂論，必揭櫫一義，而以論證佐成之，方得爲論。故劉勰云：「原夫論之爲體，所以辨正然否，窮於有數，追於無形，迹堅求通，鈎深取極，乃百慮之筌蹄，萬事之權衡也。故其義貴圓通，辭忌枝碎，必使心與理合，彌縫莫見其隙，辭共心密，敵人不知所乘，斯其要也。是以論如析薪，貴能破理，斤利者越理而横斷，辭辯者反義而取通，覽文雖巧，而檢跡如（知）妄。」（文心雕龍四）其説甚精。趙氏指爲談論，尚未足以深知禹錫之指。

祭興元李司空文

維大和四年月日，禮部郎中集賢殿直學士劉禹錫謹以清酌之奠敬祭於故相國山南西道節度使贈司空李公之靈：

嗚呼！龜靈而刳，龍智而屠。古今同之，天不可呼。公之挺生，德與位并。如瞻日月，豈贊其明？何以致之？始話平生。追懷周旋，彌四十年。射策校文，接武聯翩。甸服同邑，明庭比肩。公乘迅飆，凌厲非煙。愚觸駭機，迸落深泉。一持化權，一謫海壖。本同末異，如矢別弦。雲龍井蛙，勢不相見。二紀迴泊，一朝會面。公爲故相，愚似悲翁。契闊相遇，淒涼萬重。復以郎吏，交歡上公。披襟道舊，劇談中酒。清洛泛舟，鑿龍攜手。公西入關，愚亦徵還。削去苛禮，招邀清閒。廣陌聯鑣，高臺看山。尋春適野，醉舞花閒。忽復登壇，總戎於外。子午危棧，巴梁古岸。夷風傖儜，獷俗惶害。陰謀密備，兇黨千輩。如嗾羣犬，以逼騶虞。如縱炎火，以焚瑾瑜。時耶命耶，不慮不圖。物理神道，安知有無？嗚呼痛哉。

玄天甚高，上訴何時？長夜無曉，斯焉永歸。風淒日昏，鼓咽簫悲。沈埋玉樹，誰不霑衣？平生故人，零落已稀。委化而盡，然猶怨咨。如何國禎，有此遭罹。挺災賦命，孰主張之？有肴在筵，有酒盈卮。神其來歆，已矣長辭。尚饗！

【校】

〔同之〕紹本之作憤。

〔可呼〕紹本、崇本呼均作問。

〔始話〕紹本、崇本、全唐文始均作姑。

〔中酒〕崇本中作命，紹本、全唐文中均作小，非。

〔西入〕紹本、崇本、全唐文二字均乙，非。

〔巴梁古岸〕按：此句失韻，必誤。

〔獽俗〕紹本、崇本獽均作獷。

〔惶害〕紹本、崇本惶均作悍。

〔密備〕紹本、崇本備均作構。

【箋證】

按：李司空謂李絳，已見本集卷十九唐故相國李公集紀。絳本傳，以太子少師分司東都。文宗即位，徵爲太常卿。其自洛陽至長安約爲大和元年二三月間事，禹錫甫自和州歸洛，在洛相聚之日必極短。次年禹錫亦入長安，則頗有遊從之樂。此文所謂「尋春適野，醉舞花間」也。見外集卷二花下醉中聯句。禹錫與絳之情分，於此文及集紀可見其大凡。此文曰「雲龍井蛙」，彼文曰「翔泳勢異」，頗疑絳非真知禹錫者，不過以故舊待之而已。絳在山南西道節度使任内，以兵變被害，是大和四年（八三〇）二月事，此文當作於是時，故結銜稱禮部郎中集賢殿學士，直字誤衍。禹錫官已至五品，不當爲直學士，自傳即無直字。

〔彌四十年〕絳以貞元末自渭南尉爲監察御史，與禹錫同官，至大和四年（八三〇），實止三十年，或二人相識尚在此前耳。

〔接武聯翩〕絳以貞元八年（七九二）進士登科，早於禹錫一科，故云。

代裴相公祭李司空文

四年月日，特進守司空兼門下侍郎平章事裴度謹以清酌少牢之奠敬祭於故相國魏郡公之靈。

嗚呼！玉貞而折，不能瓦合。鸞鎩而萎，不同雞羣。生兮若浮，守道不屈。惟公之生，福自維嵩。金石高韻，珪璋德容。元和之初，左右憲宗。以才視草，以望登庸。振起直聲，激揚清風。實有正氣，號爲名公。名成身退，猶係人望。入爲羽儀，出領藩方。既師百辟，又副丞相。道冠搢紳，事參翼亮。某與公遊，四十餘年。風期合契，禄位相先。某忝司言，公持化權。應同宫徵，馥若蘭荃。猥以姓名，稱於上前。發迹從微，芳□獲宣。某爲免相，待罪梁山。公拜右揆，來從東川。極其歡娱，著在詩篇。某忝三入，公亦東還。里門相邇，賓閣常開。退朝休澣，道舊開顏。

嗟乎！山川間之，忽在旦夕。豈意倉卒，遂成今昔？衣冠喪氣，風物含戚。强魂訴天，冤血成碧。嗚呼哀哉！

某在病中，訃書始至。無力以哭，不言垂淚。今聞裧輤，首路而歸。隱几臨風，其心孔悲。嘉肴百籩，旨酒一卮。寄此情素，神其來思。嗚呼哀哉！

【校】

〔芳□〕崇本作芬芳，無缺字，紹本作微才。

〔亦東〕全唐文二字乙。

〔始至〕紹本始作殆，誤。

〔情素〕紹本情作誠，崇本作神。

【注】

〔裧輤〕禮記雜記：「其輤有裧。」注：「載柩將殯之車飾也。」

【箋證】

按：裴度以長慶三年（八二三）罷相，出爲山南西道節度使，此文所謂「待罪梁山」也。舊紀：寶曆元年（八二五）四月，東川節度使李絳爲左僕射，此文作「右揆」，則當是右僕射。舊唐書絳本傳未載鎮東川之事，而多一兗海之命，恐敍次有誤。新唐書傳中云：「歷東都留守，徙東川節度使」，似得其實，與此文「公拜右揆，來從東川」合。本集卷十九李公集紀有「登齋壇者再」之語，即指劍南東川及山南西道兩鎮，兗海不知緣何羼入。又絳以元和六年（八一一）入相，度方爲司封郎中知制誥，所謂「某忝司言，公持化權」也。寶曆元年（八二五）二月，絳與度先後徵還，度復知政事，所謂「某忝三入，公亦東還」也。

〔特進〕特進爲正二品文階，是時裴度階官尚未至一品，故稱守司空，司空乃正一品職事官也。

〔魏郡公〕文宗紀，大和元年（八二七）七月，太常卿李絳進封魏國公，而本傳載其最後結銜爲趙郡公。不知何緣參錯，絳之位望恐尚不能封國公，當以此文爲正。至此文之魏字恐仍當作趙，以唐制封號多從本貫，絳爲趙郡人故也。

代諸郎中祭王相國文

維大和四年月日，某官等敬祭於故相國贈太尉太原王公之靈。

嗚呼！天以和氣，鍾於貴人。含光不曜，煦物如春。發自貢士，驟爲庭臣。鴻雁聯行，共凌青雲。既操利權，兼秉國鈞。食禄甚厚，奉身如貧。井絡之隅，益部爲大。斗牛之下，揚州繁會。受社臨戎，油幢曲蓋。印綬重疊，恩華滂霈。簿領如山，處之若閒。摧筦之權，往而復還。炎炎暐暐，出入一紀。未曾傷物，屢有薦士。急難友弟，謹厚訓子。顔閒熙熙，不形愠喜。處己無咎，得君如此。

若木方高，商飆欻起。三台之氣，變見在時。五福之來，盛衰有期。曉下黄閣，車騎威遲。夕歸華堂，言笑嘻怡。詰朝愀然，有志求醫。未撤琴瑟，俄懸素旗。宸衷哀悼，朝右悽悲。詔下褒崇，恩殊等夷。靈輀既駕，真宅將歸。笳簫咽而復揚，風日慘而無輝。玄亮等或早挹清塵，或晚承汎愛。昔脩禮於門闌，今纏悲於祖載。幽顯雖異，音徽未昧。神之格思，歆此誠酹。尚饗！

【校】

〔傷物〕全唐文物作神。

〔商飆〕紹本、崇本商均作音。

〔曉下〕紹本、崇本曉均作晚。

〔有志〕紹本、崇本志均作恙。

〔哀悼〕紹本、崇本、全唐文哀均作震。

【箋證】

按：王相國謂王播，舊唐書一六四、新唐書一六七各有傳。王播之卒，禹錫已有挽詩，見本集卷三十。茲就文中事實箋證之。據本傳：弟炎、起。炎，貞元十五年（七九九）登進士第，累官至太常博士，早世。起，字舉之，貞元十四年（七九八）擢進士第，長慶二年（八二二），代錢徽爲禮部侍郎，掌貢二年，得士尤精。大和二年（八二八），爲陝虢觀察使，四年（八三〇），入拜尚書右丞。居播之喪，號毀過禮，故文云：「鴻雁聯行，共淩青雲。」播於元和六年（八一一）始充鹽鐵使，久於其職，長慶元年（八二一）入相。故文云：「既操利權，兼秉國鈞。」入相以前，元和十三年（八一八）爲西川節度使，長慶二年（八二二），又代裴度鎮淮南，故文云：「益部爲大，揚州繁會。」播以大和元年（八二七）自淮南入朝，拜左僕射同平章事，四年（八三〇）正月，患喉腫暴卒。故文云：「曉下黄閣，夕歸華堂，詰朝愀然，有志求醫。」傳稱其「天性勤於吏事，使務填委，胥吏盈廷取決，簿書堆案盈几，他人若不堪勝，而播用此爲適。」文中「簿領如山，處之若閒」固與傳合，而「曉下黄閣」二語亦顯有調侃之意。與外集卷八有感詩可參看。

又按：此文亦見樊南文集。張采田玉谿生年譜會箋云：「按此篇全唐文與劉禹錫互見，字句微有異同，而劉賓客外集亦載之。論文格極似夢得，或非義山之文也。未曾傷物，劉作傷神，香飈倏起作商飈，晚下黄閣作曉下，詰朝懋然作愀然，有恙求醫作有志，當從。」張説極是。此文仍是中唐流行之體，與李商隱風格決不類。且文中之玄亮等當是禹錫素交之崔玄亮，與商隱年輩不相接。惟據玄亮傳，大和四年（八三〇）已自太常少卿拜諫議大夫，與題中之諸郎中字又不相合，爲可異耳。

祭福建桂尚書文

維大和六年月日，蘇州刺史劉禹錫謹以清酌之奠敬祭於故福建團練使桂公之靈。

鵾化鵬征，擘波沖天。士逢其時，捨筏乘軒。始識尚書，貞元季年。詣我南省，袖文一編。便座接語，其容溫然。星歲未幾，鄙夫南遷。滯留江湘，魚鳥周旋。尚書遇知，變化如蟬。秉憲朝右，剖符江壖。交趾化行，容州績宣。凡曰循吏，莫居我先。大和之初，再遂良覿。分務東洛，門里同陌。予復郎位，公爲賓客。蔚然貴臣，綬紫鬢白。俄俱西還，列於清班。來訪書殿，登樓看山。見領八屯，循街九關。賀遷閩越，紅旆雙殷。克有淑聲，搢紳之間。惸嫠鼓舞，强悍低跧。

延平古津，峭壁孱顔。豈意龍劍，沈晶不還？復魄侯堂，歸舟建浦。雙表何在？虎丘之下。恭承嘉命，來牧吾土。言念昔遊，忽成千古。哀哀孝嗣，率禮無違。言奉几席，歸乎洛師。敬陳奠筵，泣對靈帷。平生不忘，歆此一卮。嗚呼哀哉！

【校】

〔秉憲〕結一本秉作乘，誤。

〔績宣〕紹本、崇本、全唐文續均作績，是。

【箋證】

按：桂尚書謂桂仲武。文宗紀：大和四年（八三〇），以衛尉卿桂仲武爲福建觀察使。此文所謂「見領八屯」，即指爲衛尉卿，稱尚書者，蓋其贈官也。據此文知禹錫爲郎官御史時仲武尚未通籍。其後曾歷桂管、容管二觀察使，大和初以賓客分司洛中。仲武二書皆無傳，藉此可補其闕。文稱「恭承嘉命，來牧吾土」，是仲武爲蘇州人，而下文又有「歸乎洛師」之語，足證唐時士大夫宦成以後多即寓東都而不歸本籍也。又據文中「貞元季年，詣我南省，袖文一編」等語，亦足徵禹錫當時聲望之隆，後進皆欲得其噓植，牛僧孺所謂「曾把文章謁後塵」，非虚語也。

又按：自祭李司空文以下各篇皆大和四年（八三〇）一年間所作，此下二篇則六年（八三二）到蘇州後作。

祭虢州楊庶子文

維大和六年月日，蘇州刺史劉禹錫謹遣軍吏某乙具少牢清酌之奠敬祭於故虢州楊公之靈。

嗚呼！利劍多缺，真玉喜折。俊人不壽，爲氣所齧。子之少孤，率性自然。早有名字，結交世賢。席勢馳聲，龍秋鳴㕣。試文再售，毛翮愈鮮。歷佐侯藩，拾遺君前。伏閤論事，侵□内權。克揚直聲，不愠左遷。一斥於外，君門邈然。五剖竹符，皆有聲績。南湘潛化，巴人啞啞。比陽布和，戰地盡闢。壽春武斷，姦吏奪魄。滎波砥平，士庶同適。朝典陟明，俾臨本州。錫以貴綬，腰金晝遊。輿疾而來，風煙爲愁。靜治三載，卧分主憂。直氣潛銷，頹丸不留。九天難問，萬化同休。嗚呼惜哉！

與君交歡，已過三紀。維私之愛，與衆無比。乃命長嗣，爲君半子。誰無外姻，君實知己。昔與□遊，俱爲壯年。怒人言命，笑人言天。閲事未多，信書太堅。方階尺木，已墜九泉。誦易年深，潛病難痊。不見南楚，方知北軒。嗚呼嗟哉！

見幾不早，追悔已晚。猶希耇老，容或宣展。以閒相期，以晦相勉。一丘可樂，萬累皆遺。翫圖散帙，婆娑京輦。天命不長，願言莫展。嗚呼痛哉！

君卧宏農，予來姑蘇。飛書要約，言念鼎湖。我車載脂，爲子疾驅。入境闃寂，唯逢素書。發函驚視，翰不自濡。相去一舍，豈無肩輿？君爲病嬰，我爲吏拘。兩不如意，嗟哉命夫！君今往矣，無復可道。我今泛然，一委玄造。平生親友，零落太早。無望拔茅，盡悲宿草。到郡浹辰，君不起聞。寢門一慟，□哀如焚。彭彭輤車，來葬洛濱。敬脩賻禮，泣送行人。萬夫之羞，薦君明魂。三赤之版，寫予哀文。淒涼山河，慘淡風雲。已矣長別，嗟哉楊君。

【校】

〔嗚㕭〕紹本、崇本、全唐文嗚均作烏。

〔伏閤〕結一本閤作問，誤。

〔侵□〕紹本、崇本作侵削，全唐文作侵及。

〔邈然〕紹本、崇本、全唐文然均作焉，蓋避與上文然字韻複。

〔南湘〕紹本、崇本湘作浦。

〔頹丸〕結一本丸作几，誤，崇本作景，與紹本作丸皆通。

〔萬化〕全唐文化作國，非。

〔與□〕紹本、崇本、全唐文均作與君。

〔誦易年深〕紹本、崇本、全唐文易年二字均乙。

〔病難〕結一本病上多一墨丁，當删。

〔翫圖散帙〕紹本、崇本均作圖就散秩，似是。全唐文帙作秩。

〔莫展〕按：展字韻複，必有一誤。

〔□哀〕崇本作其哀，全唐文作我哀。

〔萬夫〕紹本、崇本均作方丈。

〔寫予〕紹本予作子，誤。

【注】

〔腰金〕此蓋指在虢州賜金紫。

〔維私〕詩衛風碩人：「譚公維私。」傳：「姊妹之夫曰私。」

〔鼎湖〕漢書郊祀志：「黄帝以首山之銅鑄鼎於荆山之下，後名其地爲鼎湖。」按即虢州湖城縣。

〔三赤〕即三尺。

【箋證】

按：楊庶子謂楊歸厚。歸厚見集中者有本集卷八、卷十八、卷二十四，外集卷一、卷五、卷六等篇。此文備載其生平，所謂「伏閤論事」，指新唐書李吉甫傳所載劾奏中官許遂振事。「五剖竹符」者，指歷刺萬、唐、壽、鄭、虢五州。虢州弘農郡爲楊氏郡望，故曰「本州」。據「乃命長嗣，爲君半子」語，知禹錫長子咸允是歸厚之壻。卷二十四詩題有云：「寄楊虢州與之舊姻」，此文亦云：「維私之愛」，知禹錫與歸厚爲僚壻。

附録一　劉禹錫集傳

引　言

劉禹錫，新舊二書皆有傳，考之事實，多有違舛。永貞政變之真相爲實録所矯飾，而私家恩怨之語復播扇其間，修唐史者不能秉直筆以彰其隱，固不足責。今專就禹錫一人之事言之，新傳云：「憲宗欲終斥不復，乃詔雖後更赦令不得原，然宰相哀其才且困，將湔濯用之，會程异復起領運務，乃詔禹錫等悉補遠郡刺史，而元衡方執政，諫官頗言不可用。」舊傳略同。按：禹錫初貶在永貞元年（八〇五）秋，詔縱逢恩赦不在量移之限，則在元和元年（八〇六）秋，而元衡之初相僅在二年（八〇七）正月至十月之間。豈有甫斥不許量移而又詔補遠郡者，元衡執政之時，他宰相又何能不謀之於元衡而遽用爲刺史，况程异之起用尚在元衡罷相出鎮後，年月事實均不合乎？禹錫等之召還，事在元和九年（八一四），元衡已於先一年再入相。傳復云，「久之召還，宰相欲任南省郎，而禹錫作玄都觀看花君子詩語譏忿，當路者（三字舊傳作執政）不喜，出爲播州刺史。」此時元衡方當路，較前一事之年月稍合。綜而觀之，蓋一事而誤析爲二。故通鑑於元和十年（八一五）作調停之語云：「王叔文之黨坐謫官者凡十年不量移，執政有憐其才欲漸進之者，悉召至京師，諫官争言其不可，上與武元衡亦惡之。」蓋亦知析爲二事之不合也。此其一。新傳云：「由和州刺史入爲主客郎中，復作游玄都詩……以詆權近，聞者益薄其行，俄分司東都。（舊傳無末一語）」錢大昕辨之，以爲分司東都在大和元年（八二七），而游玄都乃在次年以主客充集賢學士之時，非由此詩獲罪，且詩雖含譏刺，亦何至薄其行，此但采當時怨家之浮議而不察事之先後也。此其二。禹錫在夔州，依巴人之俗作竹枝詞傳之民間，據集中自述甚明，而新傳云：「朗州接夜郎諸夷，風俗陋甚，乃倚其聲作竹枝詞十餘篇，於是武陵夷俚悉歌之。」今按集中但云：「昔屈原居沅湘間，其民迎神，詞多鄙陋，乃爲作九歌，到于今荆楚鼓舞之。」何有風俗陋甚之言？不獨誤夔爲朗，既誣禹錫，亦厚誣武陵之民矣。蓋禹錫於朗、連、夔諸州，所至必表其風物之嘉，民俗之厚，從無輕詆之意。況其於夔州之民歌尤深喜其音節情味而採以入己之詩乎？此其三。新傳稍取資於本集，似差可信矣，然引子劉子自傳述王叔文「所施爲，人不以爲當非」，竄改爲「人不以爲當」，與原意故相刺謬，乃不顧事理之甚者，其他乖舛，且不備舉。至於禹錫論學之粹語尤在天論一文，論治之卓識則備見於辨迹、明贄諸論，而傳皆不言。今取自傳爲本，而據本集鈎稽以成集傳。專取其灼然可信者著於篇，而存其疑以俟考，庶禹錫生平行履志事差可窺見。

劉禹錫，字夢得。

按：禹錫之名，取於書禹貢：「禹錫玄圭，告厥成功。」夢得之字，則似采緯書荒誕之説，孝經鉤命決云：「命星貫昴，修紀夢接生禹。」（御覽八二引）〔一〕

以唐代宗大曆七年壬子（七七二）生。

按：白居易大和七年（八三三）元日對酒詩自注：「與蘇州劉郎中同壬子歲（八三二），今年六十二。」又寫真詩序：『會昌二年（八四二）年七十一。』偶吟自慰詩自注：「余與夢得甲子同，今俱七十。」（會昌元年八四一）據此知其生年。

家居洛陽。

按：外集卷九子劉子自傳，其七世祖亮〔二〕，遇北魏遷都洛陽，爲北部都昌里人，墳墓在洛陽北山。其後也陋不可依，乃葬滎陽之檀山原田。唐時北方士族往往隨宦轍而遷徙無定。其占籍長安、洛陽者，亦非必世居之也。必欲求禹錫之籍貫，則以洛陽爲近於事實。自傳云，其先漢景帝賈夫人子勝封中山王，謚曰靖，子孫因封，爲中山人。世數太遠，不足爲據。然唐時習俗，稱人必冠以某地，舉地則姑稱以中山。（韓愈、柳宗元文中皆嘗以此稱之。）非真謂爲中山人也。不獨禹錫未嘗一日居中山，即其高曾以上亦皆與中山無涉。至於稱以彭城者，以劉氏皆以此爲郡望，猶李之稱隴西，張之稱清河。（白居易文中稱彭城，新舊兩傳同。）四庫總目提要乃據中山以駁彭城之説，且實之曰中山無極人，似知二五而不知十者。唐人郡望爲一事，家居所在别爲一事，歐陽詹玩月詩序云：予與鄉人安陽邵楚長、濟南林藴、潁川陳湘詡亦旅長安。此三人明是閩人，固非安陽、濟南、潁川人也。禹錫從母舅盧徵傳云范陽人，家於鄭之中牟，與禹錫之家於洛陽，墓在滎陽，正一例也。禹錫自云「分務神都近舊丘」（見外集卷四自左馮歸洛下詩），尤是禹錫實爲洛陽人之證。新唐書宰相世系表於劉氏七房之外別出河南一房，云本出匈奴之族，固亦不得一概目爲彭城劉氏矣。（卞孝萱劉禹錫年譜云：稱中山劉禹錫者，是指其郡望而言，微誤。）

其先世爲魏、周豪族。

按：自傳所稱之七代祖亮，其父持（特）真爲鎮遠將軍領民酋長，亮之名出於宇文泰所賜，兼賜姓侯莫陳氏，其子昶又尚泰之女，爲隋文帝所殺。是亮兩世自邊塞武將仕西魏及北周，事跡具周書及北史，彰彰甚明。而自傳云，亮仕北朝爲冀州刺史、散騎常侍，遇遷都洛陽，爲北部都昌里人。遷都洛陽是魏孝文帝時事，在亮以前。禹錫自敍宗系，而閃灼若此，似有所諱也。舊五代史劉岳傳：「其先遼東襄平人，元魏平定遼東，徙家於代，隨孝文遷洛，遂爲洛陽人。」與禹錫之先世由北方而入中原，正相類。

曾祖凱，祖鍠，皆當出仕。

按：自傳云：「曾祖凱，官至博州刺史，祖鍠，由洛陽主簿轉殿中丞、侍御史。」而元和姓纂則以凱爲紹榮，吉州刺史，鍠爲行昌，左司員外，舊唐書禹錫本傳又以鍠爲雲，未知所以岐出之故。

幼隨父居江南。

按：自傳云：「父諱緒，天寶末應進士，遂及大亂，舉族東遷，以違患難。」則禹錫之生已遠在東遷之後。又送裴處士應制舉詩（卷二十八）有云：「憶得童年識君處，嘉禾驛後聯牆住。垂鈎鬬得王餘魚，踏芳共登蘇小墓。」而見僧靈澈則在吳興（見後），此爲禹錫自道童年縱跡之一，則蘇湖皆其遊鈎之所也。天寶中北方士族避難江南者不一而足，大曆、元和諸詩人家世縱跡多在江南州郡，固由免於軍事之重大破壞，亦由財賦之區易於求食也。禹錫敍其父云：「爲浙西從事，本府就加鹽鐵副使，遂轉殿中，主務於埇橋。」雖未明言其爲何年，然就其爲鹽鐵巡院一職觀之，必爲劉晏所擢用。據史，晏之爲都畿、河南、淮南、江南、湖南、荆南、山南東道轉運常平鑄錢鹽鐵等使在大曆元年，而其時爲浙西觀察使者則韋元甫。所謂爲浙西從事者，蓋即元甫之使幕。史又稱晏多用士人以勾檢簿書，出納錢穀。又謂場院要劇之官必盡一時之選，晏歿之後，掌財賦有聲者多晏之故吏。（均見通鑑二二六）晏傳中歷舉故吏，盧徵居其一。禹錫詩中所稱之華州舅氏（卷三十），蓋即指徵。禹錫之父與徵爲姻親，則由徵援引於晏之使下，不難懸揣而得。埇橋即後來之宿州，爲自淮入泗、汴之樞紐。埇橋揚子兩巡院在鹽鐵使下尤爲要職。以此知禹錫之父爲專長於鹽務者。

劉晏部屬中以詩名者，包佶爲最著。禹錫早年即得其薰染。澈上人文集紀（卷十九）云：「靈澈……與長老詩僧皎然游，講藝益至，皎然以書薦於詞人包侍郎佶……初上人在吳興，居何山，與晝公爲侣，時予方以兩髦執筆硯，陪其吟詠，皆曰孺子可教。」其時當在大曆末年，禹錫詩猶頗帶大曆氣息，而舉靈澈之佳句爲：「經來白馬寺，僧到赤烏年。」「青蠅爲弔客，黄耳寄家書。」可見其會心之處。以此知早年縱跡足以決定後來之成就也。

弱冠已有能文之譽。

按：外集卷九爲淮南杜相公論西戎表中有「一辭闕庭，已僅二載」之語，佑以貞元五年（七八九）除淮南節度使。此文必作於貞元七八年（七九一、七九二），禹錫年方及冠。表中又涉貞元元年（七八五）平李懷光，二年（七八六）平李希烈，尤可證其必爲早年之作。

貞元九年（七九三），年二十二登進士第。

按：是年顧少連知貢舉，進士姓名可知者：苑論、穆寂、幸南容、柳宗元、劉禹錫、談元茂、張復元、馬徵、鄧文佐、武儒衡、許志雍、丘絳、穆員、盧景亮、丘穎、薛公達、衛中行、杜行方、裴杞、陳璀、吴祕、李宗和、陳祐（祜），詳徐松唐登科記考。

自傳云：「既冠舉進士，一幸而中試。」夔州刺史謝上表云：「貞元年中，三忝科第」（卷十四），蘇州刺史謝上表亦云：「謬以薄伎，三登文科。」（卷十五）謂登進士第後復登宏辭及拔萃科。唐人科第備此三者則進身尤易，騰達可期。禹錫早年仕宦之得意以此。

登第後赴洛陽覲省。

按：權德輿集中有送劉秀才登科後侍從赴東京覲省序，劉秀才謂禹錫。序云：「侍御兄以文章行實著休問於仁義，義方善訓，君子多之。春服既成，五綵其色，去奉嚴訓，歸承慈歡，與侍御游久者賀而祝之……」侍御兄當指禹錫之父緒，自傳所云「轉殿中主務於埇橋」者也。此時或已罷巡院之職，而緒之母尚在，禹錫方侍父以覲重闈，故題云「侍從赴東京覲省」。緒雖家於江淮，而其母或以年高仍居洛陽。文意亦似於登科之外兼賀其家慶（卞著劉譜以覲省爲省其母，則與權序文意不合，恐非）。德輿與劉氏淵源不淺，一則以皆於天寶末挈家南渡，二則與緒先後同爲鹽官。其集中奉和許閣老酬淮南崔十七端公詩自注云：「德輿，建中興元之間，與崔同爲鹽鐵包大夫從事揚州既濟寺，貞元初，德輿受辟於江西廉推，崔又知度支院在焉。」又有埇橋夜宴敍别詩，其曾與緒同在埇橋，亦在意中。德輿詩中多涉及江東親故及潤州舊居，緒曾爲浙西幕職，尤可決其多有往還。德輿卒後，禹錫與其子璩亦仍敍舊誼，見酬鄭州權舍人見寄詩（外集卷六），禹錫登第後未幾，德輿即擢起居舍人，（德輿傳中繫於貞元十年。）禹錫集中獻權舍人書（卷十）指德輿也。以其官漸顯達，故投以文卷。至元和中德輿爲相，蓋僅能容容保位，禹錫遠貶，亦不能望其爲力矣。

登拔萃科後，授太子校書。

按：自傳云：「間歲又以文登吏部取士科，授太子校書。官司閑曠，得以請告奉温凊。」據職官志，太子校書屬司經局，正九品。集中請告東歸發灞橋却寄諸僚友、登陝州城北樓却寄京都親友諸詩（卷二十五）似即此時所作。因論（卷六）涉及董晉鎮宣武事，在貞元十二至十五年（七九六——七九九）之間〔三〕。除外集卷五答張侍御賈喜再登科後自洛赴上都贈别一詩外，此數篇爲禹錫最早之作。

未幾丁父憂。

按：自傳記其父自埇橋罷歸浙右，至揚州遇疾不諱。雖未確知爲何年，必在禹錫釋褐除官以後及入杜佑兼淮泗使府以前。以自傳有「既免喪，相國揚州節度使杜公領徐泗，素相知，遂請爲掌書記」之語也。佑兼領淮泗，在貞元十六年（八〇〇）。

禹錫少時體弱多病，於因論中鑒藥、述病二篇見之。答道州薛郎中論方書書（卷十）亦云：「愚少多病」，又云：「及壯，見里中兒年齒比者，必睨然武健可愛，羞己之不如，遂從世醫號富於術者，借其書伏讀之。」知禹錫善於攝生，故雖歷困境而不損年壽。

營葬滎陽之祖墓。

按：自傳云：「世爲儒而仕，墳墓在洛陽北山，其後地陿不可依，乃葬滎陽之檀山原，由大王父以還，一昭一穆如平生。」又據太平廣記四二二引集異記，云禹錫貞元中寓居滎澤，蓋謂此時。

免喪以後，淮南節度使杜佑以討徐州之亂加同平章事，兼領徐、泗、濠三州，禹錫以素相知，應其請爲掌書記。時爲貞元十六年（八〇〇）。

按：唐人以使幕爲入仕之階梯，亦往往衣鉢相傳，宦跡相踵。杜佑昔事韋元甫，自淮南節度掌書記升朝，除郎官刺史，洊至節鎮。元甫曾爲浙西觀察，禹錫之父從事浙西，時正相當，與佑必有同僚之雅。故佑辟禹錫掌記，既以故人子遇之，又重禹錫之文望，欲以衣鉢授之也。佑雖兼徐泗，而以張愔不奉朝命，出兵討伐又無功，實未嘗離揚州本鎮，故禹錫自徐泗掌書記仍轉爲淮南掌書記。今禹錫集中爲佑所草表狀，自讓同平章事始，以至入朝，似自貞元十六年（八〇〇）以後，迄未違其左右，而筆札之役皆一手任之。故上杜司徒書（卷十）云：「小人自居門下，僅踰十年（此語稍過，蓋中間曾赴調渭南主簿也），未嘗信宿而不侍坐。」誠可謂專且久，佑之所以期待禹錫者必不菲，而禹錫恃佑以致身有所建樹，固亦其素志。永貞被謗以至恩紀不終，誠非所料。

佑既歷居浙西、淮南使幕，故於財賦之事夙所諳悉，其早年之充轉運使、判度支，晚年之領度支鹽鐵使，皆由於此。佑撰通典，亦其平日所留意也。禹錫之通達治體，洞悉利弊，有志於經世，蓋亦自此啓之。禹錫淮南同僚見於卷二十四詩題云：「揚州春夜，李端公益、張侍御登、段侍御平仲、密縣李少府暢、祕書張正字復元同會於水館，對酒聯句，追刻燭擊銅鉢故事，遲輒舉觥以飲之，逮夜艾，羣公沾醉，紛然就枕，余偶獨醒。」至同時在佑幕府者尚有竇常、劉伯芻等，各見本傳。此際存詩文無多。

旋赴調渭南主簿。

按：唐時縣主簿秩雖正九品，而渭南爲畿縣，畿縣簿尉惟進士出身赴調者乃得之，自此内遷升朝，取徑甚捷。其尤優者，如白居易、王涯即由此任翰林學士。據自傳，其母不樂居江淮間，於入杜佑幕時已陳此意。蓋以汴泗路阻，不得已而羈留。及亂定道通，佑遂許其赴調。其實佑亦有辭鎮歸朝之意，禹錫自不能久於藩幕，見卷十二代佑請朝覲表，時爲貞元十七、八年間（八〇一、八〇二）。禹錫在渭南時蓋與李絳同官，祭興元李司空文（外集卷十）云甸服同邑是也。

貞元十九年（八〇三），擢監察御史。

按：唐制監察御史秩正八品上，於三院御史中爲最下一級，其職掌以巡察監視，糾舉官吏之過失爲主。畿縣簿尉例遷監察御史，爲清望官之初階。同時之人，如柳宗元、元稹、李絳、裴度、牛僧孺等，皆由此選。禹錫得此，即循例舉崔羣自代，羣時方以監察御史裏行居宣歙幕中，名位猶在禹錫之下。而禹錫於元和初貶時，李絳已登庸，及再貶，羣亦入相矣。

禹錫在渭南主簿及監察御史任職期間，御史中丞先後爲李汶、武元衡，京兆尹先後爲韋夏卿、李實，禹錫皆嘗代爲箋奏。同時爲監察御史之可考者四人，即柳宗元、李絳、李程、韓泰。柳、韓與禹錫同陷永貞謫籍，二李則先後爲將相。

禹錫之交王叔文、韋執誼即在此二年中。

按：杜牧爲牛僧孺墓誌，載韋執誼令劉、柳訪僧孺於樊鄉。李珏於執誼有「網羅賢俊」之語。杜、李皆非黨於王、韋者，其言如此。可見執誼是時官雖卑而居翰林學士，已頗得人望。執誼爲韋夏卿從弟，游於夏卿之門者多知名之士（新傳云：「所辟士如路隋、張賈、李景儉等至宰相達官，故世稱知人」）。禹錫嘗爲之草箋奏，則此時禹錫已與執誼訂交尤無可疑。舊唐書禹錫傳云：「貞元末，王叔文於東宫用事，後輩務進，多附麗之。禹錫尤爲叔文知獎，以宰相器待之。」叔文在東宫，歷十餘年，見柳宗元爲其母墓誌，恐禹錫前此在外，無緣與之相見。其識叔文殆較識執誼爲晚。據自傳，蓋由吕温、李景儉及宗元三人之介也。温入吐蕃在貞元二十年（八〇四），則介禹錫於叔文亦前於此。叔文與執誼在德宗、順宗之間俱被信任，而德宗年高得疾，人亦知旦夕將有變，所謂「後進多附麗之」，蓋亦非虚誣。

德宗以貞元二十一年（八〇五）正月卒，太子誦即位，是爲順宗。以韋執誼爲相，王叔文爲翰林學士、户部侍郎、度支鹽鐵副使，朝政一新。

按：德宗在位時，姑息藩鎮，信任宦官，付以兵權，貶斥朝士，多行聚歛擾民之政。及是，叔文主持於内，執誼爲相，行之於外，凡秕政皆罷之。兹據順宗實録列舉是時之措施如下：順宗以正月二十六日即位，二月六日，首罷翰林陰陽星卜醫相覆棊諸待詔。（按實録云：「初，王叔文以棊待詔，既用事，意其與己儕類相亂，罷之。」此説非是。覆棊乃數術一類，舊唐書經籍志有九宫行棊經，屬五行類，與弈棊之屬藝術者不同。此叔文主張斥逐以神怪亂政之人，與其他翰林待詔無預。且叔文本傳言「以棊待詔」，是其進身之始，及德宗令直東宫，則非復專侍太子棊者。又傳言順宗即位之日，召叔文自右銀臺門居於翰林爲學士。學士與翰林雜流雖同冠翰林之名，而流品懸絶，即同一待詔亦有流品之殊，例如王伾已官至散騎常侍猶充翰林待詔是也。實録所謂意其與己儕類相亂，實爲深文。）其次則擢韋執誼爲宰相，東宫時師傅亦分别遷官。

然後改革德宗時諸弊政，一、抑近倖，禁宫市及五坊小兒。二、恤婦女，罷選乳母，出後宫及教坊女妓還其親戚，先後幾及千人。三、止貢獻，罷羨餘及月進，停貢珍玩及時新物。四、明黜陟，斥不恤民艱之京兆尹李實，而召正直敢言得罪德宗之陸贄、姜公輔、鄭餘慶、陽城、蘇弁等。此皆新政之爲時人所稱頌而明載於史者。

至其關係大計者，一爲整理財政。自安史亂後，財賦重心皆在江淮，而統籌度支之鹽鐵轉運使久成外府，非中樞所得問。德宗初年，崔造等嘗欲罷鹽鐵轉運使之職，以其所掌還歸户部，而卒格於事勢，其後仍多以浙西節鎮兼領使務。及是始以宰相杜佑領使居其名，而叔文以户部侍郎爲副居其實。雖叔文爲政日淺，未能見其所籌畫者爲何如，要以置鹽鐵轉運使於中央爲其初步。（通鑑二三六注引憲宗實録云：詔曰：「頃年江淮租賦爰及榷税，委在藩服，使其平均，太上君臨之初，務從省便，令使府歸在中朝。」是憲宗亦不得不以此舉爲是也。）二爲裁抑地方軍閥。德宗姑息藩鎮，武人專恣，殘虐百姓，不獨河北諸鎮已成積重難返之勢，西川之韋臯亦駸駸欲步後塵。（臯傳云：在蜀二十一年，重賦斂以事月進，致蜀土虚竭。）在順宗即位之初，竟以總領三川（謂東西川及山南西道）爲要挾，遣劉闢達意於叔文，叔文欲斬闢以折其謀。使不爲韋執誼所阻撓，則藩鎮皆有所懼，而元和用兵討叛，殘民以逞之殃可以免矣。此叔文建策之善，亦甫見其端而不果行者。三爲奪宦官之兵權，自德宗倚任宦官典神策軍並遣監軍於各道以撓軍政，不獨敗壞政事，且使唐室骨肉之間亦受宦官之宰割，不保朝夕。叔文同神策老將范希朝爲帥，而以才臣韓泰爲幕僚，實欲於不動聲色之中移其魁柄，而俱文珍、薛盈珍、劉光琦等皆久與外鎮相結，怙勢擅權，聞而自危，遂啓廢立之謀，而叔文之謀挫矣。

叔文交游皆一時才士，禹錫其一。凡所策畫當是平日所藴蓄而未能一一見諸施行。實録云：「叔文説中上意，遂有寵，因爲上言，某可爲將，某可爲相，幸異日用之。密結韋執誼并當時有名欲僥倖而速進者，陸質、吕温、李景儉、韓曄、韓泰、陳諫、劉禹錫、柳宗元等十數人，定爲死交，而凌準、程异等又因其黨而進，交遊蹤跡詭祕，莫有知其端者。」叔文傳中則云：「王伾主往來傳授，王叔文主決斷，韋執誼爲文告，劉禹錫、陳諫、韓曄、韓泰、柳宗元、房啓、凌準等謀議唱和，採聽外事。」禹錫傳中則云：「禹錫尤爲叔文知獎，以宰相器待之，順宗即位，久疾不任政事，禁中文誥皆出於叔文，引禹錫及柳宗元入禁中，與之圖議，言無不從。」據此，似實録所謂某可爲相者，即指禹錫，禹錫及宗元身爲郎官御史，又最年少敢爲（禹錫是時三十四歲，宗元三十三歲），其爲永貞新政之重要謀主似可信。

永貞新政之不終，誤於叔文等不能直接君主。通鑑云：「時順宗失音，不能決事，常居宮中施簾帷，獨宦者李忠言、昭容牛氏侍左右，百官奏事，自帷中可其奏。自德宗大漸，王伾先入稱詔召叔文坐翰林中使決事，伾以叔文意入言於忠言，稱詔行下。」證以禹錫自傳云：「是時太上久寢疾，宰臣及用事者（指韋執誼及王叔文）都不得召對。」知王、韋不惟未得兵柄並順宗之面且不得見，内外隔絶，而久握禁軍之俱文珍輩遂得連結中外，擁憲宗監國，繼而逼順宗禪位，王、韋自此獲重咎以至貶死，禹錫與其同僚皆以附王、韋之罪遠斥於外，以成永貞政變之局。永貞，順宗紀元，未及一年而遜位，故是年二月以前稱貞元二十一年，以後稱永貞元年，而次年則憲宗改元元和。（次年正月，順宗卒，其未發喪前之十餘日仍稱永貞二年，而史以其爲日無多略之，惟順宗實録仍存永貞二年太上皇册文。）

禹錫是時遷屯田員外郎，實管度支鹽鐵使之文案〔四〕，乃杜佑與王叔文之間當溝通之任者。又兼崇陵使判官〔五〕，事權尤重。

按：順宗初立，即以宰相杜佑爲度支及諸道鹽鐵轉運使，而以王叔文爲副使。史云：叔文與其黨謀，得國賦在手，則可以結諸用事人，取軍士心以固其權。又懼驟使重權，人心不服，藉杜佑雅有會計之名，位重而務自全，易可制，故先令佑主其名，而自除爲副以專之（通鑑二三六）。其實杜佑本熟於財賦，亦是因人望而用之。禹錫既多年爲佑之幕客，今又爲叔文所倚重，故自監察御史遷屯田員外郎，判度支鹽鐵案，不獨欲使佑與叔文之間無齟齬，亦以禹錫久在江淮，其先世已諳悉鹽鐵職務也。

杜佑先爲崇陵使，辦德宗山陵事，佑即以禹錫爲判官。山陵亦利權所在，耳目所指，佑之左右蓋有讒禹錫者，故其上門下武相公啓（卷十八）云：「屬山園事繁，孱懦力竭，本使有内嬖之吏，供司有恃寵之臣，言涉猜嫌，動礙關束，城社之勢，函矢紛然，彌縫其間，崎嶇備盡，始慮罪因事闕，寧虞謗逐跡生？」觀此數語，知必禹錫無以屢干求者之望，衆口交謫，而佑遂爲所惑，故禹錫既遭衆忌，又與佑恩紀不終，其獲罪也，不止王、韋之故，佑亦與有因焉。上杜司徒書（卷十）爲元和元年（八〇六）初至朗州貶所時所作，其言有曰：「倘浮言可以事久而明，衆嗤可以時久而息，弘我大信，以祛羣疑，使煢煢微志無已矣之歎，覬乎異日得夷平民。」又曰：「睽而後合，示終不可睽也，否而後泰，示終不及否也。」然則禹錫猶望佑之能爲之息謗脱罪，其不專爲王、韋之故，不待言矣。此非從本集中搜尋，但信史書，鮮不失之。又據自傳言，前已爲杜丞相奏署崇陵使判官，居月餘日，至是改屯田員外郎，判度支鹽鐵案。又武陵書懷武陵書懷詩（卷二十二）：「校緡資筦榷，復土奉山園。」自注：「時以本官判度支鹽鐵等，兼崇陵使判官。」史又言，德宗山陵，武元衡爲儀仗使，禹錫求爲儀仗使判官，元衡不與（舊元衡傳）。此言大可疑。禹錫以杜佑故吏充崇陵使判官，其事至順，何至求充儀仗判官於元衡？以官論，元衡止御史中丞，而佑爲元宰，以職務論，儀仗使遠不及山陵使之重。即元衡欲以判官屈禹錫，恐禹錫且不屑也。觀禹錫與元衡書，亦不似有此事。至二人之有隙，何因而致，無可爲明證者，蓋元衡自中丞下遷庶子，爲王、韋所斥，以此怨禹錫耳。（實録云：「叔文黨數人貞元末已爲御史在臺，至元衡爲中丞，薄其人，待之鹵莽，皆有所憾。而叔文又以元衡在風憲，欲使附己，使其黨誘以權利，元衡不爲之動。」韓愈撰實録時，下筆必爲元衡地，不足置信，所謂叔文黨數人，自指劉、柳，而劉、柳皆曾於元衡任中丞時爲之草箋表，所謂「待之鹵莽」，亦殊難解。）順宗在位時，朝士争求進取，其失意者怨謗交作，王、韋遂爲衆矢之的，禹錫與柳宗元尤以新進得勢遭忌。

按：通鑑敍叔文等用事之時，有云：「日夜汲汲如狂，互相推獎，曰伊曰周，曰管曰葛，僩然自得，謂天下無人，榮辱進退，生於造次，惟其所欲，不拘程式，士大夫畏之，道路以目。素與往還者，相次拔擢，至一日除數人。其黨或言曰：某可爲某官，不過一二日，輒已得之。於是叔文及其黨十餘家之門晝夜車馬如市。」此必有見擯於王、韋之人，見其黨援之盛，自恨欲進無由，故有此謠詠。舊唐書竇羣傳言：「羣責叔文曰：去年李實伐恩恃貴，傾動一時，此時公逡巡道旁，乃江南一吏耳。今公已處實形勢，又安得不慮路旁有公者乎？」此言可證當時不滿叔文之人乃望其援引不得而生怨望耳。柳宗元寄許孟容書言之尤明切，云：「加以素卑賤，暴起領事，人所不信，射利求進者填門排户，百不一得，一旦快意，更造怨讟，以此大罪之外，詆訶萬端，旁午構扇，盡爲敵讎，協心同攻，外連强暴失職者以致其事。」

禹錫既綰要職，復參大政，聲燄自足以招禍。

按：順宗實録云：「禁中文誥皆出於叔文，引禹錫及柳宗元入禁中，與之圖議，京師人士不敢指名，道路以目，時號二王、劉柳。」此自指叔文任翰林學士時，語或過當。然「二王、劉柳」之稱或非無據也，二王謂叔文與王伾。雲仙雜記謂：「順宗時劉禹錫干預大權，門吏接書尺，日數千，禹錫一一報謝，緑珠盆中日用麪一斗爲糊，以供緘封。」或亦非虚構。本集卷十論書儀書云：「爲御史，四方諸侯悉以書來賀。」御史且然，此時聲氣廣通，更可想矣。

未幾而宦官有與藩鎮相結者，迫順宗遜位，擁立憲宗，朝局遂變。

按：順宗之立，宦官中已有持異議者。翰林學士衛次公曰：「太子中外屬心，必不得已，猶應立廣陵王。」廣陵王謂順宗之子純，後爲憲宗也。（詳見通鑑二三六）蓋順宗在德宗初年固已不安於位，德宗所屬意者，乃其姪舒王誼也。（詳見通鑑二三二）當時宮廷之中皆歸宦官操縱，皇室徒擁虛名，宦官又不能不假手朝臣以干政事，要結武將以固軍權，其中又自分朋黨，各有所主。順宗立後，爲其羽翼者曰李忠言，憲宗之立，則俱文珍（即劉忠亮）、劉光琦等之謀也。王、韋既爲順宗所倚任，其爲憲宗之黨所切齒，固無足異矣。

永貞政變爲順、憲父子權位之爭。憲宗是時年二十八矣，惟恐不能速得嗣位，利順宗之久膺風疾，遂用俱文珍等之謀，假藩鎮之力，（韋皋之外有河東嚴綬、荆南裴均，皆素與宦官相勾結者）於兩月之間自立爲太子，又由監國以至即真稱帝，必非出於順宗本意，乃宦官從中密謀，强迫行之者。禹錫自傳云：「太上久寢疾，宰臣及用事者都不得召對，宮掖事祕，而建桓立順〔六〕，功歸貴臣。」知王、韋雖號秉政，身在外廷，不及防宮掖之變。且叔文罷内職，居母喪，非但無能爲力，亦毫不與聞。「建桓立順」一語引東漢事爲比，以明其出於宦官權臣之陰謀，此四字暗寓董狐之筆。

順宗被迫遜位，名爲太上皇，實被幽囚，亦與唐室先世高祖、睿宗、玄宗之稱太上皇同，而其遭遇之酷或有過之。故民間盛傳憲宗有逆倫之謀，而順宗有求勤王之舉。其事於新舊書之劉澭傳中微露端倪。山人羅令則者，自長安至秦州，稱太上皇誥，徵兵於刺史劉澭，説澭以廢立，澭不從，執送長安。令則又言，約以德宗山陵時伺便而動。德宗山陵爲是年十月事，憲宗即位甫兩月也。足徵宮廷雖祕其事，而外間已有所聞，此山人爲出於義憤，抑黨於宦官中之李忠言，謀爲順宗勤王，固未可知。此後纔兩月，順宗遂以不起聞，其中隱情不難測度〔七〕。尤以舒王誼亦死於是年十月，皆不能不啓人疑。蓋政變餘波尤頗可駭，國史既諱而不書，元和以後，世人皆畏宦官之威，更不敢攖其怒，故遂成不可究詰之疑案。

憲宗既立，首貶王伾、王叔文，越月，貶禹錫爲連州刺史，至十一月，再貶爲朗州司馬。同貶者，韓泰、韓曄、柳宗元、陳諫、凌準、程异，並後貶之韋執誼爲八人，世號八司馬。

按：禹錫等初貶尚不甚重，亦僅以連累致罪，憲宗雖恨叔文，亦猶未遽仇視之，此必羅令則之獄重觸憲宗之怒，縱不疑令則爲叔文所指使，亦必慮人心猶附順宗，死灰或可復然，故令則之獄起於十月，至十一月即再貶禹錫等，次年正月而順宗以病殁聞，叔文亦於是時賜死。此節前人從未發其覆，蓋令則之獄，當時朝端不欲播揚以彰憲宗篡弑之醜，讀史者遂亦忽之也。

永貞政變，固以順、憲父子之争而起，而其間亦有南北之見存焉。王叔文，越州人，王伾，杭州人，所引之凌準亦杭州人，陸質，蘇州人，伾以操吴語爲人所誚，禹錫、宗元等又皆嘗居江南者。二王以浙西人不由科第而爲翰林學士，宜爲北方士族所疾視。此與長慶中元稹、李德裕非進士出身入學士院同被敵視如出一轍。元和以後之黨派門户於此見其端焉。

禹錫南行中途得再貶之命，適韓愈自連州陽山令量移江陵法曹參軍，相遇於荆南。

按：自傳云：途至荆南，又貶朗州司馬。而和韓愈之岳陽樓詩（外集卷五）注云：時禹錫出爲連州，途出荆南，改武陵司馬，和韻於荆。此注是否禹錫自注，殊爲可疑。以禹錫於九月貶連州，十一月再貶朗州，（下著劉譜作十月，考紀稱己卯，十月丙申朔，不得有己卯，當是十一月）左降官不得停留甚久，未必至十一月方行至荆州也。意者荆南二字泛指湘楚之地，據卷十上杜司徒書述韓愈慰藉之言，知二人必曾相遇，特不敢定其相遇之地，姑志之以存疑。

禹錫在朗州將十年，以文字自遣，所作天論，尤其精思所得。

按：唐制，州司馬爲閒官，不理事，見白居易江州司馬廳壁記。如禹錫之比乃員外司馬同正員，則例尤不得與聞公事。且無官舍可居〔八〕，僅能自給而已，故有讀書爲文之暇。今集中之文可推知爲朗州所作者，有如楚望賦（卷一）、辨易九六論（卷七）、武陵北亭記（卷九）、上杜佑書及啓（卷十、十八）、上李吉甫、武元衡、李絳等啓（卷十八）、董氏武陵集紀（卷十九）、傷我馬詞、救沈志（卷二十）、董侹墓誌、絶編生墓表（外集卷十），均足窺見其謫居時心境。至天論雖未著年月，然據柳宗元集，其意實發於韓愈，而愈自量移江陵後，至元和八九年（八一三、八一四）任史館修撰、知制誥，授中書舍人以前，曾遭屢黜，甚不自聊，爲宗元發此有激之言，必於是時。蓋宗元之天説作於在永州時，而禹錫之天論作於在朗州時，二人嘗以書問相商討〔九〕。天論發明「天人交相勝」之理，而曰：「天之道在生植，其用在强弱」，又曰：「天恒執其所能以臨乎下，非有預乎治亂，人恒執其所能以仰乎天，非有預乎寒暑」，知其所謂天者即自然界也，天人相對即自然界之規律與人之智力相對也。復申言以補其未盡之義曰：「天非務勝乎人，人不宰則歸乎天也；人誠務勝乎天，天無私，故人可勝乎天。」雖曰「天人交相勝」，而其實人可勝天而天不勝人。又論無無形之物，謂：「無形非空乎？空者形之希微者也，爲體也不妨乎物，而爲用也恒資乎有，必依於物而後形焉。」此數語宗元亦深服之以爲甚善，蓋其持論之尤精闢者，惟宗元同具此深湛之思。

遷謫之中，自多怨抑之詞，如謫九年賦、望賦諸篇是，而如明贄論、救沉志，仍自矢堅貞疾惡之意。其南來所經恒有賦詠，及到朗州，尤多專紀風土之巨製，如武陵書懷五十韻（卷二十二）、武陵觀火詩、遊桃源一百韻（卷二十三）、競渡曲、采菱行（卷二十六）及楚望賦（卷一）皆是。又是時爲釋子所作較多。固緣乞食游僧之求請，是當時風氣，禹錫於此時亦頗耽佛教，故送僧元暠南遊詩引（卷二十九）有云：「在席硯者多旁行四句之書，備將迎者皆赤髭白足之侶。」又集中詩文成於此時者多即事之作，故自云：「謫於沅湘間，爲江山風物之所蕩，往往指事成歌詩，或讀書有所感，輒立評議。」（見卷二十劉氏集略説）

此十年中，時政變遷之大者，夏州楊惠琳、西川劉闢、浙西李錡三鎮之討爲憲宗加强統治之初步，稍矯德宗末年姑息之弊。而一挫於成德王承宗，收復河北之機遂失，徒增宦官干預軍政之勢。而賢良科試舉人牛僧孺、李宗閔及考官楊於陵、韋貫之等之忤李吉甫，遂啓由元和至大中兩黨反復構釁之局。是時父執中權德輿及吉甫，故人中李絳、崔羣雖皆相繼柄用，而於禹錫無能爲援。

按：禹錫集中怨誹之作必皆在初貶朗州時，如卷五之華佗論、卷二十一之讀張曲江集作、聚蚊謡、百舌吟、飛鳶操、秋螢引，皆其表表者，他不具論。而上時相杜佑、李吉甫、李絳諸啓，備極哀懇；武元衡雖已出鎮西川，亦以贈物言謝之便，巽詞祈請，有所不得已也。

其在朗州時，刺史蓋已數易人，未能備考，惟知元和六年（八一一）以後有一徐姓，從上杜司徒啓（卷十八）中「一自謫居，七悲秋氣」、「本州徐使君至」數語知之。至九年則竇常來爲刺史，外集卷五有酬竇員外使君寒食日途次松滋詩，竇蓋與禹錫早年同在淮南杜佑幕，故其弟羣雖與王、韋不協，而羣自開州貶所赴任容管途經朗州，禹錫仍爲之草奏。（卷十四有二表皆代羣作。）

元和九年（八一四），召還永貞案中被貶諸人，禹錫自朗州與柳宗元自永州同徵，次年到長安。

按：卷二十四有詩題云：元和甲午歲詔書盡徵江湘逐客余自武陵赴京宿於都亭有懷續來諸君子。而柳集亦有朗州竇常員外寄劉二十八詩見促行騎一詩，又有詔追赴都二月至灞亭上詩。知被召在九年（八一四）冬而到京在十年（八一五）春也。九年二月，李絳罷相，六月、十二月，張弘靖、韋貫之相繼入相，而李吉甫以十月卒於位。揣當時情勢，張、韋二人未必能遽有主張，且與劉、柳無因緣，劉、柳諸人之召回，或仍由絳及吉甫之發端，而武元衡未爲梗耳。又新傳云：會程异復起領運務，乃詔禹錫等悉補遠郡刺史，而元衡方執政，諫官頗言不可用，遂罷。舊傳略同。似九年以前尚有詔補遠郡刺史一事，於本集殊無可徵，而所云异與元衡在位之年月亦不合，疑與後一事本爲一説而誤析爲二。

元和十年二月甫到京，三月復貶爲播州刺史，以柳宗元之請代、裴度之苦爭，始改命爲連州。

按：史言「執政有憐其才欲漸進之」者，悉召至京師，諫官争言其不可，上與武元衡亦惡之〔一〇〕。又傳皆言作游玄都觀詠看花君子詩，語涉刺譏，觸怒當軸。此事先見孟棨本事詩，通鑑考異已微辨之。本事詩云：「有素嫉其名者，白於執政，又誣其有怨憤。他日見時宰，與坐，慰問甚厚，既辭，即曰：近者新詩未免爲累，奈何！」今考集中已載此詩，禹錫殆亦不自諱，揆之詩人寄興之體，亦未爲過傷怨謗，況元衡永貞（八〇五）中已官至中丞，未爲不遇，「盡是劉郎去後栽」之語顯非爲元衡而發。至於因貶斥十年後歸而生感慨，此又情理之常，在唐人詩中尤不足爲異。（參見錢大昕養新録）所謂素嫉其名者未審爲何人，要之必非專爲禹錫一人，特禹錫遭嫉特甚，故獨得播州最惡處，通鑑考異論之殆甚確也。禹錫既召而復斥，通鑑但云「諫官争言其不可」，究不知由何人指使，然其爲有人進讒則無可疑，據禹錫蘇州謝恩賜加章服表云：「特降勑書，追赴京國，緣有虚稱，恐居清班，務進者争先，上封者潛毁，巧言易信，孤憤難申」，固已言之歷歷矣。禹錫播州之貶，賴宗元昌言救之，事詳韓愈所撰柳誌。而裴度之力争於憲宗之前，亦詳通鑑考異所引實録及唐諫諍集。本集卷十八謝門下武相公及中書張相公二啓所言，雖未敢歸功於度，而追改已行之詔，自是當時非常之事，兼之連州刺史謝上表（外集卷九）有云：「特降殊恩，得移善部。」衆聽昭彰，必不誣也。

連州之授在是年三月七日，旋以夏秋抵任。

按：連州謝上表云：「伏以南方癘疾多在夏中，臣自發郴州，便染瘴瘧，扶策在道，不敢停留，即以今月十一日到州上訖。」雖未知其何月，當在夏秋之間。武元衡以六月初遇刺，禹錫到任尚有上元衡謝啓，猶未聞此信也。途中與柳宗元同行，至衡陽相别。（詩見卷三十及外集卷七）

自元和十年（八一五）以後，裴度以主討淮西當國，其他諸相，李逢吉、韋貫之、李鄘、李夷簡皆甫入而罷，惟崔羣稍久，與禹錫厚，王涯亦禹錫舊識。十三（八一八）、十四年（八一九），皇甫鎛、程异、令狐楚繼相，异與禹錫同爲永貞八司馬之一，於勢不能爲禹錫援，楚亦在位未久，故禹錫居連州終無量移之望，柳宗元等亦皆未獲還。

按：禹錫得裴度之助，免播州之行，及度平蔡以後，物望方隆，禹錫自尤望乘時再起，其意於與刑部韓侍郎書（卷十）及上門下裴相公啓（卷十八）陳之甚切，而裴、韓皆未能如其願。蓋淮西平後，憲宗昏惰已萌，度與崔羣號稱能持正論，皆不能安於位，故不暇爲禹錫援手耳。然禹錫值有可爲之時，而四年不得調，故其抑鬱殊甚，於問大鈞賦（卷一）見之。

禹錫至連州一年，即爲刺史廳壁記（卷九），又作莫徭歌（卷二十六）、插田歌、畬田作、沓潮歌（卷二十七）及吏隱亭述（外集卷九），備詳其風土。常與衡州吕温、柳州柳宗元、道州薛景晦、郴州楊於陵、廣州馬總等詩札往還。

十四年，丁母盧氏憂，奉柩北還，至衡陽聞柳宗元之喪，蓋已在歲杪，次年正月乃遣使祭其柩。

按：自傳云：「先太君盧氏由彭城縣太君贈至范陽郡太夫人。」未敍其丁内艱之年，據外集卷十祭柳員外文推知之。又據卷三十重至衡陽傷柳儀曹詩有「千里江蘺春，故人今不見」之句，似禹錫在衡陽勾留至春乃北歸。

十五年正月，憲宗遇害，宦官中梁守謙擁立太子恒，是爲穆宗。八月，令狐楚罷相後復貶衡州刺史，禹錫始與會面。

按：彭陽唱和集後引（外集卷九）云：「貞元中，予爲御史，彭陽公從事於太原，以文章相往來有日矣。……出爲衡州，方獲會面。……會面交歡者十九年。」是二人本爲文字之交，至是始相見，蓋禹錫居憂在洛陽，楚南行過之也。此後二人之交契益深，然楚居外鎮時爲多，未嘗爲禹錫助。

長慶元年，永貞案中左降官韓泰、韓曄、陳諫均量移，稍得近郡，而禹錫以居憂不與，至是年之冬始授夔州刺史。

按：禹錫以元和十四年遭母喪，未詳何月。據賀平淄青表（卷十四），爲是年三月二十四日，尚在連州，則疑當在秋間。至長慶元年之冬方滿二十七月，故夔州刺史謝上表（卷十四）爲正月五日。

至夔州後即作竹枝詞。

按：竹枝詞引（卷二十七）云：「歲正月，余來建平。」建平之爲夔州無疑，兩唐書本傳皆誤以爲朗州所作。前人多以竹枝詞爲創自禹錫，其實白居易江州赴忠州五十韻詩已有「歌曲竹枝聲」之句，元和末到忠州，亦自作竹枝詞。其一云：「江畔誰人唱竹枝？前聲斷咽後聲遲。怪來調苦緣詞苦，多是通州司馬詩。」則白詞先於劉，而元稹之詞又先於白。所不同者，諸家皆聽竹枝歌然後爲詩以詠之，禹錫則代其地之人，略依其聲而爲之詞，故所用爲巴人之語，所詠爲巴人之事，爲之而不居，成之而不有，禹錫之所以一埽前人蹈襲空洞之弊而卓然不朽者在此。至楊柳枝詞似非一時之作，中有與白唱和者。而其中一首云：「巫峽巫山楊柳多，朝雲暮雨遠相和。因想陽臺無限事，爲君回唱竹枝歌。」則亦有與竹枝詞同時作者。浪淘沙詞疑亦在夔州作。此三詞皆與白唱和，而劉首創之功爲多，在劉集中尤爲傑出。且自禹錫爲此諸詞後，已爲人傳唱矣。故温庭筠輓劉詩云：「京口貴公子，襄陽諸女兒，折花兼踏月，多唱柳郎詞。」至北宋時，猶有傳其聲與詞者。邵氏聞見後録云：「夔州營妓爲喻迪孺扣銅盤歌劉尚書竹枝詞九解……妓家夔州，其先世必事劉尚書者，故獨能傳當時之聲也。」

長慶初元之政視元和中已頗有變革，元稹、白居易皆在禁近，稹與禹錫尤相厚，禹錫甫服闋即有夔州之授，是爲柄用之漸，不料未幾裴度與稹俱罷相，居易貶逐，李逢吉、牛僧孺秉政，禹錫遂僅得自全而已。

按：外集卷一有詩題云始至雲安寄兵部韓侍郎中書白舍人二公近曾遠守故有屬焉，其殷殷屬望於韓愈、白居易者如此。禹錫貶朗州時，稹貶江陵，居易爲翰林學士時，已以詩相寄（見外集卷一），韓、柳、元、白四人皆互相因緣而與禹錫相厚，然論氣類與志事，則柳、元與禹錫皆懷用世之略，而非僅欲以文詞自見者，韓與白抑非其倫，而韓、白之間，志趣又殊。

在夔州曾兩陳州政，其一請罷州縣祀孔，而移其費於學校。

按：長慶三年四年各有論利害表（卷十四），而卷二十有奏記丞相府論學事，似即其一。是時牛僧孺、李程、竇易直爲相，皆庸暗無遠見者，必不能用禹錫之言。

其暇以所聞舊事告於韋執誼之子絢，絢因有劉賓客嘉話録之作。

按：嘉話録序云：「絢少陸機入洛之三歲，多重耳在外之二年，自襄陽負書笈至江陵，拏葉舟，泝巫峽，抵白帝，投謁故贈兵部尚書賓客中山劉公二十八丈，求在左右學問，是歲長慶元年（八二一）春也。蒙丈人許措足侍立，解衣推食，晨昏與諸子起居……」（元年春一語當微有誤。）據此可知禹錫與執誼之交情未渝，執誼爲衣冠望族，少有美譽，親戚故舊遍於朝端，故貶最在後，史且言其與王叔文有異同，似有意爲之開脱者。叔文風厲敢爲，而執誼持重，其異同固宜有之。禹錫集中不及執誼一字，似亦不甚許其人。然執誼爲夏卿從弟，夏卿爲蘇常州刺史時，禹錫在江淮似已與有往還，故夏卿入爲京兆尹，禹錫爲之草奏，而夏卿之壻元稹及夏卿門下諸人（見前）皆與禹錫交好，則與執誼亦必相交有素，故絢以故人子來相依。

禹錫甫至夔州，而元稹即出爲浙東，李德裕出爲浙西，白居易出爲杭州，自此唱和漸盛，蓋諸人既離禁密，始能暢通詩札也。

按：禹錫自到夔州後，與友朋唱和之詩漸多，蓋初起謫籍之故。

長慶四年，自夔州轉授和州。

按：唐制，夔雖本爲都督府，而已改隸荆南爲支郡，和則爲上郡，地望財賦皆較優，雖非美遷，已示擢用之漸。其年五月，李程初入相，六月，裴度復知政事，疑有力焉。其奉命在八月，見歷陽書事詩（外集卷八），時崔羣方爲宣歙觀察使，以故人之誼邀遊宣城，抵任蓋在冬初，故詩有「好令朝集使，結束赴新正」之句。禹錫每至一州，必詳其風土，與武陵書懷等詩皆有以見其素志。又夔、和二州皆有刺史廳壁記之作。

穆宗以長慶四年（八二四）正月卒，太子湛即位，是爲敬宗，童昏失德，李逢吉當國，與裴度、李紳後先構怨。禹錫在和州將及二年，以寶曆二年（八二六）冬解職。其解職之由，當是度復知政事，而逢吉出鎮，故召還將畀以要職。敬宗之遇害即在是年十二月八日，其時禹錫在北歸途中，必猶未及知此變也。

按：禹錫罷和州後遊建康有詩（見外集卷八），又金陵五題引云：「余少爲江南客而未遊秣陵，嘗有遺恨，後爲歷陽守，跂而望之。」（卷二十四）則其蓄志爲建康之遊非一日矣。罷和州後能有此餘暇者，蓋恃裴度在政地，必有以處之也。禹錫北歸，與白居易會於揚州，自此過從方密，唱和幾無虚日。居易亦方罷蘇州，蓋二人皆以度之力被召還朝。

禹錫東至建康，渡江至揚州，取道必經潤州，是時李德裕方居浙西觀察使任。在揚州初逢白居易，自此同行，經楚州入汴，訪令狐楚於開封，然後至洛陽俟命。是時爲大和元年（八二七），江王涵已於先年十二月即位，是爲文宗。

按：文宗即位後即以韋處厚爲相，召還崔羣、李絳，蓋有志於圖治矣。白居易與處厚尤相善，故於大和元年（八二七）三月甫自蘇州刺史罷任北歸即授祕書監，次年又遷刑部侍郎，駸駸大用，而禹錫在洛陽僅得主客郎中分司東都。其罷郡歸洛陽閒居、罷郡歸洛陽寄友人（卷二十二）、洛下初冬拜表有懷上京故人（卷二十四）、爲郎分司寄上都同舍（卷二十五）諸詩，詞旨皆極怨抑。居易臨都驛贈詩亦有「謝守歸爲祕監，馮公老作郎官」之句，爲禹錫不平也。

大和二年春，以裴度之力，起主客郎中，充集賢院學士，自寶曆至大和中，禹錫與李德裕文字往還頗密，蓋以長慶中德裕與元稹、李紳同在翰林相得，三人亦皆爲禹錫之素交，禹錫與牛黨中人雖亦周旋無忤，而志趣則與德裕相近。又作再遊玄都觀詩。

按：集中初至長安詩云：「左遷凡二紀，重見帝城春。」注云：「時自外郡再授郎官。」（卷二十二）舊傳云：「禹錫甚怒武元衡、李逢吉，而裴度稍知之。大和中，度在中書，欲令知制誥，執政又聞詩序，滋不悦，累轉禮部郎中、集賢院學士。」度若有意援禹錫，以掌綸爲至近之路，蓋由此可授舍人，進拜丞郎。今云執政不悦，未知指何人，或同時爲相之王播、路隋歟？集賢學士之職，蓋不得已而思其次也。然三年李宗閔復入，四年度又出鎮山南東道，則禹錫並此不能自安矣。

未幾除禮部郎中，仍兼集賢院學士。在集賢四年，供進新書二千餘卷，爲裴度及朝列中人撰詩文較多，蓋其文名盛於此時。

按：集賢殿在唐代實已代祕書省之職。韓愈送鄭十校理序云：祕書，御府也，天子猶以爲外且遠，不得朝夕視，别置校讎官，曰學士，曰校理，常以寵丞相爲大學士，其他皆達官也。由是集賢之書盛積，書日益多，官日益重。知集賢學士之授，亦必采時望。至禹錫勤於職事，見蘇州謝上表所自述。（卷十五）其時令狐楚、王涯先廟等碑皆以屬之。又與裴度、李絳、崔羣、庾承宣等聯句皆作於是時。禹錫禮部郎中之除，不見於自傳。然集古録目：唐令狐楚先廟碑條下云：禮部郎中集賢院學士劉禹錫撰並書，卷八國學新修五經壁記亦自云爲禮部郎。考其時蓋在大和三年（八二九）。

及裴度再罷政，崔羣又出鎮，李絳先亡，五年（八三一）十月，遂有蘇州刺史之授，六年（八三二）二月抵任，沿途於洛陽開封等處皆有勾留。

按：舊唐書本傳云：「度罷知政事，禹錫求分司東都，終以恃才褊心，不得久處朝列。六年（八三二），授蘇州刺史。」考是時裴度出鎮，李宗閔、牛僧孺執柄，是牛黨與李德裕交争之始。而漳王之獄旋起，宋申錫被罪，朝政益紊。禹錫久處書殿，無緣進擢，蘇州之授猶不失爲異日外遷廉察之階。當時蘇州號稱名郡，而連年水災之後，藉禹錫能政以善其後，亦非甚不遇，但自此無復數歷公卿之望矣。

在任二年，賜紫金魚袋。

按：卷十六有蘇州謝恩賜加章服表，卷十七有謝宰相狀。據汝州謝上表（卷十六）有交割之時户口增長語，蓋以災後招集流亡爲功而有此賜。

大和七八（八三三、八三四）年間，李德裕與李宗閔同在相位，迭相排斥，八年（八三四）十月，德裕出鎮，而禹錫以七月轉汝州。自揚子津北渡，蓋會牛僧孺於揚州，會李程於開封。

按：汝州爲近郡，帶防禦使，兼中丞銜，禹錫以資深得之。自蘇赴汝之行蹤，酬淮南牛相公述舊見貽（外集卷六）、將赴汝州途出浚下留辭李相公（卷二十八）二詩可證。而李德裕赴鎮浙西時，亦曾送別。（見卷二十八奉送浙江李僕射相公詩。）

在汝州甫及一年，大和九年（八三五）九月，白居易除同州刺史，不拜，以禹錫繼。是年，李訓、鄭注用事，十一月，甘露變作，而禹錫已抵任矣。

按：禹錫於李、牛二黨迭爲消長之時，不得不委曲周旋。蓋李宗閔、李逢吉、牛僧孺秉權之日久，而德裕屏外之時多，僧孺與禹錫夙有微嫌，（僧孺述舊詩云：莫嫌恃酒輕言語，曾把文章謁後塵。）禹錫尤不得不降志以迎合之，晚年僅往還詩酒園林之間，亦無復攀援之意。推而至於楊嗣復、楊虞卿之倫，皆以與白居易姻戚之故，亦相與委蛇其間。至於訓、注之事，禹錫殊無關涉，驟聞四相之濫被誅夷，殆益懍然有戒心，年既老而宦情遂冷矣。

開成元年，授太子賓客分司東都。

按：自傳云被足疾。禹錫之患足疾雖亦見於白詩，似亦假此爲名以去官。舊唐書本傳云，蘇州秩滿入朝，授汝州刺史，遷太子賓客分司東都。開成初，復爲賓客分司，俄授同州刺史。新書不采，蓋徵之本集有以知其甚誤，賓客分司決在罷同州後，非自賓客分司起爲同州也。

是時李德裕新遭貶斥，未幾令狐楚亦出鎮山南西道，禹錫益感孤立，故決然引退。此後即與牛僧孺、裴度、白居易共於洛陽追隨文宴。未幾楚、度皆卒，僧孺復還朝，禹錫所常往還者，遂只餘居易一人，除爲閒適詩外，爲人撰碑志亦多在此數年中。傳云：「禹錫晚年與少傅白居易友善，詩筆文章，時無出其右者。」亦實録也。

四年（八三九），改祕書監分司。

按：自傳未言改官年月，白集酬夢得貧居詠懷見贈云：「時夢得罷賓客除祕監」，列於病中詩十五首之次，序云：開成己未歲（四年八三九），則其授祕書監似在此年以前。外集卷四秋霖即事聯句注：起送上中丞大監。中丞爲禹錫舊銜，大監則新命也。

五年（八四〇）正月，文宗卒，太弟潁王瀍即位，是爲武宗。五月，楊嗣復、李珏罷相，九月，李德裕復相。自此爲德裕專政之時，牛黨皆匿迹。次年（會昌元年八四一），禹錫加檢校禮部尚書兼太子賓客，蓋德裕爲之乞恩數也。禹錫是年已七十歲，自無復起任職司之理。

按：外集卷四會昌春連宴聯句次首題云：「僕射來示有『三春向晚，四者難并』之説，……走呈僕射，兼簡尚書。」此爲白集中語，僕射謂王起，尚書謂禹錫。詩中「舊儀尊右揆，新命寵春卿」，王起之爲東都留守，乃開成五年（八四〇）事，聯句作於會昌元年（八四一），是禹錫新承禮部尚書之命，似在元年之春矣。

白居易病中詩序云：開成己未歲（八三九），余蒲柳之年六十有八，其第十五首題云：歲暮呈思黯相公皇甫朗之及夢得尚書。己未爲開成四年，已稱之爲夢得尚書。稍可疑。

會昌二年壬戌（八四二）七月卒，年七十有一，贈户部尚書。卒前撰自傳。

按：自傳云「身病之日自爲銘」，蓋撰此傳時已屬疾，未幾而卒。户部尚書之贈見舊唐書本傳，自禮部遷户部，於唐制爲自後行轉中行。韋絢嘉話録作贈兵部尚書，則再轉矣，未知孰是。

葬於滎陽先墓。

按：自傳末銘云：「葬近大墓如生時兮」，蓋有治命依其父祖葬於滎陽之檀山原也。

禹錫嘗娶薛謇之女。

按：福建觀察使薛公神道碑（卷三）云：「愚方冠惠文冠察行馬外事，聆風相厚，謂可妻也，以元女歸之。」知禹錫妻爲薛女。然禹錫爲監察御史在貞元十九年（八〇三），年已三十二矣，似非元室。又傷往賦序（卷一）云：「予授室九年而鰥。」若爲薛女而作，則當在四十一歲爲朗州司馬，而賦中無遷謫之意，恐悼其元室，非爲薛女也。

有子二人，女一人。

按：名子説（卷二十）云：「長子曰咸允，字信臣；次曰同廙，字敬臣。」柳宗元有殷賢戲批書後寄劉連州并示孟崙二童詩，白居易劉白唱和集解亦有「一授夢得小兒崙郎」之語，孟、崙蓋即此二子小名。又據祭虢州楊庶子文（外集卷十），知其長子爲楊歸厚之壻。舊傳云：「子承雍登進士第，亦有才藻。」據丁居晦重修承旨學士壁記，承雍，咸通中爲翰林學士，户部侍郎，十四年（八七三），貶涪州司户，起爲刑部侍郎。

又據劉氏集略説（卷二十）有「子壻博陵崔生」語，知禹錫有女適崔。以上爲其子女之可知者。

又傷往賦云「坐匡牀兮撫嬰兒」，知其元室卒後遺有一兒，而政和本草引傳信方有「頃在武陵生子」一語，當是繼室所生矣。

其自編所著有彭陽唱和集、吴蜀集、汝洛集，皆與令狐楚、李德裕、白居易唱和之作，均見外集卷九。而本集四十卷，見新唐書藝文志，佚其十，止三十卷，宋敏求始輯其所遺爲外集十卷，仍爲四十卷。據禹錫自定劉氏集略爲四十通，則疑即唐志所云之四十卷矣。

按：今所傳正集以文爲多，而晚年詩絶少，外集則詩多於文。而子劉子自傳一篇最爲考禹錫生平主要資料，幸存於外集中。檢白集中尚有答禹錫詩多首，而劉集中無可考，知詩篇仍有遺逸，諒亦無關宏旨耳。

禹錫之文長於析理，故其祭韓吏部文云：「子長在筆，予長在論。」其詩則上接大曆之風，在元和

中介居元、白之間，特運以精思而不廢藻采，尤善取民歌之長以博其趣，蓋自其幼時已以工詩名矣。〔二〕

按：禹錫平生論文之旨在衡州刺史呂君集紀，論詩之旨及其淵源所自則在澈上人文集紀。（均卷十九）其述李翺之言曰：「翺昔與韓吏部退之爲文章盟主，同時倫輩惟柳儀曹、劉賓客。」（見卷十九故中書侍郎平章事韋公集紀）而白居易亦云：「文之神妙莫先於詩，如夢得雪裏高山頭白早，海中仙果子生遲；沉舟側畔千帆過，病樹前頭萬木春之句之類，真謂神妙，在在處處應當有靈物護之。」（劉白唱和集解）至哭劉尚書詩云：「杯酒英雄君與操，文章微婉我知丘。賢豪雖没精靈在，應共微之地下遊。」則非獨詩文之定評，禹錫志事亦於數語中隱栝之矣。

禹錫於餘藝，所工者，醫藥而外，書法其一也。

按：禹錫之傳信方，政和證類本草中猶引用之，雖非專門之學，而自云「其術足以自衛，或行乎門内，疾輒良已」（卷十答道州薛郎中論方書書）。其於書法則見於卷二十論書一文及外集卷七與柳宗元論書法諸詩，所書牌板猶見收於集古録云。

〔一〕宋范祖禹亦字夢得，可證夢得之字取義於禹。

〔二〕劉亮，北史六五、周書一七皆有傳。

〔三〕董晉之卒在貞元十五年正月。

〔四〕唐制，郎官往往兼判他司之事，判度支鹽鐵案者，謂主管度支鹽鐵使下之公事。

〔五〕崇陵爲德宗陵。唐制，每帝殁後，以宰相爲山陵使，總司營葬之事。

〔六〕建桓謂東漢桓帝之立由權臣梁冀，立順謂順帝之立由宦官孫程。禹錫此語乃以冀比韋臯而以程比俱文珍等人也。

〔七〕順宗之被害，史雖不言，而續玄怪録辛公平上仙條託於幽怪之事，謂「有金甲將軍入殿，獻金匕首，收血捧輿」等語，云：「更數月方有攀髯之泣。」據所言聞之於元和初，則必指順宗之死無疑。續玄怪録爲李諒所著，柳宗元集有爲王户部薦李諒表，則諒亦王、韋之黨，宜其於順宗有隱痛，然則唐人殆盛傳順宗之非令終矣。近人卞孝萱考之，似頗可徵信。

〔八〕柳宗元在永州居佛寺，禹錫在朗州所居在瀕江。卷九機汲記云：「謫居之明年，主人授館於百雉之内，江水沄沄，周墉間之」是也。卷二十四又有酬朗州崔員外與任十四兄侍御同過鄙人舊居見懷之什。

〔九〕與董侹論易，亦得柳宗元貽書規其失，侹卒於元和七年，見外集卷十董府君墓誌銘，則其爲在朗州時可決，故知劉、柳書問往復多在此時。

〔一〇〕此用通鑑語，新舊傳皆有誤。

〔一一〕澈上人文集紀及劉氏集略説皆自言童時已以勤學能文名，證之權德輿送劉秀才赴東京覲省序，知所言爲確。

附録二　劉禹錫交遊録

引　言

劉禹錫之一生，主要與唐代永貞至開成間之史事皆有關係。在此時期中，充滿統治集團内部諸方面之矛盾。由於新興之庶族知識分子一部分代表較進步勢力，企圖打擊當權保守分子，進行改革，卒以遭對方反擊而告慘敗。以禹錫參加王叔文集團所領導之鬭争爲最劇烈。禹錫之政治生命雖被挫折，仍在後此之四十年中以文字與友好往還發抒其懷抱。其交遊人物之中，有繼續主張積極者，有一意破壞改革者，亦有一人而互有短長者，亦有依違其間實無主宰者。在此錯綜翻覆之關係中，又連續出現裴度與皇甫鎛等之對立，李紳、元稹與李逢吉等之對立，李德裕與李宗閔，牛僧孺等之對立，鄭覃與楊嗣復等之對立。於永貞政變之外，又爆發宋申錫、漳王之獄，李訓、鄭注甘露之獄。禹錫所往還諸人，或彼或此，俱不能無所牽涉，故爲深入探討禹錫詩文計，不能不兼及其交遊之動向。既於箋證中隨事試爲闡述，猶苦頭緒繁賾，未易疏通，乃復以人爲綱，分别論次，冀可稍明其離合異同之故。凡得五十餘人，人爲一篇，不獨資禹錫詩文之旁證，研唐史者或亦有取焉。

交遊録目次

杜佑

當天寶亂後，中原人士避地至東南者日多，就禹錫所知者言，如白居易早遊吳越，韓愈亦幼隨其兄會南遷，繼而就食江南，柳宗元之父鎮亦嘗舉族如吳，楊於陵亦客於江南，權德輿自其父皐時已寓家洪州，竇羣隱居毗陵，其他更未易屈指。其故有可得言者，蓋江南遭兵較少，而財賦之區，謀生爲易。自代宗廣德二年（七六四），劉晏爲河南江淮以來轉運使，大曆元年（七六六），晏又爲都畿、河南、淮南、江南、湖南、荆南、山南東道轉運常平鑄錢鹽鐵等使，自此所屬諸場院遂爲士人闢一出仕之途徑。亦猶中葉以後士人多就節度觀察使之辟署也。通鑑二二六敍晏居職之十餘年云：「常以爲辦集衆務，在於得人，故必擇通敏精悍廉勤之士而用之，至於勾檢簿書，出納錢穀，必委之士類，吏惟書符牒，不得輕出一言。常言士陷贓賄則淪棄於時，名重於利，故士多清修，吏雖潔廉，終無顯名，故吏多貪汙，……其場院（胡注：場謂交場，船場，院謂巡院）要劇之官必盡一時之選，故晏没之後，掌財賦有聲者多晏之故吏也。」晏傳中歷舉故吏，盧徵其一也。徵傳云：家於鄭之中牟，永泰中，江淮轉運使劉晏辟爲從事，委以腹心之任，屢授殿中侍御史。徵即禹錫之舅氏，家於中牟亦與禹錫爲鄰里。禹錫之父緒，據子劉子自傳云：「天寶末舉族東遷，以違患難，因爲東諸侯所用。後爲浙西從事，本府就加鹽鐵副使，遂轉殿中，主務於埇橋。」埇橋即巡院所在，漕鹽轉輸自江淮泝汴者皆以此爲咽喉。（李泌云：「江淮漕運以埇橋爲咽喉。」見通鑑二三三）然則禹錫之父即劉晏所辟知院官之一，而盧徵以親鄰之故爲之汲引，情事不難想像。

杜佑者，希望之子，據佑傳云：「潤州刺史韋元甫嘗受恩於希望，奏爲司法參軍，元甫爲浙西觀察、淮南節度，皆辟爲從事。」按代宗紀，大曆二年（七六七）正月，元甫自浙西爲尚書右丞，閏六月即出鎮淮南。故佑在蘇揚一帶，亦正劉晏初掌財權之時。劉緒之從事浙西亦或即元甫所辟。佑爲禹錫之父執，宜也。佑傳雖未明言其與劉晏之關係，然佑固諳悉財政者。傳云，楊炎入相，徵入朝，歷工部、金部二郎中，並充水陸轉運使，改度支郎中兼和糴等使。時方軍興，餽運之務悉委於佑，遷户部侍郎判度支，歷官多與計司有關。宜王叔文藉其雅有會計之名，位重而務自全，易可制，故自除爲副以專之也。（通鑑二三六。）統觀前後，禹錫在永貞中以屯田員外郎判度支鹽鐵案，乃在叔文與佑之間，充媒介溝通之任者，良以禹錫爲計吏世家，又曾居佑之使幕，此任非禹錫莫屬也。

唐代使府幕僚，亦似有衣鉢傳授之迹。令狐楚之於李商隱，其尤著者。如佑者，既以使幕起家，與禹錫之父從事相先後，加之禹錫方爲名進士，著文才，則其屬意親任禹錫，爲事理所宜有。禹錫先後爲徐泗及淮南掌書記，見自傳中，其實皆佑之使幕也。及禹錫赴選，旋自渭南尉入爲監察御史，佑亦於同時罷鎮還朝。蓋自貞元十六年（八〇〇）佑兼徐泗節度使始，以至十九年（八〇三）後以檢校司空、司徒、同平章事，充度支鹽鐵等使，迄於永貞之變，禹錫爲之草奏，殆無已時。不獨此也，據外集卷九爲淮南杜相公論西戎表，其表中情事皆涉於貞元初年，則禹錫時甫及冠，猶未第進士，已爲佑草奏矣。禹錫上杜司徒書（卷十）所謂自居門下，僅踰十年，未嘗信宿而不侍坐也。今代筆之文載在集中者，猶未必爲其全豹也。佑於禹錫，恩誼之深應非尋常可比，即佑爲崇陵使亦仍以禹錫爲判官。不意此時佑忽爲讒言所中，使禹錫陷於王叔文韋執誼之獄，不加營救。此中委曲，不能於史傳中求之，就禹錫集中乃可微窺其影響。

禹錫謫朗州後，首遣僕夫專致佑一書（即卷十之上杜司徒書），中有云：「人之至信者心目也，天性者父子也，不惑者聖賢也。然而於竊鈇而知心目之可亂，於掇蜂而知父子之可間，於拾煤而知聖賢之可疑。……飛語一發，臚言四馳，萌芽始奮，枝葉俄茂，方謂語怪，終成禍梯。……況禮道貴終，人情尚舊，嘗盡其力，必加以仁。於犬馬之微，有帷蓋之報，顧異於是，豈無庶幾？」觀此數語，佑於禹錫爲德不卒，已可概見。所謂「飛語一發」，發自何人，語爲何語，文獻不足，無由考實。但非指王、韋之獄，則無疑義。蓋若禹錫之得罪專爲王、韋，則禹錫不能有辭以自解，雖欲自解，決無益也。書中又云：「爭先利途，虞相軋則釁起；希合貴意，雖無嫌而謗生。」明謂己之得罪起於私嫌，故書中又云：「始以飛謗生釁，終成公議抵刑。」其意似亦謂有人假王、韋之獄爲報復之舉。云禹錫以王、韋私黨而遭貶斥，猶未盡事之真相也。或者猶以此說無確證，則請再徵之於上門下武相公啓（卷十八）。啓云：「緬思受譴之始，他人不知，屬山園事繁，孱懦力竭，本使有内嬖之吏，供司有恃寵之臣，言涉猜嫌，動礙關束，城社之勢，函矢紛然。彌縫其間，崎嶇備盡。始慮罪因事鬬，寧虞謗逐跡生。智乏周身，又誰怨也？」所謂本使，非杜佑而何！明言「内嬖之吏」，則讒謗之生即由佑之左右，尤無可疑矣。佑傳云：「在淮南時，妻梁氏亡後，昇嬖妾李氏爲正室，封密國夫人，親族子弟言之不從，時論非之。」豈其閨門中有人干預公事，疾禹錫之操權，而毁之於佑耶？佑之爲人，所謂位重而務自全者，其時年踰七十，尤易入膚受之愬，蓋禹錫所憤慨而無如何者。

嘉話録載：「佑召賓僚閒語：我致政之後，必買一小駟八九千者，飽食訖而跨之，著一粗布襴衫，入市看盤鈴傀儡，足矣。……司徒深旨不在傀儡，蓋自汙耳。」禹錫言外之意，頗鄙佑之爲人，但爲容身之計而已，禹錫雖倚佑以進身，實非真相知者。

禹錫自上此書後，踰六年始復通問（卷十八）。然及是時佑則愈益老憊，雖名在相位，僅存尸居餘氣而已。啓云：「一自謫居，七悲秋氣」，知作書在元和六年（八一一）之末。又云：「惕厲之日，利於退藏，是以彌年不敢奏記。」知禹錫亦不敢復以重尋舊好望佑也。又云：「近本州徐使君至，奉手筆一函，稱謂不移，問訊加劇，重復點竄，一無客言。」似佑暮年亦悔疏絶禹錫之甚；然佑則於元和七年（八一二）十一月病卒矣。

佑卒後，禹錫猶執門生之禮不衰。唐語林載禹錫之語云：「予嘗爲大司徒杜公之故吏，司徒冢嫡之薨於桂林也，柩過渚宫，予時在朗州，使一介具奠酹以申門吏之禮，爲一祭文。」此自是引嘉話録。惟佑之子式方以長慶二年（八二二）四月卒於桂管觀察使任，見穆宗紀。禹錫時在夔州，非朗州。又集中（卷三）許州文宣王新廟碑云：「禹錫昔年忝岐公門下生，四參公府，近年牧汝州，道許昌，躬閲其政。」此謂佑之孫悰也，時爲忠武節度使。

王叔文

禹錫之於王叔文似非素識，按張建封以貞元十三年（七九七）入朝，論宫市事，其時諫官御史已數諫不聽矣（通鑑二三五）。而叔文本傳云：「皇太子嘗與侍讀論政道，因言宫市之弊。太子曰：寡人見上，當極言之。諸生稱贊其美，叔文獨無言，罷坐，太子謂叔文曰：向論宫市，君獨無言何也？」自是至永貞（八〇五）時蓋將十年，然猶不止此，柳宗元爲叔文母誌云：「貞元中，待詔禁中，以道合於儲后，凡十有八載。」故禹錫先在杜佑淮南幕中，恐無由與叔文相知，至宗元則早識叔文。故宗元寄許京兆孟容書云：「早歲與負罪者親善，始奇其能。」與裴塤書云：「不幸早嘗與游者居權衡之地。」（叔文爲户部侍郎領使，亦得云權衡之地）。與蕭翰林俛書云：「與罪人交十年。」（詳皆見下）故禹錫自傳云：「初，叔文，北海人，自言猛之後，有遠祖風，唯東平吕温、隴西李景儉、河東柳宗元以爲言然，三子者皆與予厚善日夕遇，言其能。叔文實工言治道，能以口辯移人。既得用，自春至秋，其所施爲，人不以爲當非。」〔一〕此數語乃實録，無一字虚。他人不可知，禹錫之附叔文，必宗元引而進之也。然禹錫於叔文亦始終稱其善，曰「人不以爲當非」者，其洽於人心可知。宗元爲叔文母誌，歷敍其職任功効云：「堅明直亮，有文武之用；獻可替否，有匡弼調護之勤；訏謨定命，有扶翼經緯之績；將明出納，有彌綸通變之勞；重輕開塞，有和鈞肅給之效。」其相推重有如此者。舊史據唐實録官書，顛倒黑白，久無人發其覆矣。

永貞之變，實由宦官之陰謀。當德宗病殁之時，倉猝召翰林學士鄭絪、衛次公等至金鑾殿（即學士院所近之殿）草遺詔，宦官或曰：「禁中議所立，尚未定。」衆莫敢對，次公遽言曰：「太子雖有疾，地居冢嫡，中外屬心。必不得已，猶應立廣陵王（憲宗），不然必大亂。」絪等從而和之，議始定。（通鑑二三六）所謂禁中非他，即宦官也。是順宗之立，即已有宦官持異議矣，特史未明言其爲何人耳。據舊唐書宦官傳：「俱文珍，貞元末宦官，後從義父姓曰劉貞亮，……順宗即位，風疾不能視朝政，而宦官李忠言與牛美人侍病，美人受旨於帝，復宣旨於忠言，忠言授之王叔文，叔文與朝士柳宗元、劉禹錫、韓日華（當作韓曄）等圖議，然後下中書，俾韋執誼施行，故王之權振天下。叔文欲奪宦者兵權，每忠言宣命，內臣無敢言者，唯貞亮建議與之争，知其朋徒熾，慮隳朝政，乃與中官劉光琦、薛文（盈）珍、尚衍、解玉等謀，奏請立廣陵王爲皇太子，勾當軍國大事，順宗可之。貞亮遂召學士衛次公、鄭絪、李程、王涯入金鑾殿，草立儲君詔。及太子受內禪，盡逐叔文之黨。」是則擁順宗者爲李忠言，而仇順宗以擁憲宗者乃俱文珍也。

宫闈中讒人交亂，各有所黨，亦不獨宦官爲然。當貞元初年，順宗雖立爲太子，而已幾爲舒王誼所奪矣。通鑑二三三載其事略云：「郜國大長公主……女爲太子妃，始者，上恩禮甚厚，主常直乘肩輿抵東宮，宗戚皆疾之，或告主淫亂，且爲厭禱……上召李泌告之，且曰，舒王近已長立，孝友温仁。泌曰：何至於是？陛下惟有一子，奈何一旦疑之，欲廢之而立侄？……且陛下昔嘗令太子見臣於蓬萊池，觀其容表非有蠭目豺聲商臣之相也。正恐失於柔仁耳。又太子自貞元以來，常居少陽院，在寢殿之側，未嘗接外人。預外事，安有異謀乎？」觀李泌之奏對，知當時已有人以順宗謀篡弒讒於德宗矣，不然，何至以商臣爲言？通鑑二三五又云：「是時竇（文場）、霍（仙鳴）勢傾中外，藩鎮將帥多出神策軍，臺省清要亦有出其門者矣。」二三六又云：「宦官俱文珍、劉光琦、薛盈珍皆先朝任使舊人。」所謂任使舊人，皆曾任監軍者，韓愈且有送俱文珍詩序。故宦官亦非能自行其是，必與藩方及士大夫相結，方能逞其私志也。

永貞之變，肇於宦官之分黨，而成於藩鎮之固位。舊唐書韋皋傳敍其所以攻擊王、韋，實由自固權位之謀爲王、韋所沮破，皋決非純臣也。（王鳴盛十七史商榷語）皋以令終而劉闢代受其殃，亦一寃獄。傳云：「皋乃使支度副使劉闢使於京師，闢私謁王叔文曰：太尉使致誠於足下，若能致某都領劍南三川，必有以相酬，如不留意，亦有以奉報。叔文大怒，將斬之以徇。韋執誼固止之。闢乃私去。皋知王叔文人情不附，又知與韋執誼有隙，自以大臣可議社稷大計，乃上表請皇太子監國……又上皇太子牋曰：……諒闇之際，方委大臣，而付託偶失於善人，而參決多虧於公政。今羣小得志，隳紊紀綱，官以勢遷，政由情改。朋黨交構。熒惑宸聽。樹置腹心，遍於貴位，潛結左右，難在蕭牆。國賦散於權門，王税不入天府，褻慢無忌，高下在心，貨賄流聞，遷轉失敍。先聖屏黜贓犯之類，咸擢居省寺之間。……太子優令答之。而裴均、嚴綬牋表繼至，由是政歸太子，盡逐伾、文之黨。」臯之所以怨叔文，正以叔文沮破其專制三川之野心，於唐室不得爲忠也。裴均者，通鑑二三七云：「均素附宦官，得貴顯。……嘗入朝，踰位而立，中丞盧坦揖而退之，均不從，坦曰：昔姚南仲爲僕射位在此。均曰，南仲何人？坦曰：是守正不交權倖者。」此事實采自李翺集，然原文末句是「姚僕射但不是〔事〕敕使耳，何不足以爲例耶？」(可見翺猶敢指斥宦官，而史反爲之諱。)嚴綬者，通鑑二三五云：宣歙觀察使劉贊卒，……判官嚴綬掌留務，竭府庫以進奉，徵爲刑部員外郎。……河東節度使李説薨，……以刑部員外郎嚴綬嘗以幕僚進奉，記其名，即用爲行軍司馬。……河東節度使鄭儋暴薨……以河東行軍司馬嚴綬爲節度使。綬本傳亦言其厚賂中貴人以招聲援。則宦官與藩方及士大夫相結之迹顯然。內有德宗在位時所親任之諸道盟軍欲怙其舊勢而恐爲新主所斥，外結嗜利貪進之士大夫以興謗毀，(見下文引柳宗元與人書)嗾令素爲宦官所祖庇之藩鎮危言聳聽，導憲宗以篡逼。王、韋遂不得不敗而死矣。韋臯傳云：「在蜀二十一年，重賦斂以事月進，卒致蜀土虛竭。其從事累官稍崇者，則奏爲屬郡刺史，或又署在府幕，多不令還朝。」其牋云：「散府庫之積以賂權門，樹置心腹徧於貴位。」蓋自道其所爲以反噬叔文也。

通鑑二三六云：「叔文盛具酒饌，與諸學士及李忠言、俱文珍、劉光琦等飲於翰林，叔文言曰：「叔文母病，以身任國事之故，不得親醫藥，今將求假歸侍。叔文比竭心力，不避危難，皆爲朝廷之恩，一旦去歸，百謗交至，誰肯見察以一言相助乎？」則叔文固知謗議之横起，尤知宦官中俱、劉二人與李忠言不協之足以爲梗矣。是年八月，憲宗即位，十月，幾曾奪嫡之舒王誼卒。山人羅令則自長安如普潤，矯稱太上皇誥，徵兵於秦州刺史劉澭，且説澭以廢立，澭執送長安，并其黨杖殺之。（皆見通鑑同卷及兩唐書劉澭本傳中）此非順宗之被幽囚，民間已有所知乎？此月舒王之死，次年正月順宗之死，皆王、韋敗後之事。其間不無蛛絲馬迹焉。劉澭傳云：「有山人羅令則詣澭言異端數百言皆廢立之事，澭立命縶之，令則又云：某之黨多矣，約以德宗山陵時伺便而動。」按德宗山陵是十月間事，令則謀既敗，十一月，即再貶八司馬，蓋憲宗追恨不已也。禹錫曾爲崇陵使判官，若果有人爲此謀，禹錫之風波尤險矣。

禹錫自傳云：「東宮即皇帝位。是時太上久寢疾，宰臣及用事者都不得召對，宫掖事祕，而建桓立順，功歸貴臣。」所謂宰臣及用事者自指韋執誼及王叔文，王、韋不能面見順宗，而但恃李忠言爲之傳言，其疏遠無所倚如此，宜爲俱文珍輩所窺而無所憚也。「宫掖事祕」四字中含無限隱微曲折。俱文珍之作惡多端與嚴綬之濫結閹宦，史傳不載，獨於白氏長慶集中之論太原事件狀中可見其一斑。其一狀云：「右嚴綬、輔光，太原事迹，其間不可，遠近具知。……其嚴綬早須與替，不可更遲，緣與輔光久相交結，軍中補署職掌，比來盡由輔光，今見别除監軍，小人乍失依託，或恐嚴綬相黨，曲爲妄陳，軍情事宜之間，須過防慮。」其一狀云：「右貞亮（俱文珍）元是舊人，曾任重職。陛下以太原事弊，使替輔光。然臣伏聞貞亮先充汴州監軍日，自置親兵數千，又任三川都監日，專殺李康兩節度使，事迹深爲不可。爲性自用，所在專權。若貞亮處事依前，即太原却受其弊，雖將追改，難以成功。其貞亮發赴本道之時，恐須以承前事切加約束，令其戒懼。」按史但言李康爲高崇文所戮，不知乃劉貞亮爲之。嚴綬以貞元十七年（八〇一）鎮太原，元和四年（八〇九）内召，居易所狀，即此時事，而史皆不詳言之。

王、韋之敗必別有私人怨謗之因素存於其間，試先就柳宗元集中所透露者觀之：與裴塤書云：「僕之罪在年少好事，進而不能止，儔輩恨怒以先得官，又不幸早嘗與游者居權衡之地，十薦賢幸乃一售，不得者譸張排根，僕可出而辯之哉！性又倨野，不能摧折，以故名益惡，勢益險，有喙有耳者相郵傳作醜語耳。不知其卒云何。中心之愆尤若此而已。」與蕭翰林俛書云：「僕不幸，嚮者進當䠞䡱不安之勢，平居閉門，口舌無數，況又有久與游者乃岌岌而造其門哉？其求進而退者，皆聚爲仇怨，造作粉飾，蔓延益肆，非的然昭晰，自斷於内，則孰能了僕於冥冥之間哉？然僕當時年三十三，甚少，自御史裏行得禮部員外郎，超取顯美，欲免世之求進者怪怒媢嫉，其可得乎？凡人皆欲自達，僕先得顯處，才不能踰同列，聲不能壓當世，世之怒僕宜也。與罪人交十年，官又以是進。辱在附會。聖朝弘大，貶黜甚薄，不能塞衆人之怒：謗語轉侈，囂囂嗷嗷，漸成怪民，飾智求仕者，更詈僕以悦讎人之心，日爲新奇，務相喜可，自以速援引之路，而僕輩坐益困辱。萬罪横生，不知其端。」寄許京兆孟容書云：「宗元早歲，與負罪者親善，始奇其能，謂可以共立仁義，裨教化，過不自料，懃懃勉勵，唯以中正信義爲志，以興堯舜孔子之道利安元元爲務，不知愚陋，不可力彊，其素意如此也。末路孤危，阨塞臲卼，凡事壅隔，很忤貴近，狂踈繆戾，蹈不測之辜，羣言沸騰，鬼神交怒。加以素卑賤，暴起領事，人所不信，射利求進者填門排户，百不一得，一旦快意，更造怨讟，以此大罪之外，詆訶萬端，旁午構煽，盡爲敵讐，協心同攻，外連强暴失職者以致其事。」皆可與禹錫貶謫後與杜佑、武元衡等書同觀。尤與謝賜加章服表中所云：「務進者争先，上封者潛毁，巧言易信，孤憤難申」如出一轍。

韋執誼

禹錫集中不甚稱韋執誼，似以交淺之故。然執誼實亦當時所稱之才士。本傳云：「幼聰俊有才，進士擢第，應制策高等，拜右拾遺，召入翰林爲學士，年才二十餘。德宗尤寵異，相與唱和歌詩，……德宗載誕日，皇太子獻佛像，德宗命執誼爲畫像贊，上令太子賜執誼縑帛以酬之，執誼至東宫謝，太子卒然無以藉言，因曰，學士知王叔文乎？彼偉才也。執誼因是與叔文交甚密。」此爲執誼與叔文結納之由。傳又云：「貞元十九年（八〇三），補闕張正一（順宗實録作張正買。）因上書言事，得召見，王仲舒、韋成季、劉伯芻、裴茝、常仲孺、吕洞等，以嘗同官相善，以正一得召見，偕往賀之。或告執誼曰：正一等上疏論君與王叔文朋黨事，執誼信然之，因召對，奏曰：「韋成季等朋聚覬望。」德宗令金吾伺之，得其相過從飲食數度，於是盡逐成季等六七人，當時莫測其由。」韋渠牟傳又云：「陸贄免相後，上躬親庶政……除守宰御史皆帝自選擇，然居深宮，所狎而取信者裴延齡、李齊運、王紹、李實、韋執誼洎渠牟，皆權傾相府。」此亦當時朝局一重要關鍵，德宗素性猜忌，東宮官屬尤易涉嫌，執誼居内職而令其謁太子，此時執誼官僅散郎，而能召見問外事，則王、韋之有以結德宗之親任可知，而朝士之妬寵播讒不始於永貞時亦從可想見矣。仲舒，新唐書本傳云「坐累爲連州司户參軍」，蓋即其事。韓愈爲誌其墓，又爲之碑，碑云：「同列有恃恩自得者，衆皆媚承，公嫉其爲人，不直視，由此貶連州司户。」仲舒後爲荆南節度使裴均參謀，裴均即依附宦官而請憲宗監國者，宜其與仲舒爲朋矣。韓愈貶袁州刺史，仲舒爲江西觀察使，不以屬州之禮待愈，改公文「故牒」爲「謹牒」，宜愈爲之諛墓。執誼之斂怨殆非一端，舉此可概其餘也。

雖然，投井下石以毁執誼者固多，公道之言仍未盡泯。杜牧爲牛僧孺墓誌云：「長安南下杜樊鄉東，文安（牛弘）有隋氏賜田數頃，書千卷，尚存。公年十五，依以爲學，不出一室，數年業就，名聲入都中，故丞相韋公執誼以聰明氣勢急於褒拔，如柳宗元、劉禹錫輩以文學秀少皆在門下。韋公亟命柳、劉於樊鄉訪公，曰：願得一相見。公乘驢至門，韋公曰是矣。」李珏作神道碑，語亦略同。僧孺即永貞進士，年輩相當，是執誼之留意人才殊非可抹殺者。

執誼卒後，其子絢謁禹錫於夔州，絢因有劉賓客嘉話録之作。其篤念故交蓋未嘗稍懈。或以衆所指目之人難爲右祖之論，故集中無一言耳。

執誼與叔文不協，據傳言執誼既爲叔文引用，不敢負情。然迫於公議，時時立異，密令人謝叔文曰：不敢負約爲異，欲共成國家之事故也。叔文詬怒，遂成仇怨。叔文既因之得位，亦欲矛盾掩其迹。此似執誼親黨尚衆，欲爲之詞以緩其罪。故得最後貶。然執誼恐亦實與叔文有異同。李翺集中故東川節度使盧公傳云：「順宗皇帝寢疾，王叔文居翰林，決大政，天下懍懍，（盧）坦説宰相韋執誼速白立皇太子以樹國本，執誼深納其言。」則執誼非堅不附憲宗者。蓋叔文孤寒新進，故專倚順宗，自謂能行其志。執誼甲族進士出身，熟於宫府黨援之習，不肯爲直情徑行之舉。觀其沮止叔文誅羊士諤、劉闢二事，不得謂非以士諤與闢皆進士出身而有同類之感也。叔文至欲先斬執誼而盡誅不附己者（皆見通鑑二三六），恐不爲無因。劉、柳於執誼迄無一言，而於叔文則深許之，蓋劉、柳亦惡執誼之持兩端而有以致叔文之敗也。

後四十餘年李德裕亦以爲宣宗所惡而貶崖州，與執誼之行誼有相似者，故德裕集中有祭韋相執誼文云：「儻知公者謂公無罪，不知我者謂我何求。」十六字中含意無窮。故知永貞之變，實由士大夫之分黨，一脈相承，直至會昌、大中之際而未有已。

執誼爲韋夏卿從弟，唐語林載夏卿有知人之鑑，嘗許執誼必爲宰相，又所辟舉如路隨，皇甫鎛皆爲宰相，張賈，段平仲，衛中行，李翺，李景儉，韋詞皆至顯官。是執誼本有聲望，而夏卿門下諸人亦多禹錫之交好。禹錫之與執誼稔習，情事顯然。

順宗實録云：「夏卿爲吏部侍郎，執誼爲翰林學士，受財爲人求科第，夏卿不應，乃探出懷中金，以内夏卿袖，夏卿擺袖引身而去。」此爲誣詆之詞不待言，即令有此事，必行於無人之處，執誼既必不自言，夏卿亦不至不顧族誼宣之於衆以敗其操檢也。順宗實録之不可據往往如此。

柳宗元

禹錫之黨於王叔文，首被同年友柳宗元之稱引，其見於自傳者如此，必非虚語。宗元於叔文始終推重，未嘗有異辭。其寄許京兆孟容書云：「宗元早歲與負罪者親善，始奇其能，謂可以共立仁義，裨教化。過不自料，懃懃勉勵，唯以中正信義爲志，以興堯舜孔子之道利安元元爲務。……加以素卑賤，暴起領事，人所不信，射利求進者填門排户，百不一得，一旦快意，更造怨讟，以此大罪之外詆訶萬端，旁午構扇，盡爲敵讎，協心同攻，外連强暴失職者以致其事。」此數十語於永貞政變之内幕揭發無遺。竇羣所謂「事有不可知」者，非即宗元所謂「射利求進者百不得一，一旦快意更造怨讟」乎？順宗實録所謂「人情疑懼莫測其所爲」者，非即宗元所謂「詆訶萬端，旁午構扇」乎？所謂「外連强暴失職」者非即指劉闢乎？闢固貞元二年（七八六）進士，至是已二十年，意固早望節鉞，而叔文斥之以去，闢遂歸告韋皐以擁立憲宗，陰附俱文珍等。此爲王、韋致敗之最要害處。當時嚴綬、裴均兩節鎮皆以聚斂諛媚爲事者，懼叔文亦有意奪其位，故附皐而謀傾王、韋以自固也。

宗元之言曰：「周仁以重臣爲二千石，許靖以人譽而致三公，近世尤好此類，以爲長者，最得薦寵。」（見與楊京兆憑書）而韓愈爲宗元墓誌，不肯一語涉叔文，反曰：「子厚前時少年，勇於爲人，不自貴重顧藉，謂功業可立就，故坐廢退，既退又無相知有氣力得位者推挽，故卒死於窮裔，材不爲世用，道不行於時也。使子厚在臺省時，自持其身已能如司馬刺史時，亦自不斥，斥時有人力能舉之，且必復用不窮。」雖意在爲宗元惜，然與宗元高世自許之志抑相刺謬矣。況事過境遷，永貞之事已不須諱，而猶囁嚅巽懦若此，豈愈懲於潮州之貶而益爲徇俗苟容耶！故韓非真知柳者。柳於韓殆亦非心服，故與愈論史官書云：「凡居其位思直其道，道苟直，雖死不可回也。如回之，莫若亟去其位。」又云：「退之宜更思，可爲速爲，果卒以爲恐懼不敢，則一日可引去，又何以云行且謀也？」二人所以未能相合者，韓未免於世俗之見耳。

宗元之稱禹錫曰：「中山劉禹錫，明信人也。不知人之實未嘗言，言未嘗不讎。」（送元暠師序）禹錫之於宗元，則三祭之文與集紀與傷愚溪詩皆無一語道其性行，即文章之美亦僅假韓愈、皇甫湜之言發之，非意有所不足也。蓋禹錫知宗元深，決其志事必不湮没，故不爲贅詞，且哀之極亦不暇文也。

禹錫祭柳文有云：「近遇國士，方申眉頭。」此語大可尋味。元和十四年（八一九）在相位者裴度、皇甫鎛、程异、崔羣、令狐楚。而异先卒，度與羣先後出鎮，二語不似指鎛而言，豈謂楚耶?然楚與宗元交誼無可考見。與禹錫亦尚無緣會面,恐亦非也。宗元集中有上門下李夷簡相公陳情書,云:「及今閣下以仁義正直入居相位,宗元實撫心自慶,以爲獲其所望。」或指夷簡之入相爲申眉,然夷簡以元和十三年(八一八)三月相,八月即出爲淮南節度使,不復有推挽之力。意者謂桂管觀察使裴行立能優禮宗元乎?然廉察之於支郡刺史亦未能肩薦揚之任也。總之,宗元即不死,禹錫即不居喪,量移近郡則固有之,大行其志恐亦非其時。

宗元於禹錫固所心服,而論學則不少遷就。其論易則云:「務先窮昔人書,有不可者而後革之。」答天論則云:「無羨言侈論以益其枝葉,姑務本之爲得。」其詞皆甚直。

權德輿

權德輿之父皐於安史亂中逃至江南,家於洪州。北人南渡之風氣開自此時,白居易與禹錫之先代蹤跡略同。舊唐書德輿傳中云:「兩京蹂於胡騎,士君子多以家渡江東,知名之士如李華、柳識兄弟者,皆仰皐之德而友善之。」德輿元和十三年(八一八)卒,年六十,則生於乾元二年(七五九),是南遷後事,故於南方使府關係較深。舊傳:「韓洄黜陟河南,辟爲從事,貞元初復爲江西觀察使李兼判官,再遷監察御史。府罷,杜佑、裴胄皆奏請,二表同日到京。德宗雅聞其名,徵爲太常博士。」自此方爲朝官矣。

德輿曾爲揚子鹽官，與禹錫父緒同時。據德輿奉和許閣老酬淮南崔十七端公詩自注云：「德輿建中、興元之間，與崔同爲鹽鐵包大夫從事揚子既濟寺，貞元初，德輿受辟於江西廉推，崔又知度支院，在焉。」又有埇橋夜宴敍別詩，曾與緒同居埇橋，亦可想見。德輿詩中多涉及江東親故及潤州舊居。酬李二十二主簿馬跡山見寄詩云：「予以環衞冗秩罷漕輓從事且久，家居食貧，里巷相接。」可證。緒亦曾爲浙西幕僚，尤可知其多有往還。則其贈禹錫序所云皆易疏釋矣。禹錫早年情事，幸賴此序獲以窺其厓略，不啻爲自傳補遺，是尤可貴也。爲參證之便，録德輿集中送劉秀才登科後侍從赴東京覲省序如下：

> 每歲儀曹獻賢能之書於王，然後列於祿仕，宣其績用耳。小司徒以楚金餘刃，受詔兼領。彭城劉禹錫實首是科。始予見其丱，已習詩書，佩觿韘，恭敬詳雅，異乎其倫。及今見夫君子之文，所以覿化成，立憲度，末學者爲之，則角逐舛馳，多方而前。子獨居易以遜業，立誠以待問。秉是嗛愨，退然若虛。況侍御兄以文章行實著休問於仁義，義方善慶，君子多之。春服既成，五綵其色，去奉嚴訓，歸承慈歡。與侍御游久者賀而祝之曰：太丘之德，萬石之訓，亦將奉膳羞於公府，敬杖履於上庠。公卿無慙，龜組交映，不待異日而前知矣。鄙夫既識其幼，乃序夫羣言耳。

細揣文意，「侍御兄」即指禹錫之父緒，幕職例帶憲銜也。禹錫蓋於登第後隨其父赴洛陽，故云「侍從赴東京覲省」。所謂「去奉嚴訓，歸承慈歡」，似其時祖母尚在，方與題合。禹錫登第甫及二十，祖母健在固合情理。

德輿爲相，庸謹而已，值禹錫貶謫之初，不能爲之道地，是不足責者。然德輿之子璩自中書舍人出刺鄭州，贈禹錫詩猶有念舊之意，而禹錫酬鄭州權舍人見寄二十韻詩則未述先世交誼，疑禹錫於德輿不能無缺望。德輿亦庸庸自保之人，本傳言其以「循默罷相」，必非能深知禹錫者。

白居易

禹錫晚年與白居易交誼之篤，過從之密，人所共知，自是由於二人年齒相同，詩力相敵，蹤跡相近。然二人之會合始於何時，猶待探討。按白集中祭苻離六兄文爲貞元十七年（八〇一）作，有去年春居易南遊之語，南遊者，即其集中卷十三詩題所謂自江陵之徐州路上寄兄弟也。是時禹錫方在淮南杜佑幕中，似二人頗有相逢之機會。若就二人之先世言之，居易之父季庚天寶末明經出身，以建中元年（七八〇）授彭城縣令，繼授徐州別駕，充徐泗觀察判官。以貞元十年（七九四）卒於襄州別駕任。（見白集二十九襄州別駕府君事狀）而禹錫之父緒則自天寶末南遷，爲浙西從事，就加鹽鐵副使，主務於埇橋（宿州），罷歸浙右，至揚州卒。其卒也，約爲貞元十三年（七九七）。（據子劉子自傳）又居易居苻離最久，醉後走筆酬劉五主簿詩云：「是時相遇在苻離，我年二十君三十。」其時當在貞元六七年（七九〇、七九一）頃。兩家宦況蹤跡略同，居易與禹錫之結交於弱冠時尤在意中，而兩集中皆未有可資論定者。直至居易自蘇州，禹錫同時亦自和州罷官，禹錫方有酬樂天揚州初逢席上見贈之作。「初逢」二字若作初相見解，則相見之晚亦可驚矣。觀外集卷一第一篇即爲翰林白二十二學士見寄詩一百篇因以答貺詩。居易爲翰林學士是元和三、四、五等年（八〇八、八〇九、八一〇）事，禹錫已謫官矣。則二人縱未相見，亦本有交情可知。次一篇即爲始至雲安寄兵部韓侍郎中書白舍人詩。意在乞援，尤足見交情之厚。惟白集曾經手訂，而與禹錫往還之作只自揚州相逢始。反不如劉集能存前此贈白之詩，則白集中所刪舊作不少。

「初逢」「初見」之語，在劉、白詩中似是泛用，乃久别初逢相見之意，故白集有初見劉二十八郎中有感云：「欲話毗陵君反袂，欲言夏口我沾衣，誰知臨老相逢日，悲歎聲多言笑稀。」夏口指元稹，元卒於大和中，劉、白二人斷非初次相見可知。

二人交誼雖不始於揚州相逢時，而過從之密則必自此始。此時白自蘇州引疾，劉則和州解職，裴度與韋處厚方在相位，必有爲二人道地之意，故白即有秘書監之除，劉雖僅得主客分司，未能滿意，然自此脱離守郡之生涯，在其一生猶爲漸入佳境者。途轍既合，蹤跡自親，論詩力亦如驂之靳，故晚年酬唱，往復不衰。今劉集中與白同作之詩，皆見於白集，而見於白集者劉集尚不全備，尤以開成、會昌間所缺最甚，此亦足徵劉集遺落之多。

二人共同之友，其達而在上者，裴度、韋處厚而外，有令狐楚、牛僧孺、崔羣、李絳、李紳、楊嗣復、李程，次則楊虞卿、崔玄亮、馮宿、吴士矩之流，見於詩篇者，不一而足。然劉之摯友柳宗元爲白所不及知，李德裕厚於劉而與白不同臭味。惟元稹在兩人之間，交誼俱不淺，以詩篇往復而論，似與白尤殷勤。然劉所尤親厚者如柳宗元，吕温，李景儉皆亦元之知好，似元、劉之契合更在元白之上。蓋元和以後，士大夫朋黨恩仇翻雲覆雨，殊難究詰，有始相仇而繼相好者，有跡雖同而心則異者，大和、開成間尤甚。禹錫與居易周旋於京洛貴人之間，固猶不能不假其嘘吸以霑微禄，命儔嘯侣，此唱彼和，亦聊復爾爾，不得不然。居易之於令狐楚，禹錫之於牛僧孺，尤未必出於由衷之言，連篇累牘，浮光掠影，按之殊無實也。

淳熙祕閣續帖載居易與禹錫一書有云：「平生相識雖多，深者蓋寡，就中與夢得同厚者，深（李絳）敦（崔羣）微（元稹）而已，今相次而去，奈老心何……微既往矣，知音兼勍敵者非夢而誰？」此書不載集中，與劉白唱和集解所云：「彭城劉夢得詩豪者也，其鋒森然，少敢當者。」語意悉合。是居易肺腑之言。蓋平生所伏，惟元與劉也。北夢瑣言云：「白太傅與元相國友善，以詩道著名，時號元白，其集内有詩輓元相云：相看掩淚俱無語，别後傷心事豈知？想得咸陽原上樹，已抽三丈白楊枝。洎自撰墓誌云：與彭城劉夢得爲詩友，殊不言元公，時人疑其隙終也。」孫光憲距大和、開成時未遠，而作此臆測。意者其時未覩長慶集之全，又元與裴度有隙，而白與裴蹤跡轉密，啓人以疑，皆由不知詩酒往還不盡足爲交誼深淺之據也。

居易推重禹錫之「雪裏高山」，「海中仙果」；「沈舟側畔」，「病樹前頭」之句，云眞謂神妙。蓋其引喻貼切，眞情流露，同時詩人所不能及，亦居易詩格之所不足。元、白、劉三人同開元和新派，各成壁壘，而居易能知人，能服善，此所以得廣大教主之稱歟！

白集中有哭劉尚書夢得二首，其第一首云：「四海聲名白與劉，百年交分兩綢繆。同貧同病退閒日，一死一生臨老頭。杯酒英雄君與操，文章微婉我知丘。賢豪雖没英靈在，應共微之地下遊。」居易晚年詩中極少涉及時政者，禹錫亦然。其感往傷今，驚心觸目，殆只相喻於無言。「文章微婉」一語，概括禹錫一生遭際，與二人之契合，其旨甚深。末句以元、劉並論，不僅指私交，亦指元、劉抱負之相同也。孫光憲之臆測不攻自破。

居易志趣本與禹錫略殊，蓋禹錫未忘用世，而居易則歛盡鋒芒，然居易早年曾揭發擁立憲宗之宦官俱文珍劣迹，詞甚激切，見集中論太原事狀一文。據此一端，其於永貞之變同情於八司馬必矣。所謂「文章微婉」，誠有無限難言者在也。惟居易與楊汝士弟兄有連，楊氏皆親李宗閔、牛僧孺，因與李德裕不相洽，與禹錫之親德裕異趣。北夢瑣言及南部新書皆載德裕不滿居易之語，雖出附會，當非無因。

韓愈

與禹錫派系不同，而相識偏早者，韓愈也。愈長於禹錫五歲，先一年（貞元八年七九二）進士登科。愈以貞元十九年（八〇三）自四門博士，禹錫自渭南主簿同爲監察御史。蓋禹錫在貞元末同官者，除柳宗元外宜莫親於愈。及禹錫轉屯田員外郎，入王、韋之黨，則愈已貶陽山令矣。愈被謫之由，據洪興祖譜略云：是時有詔以旱饑蠲租之半，有司徵愈急，愈與張署、李方叔上疏言，請寬民徭而免田租。卒爲幸臣所讒，貶連州陽山令。幸臣，李實也。而舊、新書本傳皆云由上疏極論宫市。洪譜本諸李翺所作行狀，皇甫湜所作神道碑。但亦不能盡廢舊史之説，故兩存之。按韓集中有御史臺上論天旱人饑狀，云：「上恩雖弘，下困猶甚，至聞有棄子逐妻以求口食，拆屋伐樹以納税錢……臣愚以爲此皆羣臣之所未言，陛下之所未知者也。」其語已侵及當道，而江陵途寄王李李三學士詩〔二〕云：「拜疏移閤門，爲忠寧自謀？上陳人疾苦，卒令絶其喉，下陳畿甸内，根本理宜優。積雪驗豐熟，幸寬待蠶麰。天子惻然感，司空歎綢繆。謂言即施設，乃反遷炎州。同官盡才俊，偏善柳與劉。或慮語言洩，傳之落冤讎。二子不宜爾，將疑斷還不。」其語與狀中「今瑞雪頻降，來年必豐，……容至來年，蠶麥庶得少有存立」者正相符。愈所自言，固無較此更明白者。而方崧卿考正乃云：「蓋爲王叔文、韋執誼等所排，德宗晚年韋、王之黨已成。」此乃習見唐代官書詆毁叔文之語，欲以此爲愈重，而不知適所以輕愈也。王、韋無論在德宗時成黨與否，其不至排愈，可以斷言。蓋永貞新政首黜李實，罷宫市，皆正與愈之主張相同，何排之有？前人亦未嘗不見及此，可不辨矣〔三〕。然愈於王、韋之黨絶之已甚，詆之已苛，此則畢竟無以自解。前詩云：「赫然下明詔，首罪誅共、吺。」比王韋於共工驩兜，此猶可云詩人運用故實不無過甚，且頌聖之詞，亦不得不然也。至其作永貞行，一則謂「天子自將之北軍，一朝奪印付私黨」，此乃爲宦官之擁兵者張目也，再則以拜官超資越序、公然納賄爲罪，此又求官不得者忿嫉之詞也，三則斥爲董賢、侯景，而謂「天位未許庸夫奸」。此則愈益離奇。謂王、韋將謀篡，其誰信之？蓋愈與禹錫既同爲御史，柳宗元之爲御史亦即在此時，年齡科第家世學識聲名皆相若，當愈自陽山量移江陵，幸未墮入劉、柳網中，而得以國子博士召還，親聞當時君相之風旨，自必汲汲以不與劉、柳同黨自明，更汲汲以元和聖德詩獻媚。此公言之者也。若私言之，則於劉、柳亦不能不留日後相見之餘地。故於元和聖德詩之外，再作一永貞行，以醜詆王、韋爲表，而以慰藉劉、柳爲裏，使君相見此詩必深許其忠，而朋好見之亦不至惡其負友。料知劉、柳之於愈亦未嘗不諒其阿世以急於求進之苦心也。且唐時政局起伏無常，劉、柳亦初無引愈爲同調之意，不過正爲其不同調，乃更望愈之仕途亨遂，早據要津，始有彈冠相慶之可冀也。故愈與劉、柳雖在政治上途徑各殊，仍不至損及私交。劉、柳在謫籍中皆無怨愈之言。宗元之卒也，禹錫仍視愈爲宗元至交，祭文中言之極周悉，而宗元之碑誌亦終出愈之手。又禹錫有始至雲安寄兵部韓侍郎中書白舍人二公近曾遠守故有屬焉一詩，亦可見長慶中愈駸駸有柄政之望，禹錫待其援手也。

韓愈與白居易二人同官於朝，而情則不甚相得，愈有同水部張員外籍曲江春遊寄白二十二舍人詩云：「曲江水滿花千樹，有底忙時不肯來？」居易則有酬韓侍郎張博士雨後遊曲江見寄詩云：「何必更隨鞍馬隊，衝泥蹋雨曲江頭？」又久不見韓侍郎戲題四韻以寄之詩云：「近來韓閣老，疎我我心知。户大嫌甜酒，才高笑小詩。」彼此皆若嘲若諷，其有所不足可知。禹錫是時與居易往還未密，故於二人無所軒輊，此亦可連類而論者。至於居間之張籍，則似調停於劉、白、韓三人之間者。

禹錫與愈一生遭遇之最可紀者無如永貞元年禹錫初貶連州而愈自陽山量移江陵，二人適於途中相會也。據舊唐書憲宗紀：是年九月己卯，禹錫授連州刺史。九月丁卯朔，則己卯爲十三日。唐制左降官皆不得停留，禹錫當即以中旬啓行。再貶朗州司馬之日則爲十一月己卯。要之禹錫奉命即行，不能預知有朗州之授，似當取道江陵長沙以至連州。又據愈之岳陽樓詩明有「時當冬之孟」一語，禹錫和愈此詩，二人自應會於岳陽。説者或以禹錫自傳有「予出爲連州，途至荆南，又貶朗州司馬」之語，似與愈相會在江陵，則未必然。試思十月愈尚在岳陽，其到江陵當在十月杪十一月初，此時禹錫何緣在江陵久待耶？自傳所云荆南，蓋包括鄂、岳、譚諸州言之，非以江陵爲荆南也。惟和詩注云：「時禹錫出爲連州，途至荆南，改武陵司馬，和韻於荆。」説者或據此以爲禹錫所自注，必無誤理。而不知此數字即據自傳之文，而增「和韻於荆」四字。即此四字已可證其非禹錫自注也。唐人以用元韻者爲和韻，禹錫詩與愈詩用韻各别，安有所謂和韻？後人刊集者臆爲之説，非可深信。惟禹錫自始至終亦未露出與愈會於岳陽之確據，所云「今朝會荆蠻，斗酒相燕喜，爲予出新什，笑忭隨伸紙」，謂愈前詩甫成仍在岳陽固可，謂離岳陽後出示亦無不可。不得謂非仍有疑竇。

劉集卷十上杜司徒書：「會友人江陵法曹掾韓愈以不幸相悲，且曰：相國扶風公之遇子也厚，非獨余知之，天下之人皆知之矣。余初聞子之橫爲口語所中，獨相國深明之，及不得已而退，則爲之流涕以訣，又不得已而譴，則爲之擇地以居，求之於今，難與侔矣。」此則尤可玩味。禹錫此書必作於元和元年（八〇六），自在上年冬禹錫與愈相會之後。書中所謂以不幸相悲，是會面時所言邪，抑否邪？愈自貞元十九年（八〇三）南遷，至元和元年（八〇六）六月始召爲國子博士，於禹錫得罪之故及杜佑委曲相助之隱衷，安所得見又安所得聞邪？以情理度之，愈自南而北，禹錫自北而南，語及京朝近事，必禹錫爲愈言之，愈不能爲禹錫言之也。此蓋禹錫出京時，杜佑示意如此，禹錫至岳陽以告愈，愈乃勸禹錫爲書以陳情，禹錫亦聊假愈之言以發端耳，非愈別有所聞也。愈集中未見與佑往還之迹，當貞元中愈從事汴、徐二府時，佑在淮南，及佑於貞元末還朝爲相，愈或能見之，若永貞、元和之間則必無相見之事。然禹錫必假愈之言以發端者，殆以愈於永貞之政局了無牽涉，言之可無顧忌耳。此事若能更探出綫索，尤足於當時政局有所發明。

禹錫集中有爲李實所撰各文，或以禹錫爲黨於實者。此未知敵友之未易區分也。禹錫誠與實有往還，實或震於禹錫之文名而匄其代筆，此亦情事之常。與永貞新政之貶實通州長史不得併爲一談。爲實作文是情誼之私，貶實是輿論之公，正猶韓愈上實書以「今年已來不得雨者百餘日，種不入土，野無青草，而盜賊不敢起，穀價不敢貴」稱頌之至於此極，而轉盼之間一爲御史則上書稱「棄子逐妻以求口食，拆屋伐樹以納稅錢」，亦不得遽詆其反覆自相矛盾也。然愈之上書干乞時曾未思及其不恤民隱，竟以「忠於君，孝於親」濫相推譽，其躁進而不擇言，終亦難於自解耳。

愈與禹錫交遊之間彼此相共者非一，柳宗元，其不待言者也，外此則有如元稹。愈答元侍御書云：「足下以抗直喜言事斥不得立朝，失所不自悔，喜事益堅。」似能深知稹者。稹元配韋氏以元和四年卒，愈爲作墓誌銘。皆稹未顯達時事，及稹與裴度齟齬，愈爲度上佐，二人似交誼不終矣。然愈鎮州宣慰之行，稹猶爲之言於穆宗謂韓愈可惜〔四〕。

崔羣爲劉、白共同之摯友，而愈在羣爲宣州判官時已致書盛稱之曰「考之言行而無瑕尤，窺之閫奥而不見畛域。」二人同年進士，愈長於羣四歲，皆少年登第者。其意氣相得可想。愈隨裴度出征淮西，羣繼度入相，尤足徵二人之取逕相同。愈以諫佛骨得罪，羣力救之。及羣忤憲宗罷相，未幾穆宗即位，愈亦驟遷兵部侍郎，不復藉羣之力矣。能周旋於劉、白、韓之間而始終無間者，崔羣其人也。

李絳亦愈同年進士，元和二年已爲翰林學士，六年入相，十年出爲華州刺史，愈有與華州李尚書書云：「愈於久故游從之中，伏蒙恩獎知待，最深最厚，無有比者。」疑愈之拜河南令遷職方員外郎，絳有力焉，而禹錫則方在謫籍，未獲其援。故禹錫爲其集紀但云：「始愚與公爲布衣游，及仕畿服，幸公同邑（渭南），其後雖翔泳勢異而不以名數革初心。」绛之被害則愈已早卒矣。

禹錫嘗爲韋處厚作集紀，而愈亦有韋侍講盛山十二詩序。其文云：「和者通州元司馬爲宰相，洋州許使君爲京兆，忠州白使君爲中書舍人，李使君爲諫議大夫，黔府嚴中丞爲祕書監，温司馬爲起居舍人，皆集闕下。」元、白之外，李景儉、温造亦皆禹錫之友也。禹錫此文述及李翱及愈論文之語，（於李翱條下詳言之。）又稱：「執友崔敦詩爲相，徵拜户部郎中。」處厚之殁，居易祭文最深摯，此又諸人展轉相契之蹤跡也。

八司馬中，劉、柳而外，愈所知者尚有韓泰，其刺袁州時曾舉泰自代，舉狀云：「往因過犯貶黜，至今十五餘年，自領漳州悉心爲治，……臣之政事遠所不如。」禹錫祭柳文亦云：「退之承命，改牧宜陽，……安平、宣英，會有還使。」安平即泰，宣英，韓曄也。三韓並舉，足證禹錫知愈與王、韋之黨初無怨尤，事過境遷，即有之亦淡忘矣。

愈於柳文但云雄深雅健，崔、蔡不足多，似微有不足之意，蓋韓宗西漢，柳近東京，道不同不相爲謀之故，亦仍可見其深悉文章體製，品評恰如其分。而柳之評韓，則有譽無貶，蓋自知人各有能有不能，柳亦自承不能爲韓之文故也。惟禹錫祭韓之文，即效韓體，既能知韓，亦不自菲薄。故云：「子長在筆，予長在論。持矛舉楯，卒不能困。時惟子厚，竄言其間。」六朝以來，謂單行之文爲筆，筆與文對舉，此言韓之工爲古文無異詞也。然韓持論多不堅卓，若與剖析名理，則韓將詞窮，不能敵劉、柳也。而王應麟困學紀聞云：「劉夢得文不及詩，祭韓退之文乃謂子長在筆，予長在論，持矛舉楯，卒莫能困，可笑不自量也。」應麟博通之人而似未細讀劉集者，可笑正在此而不在彼。趙敬襄困學紀聞參注云：「此論字似指談論。」所見稍近是，惜未能竟其説。禹錫文中又有「公鼎侯碑，志隧表阡，一字之價，輦金如山」之語，似與劉叉「諛墓金」之譏同。

當元和時，愈之文學已有定價，白居易雖與愈取徑不同，而長慶集中韓愈比部郎中史館脩撰制亦稱其「學術精博，文力雄健，立詞措意，有班馬之風。求之一時，甚不易得。加以性方道直，介然有守。不交勢利，自致名望。可使執簡，列爲史官。記事書法，必無所苟。」褒詞亦恰如其分。至於愈之所短，則即在其門下者亦不必爲之諱。皇甫湜集中諭業一篇有云：「韓吏部之文如長江大注，千里一道，衝飇激浪，汙流不滯，然而施於灌溉或爽於用。」謂其徒恃氣矜而於實際無所裨補。禹錫不以論許之，固非一人之私言也。

嘉話録中涉及愈者有兩條，一條云：「韓十八愈直是太輕薄，謂李二十六程曰：某與丞相崔大羣同年往還，直是聰明過人。李曰：何處是過人者？韓曰：共愈往還二十餘年，不曾共説著文章，此豈不是聰明過人者？」又一條云：「韓十八初貶之制，席十八舍人爲之詞曰：早登科第，亦有聲名。席既物故，友人曰：席無令子弟，豈有病陰毒傷寒而與不潔喫耶？韓曰：席十八喫不潔太遲。人問之，何也？曰：出語不是。蓋忿其責辭云亦有聲名耳。」（按席夔爲中書舍人在元和中，以元和十二年（八一七）卒，無緣爲愈草貶官之制，此不甚確。）語皆形容愈之褊淺，證之愈與李程之詩，亦可見二人曾有違言。綜愈一生，樹敵亦不少。如白居易則見於詩者，如李紳則見於史者。

永貞政變之真相不明，以愈所撰順宗實録獨存也。愈之爲此，即唐人亦不以爲當。故舊唐書愈傳云：其撰順宗實録，繁簡不當，敍事出於取捨，頗爲當代所非。

元稹

元稹以大曆十四年（七七九）生（見侯鯖録），少禹錫八歲，及元和元年（八〇六），禹錫三十六歲，稹當二十八歲。舊唐書稹傳云：二十八應制舉才識兼茂明於體用科，登第者十八人，稹爲第一，元和四年（八〇九）四月也。制下除右拾遺。此皆無可疑者矣。傳又云：又以前時王叔文、王伾以猥褻待詔蒙幸太子，永貞（八〇五）之際大撓朝政。是以訓導太子宫官宜選正人。此則非稹之原意也。稹之疏有云：「近制宫寮之外，往往以沈滯僻老之儒充侍直侍讀之選，而又疎棄斥逐之，越月逾時不得召見。」叔文與伾豈沈滯僻老，又豈疎棄斥逐者？故知稹意不在攻擊二王也。知稹無意攻擊二王，則稹非僅不與禹錫爲敵且與禹錫有深交從可知矣。

禹錫與稹訂交似反在識白居易之前。據稹傳，二十四調判入第四等，授祕書省校書郎，則當爲貞元十九年（八〇三），正禹錫自渭南主簿遷監察御史時。居易雖亦在京，晤面與否尚無確據。稹則元和五年（八一〇）自東都分司御史貶江陵士曹參軍，與禹錫同在謫籍，而荆、朗二州相去又不甚遠，倍深氣類之感，自在意中。禹錫酬元九院長自江陵見寄詩雖淡淡著筆，而不平之意已在言外。此後九年積從事唐州（見酬樂天東南行詩自注），次年之春，亦被召入京（見同上）。與劉、柳同時。而再貶通州司馬又亦與劉、柳之出刺連、柳二州同時。（見桐花詩自注）由此可知元和九年（八一四）末之徵還遷客不止王、韋一黨之人，其徵而後斥者，亦有積在内，不止劉、柳也。然則所謂「王叔文之黨坐謫官者凡十年不量移，執政有憐其才欲漸進之者，悉召至京師，諫官争言其不可，上與武元衡亦惡之」者（通鑑二三九）未盡可信。揣其情事，徵還遷客或爲李吉甫之主張，然不能專爲王黨而發，故積亦同在此一案中。吉甫初發其端而遽卒，及諸人到京，政局已變，故又同被斥逐也。

又積謫江陵時，李絳、崔羣方爲翰林學士，曾面論積無罪，見舊唐書白居易傳。羣與禹錫、居易皆至交，絳與禹錫亦雅故。故由交游氣類言之，此時禹錫與積必有聲應氣求之感，可以斷言。至於由居易居間而更增文字唱酬之密，乃後此之事，不宜專據此以論禹錫與積之交情。

元和十四年積自虢州長史爲膳部員外郎，未幾劉丁艱而柳卒，及積自翰林學士數遷而入相，禹錫甫到夔州刺史任，積未及有所設施，居相位僅數月而罷，此時禹錫似未與積互通信息。或以禹錫之詩有碧澗寺見元九侍御和展上人詩云云，寺在松滋縣，謂是赴夔州所經〔五〕。然是時積已顯達，居禁近，不應仍以「元九侍御」相稱。且積以元和十五年（八二〇）五月爲祠部郎中、知制誥（通鑑二四一），次年冬禹錫受夔州之命，其時同在翰林者爲李德裕、李紳，三人皆與禹錫交好。禹錫未嘗不陰受其汲引。自德宗以後，翰林學士頗有左右政局之勢力也。禹錫往來楚境凡六度，一、永貞（八〇五）初貶，二、元和九年（八一四）冬自朗州入京，三、次年自京至連州，四、元和十四年（八一九）丁艱北歸，五、長慶元年（八二一）冬赴夔州，六、四年（八二四）秋自夔州赴和州。第一次有洞庭岳陽樓詩，似不應取松滋道，其三四次亦皆不經此。除第五次外，惟第二次自朗州入京經松滋見稹題詩最爲近似，其時稹與禹錫同在被徵之列，稱爲侍御最當。自到和州以後，則稱德裕爲李大夫，稹爲元相公，唐人稱謂之間，於官位頗不苟也。

稹之所友，如德裕、如紳、如居易，亦皆禹錫所友，不待言矣。其所與爲敵者，據史所言，則爲裴度及武儒衡。禹錫與度之關係詳在別條。至於稹與度似已至不可調和之程度，蓋度騰章詆稹，非有深憾不至於此。以常理而論，度在平淮西以後，被推爲元老重臣，似不應有輕率忿激之章奏，殆必有交扇其間者也。檢舊唐書李德裕傳：「時德裕與李紳、元稹俱在翰林，以學識才名相顯，情頗款密，而〔李〕逢吉之黨深惡之……裴度自太原復輔政，是月李逢吉亦自襄陽入朝，乃密賂纖人構成于方獄，六月元稹、裴度俱罷相。」情事約略可想，德裕、紳、稹三人之情好，於禹錫和德裕述夢詩可覘其一斑。傳所言情頗款密，乃實録也。惟傳云德裕於元和中久不得調亦未甚確，通鑑考異已駁之。以此言之，稹與度本非有不可解之仇，亦不至影響禹錫與度之交誼也。稹以大和三年（八二九）自浙東入爲尚書左丞，次年復出爲武昌軍節度使。度時方爲相，李宗閔同在相位。其入爲左丞是再起秉鈞之機，而出鎮武昌則再失意也。稹贈妻裴柔之詩云：「窮冬到鄉國，正歲別京華。自恨風塵眼，常看遠地花。」其悵恨之情傾寫無餘。則援之者何人，擠之者又何人，誠耐人尋思矣。是時居易在洛陽，禹錫在長安，必與稹相晤，稹赴鎮時，禹錫送至滻橋，見虎丘寺見元相公二年前題名詩自注。

武儒衡與稹不睦，爲唐人所盛傳之事。通鑑二四一詳記其事云：初，膳部員外郎元稹爲江陵士曹，與監軍崔潭峻善，上（穆宗）在東宮聞宮人誦稹歌詩而善之。及即位，潭峻歸朝，獻稹歌詩百餘篇。上問稹安在，對曰：今爲散郎。夏五月庚戌，以稹爲工部郎中知制誥，朝論鄙之。會同僚食瓜於閣下，有青蠅集其上，中書舍人武儒衡以扇揮之曰：適從何來，遽集於此！同僚皆失色，儒衡意氣自若。按稹進身之始即與中官爲敵，甚爲分司御史之獲罪，一則爲斥徐州監軍孟昇之柩不合安於郵驛，再則爲敷水驛與中官劉士元爭廳，崔潭峻不容不知其事。其後乃變節而諂事潭峻，亦不能爲稹曲諒矣。所謂「獻稹歌詩百餘篇」，據舊唐書稹傳即有連昌宫詞在內，此則以稹之新體詩爲時世所傳誦，中官進以爲娱，穆宗亦未必能知其規諫之意。所謂朝論鄙之者，蓋稹之遷工部郎中、知制誥太驟，而儒衡是時已正拜中書舍人，以前輩自居。加之稹不由進士出身，尤爲儒衡所輕。故有此譏誚之語耳。儒衡爲禹錫同年進士，此事原與禹錫無關。然武元衡既與禹錫有隙，而儒衡又與稹不相能，則禹錫與稹之同在一黨利害相關可知。

禹錫於稹之晚年，情味尤覺深摯，其詩題云：浙東元相公書歎梅雨鬱蒸之候因寄七言，詩則云：「稽山自與岐山別，何事連年鸑鷟飛。……今日看書最惆悵，爲聞梅雨損朝衣。」望稹再相之意甚切。又微之鎮武昌中路見寄藍橋懷舊之作凄然繼和兼寄安平云：「今日油幢引，他年黄紙追。同爲三楚客，獨有九霄期。宿草恨長在，傷禽飛尚遲。……」安平謂韓泰初貶撫州刺史，繼貶虔州司馬，元和十年（八一五）同再出爲漳州刺史，遷郴州，皆古三楚地也。所謂「藍橋懷舊之作」，指稹留呈夢得子厚致用一詩也。詩之末句云：「心知魏闕無多地，十二瓊樓百里西。」蓋即元和九、十年（八一四、八一五）間同劉、柳被召之時。稹與宗元交誼亦於此可見。蓋禹錫至滻橋送稹赴鎮（見上），必語及當年同貶之事。因而追悼宗元，故稹於途中以舊作寄示禹錫也。稹之卒，李德裕方鎮西川，亦遥致哀悼，故禹錫有詩題云西川李尚書知愚與元武昌有舊遠示二篇吟之泫然，使稹能稍遲十年卒，或與德裕同入相，亦意中事耳。致用爲李景儉字，見柳宗元集與吕道州温論非國語書舊注。

裴度

元和十年（八一五），禹錫再貶，自播改連，出裴度苦争之力。據通鑑考異（見卷二三九），語出實録及唐諫諍集，似無異詞。再證以元稹集中上門下裴相公書云：「安有救裴寰之罪，换禹錫之官則盡易，振天下之窮滯，行涣汗之條目則盡難。」尤足見此事已喧騰於衆口。度時爲御史中丞，甫逾三月，即繼武元衡爲相。按中丞爲次對官，度蓋見詔書而於入對時面請，憲宗許之而於次日語宰相改命。此非度敢於與君相抗争，不易得也。然度於禹錫私交何若，宜先考而論之。按舊書度本傳，貞元五年（七八九）進士，先於禹錫登科者四年，元和六年（八一一）以司封員外郎知制誥，在此以前，自河陰尉遷監察御史，出爲河南府功曹，遷起居舍人。唐詩紀事云：「柳公綽與度同爲西蜀武元衡制官，公綽先入爲吏部郎中，度有詩曰：兩人同日事征西，今日君先奉紫泥。」元衡初鎮西川是元和二年（八〇七）十月事，禹錫已貶朗州矣。貞元中度與禹錫有無往還不可知，然同官京朝爲時亦必甚短。至元和改元以後數年中，則固未必能通情愫。

禹錫集中卷十八有賀門下裴相公及上門下裴相公二啓，皆元和十二年（八一七）平淮西後作。前爲例賀，後陳私情。後啓云：「某前墮危厄，常（嘗）受厚恩，詛盟於心，要之自效。」則連州之改出於度之力争，信而有徵矣。既有此段舊恩，則望度於得君最專之時再一援引，固禹錫所不能已於言者也。元和十三、十四（八一八、八一九）二年間，在相位較久而負時望者，度與崔羣爲最，王涯，程异居位稍短，皆與禹錫有素，李鄘，李夷簡誠不可知，而入相不過數月。若於此時爲禹錫道地，量移近北一大州，以唐時仕途慣例衡之，不爲甚難也，而禹錫與宗元皆不得一沾其庇蔭，蹉跎兩年，而禹錫丁艱，宗元捐館矣。試揣當時情事，疑程异爲八司馬之一，幸而以皇甫鎛之汲引，不獨昭雪前罪，且致身台輔，惴惴焉自保不暇，自不敢復爲永貞案中人乞恩，致涉黨援之謗。度之自淮西歸朝復知政事，當在十三年之歲首，即有討李師道之舉。度在中書，職主軍事，未必有從容薦拔人才之餘暇。及九月而皇甫鎛，程异入相，度乃恥與同列，上言：「臣若不退，天下謂臣不知廉恥；臣若不言，天下謂臣有負恩寵。」而憲宗以爲朋黨，不之省（通鑑二四〇）。自此以後，度與鎛同列，必有如坐針氈之苦，豈敢復有所言乎？禹錫啓云：「異同之論，我以獨見剖之，文武之道，我以全材統之，崇高之位，我以大功居之；造物之權，我以虚心運之。」然則度未平淮西之前，韋貫之，錢徽，蕭俛等沮用兵之議，而憲宗一心倚度，不聽他人之言，禹錫雖遠在湘南，亦有所聞，可見異同之論傳播之廣。又云：「持盈之術，古所難也，實在陰施及物，厚其德基，以左右动庸而百禄是荷，人所欽戴，久而愈宜。」此則於度歸朝以後之杌隉不安未能料及矣。

與此同時，禹錫與刑部韓侍郎書云：「前日赦書下郡國，有棄過之目，……況有吹律者召東風以薰之，其化更益速。雷且奮矣，其知風之自乎？既得位，當行之無忽。」此亦聞韓愈爲度之行軍司馬，功成受賞，烜赫一時，視爲能振拔人才之顯官，而不料只在十四年（七九八）初春，愈已緣諫迎佛骨一表而貶潮州以去矣。

舊唐書禹錫本傳云：「大和二年（八二八）自和州刺史徵還〔六〕，拜主客郎中，禹錫銜前事未已，復作遊玄都觀詩序……禹錫甚怒武元衡、李逢吉，而裴度稍知之。大和中，度在中書，欲令知制誥，執政又聞詩序，滋不悦，累轉禮部郎中、集賢院學士。度罷知政事，禹錫求分司東都。」按元衡已於元和十年（八一五）被刺，逢吉亦以寶曆二年（八二六）之冬出鎮襄陽。所謂執政聞詩序滋不悦者，未知指何人。又大和元年（八二七），王播入相，二年，竇易直出鎮襄陽，韋處厚暴卒，路隋入相，三年，李宗閔入相，四年，牛僧孺，宋申錫相繼入相。此諸人者，韋處厚與禹錫相知，王播，竇易直，在禹錫集中皆曾有往還，路隋則未曾涉及，但三人皆似不至相齮齕。不悦者恐仍爲李宗閔之黨耳。禹錫在和州時，與李德裕、元稹唱和頗勤，述夢一詩，尤見三人同音之雅。宗閔雖與韓愈俱曾從事度之淮西宣慰使幕中，晚節以黨派之故，遂不顧度之舊誼矣。舊唐書宗閔傳云：「（大和）三年（八二九）八月，以本官同平章事。時裴度薦李德裕，將大用。德裕自浙西入朝，爲中人助宗閔者所沮，復出鎮。尋引牛僧孺同知政事，二人唱和，凡德裕之黨盡逐之。」此殆當時實情也。淮西平後，度雖名爲元功重望，而忌之者必多。主要尤在當初反對用兵之諸人。度得意之際，即諸人内愧而不自安之時，此亦情事之必然者。李、牛之隙，肇始於長慶元年（八二一）錢徽知貢舉之一榜，而徽則正請罷淮西爲憲宗所斥之人也，其心既已内愧而不自安，而德裕一黨乃欲興大獄以逼之，宜宗閔之排德裕以救徽〔七〕，既慮德裕之大用，不得不與度立異，度之所以不能爲禹錫謀者，殆以此。

此中關係至爲複雜，出主入奴亦非一定而不可移者。元稹實與德裕善，故錢徽之被斥，稹與李紳有力焉。然度又與稹不睦，至於騰章相詆。稹罷相後，以大和三年（八二九）入爲尚書左丞，四年出鎮武昌，正度在中書秉政之時，若非已捐前隙亦不可得。試問度與稹何以始隙而終睦，則仍是李、牛黨系爲之也。度與稹之嫌隙，構於于方一獄，其事皆李逢吉之黨爲之，既挑起度與稹之隙以陷度於孤立，又排李紳使不安於位（事詳度、紳及張又新傳中）。逢吉，宗閔之陰謀之所以能遂意，又由於中人魏弘簡，劉承偕之構煽（亦詳度傳中）。而其總因則度之名高遭忌也。度爲二李所愚而與稹自相水火，殆久而漸悟，亦或以禹錫、居易二人爲之居間解釋而言歸於好歟！

禹錫集中與度往還之詩皆在罷和州以後，前此殆惟在元和十年（八一五）禹錫自朗州召還京時得一見。自和州還朝，緣何與度深相結納，則無可徵。度本傳：「屬盜起禁闈，宫車晏駕，度與中貴人密謀，誅劉克明等，迎江王立爲天子，以功加門下侍郎、集賢殿大學士、太清宫使。」禹錫之以主客郎中充集賢殿學士，顯出度之所薦矣。觀集中謝裴相公啓云：「某遭不幸，歲將二紀，雖屢更符竹，而未出網羅〔八〕。……豈意天未勦絶，仁人持衡，紆神慮於多方，起堙沈於久廢。……通籍郎位，分曹樂都。……章程有守，拜謝無由。」知禹錫罷和州，初未入京，而已藉度之力獲主客郎中分司東都之命，及大和元年（八二七），度加集賢殿大學士後始入京與度相見，自傳所謂明年追入充集賢殿學士也。

度有喜遇劉二十八偶書兩韻聯句云：「病來佳興少，老去舊遊稀。」自似非在相位時之語氣。又一首題云：「予自到洛中，與樂天爲文酒之會，時時構詠，樂不可支，則慨然共憶夢得，而夢得亦分司至止，歡愜可知。」此則當指禹錫開成元年（八三六）以太子賓客分司東都時。

太和四年（八三〇）度罷政出鎮襄陽，次年禹錫出爲蘇州，八年（八三四），度爲東都留守，禹錫有郡内書懷獻裴侍中留守詩云：「功成頻獻乞身章，擺落襄陽鎮洛陽。……兵符今奉黄公略，書殿曾隨翠鳳翔。心寄華亭一雙鶴，日隨高步繞池塘。」此爲未離蘇州時所作，是年轉任汝州，必經洛陽與度復相見。兩何如詩謝裴令公贈别云：「一言一顧重，重何如！今日陪遊清洛苑，昔年别入承明廬。一東一西别，别何如？終期大冶再鎔鍊，願託扶摇翔碧虚。」詳其語意，不似自蘇赴汝，當是自汝赴同州。又將之官留辭裴令公留守云：「祖帳臨伊水，前旌指渭河。」則明言赴同州任矣。至罷同州改賓客分司，則有自左馮歸洛下酬樂天兼呈裴相公詩。自此以後，皆優游唱和之作，舊唐書度傳所謂視事之隙與詩人白居易、劉禹錫酣宴，終日高歌放言，以詩酒琴書自樂也。至開成二年（八三七）度復出爲河東節度使，二人殆不復相見矣。元和以來政局變幻如此之烈，想二人亦必追話及之而互相慨歎，然經甘露之變，又必相戒以多言賈禍，故詩中無一及時事之語焉。

禹錫之入京直集賢殿即爲度欲引進禹錫之張本，按當時慣例，有文望之正郎知制誥後即不難正拜中書舍人，再轉丞郎即有入相或出鎮之望。禹錫以久屈之身，與同時顯達多爲舊識，人固皆以此相期待也。故居易和禹錫早朝之詩云：「暫留春殿多稱屈，合入綸闈即可知。」已明言之矣。禹錫有制辭數篇，（集中不載，見文苑英華。）殆即是時所擬。然而此願終不遂，豈猶是李宗閔之爲梗乎？

令狐楚

舊唐書李商隱傳云：「商隱能爲古文，不喜偶對，從事令狐楚幕，楚能章奏，遂以其道授商隱。」楚乃以幕僚出身而以能爲公牘文自喜者，其生平亦大致可由此推測。舊唐書本傳云：「李說、嚴綬、鄭儋相繼鎮太原……皆辟爲從事，自掌書記至節度判官。……德宗好文，每太原奏至，能辨楚之所爲，頗稱之。」又云：「鄭儋在鎮暴卒，不及處分後事，軍中喧譁，將有急變，中夜十數騎持刃迫楚至軍門，諸將環之，令草遺表，楚在白刃之中，搦管即成，請示三軍，無不感泣，軍情乃安，自是聲名益重。」此虛説也。德宗末年，方鎮有故，皆順軍情即授節鉞，鄭儋卒後，其繼任者即行軍司馬嚴綬。綬之爲人慣於斂財進奉交結内官（見綬傳），意在取儋而代，故假軍情不安以聳動朝廷耳。若真喧譁將有急變，豈楚一文遂能消弭？蓋楚所草遺表即爲代嚴綬求繼任，故綬得志亦爲楚揄揚。觀後來楚與李逢吉、皇甫鎛相結，宜其與嚴綬相爲表裏。楚以與皇甫鎛、蕭俛俱爲貞元七年（七九一）進士，因緣入相，凡二李之黨多由同年進士相結合，李宗閔、牛僧孺、楊嗣復之人與楚、鎛、俛三人皆其尤彰明較著者。此元和以後政局隱情之關鍵也。

禹錫與楚似交誼頗篤，然楚之所敵者皆禹錫所厚也，其在内職時，以草裴度淮西招撫使制與度不協，以皇甫鎛之故與崔羣不協，長慶初學士元稹、李紳亦皆相左者。本傳云：「物議以楚因鎛作相而逐裴度，羣情共怒，以蕭俛之故，無敢措言。其年（元和十五年八二〇）六月，山陵畢，會有告楚親吏贓污事發，出爲宣歙觀察使。……再貶衡州刺史。時元稹初得幸爲學士，素惡楚與鎛膠固希寵，積草楚衡州制略曰：楚早以文藝，得踐班資，憲宗念才，擢居禁近，異端斯害，獨見不明，密隳討伐之謀，潛附奸邪之黨，因緣得地，進取多門，遂忝台階，實妨賢路。楚深恨積，長慶元年（八二一）四月，量移郢州刺史，遷太子賓客分司東都。二年（八二二）十一月，授……陝虢觀察使，制下旬日，諫官論奏，言楚所犯非輕，未合居廉察之任。上知之，遽令追制，時楚已至陝州，視事一日矣。復授賓客歸東都，時李逢吉作相，極力援楚，以李紳在禁密沮之，未能擅柄。敬宗即位，逢吉逐李紳，尋用楚爲河南尹。」稹、紳與楚蓋有不能相容之勢。然禹錫與楚訂交乃正在此時，集中彭陽唱和集後引云：「公登用至宰相，出爲衡州，方獲會面。輸寫蘊積，相視泫然。」據紀，楚以元和十五年（八二〇）八月貶衡州，是時禹錫在母憂中，未知其會面果在何地。揣其情事，楚以宣歙觀察使再貶衡州，與禹錫以連州刺史再貶朗州司馬相似，故有同病相憐之感，所謂輸寫蘊積者此也。（外集卷三酬令狐相公寄賀遷拜之什自注云：「相公昔曾以大寮分司，故有同病相憐之句」）

唐人進士同年往往互相援引，已如上述。其從事方鎮幕府者亦有聲應氣求之雅，禹錫與楚皆爲大鎮掌記，雖早未識面，亦自皆欲引爲同調。彭陽唱和集引云：「丞相彭陽公始由貢士以文章爲羽翼……鄙人少時亦嘗以詞藝梯而航之。」復引云：「貞元中，予爲御史，彭陽公從事於太原，以文章相往來有日矣。」即其訂交所由可知。禹錫與楚文章往來，直迄於晚歲，然似止限於文章，而不及政事，楚自寶曆以後，皆居外鎮，在汴州在東都，禹錫固嘗晤面，而楚内召之時，一爲大和二年（八二八）秋至次年春，一爲七年（八三四）夏至開成元年（八三六）夏。亦未再持政柄，故未必能爲禹錫援。禹錫大和二年（八二八）主客郎中、集賢學士之援雖恰值楚爲吏部尚書時，自仍是裴度之力，非楚所能爲也。七年（八三三）以後，禹錫自汝州轉同州，則楚既在京，李宗閔亦在相位，然禹錫同州之授已在宗閔貶明州長史以後，爲甘露四相秉政時矣。楚有寄禮部劉郎中詩云：「一別三年在上京，仙垣終日選羣英。除書每下皆先看，惟有劉郎無姓名。」此楚在鄆州時作，楚以大和三年（八二九）自户部尚書出爲東都留守，「一別三年」即指大和五年（八三一），禹錫尚未除蘇州刺史，是時物望皆以禹錫必當掌誥，楚爲此詩亦順水人情耳。禹錫和詩恰是大和五年（八三一）語氣。

楚與裴度大和二三年（八二八、八二九）間同在朝，自不復尋前隙，故禹錫外集卷二有西池送白二十二東歸兼寄令狐相公聯句，度詩云：「促坐宴迴塘，送君歸洛陽，彼都留上宰，爲我説中腸。」蓋度亦知劉、白皆與楚相厚善也。

劉、白曾於楚鎮宣武時親往訪之，故禹錫外集卷一有詩題云洛中逢白監同話遊梁之樂因寄宣武令狐相公。居易除祕書監是大和初事，禹錫正與居易同罷郡歸洛，楚在宣武亦即此時。又外集卷三有詩題云：途次大梁，雪中逢天平令狐相公書問，兼示新什，因思曩歲從此拜辭，詩句云：「共曾花下別，今獨雪中迴。」所謂途次大梁者，大和五年（八三一）冬禹錫赴蘇州刺史任時也，所謂共曾花下別者，自應指大和元年（八二七）春，自和州返洛陽道出汴州時。此後禹錫入長安，楚亦以大和二年（八二八）秋内召矣。

李商隱文集補編上令狐相公第三狀云：「前月末八郎書中附到同州劉中琴書一封，仰戴吹噓，内惟庸薄。書生十上，曾未聞於明習，劉公一紙，遽有望於招延。」「中琴」不詞，自是「中丞」之誤刊。楚在山南，商隱曾應辟而往，楚之遺表即商隱所草。疑其未赴山南幕以前，楚爲之推轂於禹錫，故有「仰戴吹噓」之語，禹錫必有書願招商隱入幕，特未知商隱果曾與禹錫相見否。

總觀楚之爲人，小有文名，而務營私結黨，所暱近多非端士，即與禹錫氣類不同有明徵。而私交顧始終無間。

牛僧孺

牛僧孺嘗與禹錫有嫌，唐人盛有此説，不爲無因。蓋僧孺爲永貞元年（八〇五）進士，正禹錫身在要津之日，其以後輩禮謁禹錫自在意中。此後僧孺歷官於朝，禹錫無復再起之望，二人之異趣，亦不待言。據傳及紀，元和十五年（八二〇）僧孺自庫部郎中知制誥改御史中丞，長慶三年（八二三）三月自户部侍郎入相，寶曆元年（八二五）正月出鎮武昌。大和四年（八三〇）正月復入相。此時禹錫爲禮部郎中集賢學士，或嘗與之一相見。六年則出爲淮南節度使，至開成二年（八三七）始改東都留守，其時禹錫與白居易皆在洛，唱和之什多作於是時也。

二人始嫌而終好，恐即在開成二年（八三七）以後。按僧孺詩題爲席上贈夢得，而禹錫詩題則爲酬淮南牛相公述舊見貽。若詩題無誤，則此二詩似作於揚州，或禹錫罷蘇州後，道經揚州而僧孺爲之設宴賦詩也。僧孺詩云：「粉署爲郎四十春」，是時禹錫年已六十餘，併其在杜佑幕府時或曾奏署郎官，亦得謂爲「四十年」。其末句云：「莫嫌恃酒輕言語，曾把文章謁後塵。」「莫嫌」二字乃貫以下十二字而言，自謂當年投謁時有凌犯之語也。故禹錫答詩云：「初見相如成賦日，……追思往事咨嗟久。」又以「待公三入」之句爲釋嫌求解之地。雲谿友議中山誨條附會爲禹錫赴任汝州道經襄陽，雖時與地皆不合，然乃二詩中含有恩怨，決非不根之談。

僧孺與李宗閔，楊嗣復深相比附，進退與共，臭味全同。嗣復傳載其與鄭覃争論於文宗前之語云：「鄭覃云：三年（八二九）之後一年不如一年，臣之罪也。陛下縱不誅夷，臣合自求泯滅。」又云：「既一年不如一年，非惟臣合得罪，亦上累聖德，伏請別命賢能，許臣休退。」僧孺傳則載其與文宗問答之語云：「天下何由太平？卿等有意於此乎？僧孺奏曰：臣等待罪輔弼，無能康濟，然臣思太平亦無象，今四夷不至交侵，百姓不至流散，上無淫虐，下無怨讟，私室無强家，公議無壅滯，雖未及至理，亦謂小康。陛下若别求太平，非臣等所及。既退至中書，謂同列曰：吾輩爲宰相，天子責成如是，安可久處兹地耶？」則僧孺與嗣復皆旨在持重苟安，襲常蹈故，與裴度、李德裕之圖功好事者異轍，覩其口吻相似處，即知其有意結納朋比，操縱時論也。加以進士出身之人，皆不欲自壞團結，樂於聞牛、李、楊之緒論，以遂持禄保身之謀。元和以後黨争無非由此而致。

李宗閔傳云：「……應制之歲，李吉甫爲宰相當國，宗閔、僧孺對策，指切時政之失，言甚鯁直，無所迴避。考策官楊於陵、韋貫之、李益等〔九〕又第其策爲中等，又爲不中第者注解牛、李策語，同爲唱誹。又言翰林學士王涯甥皇甫湜中選，考覈之際，不先上言。裴垍時爲學士，居中覆視，無所異同。吉甫泣訴於上前，憲宗不獲已，罷王涯、裴垍學士。」此傳僅言皇甫湜不合以王涯之甥而中選〔一〇〕，裴垍傳則云：「時有皇甫湜對策，其言激切，牛僧孺、李宗閔亦苦詆時政。考官楊於陵，韋貫之升三子之策皆上第，垍居中覆視，無所同異，及爲貴倖泣訴，請罪於上。」所言皇甫湜對策激切，自當是吉甫所訴之主因，然上文則敍吉甫用裴垍之言，翕然有得人之稱，何以於吉甫忽褒忽貶，數行之内，頓相剌謬，兩傳皆詞意閃灼，必有不實不盡。今宗閔、僧孺之對策已不可得見，湜之對策則尚存其集中，其最警切之語如：「今宰相之進見亦有數，侍從之臣皆失其職，百執事奉朝請以退，而律且有議及乘輿之誅，未知爲陛下出納喉舌者誰乎？爲陛下爪牙者爲誰乎？日夕侍從，居從遊豫，論臣下之是非，賞罰之臧否者復何人也？股肱不得而接，何疾如之！爪牙不足以衛，其危甚矣。夫裔夷虧殘之微，偏險之徒，皁隸之職，豈可使之掌王命，握兵柄，内膺腹心之寄，外當耳目之任乎？……」通觀全篇，實無詆斥宰相之一語，但以不能「日延宰相與論義理」責憲宗，爲宰相者方當深感湜之能爲己助，吉甫何至於反泣訴於憲宗耶？裴垍傳易其詞曰「貴倖泣訴」，則事或近是，蓋湜策中實隱指憲宗任中官操兵柄之弊，兼及王武俊士真父子，所謂「裔夷虧殘」是也。若真有泣訴之事，殆必興自中官矣。惟吉甫亦素與樞密使梁守謙相結（見通鑑二三九），守謙輩或果曾泣訴，而吉甫不能持正議則有之，牛、李黨人遂歸獄於吉甫以自重耳。吉甫傳云：憲宗初即位，中書小吏滑涣與知樞密中使劉光琦暱善，頗竊朝權，吉甫請去之。則吉甫初亦非媚事中官者，蓋中官之中黨派亦不一，吉甫不得不就其彼善於此而相結耳。李翺爲楊於陵墓誌（李文公集十四）云：「會考制舉人，奬直言策爲第一，中貴人大怒，宰相有欲因而出之者，由是爲嶺南節度使。」可爲確證。翺、湜皆韓愈之黨，直言策即指湜無疑。

又據吉甫本傳云：「（元和）三年（八〇八）秋，裴均爲僕射，判度支，交結權倖（此權倖自指中官，見通鑑二三七），欲求宰相。先是制策試直言極諫科，其中有譏刺時政，忤犯權倖者，因此均黨揚言皆執政教指，冀以摇動吉甫，賴諫官李約、獨孤郁、李正辭、蕭俛密疏陳奏，帝意乃解。」則譏刺時政正是吉甫意旨，何怒之有？此説果確，則權倖恰是中官而非他人，與宗閔傳中所言似適相反，謂牛李因對策之事而與吉甫構隙，殊不見其可信。

僧孺晚年在洛陽，多與劉、白爲詩酒園林之會。白爲僧孺座主，故有「何須身自得，將相是門生」之句，二人皆年高無復宦情，僧孺亦不忌二人，二人亦不過聊與爲遊伴，只談風月而已。白有同夢得酬牛相公初到洛中小飲見贈詩云：「詩酒放狂猶得在，莫欺白叟與劉君。」言外之意不難窺見。比較二人與僧孺唱和之詩，白頗有恃舊之意，劉則詞句多含諛頌，自處亦極謙抑，足徵其懲前車之覆，力求解釋舊嫌也。

僧孺元和初對策雖不傳，然亦必有規切時政者，據白氏長慶集牛僧孺監察御史制云：「頃對策於廷，其詞亮直。」當時固已以亮直許之，特未必如湜之明斥宦官耳。

李吉甫

唐中葉後士大夫多往來江淮，非流寓即游宦，凡同游江淮歲久者彼此情誼必尤密。然朋黨之分亦自此起。舊唐書李吉甫傳云：「自員外郎出官，留滯江淮十五餘年。」此皆貞元時事，疑禹錫未入京前已及見之。吉甫自饒州刺史爲考功郎中知制誥乃永貞元年（八〇五）八月事，元和二年（八〇七）自中書舍人爲相，則必不及與聞王、韋之獄也。禹錫集中有上淮南李相公啓，或是元和六年（八一一）吉甫自淮南節度使再入相時所作。然啓中言「因揚子程留後行謹奉啓」，程留後謂程异。异傳：「鹽鐵使李巽薦异曉達錢穀，請棄瑕録用，擢爲侍御史，復爲揚子留後。」按巽代杜佑爲鹽鐵使，在元和元年（八〇六），是年八月甫詔八司馬縱逢恩赦不在量移之限。异名仍在八人之中，故知巽之薦异必在此後。吉甫以三年（八〇八）九月出，异恐尚未能遽牽復也。禹錫上杜司徒啓爲元和七年（八一二）作。有「同類牽復，又已三年」之語，异之起用當在元和四年（八一三）。既云淮南李相公，當是自淮南再相之時。异自郴州司馬充揚子留後，故禹錫自朗州得託其寄書。書云：「祝網之日，漏恩者三」，蓋謂元和元年（八〇六）上太上皇尊號一赦，二年（八〇七）郊祭再赦，三年（八〇八）受尊號三赦也。又云：「今幸伍中牽復，司存宇下」，即謂异已起用，則同案中人宜可湔洗也。自是至九年（八一四）十月吉甫卒，先後同列李絳，權德輿，武元衡，張弘靖，必有肯爲王、韋之黨乞恩者，不知誰實助之而誰實沮之，然吉甫於呂温則嘗有所不快。本傳云：「吉甫早歲知獎羊士諤，擢爲監察御史，又司封員外郎呂温有詞藝，吉甫亦眷接之。竇羣亦與羊、呂善，羣初拜御史中丞，奏請士諤爲侍御史，温爲郎中知雜事，吉甫怒其不先關白，而所請又有超資者，持之數日不行，因而有隙。」此吉甫第一次爲相時事，然既云眷接温矣，則吉甫非不知温之才，特爲僉壬所交構耳。傳又云：「性畏慎，雖其不悦者亦無所傷。」則禹錫等之不能免罪又恐難歸咎於吉甫也。

柳宗元集中有上揚州李吉甫相公獻所著文啓云：「始閣下爲尚書郎，薦寵下輩，士之顯於門闌者以十數，而某尚幼不得與於廝役，及閣下遭讒妬在外十餘年，又不得效薄伎於前以希一字之褒貶。公道之行也，閣下乃始爲贊書訓辭，擅文雅於朝，以宗天下，而某又以此時去表著之位，受放逐之罰。」柳與吉甫蹤跡如此，劉亦略相同可知。特柳又有謝李吉甫相公示手札啓云：「六月二十九日，衡州刺史呂温道過永州，辱示相公手札。省録狂瞽，收撫羈縲。」似即復前書者。然元和三年（八〇八）九月，吉甫出鎮揚州，十月，竇羣初貶湖南，再貶黔中，則呂温當亦是初貶均州，再貶道州，其赴道州任必經永州，而赴衡州任無經永州之理，柳集「衡州刺史」必字誤也。温之出京當與吉甫約略同時，故得以手書託温轉致。即此亦可證吉甫傳中眷接温之説非無因。雖有竇羣之隙，於温仍未疏絶也。既未絶温，當亦不致不肯爲禹錫援手矣。

禹錫上門下武相公啓云：「伏以趙國公頃承一顧之重，高邑公夙荷見知之深，雖提挈不忘而顯白無自，蓋以永貞之際，皆在外方，雖得傳聞，莫詳本末。」趙國公謂吉甫，高邑公謂李絳，其意蓋知吉甫及絳於此事不能盡力，非得解於元衡不可也。吉甫在淮南仍以詩示禹錫，禹錫集中卷二十二有奉和淮南李相公早秋即事寄成都武相公詩。

吉甫非但爲元和以後黨論中心人物，其實與永貞政變亦非絶對無關者。據本傳云：「憲宗初即位，中書小吏滑渙與知樞密中使劉克琦暱善，頗竊朝權，吉甫請去之。」此事委曲，史無明文。然劉光琦即首謀立憲宗者，故憲宗深倚任之。當時此輩恃擁戴之功，摧辱朝士，不難想像，王、韋之黨遭害之烈，必即由此輩作祟，吉甫不畏强禦而敢於謀去憲宗從龍之人，則吉甫雖未立於永貞之朝，其不以王、韋爲非已可概見。且首唱討劉闢，亦仍與叔文之主張相合，吉甫之子德裕與禹錫厚善，或亦得於庭聞也。此蘊從無人窺見，故試拈出之，以見永貞政變實爲唐代末期種種變局之總因，得其環中，即可迎刃而解。舊史爲愛憎所蔽，不可不於竅郤中求之也。新唐書吉甫傳載楊歸厚劾中官許遂振之事，歸厚爲吉甫所引用，知裁抑官者爲吉甫之素志，禹錫與歸厚有連，其傾心吉甫亦可知，詳具楊歸厚條。

禹錫於吉甫二子皆有深分。卷二十八送李中丞赴楚州詩即爲吉甫長子德修作也。詩之末句云：「憶君初得崑山玉，同向揚州攜手行。」則禹錫微時即與之款洽。詩又有「故吏猶應記小名」之句，疑吉甫留滯江淮十餘年中德修幼時侍行也。舊唐書不載德修事，新唐書吉甫傳末云：子德修亦有志操，寶曆中爲膳部員外郎，張仲方入爲諫議大夫，德修不欲同朝，出爲舒、湖、楚三州刺史。關德裕者别有專條。

韓愈集中有釋言一篇云：「有來謂愈曰：有讒子於翰林舍人李公與裴公者。」李謂吉甫，裴謂裴垍。按吉甫於憲宗初即位時爲翰林學士中書舍人，元和二年（八〇七）春即拜相。吉甫出鎮，垍乃代相，愈此文當作於二年以前。吉甫與垍素相厚善，垍傳云：「吉甫謂垍曰：吉甫自尚書郎流落遠地，十餘年方歸，便入禁署，今纔滿歲。後進人物罕所接識，……卿多精鑒，今之才傑，爲我言之。垍取筆疏其名氏，得三十餘人，數月之内選用略盡。」愈自江陵召爲國子博士，似亦不得謂非時宰之拔擢，皇甫湜爲愈作神道碑云：「累除國子博士，不麗邪寵，懼而中請分司東都避之。」自即釋言中所謂有人進讒者。豈吉甫及垍作意求才而復有不慊於愈乎？此事與後來朋黨之構釁恐不無相牽連者。

李德裕

禹錫曾受李吉甫之顧遇，見吉甫條下，故亦與德裕接近，集中爲德裕而作之詩文不少。德裕宜能薦拔禹錫者，然自長慶至開成，德裕官雖已達，而始終爲李逢吉、李宗閔、牛僧孺所阨。比會昌中德裕得君專政，則禹錫已老且死矣。

德裕與諸人構怨之因，史言首由吉甫在相位時，宗閔、僧孺對策深詆時政，爲吉甫所怒，（此實不盡然，詳見吉甫與僧孺條下。）繼由吉甫欲定兩河，裴度繼其遺志，而韋貫之、李逢吉深以用兵爲非。韋、李相次罷相，故逢吉常怒吉甫、裴度。此則確爲關鍵所在。

自貞元政主姑息，唐之衰亡分裂已肇其端。德宗既卒，繼事者不得不思矯其弊。王叔文輔順宗，首折韋皋、劉闢割據之謀，移宦官典兵之柄。及憲宗嗣位，杜黄裳始謀伐蜀，李吉甫繼謀經畫兩河〔一一〕，吉甫殁而裴度繼之。德裕秉其父訓，始終以富强爲務，觀其會昌中措施，皆叔文、黄裳、吉甫與度一脈相承之旨趣也。至於主安静，戒生事，汲汲以容身保位爲務，因而忌功害能，黨同伐異，則又張弘靖、韋貫之、令狐楚、錢徽、蕭俛以及李逢吉、牛僧孺、李宗閔、楊嗣復諸人夙所主張者也。逢吉既與度相阨，僧孺尤與德裕爲顯敵，史實班班，不勞詞費。蓋王朝之下，有才識者必爲庸庸之輩所疾忌，非獨牛、李爲然，特牛、李之争又别有一重要原因也。

德裕既以門蔭出身，不由進士，若僅爲粗官，固不至遭忌。乃長慶初與非進士出身之元稹同爲翰林學士，而又學識才華無一不出人頭地，唐自貞元後以翰林學士爲將相之階梯，而進士出身者又無不志在優游顯宦。此輩登科時原止恃詩賦薄技，除以文詞相高之外，别無以自見，焉得不覩德裕與稹輩之嶄然露頭角而抱不安乎？而況德裕於元和時久之不調〔一二〕，稹亦起自謫籍，皆以疏逖之臣，不二三年即有宰相之望。以視逢吉、宗閔輩之迴翔於郎官、給舍、丞郎有年，然後雍容以踐台席者，階序大不相同。尤足令此輩側目。韋貫之傳云：「貫之爲相，嚴身律下，以清流品爲先，故門無雜賓，有張宿者有口辯，得幸於憲宗，擢爲左補闕，將使淄青，宰臣裴度將爲請章服，貫之曰：此人得幸，何要假其恩寵耶？」即貫之而可知諸人皆不願進士出身以外之人得預清流，更不願其能躐登政地矣。考唐代政治者，當知此是當時風習也。

此風不自元和始，代宗時元載之獄亦與此有關，載與劉晏皆不由進士，晏之管財賦即載所援引，及載得罪，晏承命訊鞫，不敢專斷，請他官共事，勅李涵、蕭昕、袁傪、常衮、杜亞同推究。蓋晏意在有由進士出身分其責。常衮傳中云：「既懲元載爲政時公道梗，賄賂朋黨大行，不以財勢者無因入仕，衮一切杜絶之，中外百司奏請皆執不與，權與匹夫等，尤排擯非辭賦登科第者。」（崔祐甫傳云「非辭賦登科者莫得進用。」）此亦貫之一流之主張也。元載本附李輔國而進，然助代宗誅魚朝恩，及載之得罪，又先有知内侍省事董秀被誅之事，蓋亦宦官中自分黨系，互相齮齕而牽及朝局。此亦與永貞政變有宦官背景如出一轍。杜牧詠河湟事有詩云：「元載相公曾借箸，憲宗皇帝亦留神。」載之有意經意邊事，亦與元和時事有關。後此牛僧孺爲維州一事而以私害公，掣德裕之肘，亦承此綫索而來。故觀元載、常衮之往事而益可明此風之直貫貞元迄會昌而未有已。此皆禹錫一生所經歷，不明乎此不能深悉禹錫之遭際所由。

禹錫與德裕何年相見，未知其詳。若唱和則當始於長慶末至大和初，德裕與元稹恰分鎮吴越也。集中各詩惟卷二十八奉送浙江李僕射相公赴鎮自注云：「奉送至臨泉驛，書禮見贈拙詩，時在汝州。」按德裕以大和八年（八三四）十一月除浙西，禹錫確在汝州，然德裕赴鎮自當由汴入淮，洛陽大梁是必經之地，禹錫爲守土之官，於例非，能出疆而送者？足徵二人之交厚。德裕秋聲賦作於初入相時，在大和七八年（八三三、八三四）之間，禹錫和之。蓋已有感於不得行其志矣。李賦云：「尚書十一丈鵷掖上僚，人文大匠，聊爲此作以俟知音。」劉賦云：「相國中山公賦秋聲以屬天官太常伯。」天官當是指令狐楚爲吏部尚書。

德裕於大和之末爲相，而被斥出外，不預甘露之事，及武宗即位，始再秉政，似與李訓、鄭注不協。故本傳云：「上欲授訓諫官，德裕奏曰：李訓小人，不可在陛下左右。……俄而鄭注亦自絳州至，訓、注悉德裕排己，九月十日，復召宗閔於興元，授中書侍郎平章事，代德裕。出德裕爲興元節度使。……」然李衛公外集卷三有近倖論云：「李訓因守澄得幸，雖職在近密，而日夕遊於禁中，出入無礙。此時挾守澄之勢，與天子契若魚水，北軍諸將望其顧眄，與目覩天顏無異。若以中旨諭之，購以爵賞，即諸將從之，勢如風靡矣。訓捨此不用，而欲以神州靈臺游徼搏擊之吏，抱關擁篲之徒，以當精甲利兵，亦猶霜蓬之禦烈火矣。」是德裕於訓、注之謀誅宦官亦未嘗以爲非，特惜其不善以宦官制宦官耳。德裕在相位不能不結宦官爲内援，其作此論，蓋有意自明心迹。然澤潞平後，猶追戮甘露案中諸人之遺族，亦未免迎合宦官過當矣。

李紳

禹錫外集卷六有酬浙東李侍郎越州春晚即事長句，按文宗紀，大和七年李紳自太子賓客檢校左散騎常侍充浙東觀察使，代陸亘。浙東自長慶末除元稹後迄禹錫之終，李姓惟紳一人。白居易有醉送李二十常侍赴鎮浙東詩，且紳有「初秋忽奉詔除浙東觀察使檢校右貂」之語，右貂指散騎常侍而言，尤無疑義。禹錫或仍稱紳之户部侍郎舊官則未可知。紳有宿越州天王寺及劫渡西陵别越中父老詩，與禹錫此詩亦頗有相印證之處，紳在浙東似有政聲者。

紳在浙東時，禹錫正刺蘇州，必常有書問往來。紳於過吴門詩中自注云：「大和七年（八三三）余鎮會稽，劉禹錫爲郡，則元和中相識，知與不知索然皆盡。」此其明證。

以元稹、李德裕與禹錫之交情言之，禹錫與紳情分亦必不薄，蓋三人皆長慶初之翰林學士，出處升沈，恩怨離合，皆相關也。尤以紳與李逢吉構怨最深。後來逢吉與李宗閔、牛僧孺、楊嗣復等人迭起事端，以成大和開成會昌大中四朝迭相主奴水火之局，實由紳肇其釁，故不得不先録紳本傳稍爲疏釋以助鈎稽，詞雖稍繁，有所不能避也。

紳傳云：「穆宗召爲翰林學士，與李德裕、元稹同在禁署，時稱三俊，情意相善。尋轉右補闕。長慶元年（八二一）三月，改司勳員外郎知制誥。二年（八二二）二月超拜中書舍人，内職如故。俄而稹作相，尋爲李逢吉教人告稹陰事，稹罷相出爲同州刺史。時德裕與牛僧孺俱有相望，德裕恩顧稍深，逢吉欲用僧孺，懼紳與德裕沮於禁中。二年（八二二）九月，出德裕爲浙西觀察使，乃用僧孺爲平章事。〔長慶三年（八二三）三月〕以紳爲御史中丞，（即代僧孺原官）冀離内職，易掎摭而逐之（臺長例不充翰林學士），乃以韓愈爲京兆尹兼御史大夫，放臺參（唐制御史大夫多不補人，故中丞即爲臺長，京兆尹乃地方官，例應參謁，而愈以兼大夫之故，特詔免參，故紳以爲有傷臺長之尊嚴。）知紳剛褊，必與韓愈忿争，制出，紳果移牒往來，論臺府事體，而愈復性訐，言辭不遜，大喧物論，由是兩罷之。愈改兵部侍郎，紳爲江西觀察使，……改授户部侍郎。中尉王守澄用事，逢吉令門生故吏結託守澄爲援以傾紳，晝夜計畫。會紳族子虞文學知名，隱居華陽，自言不樂仕進，時來京師省紳，虞與從伯耆，進士程昔範皆依紳。及耆拜左拾遺，虞在華陽，寓耆書求薦，書誤達於紳，紳以其進退二三，以書誚之，虞大怨望，及來京師，盡以紳嘗所密話，言逢吉姦邪附會之語告逢吉。逢吉大怒，問計於門人張又新、李續之，咸曰：搢紳皆自惜毛羽，孰肯爲相公搏擊，須得非常奇士出死力者，有前鄧州司倉劉栖楚者，……若相公取之爲諫官，令伺紳之失，一旦於上前暴揚其過，恩寵必替，事苟不行，過在栖楚，亦不足惜也。逢吉乃用李虞、程昔範、劉栖楚，皆擢爲拾遺以伺紳隙。（按紳集中趨翰苑遭誣搆詩自注：「思政面論逢吉、崔楨姦邪、劉栖楚、柏耆凶險，張又新、蘇景修朋黨也。」此是紳在翰林時面陳於穆宗者，紳所自言當不誤，而紳傳未采之。）俄而穆宗晏駕，敬宗初即位，逢吉快紳失勢，慮嗣君復用之，……王守澄每從容謂敬宗曰：陛下登九五，逢吉之助也。先朝初定儲貳，唯臣備知，時翰林學士杜元穎、李紳勸立深王，而逢吉固請立陛下，而李續之、李虞繼獻章疏，……乃貶紳端州司馬，（張又新傳記紳之貶云：朝臣表賀，又至中書賀丞相，及門，門者止之曰：請少留，緣張補闕在齋内與相公談。俄而又新揮汗而出，旅揖羣官曰：端溪之事，又新不敢多讓，人皆辟易憚之。與續之等七人時號八關十六子。）紳之貶也，正人腹誹，無敢有言，唯翰林學士韋處厚上疏極言逢吉姦邪，誣摭紳罪，……會禁中檢尋舊事，得穆宗時封書一篋，發之，得裴度、杜元穎與紳三人所獻疏，請立敬宗爲太子，帝感悟興歎，悉命焚逢吉黨所上謗書，由是讒言稍息，紳黨得保全。（紳黨者，通鑑二四三云：貶翰林學士龐嚴爲信州刺史，蔣防爲汀州刺史，嚴，壽州人，與防皆紳所引也。）及寶曆改元大赦，逢吉定赦書節文，不欲紳量移，但云左降官已經量移者與量移，不言左降官與量移，韋處厚復上疏論之，語在處厚傳。帝特追赦書添節文云：左降官與量移，紳方移爲江州長史，再遷太子賓客分司東都。大和七年（八三三）李德裕作相，七月，檢校左常侍、越州刺史、浙東觀察使。九年（八三五），李訓用事，李宗閔復相，與李訓、鄭注連衡，排擯德裕罷相，紳與德裕俱以太子賓客分司。開成元年（八三六），鄭覃輔政，起德裕爲浙西觀察使，紳爲河南尹。六月，檢校户部尚書，汴州刺史，宣武節度，宋亳汴潁觀察等使。……武宗即位，加檢校尚書右僕射，揚州大都督府長史，知淮南節度大使事。會昌元年（八四一），入爲兵部侍郎同平章事。綜其一生仕履，皆緣德裕之故，與逢吉、宗閔勢力互爲消長。

元和中元稹、白居易以新樂府達民隱，刺時弊，其端實開於紳，稹集中和李校書新題樂府序云：「余友李公垂貺余樂府新題二十首，雅有所謂不虛爲文。」元、白與紳所致力於文學者趨向相同。

李逢吉

李逢吉進士登科遲於禹錫一年，據傳，釋褐後自振武節度掌書記入朝爲拾遺補闕，使吐蕃、南詔，其使還拜祠部郎中在元和四年。十一年爲相。與禹錫同遊之日似不多，少有款曲，然亦當無怨隙。

逢吉爲相，正與裴度同時，裴度主用兵，而逢吉言師老財竭，不欲討蔡，令狐楚時爲翰林學士，與逢吉善，度恐其合中外之勢以沮軍事，罷楚學士。踰月，逢吉亦罷爲東川節度使。（隱括通鑑二四〇及新舊二傳）此李、裴結怨之端也。

逢吉與宗閔俱爲李德裕、元稹、李紳之敵，而逢吉力沮裴度淮西用兵，宗閔又身在度之幕府。此中錯綜關係不易爬梳，然若從德裕、稹、紳三人同在學士院之迹象觀之，則不難得其肯綮也。宗閔以女壻蘇巢被覆落進士怨三人之發難。此事發生與逢吉之陷稹正相先後。二人之密通聲氣可知。舊唐書逢吉本傳云：「度在太原時常上表論稹姦邪，及同居相位，逢吉以爲勢必相傾，乃遣人告和王傅于方結客欲爲元稹刺裴度。」此據長慶集稹之自序言之。自序云：「是時裴度在太原，亦有宰相望，巧者謀欲俱廢之，乃以予所無構於度，裴奏至，驗之皆失實，上以裴方握兵，不欲校曲直，出予爲工部侍郎，而相裴之期亦衰矣。不累月，上盡得所構者，雖不能暴揚之，遂果初意，卒用裴與予俱爲宰相，復有購狂民告予借客刺裴者，鞫之復無狀，而裴與予以故得俱罷免。」夫裴度已於元和十年（八一五）爲相，負朝野重名，積爲新進，安得云度亦有宰相望？又安得云相度之期亦衰？玩其語氣，積於度確有不滿之意。逢吉等蓋窺見其隱而利其兩敗俱傷也。

逢吉兩爲相，專喜與刺客結緣，初則造元積刺裴度之説，繼則嗾安再榮告武昭謀刺己，而以號稱氣俠之李涉、茅彙供使令，其爲人不軌於正可知。而韋處厚於救李紳一事騰章直斥逢吉之非，逢吉之不協輿情，又可概見。

逢吉黨於李宗閔、令狐楚而仇於裴度、元積、李紳，禹錫則周旋其間。然禹錫於長慶寶曆間之政局，身無所預，大和以後，逢吉之勢已衰，殆亦不過虛與委蛇而已。外集卷六有詩題云將赴蘇州途出洛陽留守李相公累申宴餞寵行話舊形於篇章謹抒下情以申仰謝。逢吉以大和五年（八三一）自宣武節度使改東都留守，正禹錫赴蘇州任之時，話舊之言，當是指貞元、永貞間之蹤跡。觀詩題措語之謙謹，知其交情不深也。

李　絳

李絳是貞元八年（七九二）進士，早禹錫一科，與韓愈、崔羣同科，亦貞元末監察御史。禹錫集中唐故相國李公集紀云：始愚與公爲布衣游，及仕畿服，幸公同邑。謂先後爲渭南尉也。絳自元和二年（八〇七）爲翰林學士，六年（八一一）十一月入相，九年（八一四）二月罷。同在相位者李吉甫、權德輿、武元衡。本傳云，與吉甫不協。而元衡又與禹錫有夙嫌，故絳雖得政，未嘗爲禹錫援手〔一三〕。禹錫爲絳作集紀，云其後雖翔泳勢異，而不以名數革初心。似有不足之意，蓋爲此也。及大和元年，絳以太子少師分司東都內召爲太常卿，禹錫在洛陽長安皆嘗相見話舊。未幾絳出鎮興元，四年被害。故集中祭興元李司空文云：「一持化權，一謫海壖。本同末異，如矢别弦。雲龍井蛙，勢不相見。二紀迴泊，一朝會面。（按此數語仍似有憾於絳之不能爲謀也）公爲故相，愚似悲翁。契闊相遇，淒涼萬重。復以郎吏，交歡上公。披襟道舊，劇談中酒。清洛泛舟，鑿龍攜手。公西入關，愚亦徵還。（按此謂絳入爲太常卿，禹錫亦以禮部郎中直集賢殿）削去苛禮，招邀清閒。廣陌聯鑣，高臺看山。尋春適野，醉舞花間。」二人離合始終皆言之歷歷。禹錫外集卷二載花下醉中聯句，即楊嗣復、庾承宣、白居易與絳及禹錫同會之作。絳在元和中身居禁近，雖云直言敢諫，畢竟爲憲宗所倚任，至歷八年之久，禹錫不得不望之甚深，故其上中書李相公啓云：「去年國子主簿楊歸厚致書相慶，伏承相公言及廢錮，愍色甚深。……不窺牆仞，九年於兹。高卑邈殊，禮數懸絶。……相公久以訏謨，參于宥密，材既爲時而出，道以得君而專。令發於流水之源，化行猶偃草之易。」按歸厚以元和七年（八一二）之末貶國子主簿分司，其致書當在八年（八一三），此書則作於九年（八一四）也。九年之春絳已罷爲禮部尚書。恐此書擲於虛牝矣。

郡齋讀書志：李絳論諫集七卷，云：絳偉儀質，以直道進退，望冠一時，賢不肖大分，屢爲讒邪所中。平生論諫數十百事，其甥夏侯孜所編，大中史官蔣偕爲序。當嗣子編集時未全收入也。

淳熙祕閣續帖載白居易與禹錫書云：平生相識雖多，深者蓋寡，就中與夢得同厚者，深、敦、微而已。絳字深之，以絳與崔羣、元稹并舉，則交期又異於尋常。

韋處厚

禹錫集中有唐故中書侍郎平章事韋公集紀，爲韋處厚作。據文中稱河南元公稹，京兆韋公淳（處厚原名）以才識兼茂徵，舊傳云應賢良方正，擢居異等。恐不合。處厚不獨與稹同科，復與李紳爲同年進士（亦元和元年八〇六），此與寶曆中李逢吉與紳構怨事有關。舊傳云：敬宗嗣位，李逢吉用事，素惡李紳，乃構成其罪，禍將不測，處厚與紳皆以孤進，同年進士，心頗傷之，乃上疏曰：「臣竊聞朋黨議論，以李紳貶黜尚輕，……紳先朝獎用，擢在翰林，無過可書，無罪可戮。今羣黨得志，讒嫉大興，詢於人情，皆甚歎駭。……今逢吉門下故吏遍滿朝行，侵毀加誣，何詞不有？……紳得減死，貶端州司馬。」又云：「寶曆元年（八二五），……肆赦，李逢吉以李紳之故，所撰赦文但云左降官已經量移者與量移，不言未量移者，蓋欲紳不受恩例。處厚上疏曰：「伏見赦文節目中，左降官有不該恩澤者，……臣聞物議皆言逢吉恐李紳量移，故有此節。若如此，則應是近年流貶官，因李紳一人皆不得量移。……臣與逢吉素無讎嫌，與李紳本非親黨，所論者全大體，所陳者在至公。」是逢吉之黨與紳水火，已騰於衆口，形於奏章，而處厚祖紳以攻逢吉，亦所不諱也。

處厚又與韋貫之善，故貫之於元和十一年（八一六）諫鎮、蔡二方同時用兵，自宰相左遷湖南觀察使，處厚亦自考功員外郎貶開州刺史。在開州作盛山十二詩。長慶二年（八二二），召入翰林爲侍講學士，韓愈爲作序，云：「于時應而和者凡十人，及此年，韋侯爲中書舍人侍講六經禁中，和者通州元司馬爲宰相，洋州許使君爲京兆，忠州白使君爲中書舍人，李使君爲諫議大夫，黔府嚴中丞爲祕書監，温司馬爲起居舍人，皆集闕下。」謂元稹、許康佐、白居易、李景儉、嚴謩、温造，大半亦皆禹錫之知交也。

處厚既坐貫之之黨而貶，貫之之爲人居於何黨，亦在所必究。據傳，元和三年（八〇八）策賢良，貫之與楊於陵、鄭敬、李益同爲考策官，貫之奏居上第者三人，言實指切時政，不顧忌諱，雖同考者皆難其詞直，貫之獨署其奏，遂出爲果州刺史，道中黜巴州刺史，此即李吉甫父子與牛、李構怨之始。傳又稱其爲相以清流品爲先，故門無雜賓，張仲素、段文昌進名爲學士，貫之皆阻之，以行止未正不宜在内廷。又張宿以布衣擢左補闕，將使淄青，裴度欲爲請章服（賜緋），貫之曰：「此人得幸，何要假其恩寵？」按通鑑二三九云：「初，德宗多猜忌，朝士有相過從者，金吾皆伺察以聞，宰相不敢私第見客，（裴）度奏：今寇盜未平，宰相宜招延四方賢才，與參謀議，始請於私第見客。」是貫之不獨爲用兵事與度不合，亦不善度之所爲也。其意偏重流品，亦即偏重科第門閥，與楊於陵、嗣復父子所見大抵相同。

然處厚則與禹錫所善諸人較爲接近。禹錫所作集紀云：「執友崔敦詩（羣）爲相，徵拜户部郎中，至闕下旬歲間以本官知制誥。」而崔羣固爲裴度出征時代之秉政之宰相也。羣入相不及兩月而李逢吉罷相，其消息不難揣知矣。

崔羣與禹錫及白居易皆同甲子，既稱羣爲處厚執友，則二人皆與處厚相善自不待言，居易有祭中書韋相公文，有同科第，聯官寮，奉笑言，蒙推獎之語，同科第謂同舉元和元年制科，聯官寮謂長慶初同爲中書舍人，而尤以同受佛戒持齋爲相契之因，禹錫集紀亦有「感相國之平昔」一語。意者處厚爲相之日，居易刑部侍郎之除，禹錫集賢學士之命，不盡由裴度之援，而處厚亦與有力焉。集中只有謝裴度竇易直二啓，或於處厚則不待宣之於文字也。處厚雖緣韋貫之而暫貶，實非若令狐楚、皇甫鎛等專與裴度爲難者。

禹錫爲處厚集紀，實由處厚之子藩謂李翺以此相推，翺亦處厚之所援引，故其集中祭中書韋相公文云：「公賢偶時，羽若飛鴻。走斥於外，困不能通。公相未幾，遞歸自東。司諫左垣，視草禁中。汲引之惠，如帆得風。」

呂温

禹錫哭呂衡州詩云：「空懷濟世安人略，不見男婚女嫁時。」濟世安人與柳宗元祭文所云佐王之志没而不立之意相同，蓋非虚語。宗元東平呂君誄云：「君有智勇孝仁，惟其能可用康天下，惟其志可用經百世，不克而死，世亦無由知焉。」又云：「君之文章宜端於百世，今其存者非君之極言也，獨其詞耳。君之理行宜極於天下，今其聞者非君之盡力也，獨其跡耳。萬不試而一出焉，猶爲當世甚重，若使幸得出其什二三，則巍然爲偉人，與世無窮，其可涯也。」宗元自視甚高，而推重呂温如此。非獨劉、柳，元稹哭呂衡州詩，一則曰：「傷心死諸葛，憂道不憂餘。」再則曰：「遥聞不瞑目，非是不憐吴。」則其平日抱負可想，禹錫「濟世安人」一語信足極其爲人矣。且王、韋之黨，惟温脱然，可期其大用，則同黨皆蒙其益，宗元又有祭文云：「自友朋凋喪，志業殆絶，唯望化光伸其宏略，震耀昌大，興行於時，使斯人徒知我所立，今復往矣，吾道息矣，雖其存者，志亦死矣。」語之沈痛如此。温之才略蓋遠出儕輩之上。稹詩又有「杜預春秋癖，揚雄著述精。在時兼不語，終古定歸名」之句，亦具有深意。與禹錫爲呂君集紀所謂始學左氏書，故其文微爲富豔者合。據宗元答元饒州論春秋書，述其與韓曄、呂温共論春秋，於韓泰處得陸質之春秋微指，於温處得其集注，又於凌凖處盡得其宗指辯疑集注，又稱質爲給事中與宗元入尚書同日，居又同巷，得執弟子禮。是王、韋黨中，呂、柳、凌與二韓皆傳陸氏春秋之學者也。舊唐書質本傳云：「順宗即位，質素與韋執誼善，由是徵爲給事中，皇太子侍讀，仍改賜名質。」通鑑二三六：「韋執誼自以專權，恐太子不悦，故以質爲侍讀，使潛伺太子意，且解之。及質發言，太子怒曰：『陛下令先生爲寡人講經義耳，何爲預他事？』」〔一四〕質之病且卒在八司馬貶前，故不及於罪。質説春秋，本於啖助，在唐時首采公羊之義，謂春秋用二帝三王法，以夏爲本，不壹守周典。（見新唐書助本傳）是王、韋變法，暗用啖氏之經義，以尊王攘夷爲指歸，有撥亂反正之抱負，故八司馬多其徒黨也。禹錫雖未稱述陸質，而唐語林二載禹錫與柳八，韓七詣施士匄聽毛詩。施士匄者吴人，亦講左氏春秋，亦見新唐書助傳中及韓愈集中施先生墓銘。諸人皆喜春秋，而元稹能知其故，宜其與八司馬交誼特深矣。二王爲吴人，陸、施又皆吴人，王、韋一黨所以遭忌，亦有南人講學之關係，非僅由於順、憲父子間之矛盾。此中微妙，昔人殊尠揭發，故於論呂溫時附及之。

禹錫自傳云：「初，叔文北海人，自言猛之後，有遠祖風，唯東平呂溫、隴西李景儉、河東柳宗元以爲信然，三子者皆與予厚善，日夕過言其能。」禹錫與溫之交誼於兹可見，按溫傳，二十年（八〇四）冬副工部侍郎張薦爲入吐蕃使。則劉、柳與溫納交於叔文，皆在貞元十九年（八〇三）冬與二十年（八〇四）冬一年之間，其實亦甚暫也。溫以元和元年（八〇六）使還，六年卒於衡州，見柳宗元集。禹錫等皆不復與相見。而呂衡州集有郡内書懷寄劉連州竇夔州詩，劉、竇刺連、夔遠在其後，疑是他人編吕集時誤題。

韓泰

韓泰在八司馬中蓋最擅幹才，且官資較劉、柳等爲高。舊唐書王叔文傳云：「貞元中累遷至户部郎中。（據禹錫酬楊八庶子喜韓吴興與予同遷見贈詩自注，泰自度支郎中出爲行軍司馬，非户部郎中）王叔文用爲范希朝神策行營節度行軍司馬。泰最有籌畫，能決陰事，深爲伾、叔文之所重。坐貶自虔州司馬量移漳州刺史，遷郴州。」泰之所以爲王、韋助者，視劉、柳諸人爲尤重大。順宗實録云：「謀奪宦官兵，以制四海命之，既令范希朝、韓泰總統京西諸城鎮行營兵馬，中人尚未悟，會邊上諸將各以狀辭中尉，且言方屬希朝，中人始悟兵柄爲叔文所奪，乃大怒曰：從其謀，吾屬必死其手。密令其使歸告諸將曰：無以兵屬人。希朝至奉天，諸將無至者。韓泰白叔文，計無所出，唯曰奈何奈何。」順宗實録大抵皆曲筆，獨此數語直敍宦官恨叔文奪兵權，情事躍然如繪。非實録之忽主公道，正以韓愈心中視宦官掌兵爲足以鞏固皇權耳。其永貞行云：「北軍百萬虎與貔，天子自將非他師，一朝奪印付私黨」云云，可證其别有所見。又舊唐書范希朝傳云：「順宗時，王叔文黨用事，將授韓泰以兵柄，利希朝老疾易制，及命爲左神策、京西諸城鎮行營節度使，鎮奉天，而以泰爲副，欲因代之。」通鑑亦采其語。然希朝本爲神策軍夙將，貞元十二年以後，神策軍置護軍中尉及中護軍，塞上往往稱神策行營，内統於中人。（新唐書兵志）故希朝仍受宦官袒庇，不爲王、韋所累。亦可見王、韋用希朝以潛奪宦官兵柄，乃苦心積慮而後出之者也。

然泰之被謗似不如劉、柳之甚。故韓愈授袁州刺史時，有舉泰自代狀，云：「前件官詞學優長，才器端實，早登科第，亦更臺省，往因過犯貶黜，至今十五餘年，自領漳州，悉心爲治……臣在潮州之日，與其州界相接，臣之政事遠所不如。」此是元和十五年（八二〇）事。愈已爲顯宦，甫經獲罪，而敢舉永貞舊案中人，必稔知其仇謗已漸消也。

禹錫祭柳員外文云：「安平宣英，會有還使。」安平即泰字，知與劉、柳交誼皆篤。又洛中逢韓七中丞之吴興口號五首（卷二十八）有云：「昔年意氣結羣英，幾度朝回一字行。海北天南零落盡，兩人相見洛陽城。」於貞元、永貞之事已暢言無隱，蓋此時八司馬已僅存劉、韓二人，官已漸顯，不復存顧忌矣。禹錫又有遥和韓睦州元相公二君子詩，據嘉泰吴興志，郡守題名：「韓泰，大和元年（八二七）七月三日自睦州刺史拜。」則是年以前泰在睦州，積在浙東。泰蓋罷睦州後曾入京，故得與禹錫於洛中相會也。

禹錫又有寄湖州韓中丞詩（外集卷八）云：「老郎日日憂蒼鬢，遠守年年厭白蘋。終日相思不相見，長頻相見是何人？」蓋方以韓之出守爲羨，自是大和二、三年（八二八、八二九）間在長安所寄。又酬楊八庶子喜韓吴興與予同遷見贈詩（外集卷六）自注云：「吴興與予中外兄弟」，又云：「吴興與予同年判入等第」，又云：「吴興與予同爲御史。」詩中有句云：「遠守慙侯籍，徵還荷詔條。悴容惟舌在，别恨幾魂銷。……虎綬懸新印，龍舸理去橈。斷腸天北郡，攜手洛陽橋。幢蓋今雖貴，弓旌會見招。其如草玄客，空宇久寥寥。」仍於泰存歎羡之意。知所謂同遷者，指泰遷湖州，而禹錫僅遷郎中耳。二詩互參，知大和初年距永貞已遠，當時之恩怨已泯，禹錫與泰巋然尚存，自不免存晚達之望。

白居易集中初見劉二十八郎中有感云：「欲話毗陵君反袂，欲言夏口我霑衣。誰知臨老相逢日，悲歎聲多語笑稀。」以劉、白二人之知交言之，夏口自指元稹卒於武昌節度使任。而毗陵謂誰，頗難指實。岑仲勉唐史餘瀋據吴興談志一四云：「韓泰，大和元年（八二七）七月三日自睦州刺史拜，遷常州刺史。」以泰爲歷睦、湖二州而官卒常州。果爾，則泰之遷常州當在大和四五年（八三〇、八三一），與元稹之卒似相先後，稱禹錫爲郎中亦合。泰與禹錫之交誼亦可與元、白相衡。此爲自來説唐人詩者所未發見。似無可疑矣。然泰之曾拜常州刺史，别無所據，劉集中既無一字及此，且白與劉究不應云初見，或者題中「初見」上應有「洛中」二字而偶脱耳。識疑於此以俟續證。

柳宗元送崔羣序有云：「安平厲莊端毅，高朗振邁，説崔君之正。」數語可測知泰之性行。

韓曄

舊唐書王叔文傳後云：「韓曄，宰相滉之族子，有俊才，依附韋執誼，累遷尚書司封郎中。

叔文敗，貶池州刺史，尋改饒州司馬，量移汀州刺史，又轉永州卒。」其事跡不甚詳。然在八司馬之中，池、饒二州皆較爲善地，非有人爲之斡旋不及此。韓皋傳云：「皋恃前輩，頗以簡倨自處。順宗時王叔文黨盛，皋嫉之，謂人曰：吾不能事新貴。皋從弟曄幸於叔文，以告之，因出爲鄂州刺史。」曄殆以韓氏累葉卿相之故，及禍稍輕也。禹錫有詩題云聞韓賓擢第歸覲以詩美之兼賀韓十五曹長時韓牧永州（卷二十四）。而祭柳員外文云：「安平宣英，會有還使。悉已如禮，形於其書。」宣英即曄也。曄於元和十年（八一五）授汀州刺史。穆宗紀：長慶元年（八二一）三月乙丑，以漳州刺史韓泰爲郴州刺史，汀州刺史韓曄爲永州刺史，循州刺史陳諫爲道州刺史。而柳宗元、凌準已前卒，不獲量移，禹錫以丁憂不與，而服闋授夔州，則反優於量移者。此時宰相皆非有意右禹錫之人，當是李德裕、元稹、李紳三學士之力耳。八司馬除程异致位宰相外，仍以禹錫爲差得際遇，蓋交游及年壽有以致之。

凌準

八司馬之中，凌準尤不幸先死，其事跡從柳宗元所爲權厝誌觀之，亦非碌碌者，而舊唐書不爲立傳。據誌，準，富春人，字宗一，嘗著漢後春秋二十餘萬言，又著六經解圍人文集未就。以金吾兵曹爲邠寧節度掌書記，復遷侍御史，爲浙東廉使判官，召爲翰林學士。柳集舊注以浙東廉使爲賈全，是貞元十八年（八〇二）事，二十一年自浙東召爲翰林學士，而舊唐書王叔文傳復云：「貞元二十年（八〇四）自浙東觀察判官召入，王叔文與準有舊，引用爲翰林學士。」似舊唐書作「二十年」者得之。蓋誌又云：「德宗崩，邇臣議祕三日乃下遺詔，君獨抗危詞以語同列王伾，晝其不可者十六七，乃以旦日發喪。」是準在二十一年（八〇五）正月以前已充内職也。按舊唐書鄭絪傳云：「貞元末，德宗晏駕，順宗初即位，遺詔不時宣下，絪與同列衞次公密申正論，中人不敢違。」此必唐之史臣不欲於王、韋之黨有褒許之詞，縱有此事亦不肯歸之準也。然誌之所云，仍有可疑，王伾以永貞元年（八〇五）三月辛未爲翰林學士，通鑑載其月日如此，順宗未即位以前，未必有以東宫下僚擢掌内制之舉，則所謂「同列王伾」者無因。且準既已身居翰林學士之職，又何必抗危詞以語王伾耶？疑同時諸學士皆與聞此議，皆不以宦官之祕不發喪爲然，史臣以準爲獲罪之人，故刊落其名，獨予絪及次公。又以立順宗有迎合王、韋之嫌，故於次公傳中則云，及順宗在諒闇，外有王叔文輩操權樹黨，無復經制，次公與鄭絪同處内直，多所匡正。而於絪傳中亦云：及王伾、王叔文朋黨擅權之際，絪又能守道中立。其爲有意斡旋之語，固已顯然。宗元紀準事不當有誤，且此文作於元和中謫永州時，憂讒畏譏之不暇，苟非時論所周知之事亦必不敢形於筆墨。以此推之，伾、準、絪、次公四人皆與聞草德宗遺詔之事也。伾、準皆杭州人，準爲伾所引與同列，似可信，叔文與準有舊，疑以曾爲浙東判官之故，叔文，越州人也。南人聯袂而居禁密之地，宜爲當時士論所駭，證以史言伾寢陋吴語，以此爲伾罪，愈足見南北地域之見亦有以召永貞之變也。

宗元又有哭連州凌員外司馬詩：「孝文留弓劍，中外方危疑。抗擊促遺詔，定命由陳辭。」再言之不已，欲人知其信而有徵也。詩又云：「徒隸肅曹官，征賦參有司。」即誌所云：「遂入爲尚書郎，仍以文章侍從，由本官參度支，調發出納，姦吏衰止。」舊注云：「遷尚書都官員外郎，王叔文兼度支鹽鐵副使，以準佐其府。」準與禹錫同曹，而禹錫集中未涉及之。準以元和三年卒於連州佛寺，故不獲預元和九年（八一四）之徵也。

李程

舊唐書李程傳：「字表臣……貞元十二年（七九六）進士擢第，又登宏辭科，累辟使府。二十年入朝爲監察御史。其年秋，召充翰林學士。順宗即位，爲王叔文所排，罷學士。三遷爲員外郎。」是程與禹錫本同官也。韓愈集中有赴江陵途中寄贈王二十補闕李十一拾遺李二十六員外翰林三學士詩。王二十爲王涯。據涯傳，貞元二十年十月召充翰林學士，元和三年（八〇八）爲宰相李吉甫所怒罷學士。李十一爲李建。據建傳，德宗聞其名，用爲右拾遺翰林學士，元和六年（八一一）坐事罷直。是三人同時爲學士，而獨程爲叔文所排也。禹錫於程或不免微嫌。此後程出爲西川節度行軍司馬，十年（八一五）入爲兵部郎中知制誥，即禹錫自朗州被召入京時，程以三月己卯命，禹錫以乙酉復貶連州，此時必曾一敍舊誼。於禹錫代程祭柳宗元文中見之，所謂「中復賜環，上京良遇，曾不逾月，君又即路」，正敍此時情景也。十三年（八一八）程自禮部侍郎出爲鄂岳觀察使，至長慶二年（八二二）鄂岳始除崔元略。十五年（八二〇）禹錫自連州丁母憂北歸，及長慶二年（八二二）到夔州任，皆必經武昌與程相見，故集中有鄂渚留別李二十一表臣大夫〔一五〕、答表臣贈別、始發鄂渚寄表臣、出鄂州界懷表臣、重寄表臣諸詩。特以元和十四五年（八一九、八二〇）及長慶元二（八二一、八二二）年，禹錫過武昌皆值冬春之交，難憑詩中物色以斷其先後。以事理度之，禹錫丁憂北歸，似不應於途中流連宴飲，且北歸宜遵陸，不應有江流江帆等句也，當是赴夔州時作。

程於禹錫似已無嫌，而韓愈不知何事獨與相忤，愈自袁州召拜國子祭酒，有至江州寄鄂岳李大夫詩云：「我昔實愚惷，不能降色辭，……公其務貰過，我亦請改事。」語殊露骨。愈有自袁州還京行次安陸詩，恐以避程之故，竟不取道武昌矣。及長慶四年（八二四）五月，程入相，愈則即於是年十二月卒，未知其果於和好否。

程以寶曆二年（八二六）除河東節度使，大和四年（八三〇）三月移河中，六年（八三二）七月入爲左僕射，旋又爲宣武、河中兩鎮，開成二年（八三七）以山南東道節度使卒。禹錫集中有冬夜宴河中李相公中堂命筝歌送酒詩，若非大和五年（八三一）自京赴蘇州時訪程，即九年（八三五）自汝州移同州時訪程話舊也。

大和八年（八三四）禹錫自蘇州移汝州，亦曾謁程於汴州，集有將赴汝州途出浚下留辭李相公詩。（卷二十八）詩有「鄂渚一别十四年」之句，自元和十五年（八二〇）至是正十四年。

程與柳宗元交誼亦當不薄，禹錫祭柳員外文云：「鄂渚差近，表臣分深，想其聞訃，必勇於義，已命所使，持書徑行，友道尚終，當必加厚。」又爲鄂州李大夫祭柳員外文云：「昔者與君，交臂相得。一言一笑，未始有極。馳聲日下，騖名天衢，射策差池，高科齊驅。攜手書殿，分曹藍曲，心志諧同，追歡相續。……甸服載期，同升憲府，察視之列，斯焉接武。君遷外郎，予侍内闈，出處雖閑，音塵不虧。……予來夏口，忽復三年，離索則久，音晲屢傳。」

劉集卷二十二有分司東都蒙襄陽李司徒相公書問因以奉寄一詩，殆爲最後一次往還。程傳云：（開成）二年（八三七）三月，檢校司徒，出爲襄州刺史山南東道節度使。時禹錫以賓客分司居洛。詩云：「舉世往還盡，何人心事同。」語殊悲愴，二人皆不久於人世矣。程以開成四年（八三九）卒，繼之者爲牛僧孺。

段平仲

舊唐書段平仲傳：「字秉庸，武威人……登進士第。杜佑、李復相繼鎮淮南，皆表平仲爲掌書記，復移鎮華州、滑州，仍爲從事。入朝爲監察御史。……貞元十四年（七九八），京師旱，詔擇御史郎官各一人，發廩振恤，平仲與考功員外郎陳歸當奉使，……由是坐廢七年。」其在淮南使幕與禹錫同時，而入爲御史則早於禹錫。禹錫集中有詩題云揚州春夜與李端公益張侍御登段侍御平仲（或本誤仲爲路）密縣李少府暢祕書張正字復元同會於水館對酒聯句追刻燭擊銅鉢故事遲輒舉觥以飲之逮夜艾羣公沾醉紛然就枕余偶獨醒因題詩於段君枕上以志其事可見禹錫與平仲之相狎也。平仲雖早達，而以坐廢七年之故，復與禹錫先後任和州刺史。禹錫有送湘陽熊判官因寄江西裴中丞詩，注云：「中丞……厥後牧和州，……初中丞自尚書屯田員外郎出守，踵其武者今給事中穆公，代給事者右丞段公，予不佞，繼右丞之後。」又有遥傷段右丞詩，注云：「江湖舊遊，南宮交代。」江湖舊遊者謂俱從事淮南，南宮交代者謂先後爲屯田員外郎也。舊傳載其劾吐突承璀事，承璀討鎮州無功，事在元和五年（八一〇），平仲於六年（八一一）以給事中詳定減省官員，轉右丞在此後。傳云以疾改太子左庶子卒，禹錫或未及聞其所終之官。舊傳「右丞」作「左丞」，當誤。新傳與劉集合。

又平仲亦曾遊於蘇州刺史韋夏卿幕中，李紳過吴門詩自注云：「貞元中，余以布衣多遊吴郡中，韋夏卿首爲知遇，常陪宴席，段平仲……十餘輩日同杯酒。」特未知與遊淮南孰爲先後。

崔玄亮

崔玄亮字晦叔，爲白居易同年進士，交誼最篤，長慶集中屢見。禹錫集中有與玄亮詩三首：一、奉酬湖州崔郎中見寄（卷二十五）云：「山陽昔相遇，灼灼晨葩鮮。……行當衰莫日，卧理淮海壖。」似在和州時作。二、湖州崔郎中曹長寄三癖詩自言癖在詩與琴酒……故爲四韻以謝之。（亦卷二十五）詩云：「酒對青山月，詩韻白蘋風。」三、酬湖州崔郎中見寄（外集卷六）云：「昔年與兄遊，文似馬長卿。……豈非山水鄉，蕩漾神機清？」據嘉泰吴興志：崔元（玄）亮，長慶三年（八二三）十一月二十二日自刑部郎中拜，獨孤邁，寶曆二年（八二六）九月十三日自歙州刺史拜。禹錫長慶四年（八二四）八月除和州刺史，寶曆二年（八二六）冬罷，其時正相當，皆玄亮在湖州時也。

舊唐書本傳云：「久遊江湖，至元和初，因知己薦達，入朝再遷監察御史，轉侍御史，出爲密、湖、曹三郡刺史，……大和初，入爲太常少卿，四年（八三九），拜諫議大夫，……遷右散騎常侍，來年，宰相宋申錫爲鄭注所構，獄自内起，京師震懼，玄亮首率諫官十四人詣延英請對，……七年（八三三），以疾求爲外任，宰相以弘農便其所請，乃授檢校左散騎常侍虢州刺史。」白居易撰其墓誌，則密州之後又爲歙州刺史，自湖州入爲祕書少監，改曹州刺史，謝病不就，宋申錫獄後曾拜太子賓客分司，皆傳所不載。

禹錫與玄亮未達時相識似在楚州，故有山陽昔相遇之句。蓋即傳所謂久遊江湖時也。大和初禹錫在長安當復與之過從。

墓誌載其遺誡云：「自天寶已還，山東士人皆改葬兩京，利於便近。唯吾一族，至今不遷。

我殁，宜歸全於滏陽先塋。」足見唐中葉以後之里貫皆不足據。有以移貫京兆爲榮者，于頔是也。玄亮則矯俗而不肯去其本貫者，禹錫集中爲京兆李尹答于襄州二書可並觀焉。

玄亮今存和白樂天詩一首，末云：「幾人樽下同歌詠，數盞燈前共獻酬。相對憶劉劉在遠，寒宵耿耿夢長洲。」此則玄亮入爲朝官時，禹錫已至蘇州也。

外集卷二有詩題云樂天見示傷微之敦詩晦叔三君子皆有深分因成是詩以寄，據白撰墓誌，玄亮大和七年（八三三）七月十一日卒於虢州。（但感舊云夏，與七月異。）白感舊詩序云：「故李侍郎杓直，長慶元年（八二一）春薨，元相公微之，大和六（當作五）年（五年爲八三一）秋薨，崔侍郎晦叔大和七年（八三三）夏薨，劉尚書夢得會昌二年（八四二）秋薨。」詩有「平生定交取人窄，屈指相知惟五人」之句。四人之中李建與玄亮雖以居易之故同爲知交，縱跡則不如元白與劉之密矣。

楊虞卿

楊虞卿字師皐，元和五年（八一〇）進士，其爲牛、李私黨，蓋以宗人楊嗣復之故。據舊唐書本傳，大和七年（八三三），李宗閔罷相，李德裕知政事，出爲常州刺史。禹錫是時正在蘇州。其寄毗陵楊給事詩云：「東城南陌昔同遊，座上人無第二流。屈指如今已零落，且須歡喜作鄰州。」（外集卷八）按禹錫貞元末在京時，虞卿尚未通籍，所云昔同遊者，或是指元和十年（八一五）春事也。

虞卿之再入而終於貶死，傳載其事云：「虞卿性柔佞，能阿附權幸以爲姦利。每歲銓曹貢部，爲舉選人馳走取科第，占員闕，無不得其所欲，升沈取捨出其脣吻。而李宗閔待之如骨肉，以能朋比唱和，故時號黨魁。大和八年（八三四），宗閔復入相，尋召爲工部侍郎。九年（八三五）四月，拜京兆尹。其年六月，京師訛言鄭注爲上合金丹，須小兒心肝，密旨捕小兒無算。民間相告語，扃鎖小兒甚密，街肆恟恟，上聞之不悦，鄭注頗不自安。御史大夫李固言素嫉虞卿朋黨，乃奏曰：臣昨窮問其由，此語出於京兆尹從人，因此扇於都下。上怒，即令收虞卿下獄。虞卿弟漢公并男知進等八人自繫，撾鼓訴寃，詔虞卿歸私第。翌日貶虔州司馬，再貶虔州司户，卒于貶所。」此爲牛、李黨一次重大打擊。李宗閔傳云：「楊虞卿得罪，宗閔極言救解，文宗怒斥之曰：爾嘗謂鄭覃是妖氣，今作妖，覃耶爾耶？翌日貶明州刺史，尋再貶處州長史。」自此雖有楊嗣復、李珏開成三年（八三八）在相位爲宗閔謀復起，其勢衰矣。

虞卿雖與白居易姻親，然交誼尚不繫乎此，居易集中與虞卿書云：「自僕再來京師，足下守官鄠縣，吏職拘絆，相見甚稀，凡半年餘，與足下開口而笑者不過三四。及僕左降詔下，明日而東，足下從城西來，抵昭國坊已不及矣。走馬至滻水，才及一執手，憫然而訣。……且與師皋始於宣城相識，迨于今十七八年，可謂故矣。又僕之妻即足下從父妹，可謂親矣。親如是，故如是，人之情又何加焉？」然僕與足下相知則不在此。」據此則居易初識虞卿，年方二十六七，此書作於初貶江州刺史時爲四十四歲也。其詞雖甚親厚，然似已料及虞卿之不終。蓋書中又云：「然足下之美如此，而僕側聞蚩蚩之徒不悦足下者已不少矣。但恐道日長而毁日至，位益顯而謗益多，……師臯！人生未死間，千變萬化，若不情恕於外，理遣於中，欲何爲哉！」虞卿之卒於虔州，居易有詩云：「往者何人送者誰，樂天哭别師臯時。平生分義向人盡，今日哀冤唯我知。」居易於此蓋有難言之隱。禹錫集中涉及虞卿者尚有二首，一和楊師臯給事傷小姬英英，一和浙西王尚書聞常州楊給事製新樓因寄之作。皆與前詩爲前後一二年間之作。

虞卿之卒似在大和九年（八三五），禹錫是時方在汝州、同州之間，蓋已知朝局之變幻莫測，不甚於文字中著議論矣。李商隱哭虔州楊侍郎詩云：「甘心親垤蟻，旋踵戮城狐。」正指其卒後不久即有甘露之變也。詩又云：「如何大丞相，翻作弛刑徒。」似指李宗閔。「中憲方外易，尹京方就誅。」中憲當即謂陷虞卿之御史大夫李固言。商隱於甘露之變力持公論，不恤犯時忌，自作有感、重有感二詩外，有爲鄭州天水公言甘露事表云〔二六〕：「宰臣王涯等或久服顯榮，或超蒙委任，徒思改作，未可與權。」語亦暗指甘露諸臣之蓄志除奸，而於哭虞卿詩則又斥爲城狐，旨趣自相背馳。蓋虞卿雖有黨魁之號，時論亦以爲罪之太過也。因論禹錫與虞卿之交道而附及之。

李珏

李珏亦牛、李之黨也。舊唐書本傳云：「大和五年（八三一），李宗閔、牛僧孺在相，與珏親厚，改度支郎中知制誥。遂入翰林充學士。七年（八三三）三月，正拜中書舍人。九年（八三五）五月，轉户部侍郎充職。七月，宗閔得罪，珏坐累出爲江州刺史。開成元年（八三六）四月，以太子賓客分司東都，遷河南尹。……三年（八三八），楊嗣復輔政，薦珏以本官同平章事。」武宗即位，以嗣復、珏黨於安王、陳王俱貶。其任河南尹時禹錫應其請爲春禊，見白居易三月三日祓禊洛濱序。及珏復召入朝，禹錫亦有奉送李户部侍郎自河南尹再除本官歸闕詩，然不過應酬之作而已。

楊嗣復傳載珏與鄭覃交争於文宗前，「珏曰：今有邊事論奏。覃曰：論邊事安危，臣不如珏，嫉惡則珏不如臣。」珏之朋比深爲覃所嫉如此。李宗閔傳又載其與覃争論之語云：「陳夷行曰：比者宗閔得罪，以朋黨之故，恕死爲幸。寶曆初，李續之、張又新、蘇景胤等朋比姦險，幾傾朝廷，時號八關十六子。李珏曰：主此事者罪在逢吉，李續之居喪服闋，不可不與一官。臣恐中外衣冠交興議論，非爲續之輩也。」珏以中外衣冠交興議論爲言，是當時士大夫爲衣食之謀，利害與共，在所必争，其情態如見。史稱覃嫉惡太過，多所不容，而文宗亦以夷行議論太過恩禮漸薄，足以見牛、李利用士大夫功名利禄之心而益深黨援勾引也。

楊嗣復

楊嗣復爲牛、李黨中要人之一。舊唐書本傳云：「長慶元年（八二一）十月，以庫部郎中知制誥，正拜中書舍人。嗣復與牛僧孺、李宗閔皆權德輿貢舉門生，情義相得，進退取捨多與之同，四年（八二四），僧孺作相，欲薦拔大用，又以於陵爲東都留守，未歷相位，乃令嗣復權知禮部侍郎。」此後大和七年（八三三），宗閔罷相，李德裕輔政，出爲東川節度使，九年（八三五），宗閔復知政事，移西川。開成二年（八三七）入爲户部侍郎，領鹽鐵使，三年（八三八）入相，與鄭覃、陳夷行同列。本傳記其相争之語曰：「鄭覃曰：陛下須防朋黨，嗣復曰：鄭覃疑臣朋黨，乞陛下放臣歸去。因拜乞罷免。李珏曰：比來朋黨近亦稍弭。覃曰：近有小朋黨生。帝曰：此輩凋喪向盡。覃曰：楊漢公、張又新、李續之即今尚在。……鄭覃曰：陛下開成元年二年（八三六、八三七）政事至好，三年四年漸不如前。嗣復曰：元年二年是鄭覃、夷行用事，三年四年（八三八、八三九）臣與李珏同之。……鄭覃云：三年之後一年不如一年，臣之罪也。……嗣復數日不入，上表請罷，帝方委用，乃罷鄭覃、夷行知政事。」此開成四年（八三九）五月事也。其時文宗已鬱鬱受制於宦官，太子死於宫闈之變，奄奄一息，無裁決政事之能矣，而兩黨猶齗齗争競如此。此後才一年，嗣復罷守吏部尚書，珏貶太常卿。〔一七〕禹錫集中有奉和吏部楊尚書太常李卿二相公策免後即事述懷贈答十韻，語殊膚泛。按禹錫以開成元年（八三六）自同州授賓客分司，其時在相位者爲鄭覃、李石，以氣類而論，似即出覃之力。五年爲祕書監分司，則或由嗣復。要之，禹錫此時年老，怵於朝端南北司及黨禍之烈，必亦無意於進取，故於覃、夷行及嗣復、珏之間亦無不虛與委蛇耳。

嗣復與覃爲牛、李黨援之故而生爭競，非一日也。通鑑於開成三年（八三八）李宗閔自衡州司馬量移杭州刺史一事紀之云：「楊嗣復欲援進李宗閔，恐爲鄭覃所阻，乃先令宦官諷上，上臨朝謂宰相曰：宗閔積年在外，宜與一官。鄭覃曰：陛下若憐宗閔之遠，止可移近北數百里，不宜再用，用之臣請先避位。陳夷行曰：宗閔曏以朋黨亂政，陛下何愛此纖人？楊嗣復曰：事貴得中，不可但徇愛憎。上曰：可與一州。覃曰：與州太優，止可洪州司馬耳。因與嗣復互相詆訐以爲黨。上曰：與一州無傷。」〔一八〕（通鑑二四六）按覃以門蔭出身，疾進士浮薄，與李德裕旨趣相同，當國時主罷進士科。宜嗣復等以科名相矜尚者如冰炭不相容也。禹錫於高陵令劉君遺愛碑中稱覃爲端士，是亦深服覃之爲人。

嗣復之陷於朋黨，亦其家風使然。其父於陵傳中云：元和初，以考策昇直言極諫牛僧孺等，爲執政所怒，出爲嶺南節度使。及淮西用兵時，爲兵部侍郎判度支，以高霞寓奏饋運不繼，貶郴州刺史。禹錫集中有和楊侍郎初至郴州紀事書情題郡齋八韻、和郴州楊侍郎翫郡齋紫薇花、和南海馬大夫聞楊侍郎出守郴州因有寄上之作三詩。（均外集卷五）語皆諛頌，非有深意。

禹錫既早與於陵往還，晚又以楊氏爲白居易之姻親，與楊虞卿、汝士兄弟又相友好，故集中有詩題云寄和東川楊尚書慕巢兼寄西川繼之（嗣復字）二公近從弟兄情分偏睦早忝遊舊因成是詩。（外集卷四）居易集中則與嗣復兄弟投贈之詩尤多矣。

李夷簡

李夷簡爲貞元二年（七八六）進士，新唐書宗室宰相傳云：以宗室子補鄭丞，棄官擢進士第，由監察御史坐小累下遷虔州司户參軍。九歲，復爲殿中侍御史。元和時至御史中丞。蓋沈淪已久矣。後自户部侍郎判度支出爲山南東道及劍南西川節度使。元和十三年召爲御史大夫，入相。禹錫集中賀門下李相公啓注云：自西川入爲大夫拜相。啓云：同主國柄如吹塤篪，與本傳所云：裴度當國，帝倚以平賊，夷簡自謂才不能有以過度，乃求外遷，意亦正合。疑夷簡即由度援引也。夷簡在相位不過三月，禹錫時在連州，賀啓到京，夷簡殆已赴鎮淮南矣。

夷簡以私怨劾楊憑，幾陷重辟（見新、舊書憑傳），而楊氏羣從皆劉、柳所厚，宗元先友記中稱其皆孝友有文章。禹錫有答楊八敬之詩，敬之即憑之姪也。夷簡似不爲當時士望所歸者。而宗元與禹錫同時乞哀於夷簡，宗元上門下李夷簡相公陳情書云：「閤下以仁義正直入居相位，宗元實撫心自慶，以爲獲其所望。」其詞之卑屈迫切如此，蓋亦有由。元和六年（八一一）夷簡鎮襄陽時，曾以書慰宗元，宗元集中有謝李夷簡尚書委曲撫問書云：「特賜記憶，過蒙存問。」是夷簡於宗元有先施之誼也。當淮西平後，例應大行慶宥，故禹錫、宗元均極致其引領之意，意夷簡能助度起廢振淹耳。

白居易有聞李尚書拜相因以長句寄賀微之詩云：「憐君不久在通川，知己新提造化權。」而元稹有病馬詩寄上李尚書，是元和九年（八一四）作，夷簡從八年（八一三）正月除西川，足證所謂李尚書即夷簡也。稹答居易前詩云：「尚書入用雖旬月，司馬銜寃已十年。若待更遭秋瘴後，便愁平地有重泉。」正是夷簡以三月入相後之語。居易稱夷簡爲稹之知己，然則禹錫、宗元屬望夷簡如此殷切，或亦以夷簡素有好士之名歟！

禹錫有上僕射李相公書云：「州吏還，伏蒙擺落常態，手筆具書，言及貞元中登朝人逮今無十輩，及發中書相公一函，具道閣下亟言曩遊，顔間頗有哀色。」按夷簡於長慶二年（八二二）三月自淮南召爲右僕射，（據舊唐書穆宗紀。新唐書本傳云：「辭不拜。」）其時元稹正在相位。疑僕射李相公即夷簡，而中書相公即稹也。稹爲中書侍郎，見新唐書宰相表。州吏者禹錫方爲夔州刺史，指夔州之屬吏。貞元登朝人與夷簡資歷亦合。以此書相印證，非但稹與夷簡交誼頗深，即禹錫亦與之爲舊識也。

錢徽

錢徽爲貞元元年（七八五）進士，於禹錫交遊中年輩居長。韓愈屢與徽及盧汀唱和，一、和虞部盧四（汀）酬翰林錢七（徽）赤籐杖歌，二、奉酬盧給事雲夫四兄曲江荷花行見寄并呈上錢七兄閣老張十八助教，三、奉和錢七兄曹長盆池所植。而徽於淮西用兵之時，上疏言用兵累歲，供饋力殫，憲宗不悦，罷徽學士之職，則與愈之附裴度力主討蔡之旨不合。然愈仍於元和十二年（八一七）除刑部侍郎時舉徽自代，舉狀中稱時名年輩俱在臣前。蓋無害於私交也。徽爲翰林學士在元和中，似與禹錫無由款曲，然此後徽之行止乃與禹錫之交游大有膠葛。兹先録舊唐書徽本傳於下：「長慶元年（八二一）爲禮部侍郎，時宰相段文昌出鎮蜀川，……故刑部侍郎楊憑……子渾之求進，……文昌將發，面託錢徽，繼以私書保薦。翰林學士李紳亦託舉子周漢賓於徽，及榜出，渾之、漢賓皆不中選。李宗閔與元稹素相厚善，初稹以直道譴逐久之，及得還朝，大改前志，由逕以徼進達，宗閔亦急於進取，二人遂有嫌隙。楊汝士與徽有舊，是歲，宗閔子壻蘇巢及汝士季弟殷士俱及第。故文昌、李紳大怨，文昌赴鎮，辭日，内殿面奏，言徽所放進士鄭朗等十四人皆子弟藝薄，不當在選中。穆宗以其事訪於學士元稹、李紳，二人對與文昌同，遂命中書舍人王起、主客郎中知制誥白居易於子亭重試，……尋貶徽爲江州刺史，中書舍人李宗閔劍州刺史，右補闕楊汝士開江令。……乃下詔曰：……末代偷巧，内荏外剛。卿大夫無進思盡忠之誠，多退有後言之謗。士庶人無切磋琢磨之益，多銷鑠浸潤之讒。進則諛言諂笑以相求，退則羣居州處以相議。留中不出之請，蓋發其陰私，公論不容之誅，是生於朋黨。擢一官則曰恩皆自我，黜一職則曰事出他門。比周之迹已彰，尚矜介特；由徑之蹤盡露，自謂貞方。居省寺者不以勤恪莅官，而曰務從簡易；提紀綱者不以準繩檢下，而曰密奏風聞。獻章疏者更相是非，備顧問者互有憎愛。……元稹之辭也。」朋黨紛争肇端於牛僧孺、李宗閔之對策，大盛於錢徽一榜之覆試。而穆宗此詔實曲盡當時士大夫營私造謗互爲恩怨之醜態。稹嘗云：「誓欲通愚謇，生憎效喔咿。佞存真妄婦，諫死是男兒。」（見酬翰林白學士代書詩）其早歲風節固亦不凡，在長慶中已稍變節。（詳見元稹條）然此詔之辭不可非也。

禹錫集中有詩題云：途次華州陪錢大夫登城北樓春望因覩李崔令狐三相國唱和之什翰林舊侶……皆忝夙眷……。詩有「莫怪老郎呈濫吹，宦途雖别舊情親」之句，似亦非與徽無舊者。

徽與白居易似無嫌，居易有錢侍郎使君以題廬山草堂詩見寄因酬之一詩，即徽任江州刺史所作，及居易赴杭州任，再過江州，尚有吉祥寺見錢侍郎題名一詩。又有喜錢左丞再除華州及和錢華州題少華清光詩。

徽傳云：子可復、可及（新傳作可復、方義）皆登進士第，可復累官至禮部郎中。大和九年（八三五），鄭注出鎮鳳翔，李訓選名家子以爲賓佐，授可復檢校兵部郎中兼御史中丞，充鳳翔節度副使。其年十一月，李訓敗，鄭注誅，可復爲鳳翔監軍使所害。禹錫有和州送錢侍御自宣州幕拜官使於華州覲省詩，注云：「侍御即王相公貴壻。」王相公當是王涯，其爲甘露連累，恐由於此。此侍御必可復也。宣州指崔羣。蓋徽爲大曆才子錢起之子，元和諸詩人猶承大曆遺風，故徽父子爲時流所宗仰。新傳云：方義終太子賓客，子珝亦善文辭。

馮宿

禹錫有酬馮十七舍人宿衞贈别詩（外集卷五）云〔一九〕：「少年爲别日，隋宫楊柳陰，白首相逢處，巴江煙浪深。」按舊唐書馮宿傳：徐州張建封辟爲掌書記，建封卒，宿爲其子愔説王武俊表求節鉞。禹錫與之爲别，當在徐、汴間。據巴江之句則禹錫在夔州時或宿曾奉使南來也。宿爲韓愈同年進士，愈有答馮宿書云：「在京城時嚚嚚之徒相訾百倍，足下時與僕居，朝夕同出入起居。」二人交可謂密矣，愈自宣武董晉幕赴徐州張建封幕，宿之在徐幕或即愈所汲引、及元和十二年（八一七）裴度征淮西，愈爲行軍司馬，宿爲節度判官，自亦愈之力。據傳，長慶元二年（八二一、八二二）宿皆以郎中知制誥，爲山南東道節度使牛元翼留後，此時禹錫在夔州，殊不似有與宿相逢之會。惟宿以大和二年（八二八）拜河南尹，四年（八三〇）入爲工部侍郎，九年（八三五）出鎮東川，則與禹錫頻有往還斷無疑也。集中同樂天送河南馮尹學士詩（外集卷一）有「共羨府中棠棣好」之句，謂其弟定爲河南少尹也。稱學士者，兼集賢殿學士也。

宿在裴度淮西幕中與李宗閔同僚，其爲牛、李黨與否不可知，然觀其遷官在大和四年（八三〇）以後，顯然出於牛、李之援。東川之授在九年（八三五）二月，是宗閔尚未遭貶以前，若至五六月以後即未必得此峻擢矣。

又據舊唐書穆宗紀，長慶元年（八二一），李景儉史館飲酒一獄，馮宿與楊嗣復各罰一季俸料，謂與景儉同飲，先起不貶官。此時宰相爲崔植、杜元穎、王播，宿與嗣復獨邀寬典，非亦以元穎與嗣復及宿之弟審皆同年進士之故耶？以此諸事合觀，牛、李之黨持科目同年之見可謂牢不可破，無所不用其極矣。

王涯

甘露四相中王涯年輩最長，歷官最久，故禹錫獨與之爲舊交。集中逢王十二學士入翰林因以詩贈〔二〇〕，注云：「時貞元二十年（八〇四），王以藍田尉充學士。」詩云：「廐馬翩翩禁外逢，星槎上漢杳難從。」歆羨溢於言表。蓋禹錫進士登科僅次於涯一年，先自藍田尉入爲監察御史而不得内職故也。舊唐書涯本傳云：元和三年（八〇八），爲宰相李吉甫所怒，罷學士，守都官員外郎，再貶虢州司馬。此指涯甥皇甫湜對策事也，具見李宗閔傳。宗閔傳以三年爲四年誤，三年九月，吉甫已出鎮淮南矣。憲宗紀云：「四月乙丑，貶翰林學士王涯虢州司馬，時涯甥皇甫湜與牛僧孺、李宗閔並登賢良方正科第三等，策語太切，權倖惡之，故涯坐親累貶。」則涯與牛、李有緣而與李德裕、元稹、李紳、白居易等皆不相合也。白居易傳云：「十年七月，盜殺宰相武元衡，居易首上疏論其冤，急請捕賊以雪國恥。宰相以宫官非諫職，不當先諫官言事，會有素惡居易者，掎摭居易言浮華無行，其母因看花墮井而死，而居易作賞花及新井詩，甚傷名教，不宜寘彼周行。執政方惡其言事，奏貶爲江表刺史。詔出，中書舍人王涯上疏論之，言居易所犯狀迹不宜治郡，追詔授江州司馬。」是時宰相爲張弘靖、韋貫之，皆非愛才之相，貫之又爲牛、李之考策官，涯殆有以迎合之。遂與居易自此水火矣。甘露變後，居易有「當君白首同歸日，是我青山獨往時」之句。猶有不歉之意。涯出鎮後以大和三年（八二九）春復入爲太常卿，居易即以是年春自刑部侍郎歸東都，遂不復出，殆避此宿嫌也。禹錫方以郎官直集賢殿，集中代郡開國公王氏先廟碑，即應涯所請而作。及涯被禍，禹錫甫到同州刺史任，於甘露事變之始末，僅能得之官報，故默無一言矣。

禹錫集中尚有和東川王相公新漲驛池八韻，其時在長慶元年三年（八二一——八二三）之間，禹錫方在夔州。要之禹錫與涯相交歲久，甘露之禍，人所同憤，雖無一言，亦不能不隱爲之悲也。

薛伯高

禹錫凡兩答道州薛郎中書，皆稱薛爲兄，第二書有我與子中外屬，當爲伯仲之語。則薛與禹錫舊姻，且年較長也。」〔二二〕據柳宗元道州毀鼻亭神記，元和九年（八一四），河東薛公由刑部郎中刺道州。合之道州文宣王碑所云儒師河東薛公伯高由尚書刑部郎中爲道州，即其人也。然新唐書藝文志有「薛景晦古今集驗方十卷」，與禹錫論方書之語合。亦注云：「元和刑部郎中貶道州刺史。」其爲一人無疑。禹錫外集卷九，傳信方述：「江華守河東薛景晦以所著古今集驗方十通爲贈。」亦稱景晦。是當名景晦字伯高。柳所撰碑稱其字恐不合行文之例，抑可疑也。薛之被貶不知何事，按楊於陵傳云：（元和）九年（八一四）妖人楊叔高自廣州來，干於陵請爲己輔。於陵奏殺之。此案甚離奇，或由此牽及。不然則八年（八一三）梁正言之獄，〔二三〕遣三司使按問，坐死徙者甚多，薛爲刑部郎中，或以守法不阿而忤憲宗之意，皆未可知。柳集中道州文宣王廟碑未明著薛貶道州之年，毀鼻亭神記所云元和九年（八一四），非指其初至道州之時，故難斷其以何事獲罪也。

宗元先君石表陰先友記云：「薛伯高，同郡人，好讀書，號爲長者，後至尚書卒。」仍稱其字。後至尚書一語亦可疑。惟以伯高之年齒而論，固宜爲宗元之先友也。

顧少連

顧少連以貞元九年（七九三）知貢舉，禹錫之座主也。據德宗紀，貞元十六年（八〇〇）五月自吏部侍郎爲京兆尹，十七年（八〇二）十月爲吏部尚書，十八年（八〇三）六月爲兵部尚書東都留守，十九年（八〇四）十月，以韋夏卿代，蓋即卒於是年。柳宗元集有與顧十郎書云：「大凡以文出門下，由庶士而登司徒者七十有九人，（舊注云：貞元九年十年〔七九三、七九四〕顧少連以禮部侍郎知貢舉，取進士六十人，諸科十九人。）執事試追狀其態，則果能效用者出矣。然而中間招衆口飛語，譁然譸張者豈他人耶？夫固出自門下。賴中山劉禹錫等遑遑惕憂，無日不在信臣之門，以務白大德。順宗時，顯贈榮謚〔三〕，揚于天官，敷于天下，以爲親戚門生光寵。不意瑣瑣者復以病執事。」所謂「門下」之「譁然譸張」者不知果爲誰。此兩科進士之好立異同者，九年（七九三）則武儒衡，十年（七九四）則李逢吉也。此足見同門之中有操戈相攻者，雖已死之顧少連猶不得免也。少連傳云：「裴延齡方横，無敢忤者，嘗與少連會田鎬第，酒酣，少連挺笏曰：段秀實笏擊賊臣，今吾笏將擊姦臣。」少連之召怒，或以此耶？

登科記考載吕温祭座主故兵部尚書顧公文曰：「維貞元十年（七九四）〔按當作十九年（八〇三），據全唐文四七八杜黄裳撰顧少連碑稱貞元癸未（即十九年）推知登科記考之誤奪一字。〕

門生侍御史王播，監察御史劉禹錫、陳諷、柳宗元，左拾遺吕温、李逢吉，右拾遺盧元輔，劍南西川觀察支使李正叔，萬年縣主簿談元茂，集賢殿校書郎王起，祕書省校書郎李建，京兆府文學李逢，渭南縣尉席夔，鄠縣尉張隸初，奉禮郎獨孤郁，協律郎蕭節，奉禮郎時元佐，滎陽主簿李宗衡，前鄉貢進士鄭素。」觀此諸人姓名有以知禹錫同門中之薰蕕相雜矣。

竇易直

竇易直以長慶四年（八二四）與李程同入相，至大和二年（八二八）始出爲山南東道節度使。在位既久，碌碌無所短長，而禹錫自罷和州爲主客郎中分司東都以至遷禮部郎中集賢殿學士，皆其偕裴度爲相之時。易直非但與禹錫有舊，且嘗通問。禹錫集中謝竇相公啓云：「昨蒙罷免，甘守丘園。相公不棄舊遊，特哀久廢，每奉華翰，賜之衷言，果蒙新恩，重忝清貫，……分曹有繫，拜謝無由。」新命即指主客分司之命也。語意頗爲親摯。則易直之於禹錫本爲相知也。據易直本傳，乃明經出身，不由進士，未知其入仕始於何年，所謂舊遊當在貞元之末耳。新、舊傳皆云：易直執政，未嘗引用親黨。而舊傳別申之曰：凡於公舉即無所避。然則禹錫之得其力，亦正足證禹錫僅舊識而非其親黨耳。此時朝中朋黨方熾，宰相無不引用親黨者，故史於易直特標此語，以明易直所以能久任而不遭時忌。

韋夏卿

禹錫集中有爲京兆韋尹進衣等狀及賀元日祥雪等表。據舊唐書韋夏卿傳，大曆中應制舉，自給事中出爲常州、蘇州刺史，張建封卒，代爲徐泗濠節度使，未任，徵爲吏部侍郎，轉京兆尹。據憲宗紀，其授京兆尹是貞元十七年（八〇一）十月事。十九年（八〇三）十月，改東都留守。禹錫時方自渭南尉入爲監察御史。疑夏卿爲京兆時就渭南索禹錫爲文，繼夏卿爲京兆者即李實，而禹錫亦代實爲文，當是循夏卿舊例。而夏卿雖已得東都新命，其瀕行之謝賜食狀亦仍乞禹錫代撰也。

夏卿爲禹錫前輩，又有傾心才彥之稱，或其在蘇、常時已相知矣。夏卿力薦竇羣，羣乃與王、韋齟齬，則似在夏卿卒後。

唐語林三：「韋獻公夏卿不經方鎮，唯嘗於東都留守辟吏八人，而路公隨，皇甫崖州鎛皆爲宰相，張尚書賈，段給事平仲，衞大夫中行，李常侍翺，李諫議景儉，李湖南詞皆至顯官。」新唐書本傳略采之，諸人多爲禹錫知友。

夏卿爲韋執誼之從兄，禹錫之爲韋黨，是由夏卿之故，抑先稔執誼而後識夏卿，則未可定。

據新唐書夏卿傳，夏卿弟正卿之子瓘爲中書舍人，與李德裕善，李宗閔惡之，德裕罷，貶爲明州長史。會昌末，累遷楚州刺史，終桂管觀察使。亦牛、李黨争中人也。

夏卿女適元稹，見韓愈所爲墓誌，誌云：「夫人於僕射（謂夏卿）爲季女，愛之，選壻得今御史河南元稹，稹時以選校書祕書省中。」時稹猶未舉制科第一，則是夏卿識拔稹於微時。稹之悼亡詩云：「謝公最小偏憐女」，與誌亦合。

獨孤郁

獨孤郁，貞元十四年（七九八）進士。父及，與李華、蕭穎士齊名，爲一時文宗。禹錫集卷三十有傷獨孤舍人詩序云：「貞元中，余以御史監祠事，河南獨孤生始仕爲奉禮郎，有事宗廟郊畤，必與之俱，由是甚熟。」而舊唐書郁傳云貞元末爲監察御史，傳誤也。韓愈爲郁墓誌亦云選授奉禮郎。郁以元和四年（八〇九）自拾遺轉補闕，五年（八一〇）召充翰林學士，遷起居郎，以妻父權德輿爲相，辭内職，遷考功員外郎。七年（八一二）以本官知制誥，八年（八一三）轉駕部郎中，復召爲翰林學士，九年（八一四）十一月改祕書少監，次年正月卒。禹錫序云：「視草禁中，上方許以宰相，元和十年（八一五）春，余祗召抵京師，次都亭日舍人疾不起。」情事甚合。惟云仕至中書舍人，不可解，翰林學士知制誥雖行中書舍人之職，然郁未正拜中書舍人，不當以此稱之。禹錫言外之意謂昔時官卑晚進之人且有宰相之望，因而深悲己之沈淪也。愈與郁皆爲史館修撰，而歷時尤久，故誌中述郁兄朗之言云：子知吾弟久，故屬以銘。

郁爲權德輿壻，而禹錫詩序中無一語及之，豈以德輿在相位未嘗爲援而有所不足耶？

李實

禹錫集中爲京兆李尹作表者二，作狀者二，作書者二，柳宗元集亦有爲李京兆祭楊凝郎中文，皆爲李實作，李爲京兆尹，正劉、柳貞元十九年（八〇三）爲監察御史時。憲司而爲京尹掌記，在唐時殆不足異。韓愈上實書譽之過甚，謂二十年（八〇四）之旱災不爲害，而又進狀極言民間之困於誅求。（詳見韓愈條下）實之爲人果何如，殊難得其真相。然據舊唐書實傳言：陵轢公卿百執事，隨其喜怒，誣奏遷逐者相繼。實雖非端人，亦難免有怨家歸惡之言也。舊唐書竇羣傳云：「羣對王叔文云：去年李實伐恩恃貴，傾動一時，此時公逡巡路旁，乃江南一吏耳，今公已處實形勢，又安得不慮路旁有公者乎？」觀此數言，即可見實之敗，亦不免由於失志者之謗讟摇撼，叔文之敗亦未嘗非出一轍也。

唐語林載：「李實爲司農卿，督責官租。蕭祐居喪，輸不及期，實怒，召至，租卒亦至，得不罪。會有賜與，當謝狀，秉筆者有故未至，實乃曰：召衣齊衰者。祐至，立爲草狀，實大喜，延英面薦，德宗令問喪期，屈指以待。及釋服日，以處士拜拾遺。」實之愛才如此，禹錫爲之草箋表，亦無足怪矣。

柳公綽

禹錫集中有舉開州柳使君公綽自代狀。爲貞元二十一年(八〇五)四月初任屯田員外郎時作。舊唐書柳公綽傳,以殿中侍御史薦授開州刺史。狀云:「前件官以賢良方正再歎王庭,在流輩間號爲端士,昨除遠郡,人皆惜之。」與傳合。傳又云:入爲侍御史,再遷吏部員外郎。則禹錫遭貶謫以後之事矣。此後公綽隨武元衡入蜀爲判官,以忤李吉甫,自御史中丞出爲湖南觀察使,是元和六年(八一一)事,柳宗元在永州,爲之草謝表。大和三年(八二九)爲刑部尚書,禹錫在京,當與相見。傳云:性端介寡合,與錢徽、蔣乂、杜元穎、薛存誠文雅相知,交情款密。蓋與宗元或因宗族之故,粗有往還,而與劉則殊落落。而劉舉以自代,又不似無深交者。不可解。

李翺

李翺嘗稱張籍、李景儉爲奇才,見其集中薦所知於徐州張僕射書。以景儉與劉、柳之關係言之,翺亦當與禹錫交好也。尤以與李逢吉相忤,則不入牛、李之黨可知。舊唐書翺本傳云:「翺與李景儉友善。初,景儉拜諫議大夫,舉翺自代,至是景儉貶黜,七月,出翺爲朗州刺史,俄而景儉復爲諫議大夫，翺亦入爲禮部郎中。翺自負詞藝，以爲合知制誥，以久未如志，鬱鬱不樂。因入中書謁宰相，面數李逢吉之過失，逢吉不之校，翺心不自安，乃請告滿百日。有司準例停官，逢吉奏授廬州刺史。大和初入朝爲諫議大夫，尋以本官知制誥，三年二月拜中書舍人。」此時禹錫亦在朝，當有往還之雅矣。

翺於文章之事，與韓愈爲同道，然於劉、柳仍所推服。禹錫集中韋公集紀末段有云：「初，蕃既纂修父書，咨于先執李習之，請文爲領袖，許而未就。一旦習之憮然謂蕃曰：翺昔與韓吏部爲文章盟主[二四]，同時倫輩惟柳儀曹宗元、劉賓客夢得耳。韓、柳之逝久矣，今翺又被病，慮不能自述，有孤前言，齎恨無已，將子薦誠於劉君乎？無何，習之夢奠於襄州，蕃具道其語。」然翺嘗從事楊於陵廣南府，恐亦黨於楊氏父子者。據翺集中南來録，其過虔州時，又嘗與韓泰同遊山。

嚴綬

嚴綬以宣歙判官進奉得刑部員外郎，五年之間即自河東行軍司馬爲節度使。非厚結宦官不至此。憲宗之立，由綬與裴均繼韋皐上牋勸進，王、韋之敗，與有力焉，詳王叔文條下。舊唐書綬本傳云：「鋭於勢利，不存名節，人士以此薄之。嘗預百寮廊下食，上令中使馬江朝賜櫻桃，綬居兩班之首，在方鎮時識江朝，敍語次不覺屈膝而拜，御史大夫高郢亦從而拜。」其始終諂事宦官如此。禹錫集中詩題一則曰江陵嚴司空見示與成都武相公唱和因命同作，再則曰元和癸巳歲（八一三）仲秋詔發江陵偏師問罪蠻徼後命宣慰釋兵歸降凱旋之辰率爾成詠寄江陵嚴司空。綬鎮荆南始於元和六年（八一一）三月，元稹正爲江陵士曹參軍，亦在其府下〔二五〕，豈以此之故不得不周旋之耶？然其人必非禹錫所心許矣。

裴　均

憲宗紀，元和三年（八〇八）四月，以荆南節度使裴均爲右僕射判度支。按新唐書裴行儉傳附均事云：「初均與崔太素俱事中人竇文場，太素嘗晨省文場，入卧内，自謂待己甚厚，徐觀後榻有頻伸者，乃均也，德宗以均任方鎮，欲遂相之，諫官李約上疏斥均爲文場養子，不可汙台輔，乃止。」通鑑二三七亦記御史中丞盧坦譏之之語。禹錫集中卷九有復荆門縣記即爲均作，其詞甚卑屈，蓋遷人在其屬郡，不得不撰詞求容耳。憲宗之立，由均與韋皋、嚴綬陰受宦官之指使，詳見王叔文條。

王　璠

禹錫外集卷六和浙西王尚書聞常州楊給事製新樓因寄之作自注云：「尚書在南宫爲左丞，

給事與禹錫皆是郎吏。」按王璠傳，元和五年（八一〇）進士，寶曆元年（八二五）二月，轉御史中丞。時李逢吉爲宰相，與璠親厚，故自郎官掌誥便拜中丞。恃逢吉之勢，稍横。常與左僕射李絳相遇於街，交車而不避。……二年（八二六）七月，出爲河南尹。大和二年（八二八），從本官權知東都選，十月，轉尚書右丞，勅選畢入朝。三年（八二九），改吏部侍郎。四年（八三〇）七月，拜京兆尹兼御史大夫，十二月，遷右丞，判太常卿事。六年（八三二）八月，檢校禮部尚書、潤州刺史、浙西觀察使，與詩注全合。

楊歸厚

禹錫姻戚之中恩誼尤厚者爲楊歸厚（見卷二十四詩題，寄楊虢州與之舊姻）。據外集卷十祭虢州楊庶子文云：「與君交歡，已過三紀，維私之愛，與衆無比。乃命長嗣，爲君半子。誰無外姻，君實知己。」則歸厚爲禹錫僚壻，而禹錫之長子又歸厚之壻也。憲宗紀：元和七年（八一二）十二月丙辰，左拾遺楊歸厚以自娶婦進狀借禮會院，貶國子主簿分司。此乃託詞也。據新唐書李吉甫傳，左拾遺楊歸厚嘗請對，日已旰，帝令它日見，固請不肯退，既見極論中人許遂振之姦，（遂振與楊於陵不協，見裴垍傳。）又歷詆輔相求自試，又表假郵置院具婚禮。帝怒其輕肆，欲遠斥之，李絳爲言不能得。吉甫見帝謝引用之非，帝意釋，得以國子主簿分司東都。此則歸厚以兩省供奉官面劾中官，因觸憲宗之怒，實震動當時之一大事。禹錫外集卷五寄楊八拾遺詩題下注云：「時出爲國子主簿分司東都，王（韓）十八員外亦轉國子博士同在洛陽。」[二六]詩云：「聞君前日獨庭争，漢帝偏知白馬生。……洛陽本自宜才子，海内而今有直聲。」正謂此時事。韓愈年譜亦據禹錫此詩末句：「爲謝同寮老博士，范雲來歲即公卿」云：楊八名歸厚，是年十二月自拾遺貶國子主簿分司，見舊史，同寮老博士謂退之也。禹錫集中卷二十四又有寄楊八壽州云：「聖朝方用敢言者，次第應須舊諫臣。」又李賈二大諫拜命後寄楊八壽州云：「諫省新登二直臣，萬方驚喜捧絲綸。則知天子明如日，肯放淮陽高卧人。」皆仍承前事言之。

歸厚遷鄭州刺史在大和初，禹錫在東西二京間，或曾與之相見。卷八鄭州刺史廳東壁記及管城新驛記皆爲歸厚作也。歸厚字貞一，即見此文中。自鄭州遷虢州，大和六年卒於任（據祭文）。寄楊虢州與之舊姻詩云：「避地江湖知幾春，今來本郡擁朱輪。……各繫一官難命駕，每懷前好易沾巾。」知其赴虢州時禹錫已在蘇州矣。

外集卷五又有寄唐州楊八歸厚、重寄絶句、春日寄楊八唐州二首凡三題。其詞意皆相連屬，蓋淮西初平，唐爲創夷未復之地。計歸厚五任刺史，故祭文云：「五剖竹符，皆有聲績。南湘潛化，巴人啞啞。比陽布和，戰地盡闢。」知唐州之授，乃第二任。巴人謂萬州，見白居易集。楊在萬州，白在忠州，正元和末事，故白詩云：「忠萬樓中南北望，南州煙水北州雲。兩州何事偏相憶，各是籠禽作使君。」

陳諫

禹錫集中似未明見陳諫之名，在八司馬中，諫亦似少表見。據舊唐書王叔文傳附載，陳諫至叔文敗，已出爲河中少尹，自台州司馬量移封州刺史，轉通州卒。而元氏長慶集有陳諫循州刺史制云：「勑封州刺史陳諫，倜儻好奇之士，常患於不慎所從，負累於俗。過而能改，人其舍諸！以爾諫敏於儒學，志於政經。自理臨封，尋彰美化。分憂是切，滿歲宜遷。始求循吏之才，以撫遠方之俗。爾宜樹德，朕不記瑕。可使持節循州刺史。」則舊書恐漏循州一節。

嚴休復

嚴休復事具裴垍傳中，云：垍在中書，有獨孤郁、李正辭、嚴休復自拾遺轉補闕，及參謝之際，垍廷語之曰：「獨孤與李二補闕，孜孜獻納，今之遷轉可謂酬勞無愧矣。嚴補闕官業，或異於斯，昨者進擬，不無疑緩。」休復慙恧而退。其人風操蓋無可稱者。而禹錫於大和中與之唱和時，官已至給事中。據紀，大和四年（八三〇），李虞仲爲華州刺史代休復。七年（八三三）以散騎常侍除河南尹，其年十二月且遷平盧節度使。九年二月即改除王彥威，蓋終於是官。

李仍叔

禹錫外集卷四有和樂天宴李周美中丞宅池上賞櫻桃花詩，按舊唐書李逢吉傳：「水部郎中李仍叔，程之族，知武昭鬱鬱恨不得官，仍叔謂昭曰：程欲與公官，但逢吉沮之。」此是程於寶曆中任宰相時事，仍叔方爲水部郎中。其後或仍由程之援引，禹錫或亦緣程而與相識。仍叔以大和八年（八三四）自宗正卿除湖南觀察使。稱中丞者必其觀察使所兼憲銜。曾爲宗卿，故禹錫詩有「王孫」之語。此後仍叔與禹錫在開成中同爲賓客分司，白居易三月三日祓禊洛濱詩序中載其名。

李益

禹錫集中卷二十四詩題云：揚州春夜李端公益張侍御登段侍御平仲密縣李少府暢祕書張正字復元同會於水館。此李益即舊唐書卷一三七之李益也。外集卷三和令狐相公言懷寄河中楊少尹有「邊月空悲蘆管秋」之句，注云：李尚書。據益傳云：「其征人歌、早行篇好事者畫爲屏障，迴樂峯（當作烽）前沙似雪，受降城外月如霜之句，天下以爲歌詞。……北遊河朔，幽州劉濟辟爲從事，嘗與濟詩而有不上望京樓之句。憲宗雅聞其名，自河北召還，用爲祕書少監，集賢殿學士。自負才地，多所淩忽，爲衆不容。諫官舉其幽州詩句，降居散秩，俄而復用爲祕書監，遷太子賓客，集賢學士判院事，轉右散騎常侍。大和初，以禮部尚書致仕卒。」想禹錫與益自揚州别後復於大和初相見於長安。

張署

劉、柳、韓三人皆與張署爲友，柳集有同劉二十八院長述舊言懷感時書事奉寄澧州張員外使君詩，備述平生蹤跡。詩云：「繼酬天禄署，俱尉甸侯家。憲府初收迹，丹墀共拜嘉。」舊注：「張署貞元中進士博學宏詞爲校書郎，公亦爲集賢殿正字，署爲京兆武功尉，公亦爲藍田縣尉。署至武功拜監察御史，公亦自集賢殿正字爲監察御史。」又云：「未竟遷喬樂，俄成失路嗟。」舊注：「貞元十九年（八〇三）署自監察御史貶爲郴州臨武縣令。」又云：「京邑搜貞幹，南宫步渥窪。」舊注：「署自臨武量移江陵掾，自江陵掾入爲京兆府司録參軍。署自司録遷尚書刑部員外郎。自員外出爲虔州刺史，自虔州遷澧州刺史。」詩又有「言姻喜附葭」之句，則署妻爲宗元之族也。禹錫原詩五十二韻今不存集中矣。韓愈唐故河南令張君墓誌銘云：「自京兆武功尉拜監察御史，爲幸臣所讒，與同輩韓愈、李方叔三人俱爲縣令南方。二年逢恩俱徙掾江陵。半歲，邕管奏君爲判官，改殿中侍御史，不行，拜京兆府司録，……京兆改鳳翔尹，以節鎮京西。（舊注：

元和二年〔八〇七〕二月李鄘爲鳳翔隴右節度使，表署爲判官。）請與君俱，改禮部員外郎，爲觀察使判官。帥他遷，（舊注：元和四年〔八〇九〕三月以鄘爲江東節度使。）君不樂久去京師，謝歸，用前能，拜三原令，歲餘遷尚書刑部員外郎。……改虔州刺史……改澧州刺史。民税出雜物與錢，尚書有經數，觀察使牒州徵民錢倍經，君曰：刺史可爲法，不可貪官害民，留噤不肯從，竟以代罷。觀察使劇吏案簿書，十日不得毫毛罪，改河南令。……」此爲署生平較詳之記載，其得罪於觀察使而罷澧州，不知誰實爲觀察使。禹錫外集卷五有酬竇員外郡齋宴客偶命柘枝因見寄因呈張十一院長元九侍御詩自注云：「員外兼節度判官，佐平蠻之略，張初罷郡，元方從事。」參以卷二十二元和癸巳歲仲秋詔發江陵偏師問罪蠻徼後命宣慰釋兵歸降凱旋之辰率爾成詠寄荆南嚴司空一詩，知署罷澧州當在元和八年（八一三）也。澧州爲荆南巡屬，徵錢逾制殆即嚴綬所爲矣。

竇　羣

與禹錫蹤跡同而黨系異者，竇氏兄弟是也。禹錫之在朗州，竇常自水部員外郎來爲刺史，常於松滋渡先寄禹錫一詩，禹錫和詩。又别有酬竇員外郡齋宴客偶命柘枝因見寄兼呈張十一院長元九侍御及酬竇員外旬休早凉見示二詩，俱見外集卷五。又朗州竇員外見示與澧州元郎中郡齋贈答長句二篇因而繼和、竇朗州見示與澧州元郎中早秋贈答命同作，俱見卷二十四。

常弟羣傳云：「貞元中，蘇州刺史韋夏卿……薦羣，徵拜左拾遺，遷侍御史，……王叔文之黨柳宗元、劉禹錫皆慢羣，羣不附之，其黨議欲貶羣官，韋執誼止之。羣嘗謁王叔文，叔文命徹榻而進，羣揖之曰：夫事有不可知者。叔文曰：如何！羣曰：去年李實伐恩恃貴，傾動一時，此時公逡巡路旁，乃江南一吏耳。今公已處實形勢，安得不慮路旁有公者乎？叔文雖異其言，竟不之用。……宰相武元衡、李吉甫皆愛重之，召入爲吏部郎中。元衡輔政，舉羣代己爲中丞，羣奏刑部郎中吕温，羊士諤爲御史，吉甫以羊吕險躁，持之數日不下，羣等怒，怨吉甫。〔元和〕三年（八〇八）八月，吉甫罷相，出鎮淮南，羣等欲因失恩傾之……僞構吉甫陰事……憲宗怒，將誅羣等，吉甫救之，出爲湖南觀察使。數日改黔州刺史，黔中觀察使……六年（八一一）九月，貶開州刺史，在郡二年改容州刺史，容管經略觀察使。」叔文、吉甫皆禹錫所厚也，羣皆與不協。觀其所以進規叔文者，不過士大夫希進容身干譽徇俗之恒言，即其性行識解亦可概見。而羣自開州赴任容州，經朗州相逢仍以謝上表託禹錫代撰（見卷十四），其人恐非禹錫之所心許者。或以其兄常方爲朗州刺史之故，不得不與周旋耳。按常傳，貞元十四年（七九八），杜佑鎮淮南，奏授校書郎，爲節度參謀，則禹錫早年與之同僚，及常轉夔州，禹錫仍和其悼妓、悼姬詩（見卷三十）。常以寶曆元年（八二五）卒，則禹錫長慶以後殆不復與往還矣。

王彦威

禹錫外集卷九唐故監察御史贈尚書右僕射王公神道碑銘云：「季子彦威……及學成立朝，爲鴻儒，入用爲能臣，參定儀制，財成經費，起書生，擁旄節。今又領全師鎮上游。」外集卷六有和陳許王尚書酬白少傅侍郎長句因通簡汝洛舊遊之什。據彦威本傳，其鎮陳許在開成三年（八三八）七月，會昌中入爲兵部侍郎。則禹錫作此詩及此文皆在其退居洛陽之晚年矣。

彦威不由科目出身，致身通顯，爲元和以後罕見之事，據墓誌知其與李鄘爲内姻，或藉鄘之勢。鄘附吐突承璀而得相位，與彦威皆無可取者。禹錫亦聊徇其情而已。據彦威本傳，其趨附中官尤有明徵。傳載彦威判度支時，心希大用，以仇士良等禁中用事，凡内官請託無不如意，復修王播舊事貢奉羨餘，殆無虚日。其時宰相李固言判户部，而彦威判度支，其爲互相倚結亦可概見。傳又言宰相惡其所爲，左授衛尉卿。宰相必指鄭覃、陳夷行。及開成三年（八三八）楊嗣復、李珏爲相，則彦威自分司官起爲忠武節度使。固言、嗣復、珏皆李宗閔之黨，而覃與夷行正相水火，則彦威之附宗閔一黨以取富貴，尤無可疑。禹錫於宗閔之黨方得勢時，不顯與立異，亦不絶往還，要之胸中非不辨涇渭者。

崔羣

崔羣與禹錫及白居易生皆同歲，而科第則早於禹錫一年。其早年從事江南使府，爲記室中之負時望者，亦與禹錫略同，故禹錫入朝爲監察御史，即舉羣自代。羣之爲人，韓愈稱之曰：「考之言行而無瑕尤，窺之閫奥而不見畛域，明白淳粹，輝光日新。」（見與羣書）柳宗元稱之曰：「有柔儒温文之道，以和其氣，近仁復禮，物議歸厚。有雅厚直方之誠，以正其性，懿論忠告，交道甚直。」（見送羣序）所許至矣。宗元文中又言及韓泰，是羣於八司馬中交其三。其在翰林，在中書，皆能抒直言，持大體，在元和諸宰執中，亦矯矯者。然居易之自江州司馬授忠州刺史，猶得其助力，而禹錫則當羣秉政之年始終未獲量移。以交誼而論，當無間隙，蓋爲事勢所格，無可如何也。此後羣居外鎮，尤無能爲力。大和五年（八三一），羣曾入爲吏部尚書，禹錫方以郎官學士任職京師，忽忽看花話舊而已。

羣以元和十二年（八一七）七月入相，十四年（八一九）十二月罷，與裴度同時秉政，而力斥皇甫鎛之聚斂奸諛，因之鎛毁羣於憲宗，謂羣於上憲宗尊號中不肯用「孝德」二字，大觸憲宗之怒罷相，黜爲湖南觀察。蓋憲宗於其父有隱慝，常恐人議之故。是羣之與皇甫、令狐等人正處於對立也。

禹錫歷陽書事詩七十韻，記其赴和州刺史任先過宣州，爲羣邀留情話，款密逾恒。羣卒後，和居易過其故宅詩有自注云：「敦詩與予友樂天三人同甲子，平生相約同休洛中。」尤可見其交誼久要，不以升沉異趣。

張籍

張籍以吴人遍交京洛諸詩流，爲元和詩壇樹立一新詩派，韓愈、元稹、白居易及禹錫皆尤其所稔，而周旋其間各無所忤。且其爲韓作詩即摹韓格，爲元、白作詩即似元白體，樂府及七言近體尤與禹錫相近，至於諸人所共交之友，如裴度、令狐楚、韋處厚、王建、楊巨源、姚合等，殆指不勝屈。禹錫與籍交情始於何時，無明文可據，籍寄和州劉使君詩首句云：「别離已久猶爲郡」，似在京洛時早已相識。證以其贈主客劉郎中詩云：「憶昔君登南省日，老夫猶是褐衣身。誰知二十餘年後，來作客曹相替人。」則禹錫在貞元、永貞間，籍必已以後輩謁之矣。

姚合

姚合有寄主客劉郎中詩云：「漢朝共許賈生賢，遷謫還應是宿緣。仰德多時方會面，拜兄何暇更論年？嵩山晴色來城裏，洛水寒光出岸邊。清景早朝吟麗思，題詩應費益州箋。」據詩意蓋禹錫初除主客郎中分司東都時，合始與相見於洛陽，時爲大和元年（八二七）之秋。禹錫是時有冬初拜表懷上都故人一詩，合和之云：「九陌喧喧騎吏催，百官拜表禁城開。林疏曉日明紅葉，塵静寒霜覆緑苔。玉佩聲微班始定，金函光動案初來。此時共想朝天客，謝食方從閤裏迴。」與前詩約略同時，故前詩有「清景早朝吟麗思」之語。

禹錫赴蘇州刺史任，合亦有詩送之，首句云「三十年來天下名」，其傾倒亦至矣。

全唐詩姚合卷中有寄主客劉員外禹錫五律一首，語氣及稱謂皆不合，必是誤收，附辨於此。

楊巨源

元和中詩人與禹錫之詩格相近者曰楊巨源，交友亦多相同。裴度、令狐楚外，韓愈、白居易、元稹皆是也。禹錫有酬楊司業巨源見寄詩云：「辟雍流水近靈臺，中有詩篇絶世才，……莫道專城管雲雨，其如心似不然灰。」知巨源在國子監時寄禹錫於夔州，今巨源集中無原唱，但有早春呈劉員外一詩，語意亦不類。

巨源有大隄曲及楊花落二詩皆似禹錫之七言歌行，而寄江州白司馬一詩又極似居易詩體。可見其兼受劉、白之影響。

温庭筠

温、李號晚唐詩人二大家，考其時代與禹錫相接，非無淵源者。商隱得白居易賞愛，於其誌墓之文已可窺見，而大和中白、劉皆與令狐楚情好甚密，商隱既受知於楚，不容不語及之，故禹錫在同州，商隱嘗以楚之介往謁。已見令狐楚條下。庭筠事跡既不多見，與禹錫有無一日之雅不可知，然其集中有祕書劉尚書挽歌詞二首云：「王筆活鸞鳳，謝詩生芙蓉。學筵開絳帳，譚柄發洪鐘。粉署見飛鵬，玉山猜卧龍。遺風麗清韻，蕭散九原松。」「麈尾近良玉，鶴裘吹素絲。壞陵殷浩謫，春墅謝安棋。京口貴公子，襄陽諸女兒。折花兼踏月，多唱柳郎詞。」此詩列其集中之裴度及莊恪太子挽詞之次，時代與禹錫相近，語氣亦殊相稱，自即挽禹錫之作。題中稱祕書劉尚書，蓋兼其新舊官言之，以祕書監爲實職，而尚書乃檢校官也。柳郎詞當即指柳枝詞。

〔一〕新唐書禹錫傳中引此語，删去非字，與禹錫原意適相反。

〔二〕謂王涯、李建、李程。

〔三〕韓集舊注云：蔡寬夫詩話云：退之陽山之貶，以詩考之，亦爲王叔文、韋執誼所排耳。……苕溪漁隱曰：「余閲洪氏年譜，然後知寬夫爲誤。」

〔四〕此爲新唐書韓愈傳中語。

〔五〕卞孝萱劉禹錫年譜之説如此。按：竇常赴朗州任途次松滋渡，以詩贈禹錫，禹錫有和詩，足證由京往朗州及由朗州往京，皆應先經松滋。

〔六〕據白居易年譜，禹錫以寶曆二年（八二六）還自和州，舊唐書云「大和」者，謂作再遊玄都觀詩是大和二年（八二八）三月事，見禹錫自爲詩序。非謂大和二年（八二六）始自和州徵還。

〔七〕此因李宗閔之壻蘇巢在錢徽下登科之故。

〔八〕此即揚州初逢白居易時之詩所謂「巴山楚水淒涼地，二十三年棄置身」，謝賓相公啓亦云：「一辭朝列，二十三年。」

〔九〕據李文公集十四。楊於陵墓誌，尚有鄭敬一人。

〔一〇〕通鑑二三七：「李吉甫惡其言直，泣訴於上，且言翰林學士裴垍、王涯覆策，湜，涯之甥也，涯不先言，垍無所異同。

〔一一〕用舊唐書李德裕傳語。

〔一二〕同上。

〔一三〕參見李吉甫條引禹錫上門下武相公啓。

〔一四〕舊唐書陸質傳文字有脱誤，故據通鑑。

〔一五〕李二十一當作李二十六，見上引韓愈詩題，太平廣記引嘉話録亦作二十六，見岑仲勉唐人行第録。

〔一六〕據張采田玉溪生年譜會箋引邵氏聞見後録。

〔一七〕據新唐書宰相表。

〔一八〕通鑑此節采舊唐書李宗閔傳，而删去李珏與陳夷行辨駁之語，參見李珏條下。

〔一九〕衛字無理，必是衍文。

〔二〇〕據韓愈赴江陵途中寄贈三學士詩，當作王二十。

〔二一〕第二書有「兄長於大曆初，愚長於貞元中」之語，所謂長者，指成年出仕而言，則伯高之年當長於禹錫二十餘歲。

〔二二〕事詳于頔傳中。

〔二三〕新唐書顧少連傳云：「贈尚書右僕射，謚曰敬。」故曰顯贈榮謚。

〔二四〕此與字乃許與之意，非翺自謂與愈同爲文章盟主也。

〔二五〕元氏長慶集有代嚴綬撰表及和詩。

〔二六〕韓十八員外即韓愈。

附録三　永貞至開成時政記

時政記編例

一、本書按劉禹錫實際參加政治之時期，起永貞迄開成，以年表方式，略述當時人物之仕履行蹤，藉爲探討禹錫詩文一助。

一、每年首列卿相之除免及其他重要事件，均以舊書各紀爲主，次采唐方鎮年表，備列各節度、觀察使之姓名，再次則采各傳及他書之足資佐證者，尤注重内外兩制之人物，又次則録登科記考是年主試及登科之人數姓名，殿以禹錫本人之主要事跡。

一、禹錫卒於會昌二年，舊紀於武宗時事已多闕略，仍將此二年事附載卷末。

一、舊紀於職官除免，體例本極參差，各傳於本人事跡亦多不載年月，兹僅録存大要，武人皆從略，姓名罕見者亦從略。

一、所引各書有從簡稱者，如登科記考稱記考，郎官石柱題名考稱郎考，翰林學士承旨廳壁記稱壁記。

唐德宗貞元二十一年 順宗永貞元年 乙酉（八〇五）

正月，德宗卒，順宗即位。

二月，吏部郎中韋執誼爲尚書右丞入相。（按傳作左丞）

三月，王伾、王叔文均爲翰林學士，叔文旋爲户部侍郎鹽鐵副使。

王權爲京兆尹。

五月，范希朝、韓泰領京西神策軍。

杜佑爲鹽鐵使。

侍御史竇羣劾屯田員外郎劉禹錫。

宣歙巡官羊士諤貶汀州寧化尉。

韓皋爲尚書右丞。

西川節度使韋皋與荆南裴均、河東嚴綬請太子監國。

太常卿杜黄裳、左金吾衛大將軍袁滋爲相。

八月，憲宗即位。

貶王伾，殺王叔文。
左丞鄭餘慶爲相。
貶韋執誼及韓泰、韓曄、柳宗元、劉禹錫、陳諫、凌準、程异。
貶京兆尹王權，御史中丞李鄘繼，右庶子武元衡爲中丞。
東都留守韋夏卿免，兵部尚書王紹繼。
袁滋爲西川節度使，未行，貶。
中書舍人鄭絪爲相。
是年諸鎮：鳳翔張敬則，邠寧高固，涇原段祐，鄜坊裴玢，夏綏韓全義、李演，朔方李欒，振武閻巨源，宣武韓弘，義成李元素，忠武劉昌裔，武寧張愔，淄青李師古，河陽元韶、孟元陽，陝虢崔忠，河東嚴綬，河中鄭元，昭義盧從史，義武張茂昭，義昌程懷信、執恭，幽州劉濟，成德王士真，魏博田季安，山南東于頔，山南西嚴礪，荆南裴均，淮南王鍔，浙西李錡，浙東賈全、楊於陵，宣歙崔衍、穆贊、路應，江西李巽、楊憑，福建柳冕，鄂岳韓皐，湖南楊憑改江西，薛苹繼，黔中郗士美，西川韋皐、劉闢，東川李庚被殺，十二月除韋丹，嶺南徐申，邕管路恕，容管韋丹，桂管顔證，静海趙昌。
衛次公自左補闕翰林學士轉司勳員外郎（舊傳）。
唐次自夔州刺史爲吏部郎中知制誥（舊傳）。

鄭絪自司勳員外翰林學士知制誥爲中書舍人(韓集實録)。

李吉甫自饒州刺史爲考功郎中知制誥翰林學士，旋除中書舍人(舊傳參壁記)。

裴垍自考功員外遷本司郎中知制誥翰林學士(舊紀)。

樊宗師任金部郎中(韓集墓誌)。(按誌言以金部郎中告哀南方，當即此時。)

徵衢州别駕令狐峘爲秘書少監，既至卒(舊傳)。

賈耽、陸贄、鄭珣瑜、穆贊、陸質、陽城俱卒。

知貢舉權德輿，進士二十九人：沈傳師、竇俢、劉述古、韋珩、李宗閔、牛僧孺、楊嗣復、馮審、羅立言、陳鴻、杜元穎、蕭籍。(杜元穎據傳)

是年四月，禹錫自監察御史授屯田員外郎。(再游玄都觀詩序及舉柳公綽自代狀)

憲宗元和元年丙戌(八〇六)

正月，順宗卒。

高崇文討西川劉闢。

策試制舉人，得元稹等。

杜佑罷鹽鐵轉運使，李巽繼。

京兆尹李鄘爲右丞，鄭雲逵繼，旋卒，兵部侍郎韋武繼，又除董叔經，亦卒，未幾仍命李鄘。

鄭餘慶罷相爲賓客、祭酒，旋爲河南尹。

命左降官韋執誼等遇赦不量移。

韋況爲諫議大夫。

吏部侍郎趙宗儒繼王紹爲東都留守。

給事中劉宗經爲華州刺史。

簡王傅王權爲河南尹。

殺夏綏留後楊惠琳。

是年諸鎮：鳳翔張敬則，邠寧高固，涇原段祐，鄜坊裴玢，夏綏李演、李愿，朔方李欒，振武閻巨源，宣武韓弘，義成袁滋，忠武劉昌裔，武寧王紹，淄青李師道，河陽孟元陽，陝虢李上公，河東嚴綬，河中鄭元，昭義盧從史，義武張茂昭，義昌程執恭，幽州劉濟，成德王士真，魏博田季安，山南東于頔，山南西嚴礪，柳晟，荆南裴均，淮南王鍔，浙西李錡，浙東楊於陵，宣歙路應，江西楊憑，福建閻濟美，鄂岳韓皐，湖南薛苹，黔中郗士美，西川高崇文、武元衡，東川韋丹、高崇文、嚴礪，嶺南徐申、趙昌，邕管路恕，容管房啓，桂管顔證，静海趙昌、張舟。

吕温使吐蕃還，自侍御史爲户部員外。（新傳）

兵部員外辛秘爲湖州刺史。（英華牛僧孺撰碑）

白居易授盩厔尉。（舊傳）

元稹授左拾遺。（本集）（按舊傳除右拾遺，侯鯖録亦作左拾遺。）

韋夏卿卒。（舊紀）

知貢舉崔邠，進士二十三人：武翊黄、皇甫湜、陸暢、張復、李紳、李顧言、韋淳、崔公信、王正雅、張勝之、韓佽、李虞仲、高釴。（按武翊黄爲武元衡之子，韋淳後改名處厚，李虞仲爲李端之子。）

才識兼茂科崔琯及第。（會要）白居易、元稹、羅讓、薛存慶、崔諷、獨孤郁。（記考）

達於吏理科陳岵及第。（會要）（按元稹集永福寺名壁記有處州刺史陳岵）

是年劉禹錫在朗州司馬任。

元和二年丁亥（八〇七）

杜黄裳罷相爲河中節度使。

户部侍郎武元衡、中書舍人翰林學士李吉甫爲相。元衡兼判户部。旋出爲西川節度使。

浙西李錡事起，旋敗死。

職方員外王潔爲嶺南選補使，監察御史崔元方監之。

京兆尹李鄘爲鳳翔節度使。

李吉甫上元和國計簿。

是年諸鎮：鳳翔張敬則、李鄘，邠寧高固、高崇文，涇原段祐，鄜坊裴玢，夏綏李愿，朔方范希朝，振武閻巨源，宣武韓弘，義成袁滋，忠武劉昌裔，武寧王紹，淄青李師道，河陽孟元陽，陝號李上公，河東嚴綬，河中杜黄裳，昭義盧從史，義武張茂昭，義昌程執恭，幽州劉濟，成德王士真，魏博田季安，山南東于頔，山南西柳晟，荆南裴均，淮南王鍔，浙西李錡、李元素，浙東楊於陵，宣歙路應，江西楊憑、韋丹，福建閻濟美、陸庶，鄂岳韓臯，湖南薛苹，黔中李詞，西川武元衡，東川嚴礪，嶺南趙昌，邕管路恕，容管房啓，桂管顔證，静海張舟。

白居易爲翰林學士。（舊傳）

元稹爲監察御史。（侯鯖録）

李絳自翰林學士爲主客員外。（舊傳）

裴垍爲中書舍人。（壁記）

盧東美爲考功員外。（會要）（按崔造、韓會、盧東美、張正則在永泰中號四夔，見舊唐書崔造傳。）

李紳在浙西幕。（紳有過潤州詩序云：元和二年，以前進士爲鎮海軍書奏從事。）

吏部郎中房式、度支郎中崔光等删定開元格後勅。（英華）

令狐丕上其父峘所撰代宗實録。（舊紀）（按傳在三年。）

保義軍節度使劉澭卒。（舊紀）（按永貞元年山人羅令則稱奉太上皇徵兵於秦州刺史劉澭圖廢憲宗，澭執送長安殺之，故憲宗寵以保義軍號。）

知貢舉崔邠，進士二十八人：王源中、竇鞏、孫簡、崔咸、張存則、李正封、白行簡、錢衆仲、楊敬之、費冠卿、張後餘、王參元、張弦、權璩、齊煦、韋楚材、吴武陵。（按孫簡爲孫逖曾孫，白行簡爲白居易弟，楊敬之爲楊憑姪，權璩爲權德輿子。）

賢良科李正封及第。（會要）

博通墳典科陸亘及第。（會要）

是年劉禹錫在朗州司馬任。沅南三月至六月不雨。（本集）

元和三年戊子（八〇八）

皇甫湜、牛僧孺、李宗閔賢良對策切直，考官韋貫之等貶降有差，翰林學士王涯以累左遷虢州司馬。

户部侍郎楊於陵爲嶺南節度使。

裴均爲右僕射，旋又出爲山南東道節度使。

河南尹鄭餘慶爲東都留守。
李吉甫罷相，出爲淮南節度使。
户部侍郎裴垍爲相。
太常卿高郢爲御史大夫。
是年諸鎮：鳳翔李鄘，邠寧高崇文，涇原段祐、朱忠亮，鄜坊裴玢、路恕，夏綏李愿，朔方范希朝，振武張奉國，宣武韓弘，義成袁滋，忠武劉昌裔，武寧王紹，淄青李師道，河陽孟元陽，陝虢房式，河東嚴綬，河中杜黄裳、王鍔，昭義盧從史，義武張茂昭，義昌程執恭，幽州劉濟，成德王士真，魏博田季安，山南東于頔、裴均，山南西裴玢，荆南裴均、趙昌，淮南王鍔、李吉甫，浙西李元素、韓皐，浙東楊於陵、閻濟美，宣歙路應，江西韋丹，福建陸庶，鄂岳韓臯、郗士美，湖南李衆，黔中竇羣，西川武元衡，東川嚴礪，嶺南趙昌、楊於陵，邕管趙良金，容管房啓，桂管顔證，静海張舟。
吕温爲刑部郎中知雜，旋以劾李吉甫貶道州刺史，羊士諤貶資州刺史。（舊傳）
李程知制誥，旋授隨州刺史。（壁記）
錢徽自祠部員外充翰林學士。（壁記）
韋弘景爲左拾遺，尋充翰林學士。（舊傳）
白居易爲左拾遺。（舊傳）

杜黄裳卒。（舊紀）

河南少尹裴復卒。（韓集）

知貢舉衞次公，進士十九人：柳公權、周況、鄭肅、陸亘。

樊宗師擢軍謀宏遠科。（舊傳）

是年劉禹錫在朗州司馬任。

元和四年己丑（八〇九）

太常卿李元素爲户部尚書判度支。

兵部侍郎權德輿爲太常卿。

鄭絪罷相爲賓客。

給事中李藩爲相。

御史大夫高郢爲兵部尚書。

李鄘爲鹽鐵使。

刑部郎中李夷簡爲御史中丞，彈京兆尹楊憑，憑貶臨賀尉，右丞許孟容代憑。

成德王士真卒，王承宗不奉命，吐突承璀爲招討使。

淮西吴少誠卒，吴少陽繼。

歸登、吕元膺爲太子諸王侍讀。

陜虢觀察使房式爲河南尹。

是年諸鎮：鳳翔李鄘，邠寧高崇文、閻巨源，涇原朱忠亮，鄜坊路恕，夏綏李愿，朔方范希朝、王佖，振武張奉國，宣武韓弘，義成袁滋，忠武劉昌裔，武寧王紹，淄青李師道，河陽孟元陽，陜虢房式、張弘靖，河東嚴綬、李鄘、范希朝，河中王鍔，昭義盧從史，義武張茂昭，義昌程執恭，幽州劉濟，成德王士真、王承宗，魏博田季安，山南東裴均，山南西裴玢，荆南趙昌，淮南李吉甫，浙西韓皐，浙東薛苹，宣歙路應，江西韋丹，福建元義方，鄂岳郗士美，湖南李衆，黔中竇羣，西川武元衡，東川潘孟陽，嶺南楊於陵，邕管趙良金，容管房啓，静海張舟。

獨孤郁轉右補闕。（舊傳）

李絳加司勳郎中知制誥。（壁記）

孟簡自司封郎中授諫議大夫。（舊傳）（按：新傳云，簡不附王叔文。又按羊士諤有故蕭尚書瘿柏齋前玉蘂樹與王起居吏部孟員外同賞詩及和蕭侍御有懷吏部孟員外并見贈詩。郎考謂即簡。）

李逢吉使南詔還，授祠部郎中，轉右司。（舊傳）

李翺、韋詞赴嶺南幕。（李文公集）

祭酒馮伉卒。（舊紀及傳）

李巽卒。（舊紀）

李鄘卒。（舊紀）

嚴礪卒。（舊傳）（按：元稹按東川，即劾礪贓罪，正在礪卒後。）

杜兼卒。（舊傳）

知貢舉張弘靖，進士二十人：韋瓘、鮑溶、郭承嘏、楊汝士、盧商、趙蕃、盧鈞、李行修、范傳質、陳至、張徹。（按：楊汝士爲楊虞卿從兄，張徹爲韓愈姪壻。）

是年劉禹錫在朗州司馬任。

元和五年庚寅（八一〇）

昭義盧從史爲烏重胤誘執。

罷討王承宗。

東臺御史元稹貶江陵士曹參軍。

御史中丞李夷簡爲户部侍郎判度支，兵部侍郎王播代夷簡。

韋貫之爲中書舍人，裴度爲司封員外郎知制誥。

常州刺史李遜爲浙東觀察使。

太常卿權德輿爲相。

京兆尹許孟容爲兵部侍郎，中丞王播代孟容，吕元膺代播。

裴垍罷相爲兵部尚書。

盧坦爲鹽鐵使。

吏部郎中柳公綽爲御史中丞。

鄂岳觀察使郗士美爲河南尹，吕元膺代士美。

吏部侍郎崔邠爲太常卿。

是年諸鎮：鳳翔孫璹，邠寧閻巨源，涇原朱忠亮，鄜坊路恕，夏綏李愿，朔方王佖，振武李光進，宣武韓弘，義成袁滋，忠武劉昌裔，武寧王紹，淄青李師道，河陽孟元陽、烏重胤，陝虢張弘靖，河東范希朝、王鍔，河中王鍔、張茂昭，昭義盧從史，孟元陽，義武張茂昭、任迪簡，義昌程執恭，幽州劉濟、劉總，成德王承宗，魏博田季安，山南東裴均，山南西裴玢，荆南趙宗儒，淮南李吉甫，浙西韓皋、薛苹，浙東李遜，宣歙盧坦、房式，江西韋丹、李少和，福建元義方，鄂岳郗士美、吕元膺，湖南李衆，黔中竇羣，西川武元衡，東川潘孟陽，嶺南楊於陵、鄭絪，邕管崔詠，容管房啓，静海張舟、馬總

白居易授京兆府户曹參軍。（舊傳）

職方郎中王仲舒知制誥。（舊傳）
裴度爲司封員外郎知制誥。（舊紀）
王涯自虢州司馬入爲吏部員外。（舊傳）
李絳自司勳員外知制誥加本司郎中，依前翰林學士，旋正授中書舍人。（壁記）
獨孤郁自起居郎遷考功員外充史館修撰。（舊傳）
吕衡遷衡州刺史。（舊傳）
李元素卒。（舊紀）
鄭雲逵卒。（舊傳）
知貢舉崔樞，進士三十二人：李顧行、李仍叔、陳彦博、王璠、崔蠡、崔元儒、楊虞卿、唐扶、孔敏行，錢識、孟琯、裴大章。（按崔蠡爲崔寧之姪孫，崔元儒爲崔元略之弟，唐扶爲唐次之子。）
柳宗元有聞籍田有感詩。（注云詔來年正月東郊籍田。）盧仝作月蝕詩。（詩云新天子即位五年，歲次庚寅。）
是年劉禹錫在朗州司馬任。

元和六年辛卯（八一一）

李吉甫復相。

李藩罷相爲詹事，旋爲華州刺史，卒。
太府卿裴次元爲福建觀察使。
右丞衞次公爲陝虢觀察使。
翰林學士李絳爲户部侍郎，旋爲相。
兵部尚書裴垍爲賓客。
諫議大夫裴堪爲同州刺史。
鹽鐵使盧坦爲户部侍郎判度支，京兆尹王播代坦，福建觀察使元義方代播。
御史中丞柳公綽爲湖南觀察使。竇易直代公綽。
常州刺史崔芃爲江西觀察使，次年卒。
蜀州刺史崔能爲黔中觀察使。
黔中觀察使竇羣貶開州刺史。
户部尚書韓皋爲東都留守，代鄭餘慶，餘慶爲吏部尚書。
是年諸鎮：鳳翔李惟簡，邠寧閻巨源，涇原朱忠亮，鄜坊路恕，夏綏張恕，朔方王佖，振武李光進，宣武韓弘，義成袁滋，忠武劉昌裔，武寧李愿，淄青李師道，河陽烏重胤，陝虢張弘靖、衞次公，河東王鍔，河中張茂昭、張弘靖，昭義孟元陽、郗士美，義武任迪簡，義昌程執恭，幽州劉總，成德王承宗，魏博田季安，山南東裴均、李夷簡，山南西裴玢，荆南趙宗儒、嚴綬，淮南李鄘，浙西薛苹，浙東李遜，宣歙房式，江西崔芃，福建裴次元，鄂岳吕元膺，湖南柳公綽，黔中竇羣、崔能，西川武元衡，東川潘孟陽，嶺南鄭絪，邕管崔詠，容管房啓，静海馬總。

裴度爲司封郎中知制誥。（舊傳）

裴茝爲國子司業。（舊紀）（按：新志有裴茝内外親族五服儀二卷，又書儀三卷，云茝元和太常少卿。）

于敖爲監察御史。（舊傳）

錢徽爲祠部郎中知制誥。（舊傳）

蕭俛以右補闕知制誥。（舊傳）

鄭肅爲太常少卿。（舊傳）

白居易丁母憂。（舊傳）

高郢卒。（舊紀）

裴垍卒。（舊傳）

知貢舉于尹躬。進士二十人：王質、盧簡辭、高銖、郭周藩、侯洌、謝楚。（按盧簡辭爲盧綸之子，綸四子皆登進士第，見舊傳。）

是年劉禹錫在朗州司馬任。

元和七年壬辰（八一二）

京兆尹元義方爲鄜坊節度使，司農卿李銛代義方。

魏博軍亂，田興以六州請命，改名弘正。裴度宣慰魏博。

蘇州刺史范傳正爲宣歙觀察使。

立遂王宥爲太子，李逢吉、李巨充太子諸王侍讀。

同州刺史裴堪爲江西觀察使，京兆尹裴向代堪。

兵部侍郎許孟容爲河南尹。

袁滋爲户部尚書。

左拾遺楊歸厚貶國子主簿分司。

是年諸鎮：鳳翔李惟簡，邠寧閻巨源，涇原朱忠亮，鄜坊元義方，夏綏張煦，朔方王佖，振武李光進，宣武韓弘，義成袁滋、薛平，忠武劉昌裔，武寧李寧，淄青李師道，河陽烏重胤，陝虢衛次公，河東王鍔，河中張弘靖，昭義郗士美，義武任迪簡，義昌程執恭，幽州劉總，成德王承宗，魏博田季安、田興，山南東李夷簡，山南西裴玢、趙宗儒，荆南嚴綬，淮南李鄘，浙西薛苹，浙東李遜，宣歙房式、范傳正，江西崔芃、裴堪，福建裴次元，鄂岳吕元膺，湖南柳公綽，黔中崔能，西川；武元衡，東川；潘孟陽，嶺南；鄭絪，邕管；崔詠，容管；房啓，静海；馬總。

竇常爲朗州刺史。（劉集）

王涯爲兵部郎中知制誥。（舊傳）

蕭俛自右補闕加司封員外，充翰林學士，九年（八一四）加駕部郎中知制誥。（壁記）（按新傳云，六年召爲翰林學士，凡三年進知制誥，坐與張仲方善奪學士，微異。）

沈亞之還吴。（李賀送沈亞之歌序）

杜佑致仕旋卒。（舊紀）

李商隱生。（張采田譜）

温庭筠生。（夏承燾譜）

知貢舉許孟容，進士二十九人：李固言、李漢、陳夷行、李珏、歸融、賈餗、姚嗣卿。（按李漢爲韓愈之壻，姚嗣卿唐語林作姚嗣。）

是年劉禹錫在朗州司馬任。

元和八年癸巳（八一三）

權德輿罷相爲禮部尚書，旋改東都留守。

梁正言獄起，于頔貶恩王傅。

桂管觀察使房啓未上得罪貶，馬總繼，江州刺史張勔代總未行，又以蘄州刺史裴行立代。

武元衡復相。

潘孟陽爲户部侍郎判度支。

給事中竇易直爲陝虢觀察使。

蘇州刺史張正甫爲湖南觀察使。

翰林學士韋弘景罷守司封員外郎本官。

裴次元爲河南尹。

泗州刺史薛謇爲福建觀察使。

京兆尹李銛爲鄜坊觀察使，裴武代銛。

振武軍亂。

是年諸鎮：鳳翔李惟簡，邠寧閻巨源，涇原朱忠亮、朱光榮，鄜坊元義方、薛伾、裴武、李銛，夏綏田縉，朔方李光進，振武李進賢、張煦，宣武韓弘，義成薛平，忠武劉昌裔、韓皐，武寧李愿，淄青李師道，河陽烏重胤，陝虢竇易直，河東王鍔，河中張弘靖，昭義郗士美，義武任迪簡，義昌程執恭，幽州劉總，成德王承宗，魏博田弘正，山南東李夷簡、袁滋，山南西趙宗儒，荆南嚴綬，淮南李鄘，浙西薛苹，浙東李遜，宣歙范傳正，江西裴堪，福建裴次元、薛謇，鄂岳柳公綽，湖南柳公綽、張正甫，黔中李道古，西川武元衡、李夷簡，東川潘孟陽、盧坦、嶺南鄭絪、馬總，邕管崔詠、馬平陽，容管房啓、竇羣，桂管房啓、馬總、崔詠，静海馬總、張勔、裴行立。

祠部郎中翰林學士知制誥錢徽轉司封郎中。（舊傳）

李虚中卒。（韓集）

知貢舉韋貫之，進士三十人：尹極，舒元輿，張蕭遠，王會，楊漢公。（按楊漢公爲虞卿之弟。）

是年劉禹錫在朗州司馬任。

元和九年甲午（八一四）

李絳罷相爲禮部尚書。

趙宗儒爲御史大夫。

鄭絪爲工部尚書。

張弘靖自河中入相。

王涯、韋綬爲太子諸王侍讀。

左丞孔戣爲華州刺史。

給事中孟簡爲浙東觀察使。

韓皐爲吏部尚書，旋改賓客。

令狐楚自職方郎中知制誥。充翰林學士蕭俛爲駕部郎中知制誥。（參本傳）

左丞呂元膺爲東都留守。

裴度自中書舍人爲御史中丞，代胡證。

右丞韋貫之爲相。

討吴元濟。

是年諸鎮：鳳翔李惟簡，邠寧閻巨源，涇原朱光榮，鄜坊李銛，夏綏田縉，朔方李光進，振武張煦、胡證，宣武韓弘，義成薛平，忠武韓臯、李光顔，武寧李愿，淄青李師道，河陽烏重胤，陝虢竇易直，河東王鍔，河中張弘靖、趙宗儒，昭義郗士美，義武渾鎬，義昌程執恭，幽州劉總，成德王承宗，魏博田弘正，山南東袁滋、嚴綬，山南西鄭餘慶，荆南嚴綬、袁滋，淮南李鄘，浙西薛苹，浙東孟簡，宣歙范傳正，江西裴堪，福建薛謇，鄂岳柳公綽，湖南張正甫，黔中李道古，西川李夷簡，東川盧坦，嶺南馬總，邕管馬平陽，容管竇羣，桂管崔詠，静海裴行立。

白居易爲左贊善大夫。（舊傳）

徐晦自都官員外充翰林學士，次年轉司封郎中。（壁記）

韓愈爲考功郎中知制誥，依前史館修撰。（洪譜）

徐放爲衢州刺史。（韓集）（按：劉集有衢州徐員外贈縞紵詩。）

李吉甫卒。（舊紀）
竇羣自容管還朝卒。（舊傳）
知貢舉韋貫之，進士二十七人：張又新、李德垂、殷堯藩、高鍇、陳商。（按李德垂疑即舊李紳傳之李續之，高鍇爲高釴之弟。）
是年劉禹錫在朗州刺史任，十二月，與柳宗元、元稹等同召還。（各本集）

元和十年乙未（八一五）

禮部尚書李絳爲華州刺史。
李程自西川行軍司馬爲兵部郎中知制誥。
韓泰、柳宗元、韓曄、陳諫、劉禹錫，自虔、永、饒、台、朗州司馬授漳、柳、汀、封、連州刺史。
武元衡被刺卒。
裴度爲相。
京兆尹裴武爲司農卿。
韓皋自賓客爲兵部尚書。于頔自賓客爲户部尚書。
户部侍郎李遜鎮襄陽、高霞寓爲唐鄧節度使。

討王承宗。

是年諸鎮：鳳翔李惟簡，邠寧郭釗，涇原李彙、王潛，鄜坊李銛，夏綏田縉，朔方李光進、杜叔良，振武胡證，宣武韓弘，義成薛平，忠武李光顔，武寧李愿，淄青李師道，河陽烏重胤，陜虢崔從，河東王鍔，河中趙宗儒，昭義郗士美，義武渾鎬，義昌程執恭，幽州劉總，成德王承宗，魏博田弘正，山南東嚴綬、李遜、高霞寓分領，山南西鄭餘慶，荆南袁滋，淮南李鄘，浙西薛苹，浙東孟簡，宣歙范傳正，江西裴次元，福建薛謇、元錫，鄂岳柳公綽，湖南張正甫，黔中李道古，西川李夷簡，東川盧坦，嶺南馬總，邕管徐俊，容管陽旻，桂管崔詠，静海裴行立。

崔從爲中丞。（舊崔慎由傳）

楊嗣復爲刑部員外。（舊傳）

庾承宣爲考功員外。（韓集）

元稹爲通州司馬。（本集）

白居易爲江州司馬。（舊傳）

權德輿修長行勅三十卷成。（舊紀）

劉伯芻卒。（舊傳）

崔邠卒。（舊傳）

潘孟陽卒。（舊傳）

獨孤郁卒。（劉集）

知貢舉崔羣，進士三十人：沈亞之、滕邁、裴夷直、封敖、張嗣初、任畹，龐嚴、胡□、韓復、張正謨、紇干臮、劉巖夫、李干、呂讓。（按李干爲韓愈之姪孫壻，呂讓爲呂渭之子。）

是年二月劉禹錫至長安，五月至連州。

元和十一年丙申（八一六）

張弘靖罷相爲河東節度使。

中書舍人李逢吉爲相。

華州刺史李絳爲兵部尚書，裴武代絳，旋爲荆南節度使。

河南尹鄭權爲山南東道節度使。

户部侍郎楊於陵貶郴州刺史。

韋貫之罷相爲吏部侍郎，再貶湖南。並貶吏部侍郎韋顗爲陜州，刑部郎中李正辭爲金州，度支薛公幹爲房州，屯田李宣爲忠州，考功韋處厚爲開州，禮部員外崔韶爲果州刺史。

刑部尚書權德輿爲山南西道節度使。

司農卿王遂爲宣歙觀察使。

京兆尹李錡爲浙西觀察使。

工部侍郎王涯爲相。

是年諸鎮：鳳翔李惟簡，邠寧郭釗，涇原王潛，鄜坊李銛，夏綏田縉，朔方杜叔良，振武胡證，宣武韓弘，義成薛平，忠武李光顔，武寧李愿，淄青李師道，河陽烏重胤，陝虢崔從，河東張弘靖，河中吕元膺，昭義郗士美，義武陳楚，義昌程執恭，幽州劉總，成德王承宗，魏博田弘正，山南東鄭權，山南西權德輿，荆南袁滋、裴武，淮南李鄘，浙西李錡，浙東孟簡，宣歙王遂，江西裴次元，福建元錫，鄂岳柳公綽、李道古，湖南韋貫之，西川李夷簡，東川盧坦，嶺南馬總，邕管韋悦，容管陽旻，桂管崔詠，静海裴行立。

翰林學士錢徽、蕭俛以請罷兵罷守本官。（通鑑）

段文昌自祠部員外充翰林學士。（舊傳）

李德裕爲太原掌書記。（舊傳）

韓愈爲中書舍人。（洪譜）

禮部郎中張仲素充翰林學士。（壁記）

江南大水。（舊五行志）

知貢舉李逢吉，進士三十三人：鄭澥、姚合、廖有方、周匡物、令狐定、皇甫曙、劉端夫、李方、楊之罘。（按：姚合爲姚崇之曾孫，廖有方後改名游卿，見柳集，令狐定爲令狐楚之弟。）

是年劉禹錫在連州刺史任。

元和十二年丁酉（八一七）

義武渾鎬、唐鄧袁滋貶循、撫州刺史。

度支郎中張仲方貶遂州司馬。

左丞許孟容爲東都留守。

衛尉卿程异爲鹽鐵使，代王播。

祭酒孔戣爲嶺南節度使。

崔羣自户部侍郎爲相。

裴度爲彰義節度，宣慰淮西，馬總爲副使，右庶子韓愈充司馬，司勳員外李正封、都官員外馮宿、禮部員外李宗閔充判官書記。

昭義節度使郗士美爲工部尚書，河南尹辛秘，代士美。

孟簡爲户部侍郎。

同州刺史張正甫爲河南尹。

李逢吉罷相爲東川節度使。

京兆尹竇易直貶金州刺史。
邢部郎中知雜崔元略爲御史中丞。
韋貫之爲賓客分司。
李鄘自淮南節度使入爲相。
韓愈爲刑部侍郎。
淮西平。
是年諸鎮：鳳翔李惟簡，邠寧郭釗，涇原王潛，鄜坊韓公武，夏綏田縉，朔方杜叔良，振武胡證，宣武韓弘，義成薛平，忠武李光顔，武寧李愿，淄青李師道，河陽烏重胤，陜虢崔從，河東張弘靖，河中吕元膺，昭義郗士美、辛秘，義武陳楚，義昌程執恭改名權，幽州劉總，成德王承宗，魏博田弘正，山南東李愬，山南西權德輿，荆南裴武，淮南李鄘、衞次公，浙西李錡，浙東薛戎，宣歙王遂，江西裴次元，福建元錫，鄂岳李道古，湖南韋貫之、袁滋，黔中魏義通，西川李夷簡，東川盧坦、李逢吉，嶺南崔詠、孔戣，邕管韋悦，容管陽旻，桂管裴行立，
杜元穎自太常博士充翰林學士。（壁記）
武儒衡以户部郎中權諫議大夫知制誥。（舊傳）
鄭澥爲李愬判官。（舊李愬傳）（按：新書藝文志有鄭澥録一卷。）
元稹作深春詩。（本集）

知貢舉李程，進士三十五人：蕭傑、崔龜從。
是年劉禹錫在連州刺史任。

元和十三年戊戌（八一八）

禮部尚書王播爲西川節度使。
同州刺史鄭絪爲東都留守。
李鄘罷相爲户部尚書，御史大夫李夷簡爲相，旋出爲淮南節度使。
鄭餘慶爲左僕射，旋出爲鳳翔節度使。
王涯罷相爲兵部侍郎。
户部侍郎皇甫鎛、鹽鐵使程异俱爲相。
右丞崔從爲山南西道節度使。
華州刺史令狐楚爲河陽節度使。
討李師道。赦王承宗。
是年諸鎮：鳳翔李惟簡、李愬、鄭餘慶，邠寧郭釗、程權，涇原王權，鄜坊韓公武，夏綏田縉，朔方杜叔良，振武高霞寓，宣武韓弘，義成薛平，忠武李光顔，武寧李愬，淄青李師道，河陽烏重胤，令狐楚，陝虢裴向，河東張弘靖，河中呂元膺，昭義辛秘，義武陳楚，義昌鄭權，烏重胤，幽州劉總，成德王承宗，魏博田弘正，山南東李愬、孟簡，山南西權德輿、崔從，荆南裴武，淮南衛次公、李夷簡，浙西李翛，浙東薛戎，宣歙竇易直，江西裴次元，福建元錫，鄂岳李程，湖南袁滋、崔倰，黔中魏義通，西川李夷簡、王播，東川李逢吉，嶺南孔戣，邕管李位，容管陽旻，桂管裴行立，

鄭餘慶爲禮儀詳定使，崔郾爲判官。（郎考）

鄭餘慶詳定格後勑三十卷，左司郎中崔郾、吏部郎中陳諷、禮部員外庾敬休、著作郎王長文、集賢校理元從質、國子博士林寶同修。（會要）（按：徐松云，舊鄭餘慶傳陳諷作陳佩者誤。）

秘書少監史館修撰馬宇卒。（英華墓誌）（按會要是年馬宇撰上鳳池録五十卷。）

白居易爲忠州刺史（舊傳）

許孟容卒。（舊傳）

衛次公卒。（舊傳）

權德輿卒。（舊傳）

袁滋卒。（舊紀）

知貢舉庾承宣，進士三十二人：獨孤樟、李廓、李石、柳仲郢、程昔範、王洙、樂坤、劉軻、潘存實、陳彤。（按：李廓爲李程之子，柳仲郢爲柳公綽之子。又按：劉軻上座主書自稱沛上耕人。）

是年劉禹錫在連州刺史任。

元和十四年己亥（八一九）

刑部侍郎韓愈貶潮州刺史，旋移袁州。

商州刺史嚴謨爲黔中觀察使。

中書舍人衞中行爲華州刺史。

裴度罷相爲河東節度使。

張弘靖爲吏部尚書。

刑部侍郎柳公綽爲鹽鐵使。

户部侍郎歸登爲工部尚書。

鄭州刺史裴乂爲福建觀察使。

令狐楚爲相。

永州刺史韋正武爲邕管觀察使。

户部尚書李鄘爲東都留守。

起居舍人裴潾貶江陵令。

崔羣罷相爲湖南觀察使。

是年諸鎮：鳳翔李愿，邠寧程權、李光顔，涇原王潛，鄜坊韓公武，夏綏李聽，朔方杜叔良，振武高霞寓，宣武張弘靖，義成薛平、劉悟，忠武李光顔、郗士美、李遜，天平馬總，兗海王遂，武寧李愬，淄青李師道、薛平，河陽令狐楚、魏義通，陝虢裴向，河東張弘靖、裴度，河中李絳，昭義辛祕，義武陳楚，義昌烏重胤，幽州劉總，成德王承宗，魏博田弘正，山南東孟簡，山南西崔從，荆南裴武，淮南李夷簡，浙西竇易直，浙東薛戎，宣歙竇易直、元錫，江西裴次元，福建元錫、裴乂，鄂岳李程，湖南崔羣，黔中魏義通、嚴謨，西川王播，東川李逢吉，嶺南孔戣，邕管韋正武，容管陽旻，桂管裴行立，静海李象古被殺、桂仲武。

王播爲職方郎中知制誥。（舊傳）

王起爲比部郎中知制誥。（舊傳）

鄭覃自刑部郎中爲諫議大夫。（舊傳）

李德裕爲監察御史。（舊傳）

李應爲湖州刺史。（會要）

白居易自忠州刺史爲司門員外。（舊傳）

元稹自虢州司馬爲膳部員外。（舊傳）

程异卒。（舊紀）

柳宗元卒。(劉集)

知貢舉庾承宣。進士三十一人:韋諶、章孝標、陳去疾、馬植、李讓夷、張庾、韋中立。

是年劉禹錫丁母憂,冬北歸。(本集)

元和十五年庚子(八二〇)

憲宗卒,穆宗嗣位。吐突承璀以謀立澧王惲被殺。

崔倰爲户部侍郎判度支。

皇甫鎛貶崖州司户。

御史中丞蕭俛、翰林學士段文昌爲相。

諫議大夫李景儉貶建州刺史。

太僕卿杜式方爲桂管觀察使。

户部侍郎楊於陵爲户部尚書。

詹事分司韋貫之爲河南尹。

賓客分司孟簡貶吉州司馬。

中書舍人王仲舒爲江西觀察使。

考功員外李翺爲朗州刺史。
李絳爲兵部尚書，旋爲御史大夫。
大理卿孔戣爲湖南觀察使。
令狐楚罷相爲宣歙觀察使，再貶衡州刺史。
御史中丞崔植爲相。
宗正卿李翶爲華州刺史。
駕部郎中李宗閔爲中書舍人。
吏部侍郎崔羣爲御史大夫，旋爲武寧節度使。
嶺南節度使孔戣爲吏部侍郎，將作監崔能代戣。
成德節度使王承宗卒，鄭覃宣慰成德。
袁州刺史韓愈爲國子祭酒。
華州刺史衞中行爲陜虢觀察使。
庫部郎中知制誥牛僧孺爲御史中丞。
是年諸鎮：鳳翔李愿，邠寧李光顔，涇原王潛，鄜坊韓璀，夏綏李聽、李祐，朔方李聽，振武張惟清，宣武張弘靖，義成劉悟、王承元，忠武李遜，天平馬總，兖海曹華，武寧李愬、崔羣，淄青薛平，河陽魏義通，陜虢衞中行，河東裴度，河中李絳、韓弘，昭義李愬、劉悟，義武陳楚，義昌烏重胤，幽州劉總，成德王承宗、田弘正，魏博田弘正、李愬，山南東李逢吉，山南西崔從，荆南裴武，淮南李夷簡，浙西竇易直，浙東薛戎，宣歙元錫，江西王仲舒，福建裴乂，鄂岳李程，湖南崔羣、孔戣，黔中嚴謨，西川王播，東川李逢吉、王涯，嶺南孔戣、崔能，容管陽旻旋卒，桂管裴行立、杜式方，静海裴行立旋卒。

司門員外郎白居易爲主客郎中知制誥。（舊紀）

元稹爲祠部郎中知制誥。（舊傳）

庾敬休自禮部員外充翰林學士，次年出。（壁記）

沈傳師自司門員外加司勳郎中充翰林學士。（壁記）（按杜牧撰行狀稱旋爲兵部郎中、中書舍人。）

路隋自司勳員外侍講學士轉本司郎中，次年遷諫議大夫。（壁記）

李肇自右補闕翰林學士加司勳員外。（壁記）

李德裕自監察御史充翰林學士，加屯田員外。（壁記）

獨孤朗爲考功員外，兼史館修撰。（舊傳）

李紳除右拾遺，召入翰林。（李紳詩注）

前坊州刺史班肅爲司封員外。（新皇甫鎛傳）（按鎛以是年貶，肅緣餞鎛爲衆議所重復官，故繫於此。詳元稹所撰制詞。又肅爲班宏之子，嚴震之壻。見柳宗元集。）

李虞仲爲祠部員外。（白集）

李鄘卒。（舊紀）

裴次元卒（舊紀）

吕元膺卒。（舊傳）

歸登卒。（舊傳）

知貢舉李建，進士二十九人：盧儲、鄭亞、盧戡，吕述、裴乾餘、施肩吾、唐持、姚康、崔嘏、陳越石、盧宏正。（按唐持爲唐扶之弟。）

是年劉禹錫居母喪。

穆宗長慶元年辛丑（八二一）

蕭俛罷相爲右僕射，旋改吏部尚書，韓臯代爲右僕射。

左散騎常侍崔元略爲黔中觀察使。

户部侍郎翰林學士杜元穎爲相。

段文昌罷相爲西川節度使。

鹽鐵使王播爲相。

左丞韋綬爲禮部尚書。

兵部侍郎柳公綽爲京兆尹兼御史大夫，旋改吏部侍郎。

屯田員外李德裕爲考功郎中，左補闕李紳爲司勳員外，依前知制誥翰林學士。

王起、白居易重試進士。

漳州韓泰、汀州韓曄、循州陳諫量移郴、永、道州刺史。

禮部侍郎錢徽、中書舍人李宗閔貶江、劍州刺史，右補闕楊汝士貶開州開江令。

衡州刺史令狐楚、吉州司馬孟簡量移郢、睦州刺史。

考功員外李渤貶虔州刺史。

幽州軍亂，張弘靖貶賓客分司，再貶吉州刺史。

鎮州軍亂，田弘正、田布相繼死。

韓愈爲兵部侍郎。

建州刺史李景儉爲諫議大夫。

裴度爲幽鎮招撫使。

刑部尚書王播爲相，仍兼鹽鐵使。

中書舍人知貢舉王起爲禮部侍郎。

兵部郎中楊嗣復知制誥。

東都留守鄭絪爲吏部尚書，吏部尚書李絳代絪。
工部尚書丁公著爲浙東觀察使。
主客郎中知制誥白居易爲中書舍人。
裴度論元稹，稹罷學士爲工部侍郎。
户部侍郎崔倰爲工部尚書判度支。
白居易、陳岵、賈餗同考制策。
諫議大夫李景儉、考功員外郎獨孤朗、起居舍人温造、司勳員外郎李肇、刑部員外郎王鎰貶楚、韶、朗、澧、郢州刺史。兵部郎中知制誥馮宿、庫部郎中知制誥楊嗣復均罰俸。
赦朱克融。
是年諸鎮：鳳翔李光顔、李愿、李遜，邠寧李光顔、高霞寓，涇原王潛、田布、楊元卿，鄜坊韓璀改名充，夏綏李祐，朔方李聽，振武張惟清，宣武張弘靖、李愿，義成王承元，忠武李遜、李光顔，天平馬總，兖海曹華，武寧崔羣，淄青薛平，河陽田布、郭釗，陝虢衛中行，河東裴度，河中韓弘，昭義劉悟，義武陳楚，義昌烏重胤、杜叔良，幽州張弘靖、朱克融，成德田弘正、王庭湊，魏博李愬、田布，山南東李逢吉，山南西崔從、烏重胤，荆南王潛、裴武，淮南李夷簡，浙西竇易直，浙東丁公著，宣歙元錫，江西王仲舒，福建裴乂，鄂岳李程，湖南孔戣，黔中崔元略，西川王播、段文昌，東川王涯，嶺南崔能，容管嚴公素，桂管杜式方。

蔣防自右補闕充翰林學士，次年爲司封員外，三年加知制誥。（壁記）
右補闕翰林學士李紳爲司勳員外知制誥，旋授中書舍人。（舊傳）
高釴自起居郎充翰林學士。（舊傳）
馮宿以刑部郎中知制誥。（舊傳）
李建卒。（白居易撰墓碑及紀）（按：舊傳誤。）
蔣乂卒。（舊傳）
薛戎卒。（舊傳）
韋貫之卒。（舊傳）
知貢舉錢徽，重試官王起、白居易，進士二十五人，駁下十一人，重試及第十四人（據徐氏改訂）：李蹇、李欵、盧鍇、盧簡求、崔璵、裴譔、皇甫宏、孔温業，趙存約、竇洵直。（按李蹇後改名回，盧簡求爲盧綸之子，裴譔爲裴度之子，孔紹業爲孔戢之子。黜落之人中有鄭覃之弟朗，楊汝士之弟殷士，李宗閔之壻蘇巢。）
軍謀宏遠科吴思及弟。（會要）
詳明政術科崔郢及第。（會要）
賢良科陳元錫、吕述、龐嚴、崔嘏及第。（會要、舊傳）（按：崔嘏授校書郎，見册府，後貶官在大中初。）

是年劉禹錫授夔州刺史。（本集謝上表）月未詳，蓋以是年服闋。）

長慶二年壬寅（八二二）

工部尚書崔倰爲鳳翔節度使。

李遜爲刑部尚書，旋卒。

兵部侍郎韓愈宣慰鎮州。

赦王庭湊。

考功郎中知制誥李德裕爲中書舍人，依前翰林學士，旋遷御史中丞。

崔植罷相爲刑部尚書。

工部侍郎元稹爲相。

司勳員外知制誥李紳爲中書舍人依前翰林學士。

裴度復知政事，王播爲鹽鐵使。

武寧節度使崔羣爲秘書監分司。

韋處厚爲中書舍人，路隋爲諫議大夫。

德州刺史李景儉爲諫議大夫。

裴度罷相爲右僕射，元稹罷相爲同州刺史。
兵部尚書李逢吉爲相。
前右僕射李夷簡爲太子少保分司，旋卒。
中書舍人白居易爲杭州刺史。
李源爲諫議大夫。
汴州軍亂。
絳州刺史崔弘禮繼崔倰爲河南尹。
左僕射韓皐爲東都留守。
李絳爲華州刺史。
御史中丞李德裕爲浙西觀察使，浙西竇易直爲吏部侍郎，吏部侍郎柳公綽爲御史大夫。
工部侍郎鄭權爲工部尚書，前華州刺史許季同爲工部侍郎。
吏部尚書鄭絪爲太子少傅。
太常卿趙宗儒爲吏部尚書。户部尚書楊於陵爲太常卿。
賓客令狐楚爲陝虢，旋以左丞庾承宣爲陝虢，楚復爲賓客分司。
户部侍郎張平叔貶通州刺史。吏部侍郎竇易直爲户部侍郎判度支。
衛中行爲右丞。

是年諸鎮：鳳翔崔倰、王承元，邠寧高霞寓，涇原楊元卿，鄜坊韓充、王承元、崔從，夏綏李祐，朔方李進誠，振武張惟清，宣武李愿、韓充，義成韓充、曹華，忠武李光顔，天平烏重胤，兗海高承簡，武寧崔羣、王智興，淄青薛平，河陽郭釗、陳楚，陜虢令狐楚、庾承宣，河東裴度、李聽，河中韓弘、郭釗，昭義劉悟，義武陳楚、柳公濟，義昌杜叔良、李光顔、李全略，幽州朱克融，成德王庭湊，魏博田布自殺、史憲誠。山南東李逢吉、牛元翼，山南西烏重胤、韋綬，荆南王潛，淮南李夷簡、裴度、王播，浙西竇易直、李德裕，浙東丁公著，江西王仲舒，福建裴乂，湖南孔戣，黔中崔元略，西川段文昌，東川王涯，嶺南崔能，邕管崔結、桂仲武，容管嚴公素，桂管杜式方卒、嚴謨。

龐嚴爲翰林學士。（舊傳）

宋申錫爲起居舍人。（舊傳）

孫革爲刑部員外郎。（舊刑法志）（按：韓翃有送孫革及第歸江南詩。）

柳登卒。（舊傳）

韓臯卒。（舊傳）

嚴綬卒。（舊傳）

竇牟卒。（舊傳）

李遜卒。（舊紀）（按傳作三年恐誤。）

孟簡卒。（舊紀）

知貢舉王起，進士二十九人：白敏中、賀拔惎、周墀、陳標、苗愔、丁居晦、浩虚舟、裴休。（按：白敏中爲白居易之從弟。）

是年正月劉禹錫至夔州刺史任。（本集謝上表）

長慶三年癸卯（八二三）

御史中丞牛僧孺爲相。

吏部侍郎韓愈爲京兆尹，旋改兵部，又改吏部侍郎。

御史中丞李紳爲江西觀察使，旋改户部侍郎。

杜元穎罷相爲西川節度使。

賈直言爲諫議大夫。

是年諸鎮：鳳翔王承元，邠寧高霞寓，涇原楊元卿，鄜坊崔從，夏綏李祐，朔方李進誠，振武張惟清，宣武韓充，義成曹華、高承簡，忠武李光顏，天平烏重胤，兗海王沛，武寧王智興，淄青薛平，河陽陳楚、崔宏禮，陝虢庾承宣，河東李聽，河中郭釗，昭義劉悟，義武柳公濟，義昌李全略，幽州朱克融，成德王庭湊，魏博史憲誠，山南東牛元翼卒、柳公綽，山南西韋綬卒、裴度，荊南王潛，淮南王播，浙西李德裕，浙東元稹，宣歙崔羣，江西王仲舒卒、薛放，福建裴乂，鄂岳崔元略、崔植，湖南孔戣卒、沈傳師，西川杜元穎，東川王涯、李絳，嶺南鄭權，邕管桂仲武，容管嚴公素，桂管嚴謨，静海李元喜。

户部尚書崔倰卒。（舊紀）

國子祭酒韋乾慶卒。（舊紀）

户部尚書馬總卒。（舊紀）

户部郎中王正雅、司門員外郎齊推、大理司直楊倞等詳定勅格。（會要）（按正雅卒官大理卿。郎考云：新表終山南東道節度使，誤。）（又按新藝文志、楊倞注荀子二十卷。注，汝士子，大理評事。）

知貢舉王起進士二十八人：鄭冠、袁不約、顧師邕、李敬方、韓湘、李餘、李訓。（按韓湘爲韓愈之族孫，李訓本名仲言，其登第年未能確定。）

是年劉禹錫在夔州刺史任。

長慶四年甲辰（八二四）

正月穆宗卒，敬宗嗣位。

户部侍郎李紳貶端州司馬，翰林學士龐嚴、蔣防以紳黨貶信、汀州刺史。

右丞韋顗爲户部侍郎，旋爲御史中丞。

賓客令狐楚爲河南尹，旋爲宣武節度使，兵部侍郎，王起代爲河南尹。

御史大夫王涯爲户部尚書，兼鹽鐵使。

吏部侍郎李程，户部侍郎竇易直爲相。

吏部尚書趙宗儒爲太常卿，兵部尚書鄭絪代宗儒，郭釗代絪。

大理卿崔元略爲京兆尹。

吏部侍郎崔從爲太常卿，代趙宗儒。

韋顗爲御史中丞。

刑部侍郎韋弘景爲吏部侍郎，工部侍郎于敖爲刑部侍郎。

劉栖楚爲諫議大夫。

是年諸鎮：鳳翔王承元，邠寧高霞寓，涇原楊元卿，鄜坊康藝全，夏綏傅良弼，朔方李進誠，振武張惟清，宣武韓充、令狐楚，義成高承簡，忠武李光顏，天平烏重胤，兗海王沛，武寧王智興，淄青薛平，河陽崔宏禮，陝虢庾承宣，河東李聽，河中郭釗、李愿，昭義劉悟，義武柳公濟，義昌李全略，幽州朱克融，成德王庭湊，魏博史憲誠，山南東柳公綽，山南西裴度，荆南王潛，淮南王播，浙西李德裕，浙東元稹，宣歙崔羣，江西薛放，福建徐晦，鄂岳崔植，湖南沈傳師，西川杜元穎，東川李絳，嶺南鄭權卒、崔植，邕管桂仲武，容管嚴公素，桂管嚴謨，静海李元喜。
職方郎中王璠知制誥。（舊傳）
楊虞卿爲吏部員外。（舊傳）
吏部郎中于敖爲給事中。（舊傳）（按：紀稱是年爲工侍、刑侍。）
庫部郎中賈餗爲常州刺史。（舊傳）
高重以司門郎中充講學，旋爲諫議大夫。（壁記）
司農少卿李彤坐贜貶吉州司馬。（舊紀）（按：權德輿集李府君雍墓志云：「萬年尉彤，予之重表甥也。」）
許季同卒（舊紀）
韓皐卒。（舊紀）
韓愈卒。（舊紀）
武儒衡卒。（舊紀）
孔戣卒。（舊傳）
知貢舉李宗閔，進士三十二人：李羣、韓琮、韋楚老、李甘、韓昶、唐沖、薛庠、袁都。（按：韓昶爲韓愈之子。）

劉禹錫自夔州授和州刺史。（按歷陽書事序云：長慶四年（八二四）八月，自夔州轉歷陽，友人崔敦詩（羣）罷丞相鎮宣城。）

敬宗寶曆元年乙巳（八二五）

牛僧孺罷相爲武昌節度使。

給事中李渤爲桂管觀察使。

禮部郎中李翺爲廬州刺史。

知制誥王璠爲御史中丞。

鄭涵、崔琯、李虞仲充考制策官。

諫議大夫劉栖楚爲刑部侍郎。

東川節度使李絳爲左僕射，旋爲太子少師分司。

户部侍郎韋顗爲吏部侍郎，京兆尹崔元略代顗，權工部侍郎鄭覃代元略，給事中盧元輔代覃。

左散騎常侍胡證爲户部尚書判度支。

刑部尚書段文昌爲兵部尚書，依前判左丞。

武昭獄發，李仲言、李涉配流。

御史中丞王播爲工部侍郎，諫議大夫獨孤朗代播。

刑部侍郎劉栖楚爲京兆尹。

是年諸鎮：鳳翔王承元，邠寧高霞寓，涇原楊元卿，鄜坊康藝全，夏綏傅良弼，朔方李進誠、振武張惟清，宣武令狐楚，義成李聽，忠武李光顔、王沛，天平烏重胤，兖海王沛，武寧王智興，淄青康志睦，河陽崔宏禮，河東李聽、李光顔，河中李愿卒、薛平，昭義劉悟卒、劉從諫，義武柳公濟，義昌李全略，幽州李載義，成德王庭凑，魏博史憲誠，山南東柳公綽，山南西裴度，荆南王潛，淮南王播，浙西李德裕，浙東元稹，宣歙崔羣，江西薛放卒、殷侑，福建徐晦，鄂岳牛僧孺，湖南沈傳師，西川杜元穎，東川李絳、郭釗，嶺南崔植，邕管桂仲武，容管嚴公素（按紀書是年公素爲容管，似誤。）桂管李渤，静海李元喜。

王源中自户部郎中充翰林學士。（壁記）

宋申錫自禮部員外充侍講學士。（壁記）（按：舊傳在寶曆二年。）

李宗閔爲兵部侍郎。（舊傳）

李紳爲江州刺史。（本集）（按：舊傳作江州長史。）

白居易爲蘇州刺史。（養新餘録）

裴堪卒。（舊紀）

竇常卒。（舊傳）

盧士玫卒。（舊傳）

饒州刺史吴丹卒。（白集吴府君碑銘）

李德裕有伊川卜山居詩。（本集）

知貢舉楊嗣復，進士三十三人：柳璟、歐陽兖、易之武、楊洵美、李從晦、裴素、杜勝。（按：柳璟爲柳登之子。）

賢良科元晦、楊魯士、趙祝及第。（會要）

是年劉禹錫在和州刺史任。

寶曆二年丙午（八二六）

衛尉卿劉遵古爲湖南觀察使。

祭酒衛中行爲福建觀察使。

裴度自山南西道復知政事，禮部尚書王涯代度。

同州刺史蕭俛爲太子少保分司，工部尚書裴武代俛。

吏部侍郎韋弘景爲陜虢觀察使。

幽州軍亂。

右丞丁公著爲兵部侍郎。

沈傳師爲左丞。

工部侍郎王璠爲河南尹代王起，起爲吏部侍郎，徐晦爲工部侍郎。

太府卿李憲爲江西觀察使。

太常卿崔從爲東都留守。

李程罷相爲河東、李逢吉罷相爲山南東道節度使。

中書舍人崔郾爲禮部侍郎。

户部尚書胡證爲嶺南節度使。

敬宗卒，文宗嗣位。

兵部侍郎翰林學士韋處厚爲相。

柳公綽爲刑部尚書。

殷侑爲大理卿。

是年諸鎮：鳳翔王承元，邠寧高霞寓卒、高承簡。涇原楊元卿、李祐，鄜坊康藝全，夏綏傅良弼，朔方李惟誠，振武張惟清，宣武令狐楚，義成李聽，忠武王沛，天平烏重胤，兗海張茂宗，武寧王智興，淄青康承睦，河陽崔宏禮、楊元卿，陝虢韋弘景，河東李光顔卒、李程，河中薛平，昭義劉從諫，義武柳公濟，義昌李全略卒、李同捷，幽州朱克融被殺、李載義，成德王庭湊，魏博史憲誠，山南東柳公綽、李逢吉，山南西裴度、王涯，荆南王潛，淮南王播，浙西李德裕，浙東元稹，宣歙崔羣，江西李憲，福建徐晦、衞中行，鄂岳牛僧孺，湖南劉遵古，西川杜元穎，東川郭釗，嶺南崔植、胡證，容管嚴公素，桂管李渤，静海李元喜。

鄭瀚爲侍講學士。（舊傳）

徐晦爲同州刺史。（舊傳）

馮定爲郢州刺史。（舊傳）

李繁爲亳州刺史。（舊傳）

姚合爲監察御史，遷户部員外。（唐才子傳）（按：但云寶曆中，始繫於此。）

李翺卒。（舊紀）

高霞寓卒。（舊紀）

白行簡卒。（舊傳）

知貢舉楊嗣復，進士三十五人：裴俅、張知實、朱慶餘、夏侯孜、劉蕡、李方元、鄭復禮、郭言揚、盧求、崔球、劉符。（按裴俅爲裴休之弟，盧求爲李翺之壻、盧擕之父，崔球爲崔珙之弟，劉符八子皆登進士第，即崇龜等。）

是年冬劉禹錫罷和州刺史，遊建康，道揚州，白居易亦罷蘇州相遇同返洛陽。

文宗大和元年丁未（八二七）

御史中丞獨孤朗爲户部侍郎。
兵部尚書段文昌爲御史大夫。
左散騎常侍李益爲禮部尚書致仕。
京兆尹劉栖楚爲桂管觀察使，吏部侍郎庾承宣代栖楚。栖楚旋卒，諫議大夫蕭裕繼。
宣歙觀察使崔羣爲兵部尚書。
右散騎常侍張正甫爲工部尚書。
崔植爲户部尚書。
華州刺史錢徽爲右丞，崔宏禮代徽。
前蘇州刺史白居易爲秘書監。
楊於陵爲右僕射，致仕。
禮部尚書蕭俛爲太子少師分司。
貶李逢吉黨李續、張又新爲涪、汀州刺史。
王播自淮南節度使復知政事。段文昌代播。

工部侍郎獨孤朗爲福建觀察使，道卒，諫議大夫張仲方繼。

太府卿裴弘泰爲黔中觀察使。

討滄景李同捷。

李德裕、元稹並加檢校禮部尚書。

左丞錢徽復爲華州刺史。

是年諸鎮：鳳翔王承元，邠寧高丞簡卒、柳公綽，涇原李祐，鄜坊何文哲，夏綏傅良弼，朔方李進誠，振武李泳，宣武令狐楚，義成李聽，忠武王沛、高瑀，天平烏重胤卒、崔宏禮，兖海張茂宗，武寧王智興，淄青康志睦，河陽楊元卿，陜虢韋宏景，河東李程，河中薛平，昭義劉從諫，義武柳公濟，義昌烏重胤、李寰，幽州李載義，成德王庭湊，魏博史憲誠，山南東李逢吉，山南西王涯，荆南王潛，淮南王播、段文昌，浙西李德裕，浙東元稹，宣歙崔羣、于敖，江西李憲，福建張仲方，鄂岳牛僧孺，湖南王公亮，黔中裴弘泰，西川杜元穎，東川郭釗，嶺南胡證，容管王茂元、張遵，容管嚴公素、王茂元，桂管劉栖楚卒、蕭祐，静海韓約。

左司郎中温造權中丞。（郎考）

宋申錫自禮部員外充翰林學士，遷户部郎中知制誥。（壁記）

許康佐自度支郎中改駕部充侍講學士。（壁記）

李讓夷自右拾遺充翰林學士。（舊傳）（按：史但言大和初，姑繫於此。）

知貢舉崔郾，進士三十三人：李郃、蕭倣、崔慎由、陳會、許玫、崔鉉、侯固、陸賓虞、韋慤、房千里。（按蕭倣爲蕭俛之從弟，崔慎由爲崔融之玄孫，崔鉉爲崔元略之子。）

是年劉禹錫除主客郎中分司東都。（養新録卷六）（按舊傳繫於次年非是。）

大和二年戊申（八二八）

策試制舉人劉蕡下第，裴休等二十二人皆除官。

馮宿、賈餗、龐嚴爲考制策官。

右散騎常侍孔戢爲京兆尹。

兵部侍郎王起爲陝虢觀察使，代韋弘景，弘景爲左丞。

刑部侍郎盧元輔爲兵侍，白居易代元輔。

吏部侍郎丁公著爲刑部尚書。

討成德王庭湊。

吏部尚書鄭絪爲太子少保。

盧元輔爲華州刺史代錢徽，徽爲吏部尚書致仕。旋以户部尚書崔植爲華州刺史。

竇易直罷相爲山南東道節度使。

宣武節度使令狐楚入爲户部尚書，李逢吉代楚。

右丞沈傳師爲江西觀察使，河南尹王播代傳師，左散騎常侍馮宿代播。

兵部侍郎翰林學士路隋爲相。

是年諸鎮：鳳翔王承元，邠寧柳公綽、李進誠，涇原李祐，鄜坊何文哲，夏綏李寰，朔方李進誠、李文悦，振武李泳，宣武令狐楚、李逢吉，義成李聽，忠武高瑀，天平崔宏禮，兗海張茂宗，武寧王智興，淄青康承睦，河陽楊元卿，陝虢韋弘景、王起，河東李程，河中薛平，昭義劉從諫，義武柳公濟，義昌李寰、傅良弼、李祐，幽州李載義，成德王庭湊，魏博史憲誠被殺、何進滔，山南東李逢吉、竇易直，山南西王涯，荆南王潛，淮南段文昌，浙西李德裕，浙東元稹，宣歙于敖，江西李憲、沈傳師，福建張仲方，鄂岳牛僧孺，湖南王公亮，黔中裴弘泰，西川杜元穎，東川郭釗，嶺南胡證卒、李憲，容管王茂元，桂管蕭祐卒，静海韓約被逐。

兵部郎中路巖爲諫議大夫。（舊傳）（新傳云：文宗朝累官中書舍人翰林學士。）

崔龜從自右拾遺爲太常博士。（舊傳）

柳公權自司封員外充侍書學士，旋改庫部郎中。（壁記）

吏部員外楊虞卿停任。（舊傳）

李伉爲鄧州向城尉。（會要）（按勞格云：萬首唐人絶句有李伉責宜陽到荆渚詩。目録云：李伉袁州刺史，新藝文志云：李伉系蒙二卷。）

宇文籍卒。(舊傳)
韋處厚卒。(舊傳)
是歲大有年。(白集)
知貢舉崔郾。進士三十七人:韋籌、厲元、鍾輅、杜牧、崔黯、鄭溥。
制科崔璵及第。(郎考)
賢良科裴素、苗愔、韓賓、崔渠及第。(會要)
軍謀科鄭冠、李式及第。(會要)
是年劉禹錫爲主客郎中直集賢院,入都,作再游玄都詩。(養新録)

大和三年己酉(八二九)

太常卿李絳與山南西道節度使王涯互換。
兵部尚書崔羣爲荆南節度使。
户部尚書令狐楚爲東都留守,前東都留守崔從代楚。
滄景平。
魏博軍亂。

京兆尹崔護爲嶺南節度使，大理卿李諒代護。

吏部侍郎李宗閔爲相。

李德裕自浙西入爲兵部侍郎，丁公著代德裕，德裕旋出爲義成節度使。

赦王庭湊。

前睦州刺史陸亘爲浙東觀察使。

元稹自浙東入爲左丞代韋弘景，弘景爲禮部尚書。

户部侍郎崔元略爲户部尚書判度支。

中書舍人韋詞爲湖南觀察使。

西川杜元穎貶韶州刺史，再貶循州司馬。

御史中丞温造爲右丞，吏部郎中宇文鼎代造。（按會要：大和三年（八二九），華州刺史宇文鼎等坐贓，疑有誤。）

是年諸鎮：鳳翔王承元，邠寧李進誠、李聽，涇原張惟清，鄜坊何文哲，夏綏李寰，朔方李文悅，振武李泳，宣武李逢吉，義成李聽、李德裕，忠武高瑀，天平令狐楚，兗海張茂宗，武寧王智興，淄青康志睦，河陽楊元卿，陝虢王起，河東李程，河中薛平，昭義劉從諫，義武柳公濟、張璠，義昌李祐、李岵、傅毅、殷侑，幽州李載義，成德王庭湊，魏博何進滔，山南東竇易直，山南西王涯、李絳，荆南王潛卒、崔羣，淮南段文昌，浙西李德裕、丁公著，浙東元稹、陸亘，宣歙于敖，江西沈傳師，福建張仲方，鄂岳牛僧孺，湖南韋詞，黔中裴弘泰，西川杜元穎、郭釗，東川郭釗、劉遵古，嶺南李憲卒、崔護，邕管王茂元。

白居易爲賓客。（舊傳）

柳公綽爲刑部尚書。（舊傳）

高釴爲刑部侍郎。（舊傳）

王璠爲吏部侍郎。（舊傳）

李翺爲中書舍人。（舊傳）

賈餗爲中書舍人。（舊傳）

鄭覃自左散騎常侍充翰林學士。（舊傳）

陳夷行爲起居郎史館修撰。（舊傳）

楊汝士爲職方郎中知制誥，尋除中書舍人。（舊傳）

崔鄲自考功郎中充翰林學士知制誥，次年拜中書舍人。（壁記）

高鍇爲考功員外郎。（新選舉志）

崔咸爲中書舍人。（英華）

高元裕任司勳員外。（廣記引集異記）

西川判官紇干㮚貶郢州長史。（舊杜元穎傳）

杜牧佐江西沈傳師幕。（杜集張好好詩序）（按舊沈傳師傳云，大和元年（八二七）卒，年五十九，而杜集明云大和三年（八二九）佐故吏部沈公江西幕，又云，後一歲公移鎮宣城，與舊紀亦合，則傳有誤字無疑。）

鄭絪卒。（舊紀）

錢徽卒。（舊傳）

崔植卒。（舊傳）

盧元輔卒。（舊傳）

孔戢卒。（舊傳）

是歲大雨水。（舊五行志）

知貢舉鄭澣、（舊書作瀚，即原名）進士二十五人：崔瑤、邢羣、鄭齊之、李景素。

是年劉禹錫爲禮部郎中，集賢殿學士。

大和四年庚戌（八三〇）

牛僧孺復爲相。

兵部侍郎崔郾爲陝虢觀察使。

王播卒，王涯爲吏部尚書充鹽鐵使。
左丞元稹爲武昌節度使，王起代稹。
興元軍亂，李絳被害。
河東節度使李程移河東，刑部尚書柳公綽代程。
衛尉卿桂仲武爲福建觀察使。
崔羣爲太常卿。
中書舍人李虞仲爲華州刺史，代嚴休復，休復爲右散騎常侍。
右散騎常侍、侍講學士鄭覃爲工部尚書。（舊傳作工侍。）
左丞王起爲户部尚書代崔元略，元略爲東都留守，旋改義成卒。
前東都留守崔弘禮爲刑部尚書，旋復爲東都留守，卒。
右丞宋申錫爲相。
吏部侍郎王璠爲京兆尹，旋以工部侍郎崔琯代。
大理卿裴誼爲江西觀察使，代沈傳師，傳師移宣歙。
裴度復出爲山南東道節度使，代竇易直，易直爲左僕射。
左丞庾承宣爲兖海節度使。
同州刺史高重爲湖南觀察使。

工部侍郎崔琯爲京兆尹。

白居易爲河南尹代韋弘景，弘景爲東都留守。（按：傳云五年。）

是年諸鎮：鳳翔王承元，邠寧李聽，涇原張惟清，鄜坊丘直方，夏綏李寰、董重質，朔方李文悅，振武李泳，宣武李逢吉，義成李德裕、崔元略、段嶷，忠武高瑀，天平令狐楚，兗海張茂宗、庾承宣，武寧王智興，淄青康志睦，河陽楊元卿，陝虢崔郾，河東李程、柳公綽，河中薛平、李程，昭義劉從諫，義武張璠，義昌殷侑，幽州李載義，成德王庭湊，魏博何進滔，山南東竇易直、裴度，山南西李絳被殺、温造繼，荆南崔羣、段文昌，淮南段文昌、崔從，浙西丁公著，浙東陸亘，宣歙于敖卒、沈傳師，江西沈傳師、裴誼，福建桂仲武，鄂岳牛僧孺、元稹，湖南韋詞、高重，黔中裴弘泰，西川郭釗、李德裕，東川劉遵古，嶺南崔護，邕管董昌齡，容管王茂元，桂管李諒，静海鄭綽。

裴潾爲汝州刺史。（舊傳）

李漢爲兵部員外知制誥。（舊傳）

李固言爲給事中。（舊傳）

路羣爲翰林學士。（舊傳）

崔玄亮爲諫議大夫。（舊傳）

馮宿爲工部侍郎。（舊傳）

權璩任考功員外。(劉集：酬鄭州權舍人見寄詩注云，鄙人……罹譴謫，重入南宫爲禮部郎中，舍人方任考功員外郎。)

李紳爲壽州刺史。(李紳集云：二月被命壽陽，時替裴五墉。)

張賈卒。(舊紀)

楊於陵卒。(舊紀)

崔元略卒。(舊紀)

裴向卒。(舊傳)

于敖卒。(舊傳)

知貢舉鄭澣，進士二十五人：宋邧，林簡言、楊發、令狐綯、魏扶、鄭滂，韋周方。(按：令狐綯爲令狐楚之子。)

博學宏詞科劉瞻登第。(舊傳)

是年劉禹錫任禮部郎中、集賢殿學士。

大和五年辛亥(八三一)

幽州軍亂。

宋申錫獄起，貶開州司馬。

山南西道節度使温造爲兵部侍郎，旋爲東都留守。

京兆尹崔琯爲左丞，龐嚴代琯，嚴旋卒，司農卿杜悰繼。

給事中羅讓爲福建觀察使。

宣武節度使李逢吉爲東都留守，代温造，造爲河陽節度使。

中書舍人崔咸爲陝州防禦使。

翰林學士薛廷老，李讓夷罷守本官。

刑部員外舒元輿貶著作郎。

裴弘泰自桂管觀察使貶饒州刺史。以鄭州刺史李翺繼。

是年淮、浙、荆等處皆大水。

是年諸鎮：鳳翔王承元、竇易直，邠寧李聽，涇原張惟清，鄜坊丘直方，夏綏董重質，朔方李文悦，振武李泳，宣武楊元卿，義成段嶷，忠武高瑀，天平令狐楚，兖海庾承宣，武寧王智興，淄青王承元，河陽楊元卿、温造，河東柳公綽，河中李程，昭義劉從諫，義武張璠，義昌殷侑，幽州李載義被逐、楊志誠，成德王庭湊，魏博何進滔，山南東裴度，山南西温造、李載義，荆南段文昌，淮南崔從，浙西丁公著，浙東陸亘，宣歙沈傳師，江西裴誼，福建桂仲武卒、羅讓，鄂岳元稹卒、崔鄲，湖南高重，黔中裴弘泰、陳正儀，西川李德裕，東川劉遵古，嶺南李諒，邕管董昌齡，容管王茂元，桂管李諒、裴弘泰、李翺，静海鄭綽。
白唐易爲河南尹（舊傳）
楊虞卿爲諫議大夫。（舊傳）
高銖爲給事中。（舊傳）
柳仲郢爲侍御史。（舊傳）
路羣爲中書舍人。（舊傳）
李珏自度支郎中知制誥充翰林學士。（壁記）
李敬方任歙州。（郎考）（按：新唐書藝文志有李敬方詩一卷，注云大和歙州刺史。全唐文湯泉銘有「大中五年」語，大中爲大和之誤。）
韋弘景卒。（舊紀）
元稹卒。（舊紀）
李渤卒。（舊傳）
知貢舉賈餗，進士二十五人：杜陟、李遠，殷羽、徐商、李汶儒、苗惲。
是年冬劉禹錫除蘇州刺史。

大和六年壬子（八三二）

殷侑爲天平節度使，代令狐楚，楚移河東。

河中節度使李程爲左僕射。

御史中丞宇文鼎爲户部侍郎判度支，代王起，起爲河中節度使，駕部郎中李漢爲中丞。

右丞王璠爲浙西觀察使，代丁公著，公著爲太常卿，旋卒。

諫議大夫王彦威爲河中少尹。

牛僧孺罷相爲淮南節度使。

右丞崔琯爲荆南節度使。

西川節度使李德裕爲兵部尚書。

是年諸鎮：鳳翔竇易直，邠寧李聽、孟友亮，涇原張惟清卒、康志睦，鄜坊史孝章，夏綏董重質、李昌言，朔方李文悦、王晏平，振武李泳，宣武楊元卿，義成段嶷，忠武高瑀、王智興，天平令狐楚、殷侑，兖海李文悦，武寧王智興、高瑀，淄青王承元，河陽温造，河東柳公綽、令狐楚，河中李程、王起，昭義劉從諫，義武張璠，義昌殷佑、李彦佐，幽州楊志誠，成德王庭湊，魏博何進滔，山南東裴度，山南西李載義，荆南段文昌、崔琯，淮南崔從卒、牛僧孺，浙西丁公著、王璠，浙東陸亘，宣歙沈傳師，江西裴誼，福建羅讓，鄂岳崔郾，湖南高重，黔中陳正儀，西川李德裕、段文昌，東川劉遵古，嶺南李諒，邕管董昌齡，桂管李翺，静海鄭綽。

楊虞卿爲給事中。（舊傳）

高鍇爲諫議大夫。（舊傳）

歸融自工部郎中充翰林學士。(舊傳)(按:舊傳但云六年,郎考謂據文義當補大和,是也。又據壁記以爲九年入翰林,非六年,則不知壁記有缺文,亦非也。)

李固言爲工部侍郎。(舊傳)

柳公綽卒。(舊紀)

趙宗儒卒。(舊紀)

杜元穎卒。(舊紀)

崔從卒。(舊紀)

崔羣卒。(舊傳)按:白詩云:「去年八月哭微之,今年八月哭敦詩」,而詩注云「稹大和六年(八三二)卒」,六年當作五年。

知貢舉賈餗,進士二十五人:李珪、許渾、畢諴、韋澳、杜顗、侯春時、崔□。(按:杜顗爲杜牧之弟,崔某見許渾詩。)

是年春劉禹錫到蘇州刺史任。

大和七年癸丑(八三三)

太府卿崔洪爲嶺南節度使,旋改武寧,代高瑀,瑀爲刑部尚書。

吏部侍郎庾承宣爲太常卿。
宗正卿李詵爲陜州防禦使代崔咸，咸爲右散騎常侍。
兵部尚書李德裕爲相。
前户部侍郎楊嗣復爲左丞。
左散騎常侍張仲方爲賓客分司。
於埇橋置宿州，以東都鹽鐵院官吴季真爲刺史。
給事中楊虞卿、中書舍人張元夫爲常、汝州刺史。
太府卿韋長爲京兆尹。
散騎常侍嚴休復爲河南尹。
給事中蕭澣爲鄭州刺史。
同州刺史吴士矩爲江西觀察使，吏部侍郎高釴代士矩。
工部侍郎李固言爲右丞，（傳作左丞）中書舍人楊汝士代固言。
宣歙觀察使沈傳師爲吏部侍郎，裴誼代傳師。
河南尹白居易爲賓客分司。
御史中丞李漢爲禮部侍郎。
工部尚書侍講學士鄭覃爲御史大夫。

李宗閔罷相爲山南西道節度使。

河東節度使令狐楚爲吏部尚書。

王涯復相，仍兼鹽鐵使。

左丞楊嗣復爲東川節度使，户部侍郎庾承宣代嗣復。

給事中崔戎爲華州刺史。

賓客李紳爲浙東觀察使。

河中節度使王起爲兵部尚書。

鄭注爲通王府司馬兼侍御史，充神策軍判官。

河南尹嚴休復爲淄青節度使，給事中王質權河南尹。

河東副使李石爲給事中。

是年諸鎮：鳳翔竇易直卒、杜悰、李聽，邠寧孟友亮、李用，涇原張惟清、康志睦先後卒、朱叔夜，鄜坊史孝章，夏綏李昌言，朔方王晏平，振武李泳，宣武李程，義成段嶷，忠武王智興、高瑀，天平殷侑，兗海李文悦，武寧崔珙，淄青王承元卒、嚴休復，河陽温造，河東令狐楚、李載義，河中王起、王智興，昭義劉從諫，義武張璠，義昌李彦佐，幽州楊志誠，成德王庭湊，魏博何進滔，山南東裴度，山南西李載義、李宗閔，荆南崔琯，淮南牛僧孺，浙西王璠，浙東陸亘、李紳，宣歙沈傳師、裴誼、陸亘，江西裴誼，吴士矩，福建羅讓，鄂岳崔郾，湖南李翺，黔中陳正儀，西川段文昌，東川楊嗣復，嶺南李諒、崔珙、王茂元，邕管董昌齡，桂管李翺、李從易，静海劉旻。

裴潾爲左散騎常侍，充集賢殿學士。（舊傳）

吏部員外陳夷行爲翰林學士。（壁記）

鄭涯自左補闕充翰林學士。（壁記）

杜牧作罪言。（舊傳）

楊元卿卒。（舊紀）

崔玄亮卒。（白集）

宋申錫卒。（舊紀）

知貢舉賈餗，進士二十五人：李餘、李福、魏謩、胡溵。（按：李福爲李石之弟，魏謩爲魏徵五世孫。）

是年劉禹錫在蘇州刺史任，賜金紫。

大和八年甲寅（八三四）

山南東道裴度爲東都留守，代李逢吉，逢吉爲右僕射。旋致仕。

右丞李固言爲華州刺史，代崔戎，戎爲兗海觀察使。戎旋卒。

宿州刺史吴季真鎮邕管。

兵部侍郎翰林學士王源中爲禮部尚書，旋出爲山南西道節度使。

工部侍郎楊汝士爲同州刺史。

河南尹王質爲宣歙觀察使，吏部侍郎鄭澣代質。

山南西道節度使李宗閔爲相。

李德裕罷相爲山南西道節度使，旋改兵部尚書，又出爲鎮海節度使。

李仲言爲國子博士充侍講學士，旋改名訓。

御史大夫鄭覃爲户部尚書。

户部侍郎李漢爲華州刺史。

温造爲御史大夫。

昭義副使鄭注爲太僕卿。

賓客分司張仲方爲左散騎常侍。

常州刺史楊虞卿爲工部侍郎。

宗正卿李仍叔爲湖南觀察使，代李翺、翺爲刑部侍郎代裴潾，潾爲華州刺史。

是年諸鎮：鳳翔李聽，邠寧李用，涇原朱叔夜，鄜坊史孝章，夏綏李昌言，朔方王晏平，宣武李程，忠武高瑀卒、杜悰，天平殷侑，兗海崔戎卒、崔杞，武寧崔珙，淄青嚴休復，河陽温造、蕭珙，河東李載義，河中王智興，昭義劉從諫，義武張璠，義昌李彦佐，幽州楊志誠被逐、史元忠，魏博何進滔，山南東裴度、王起，山南西李宗閔、王源中，荆南韋長，淮南牛僧孺，浙西王璠、李德裕，浙東李紳，宣歙陸亘卒、王質，江西吴士矩，福建羅讓、段倫，鄂岳崔鄲，湖南李翺、李仍叔，黔中陳正儀，西川段文昌，東川楊嗣復，嶺南王茂元，邕管吴季真，桂管李從易，静海韓威。

殿中侍御史元晦充翰林學士，次年出。（壁記）

唐扶爲弘文館學士判院事。（舊傳）

李紳自浙東除賓客分司。（本集宿越州天王寺詩序，紀在次年。）

賈餗爲京兆尹。（舊傳）

陳夷行爲諫議大夫。（舊傳）

裴潾進大和通選。（舊紀）

李德裕進柳氏舊聞。（舊紀）

張正甫卒。（舊紀）

高鉞卒。（舊紀）

是年淮浙等處水災。（舊紀）（按：李紳集云浙西旱）

是年劉禹錫自蘇州遷汝州刺史。（新傳）

大和九年乙卯（八三五）

太常卿庾承宣爲天平節度使，代殷侑，侑爲刑部尚書。

右散騎常侍舒元輿爲陜州觀察使。

司農卿王彦威爲淄青節度使。

浙西觀察使李德裕以漳王事貶賓客分司，再貶袁州長史，京兆尹賈餗爲浙西觀察使。工部侍郎楊虞卿代餗。

給事中韓佽爲桂管觀察使。

路隋罷相爲鎮海節度使，旋卒。

賈餗爲相。

浙東觀察使李紳爲賓客分司，給事中高銖代紳。

御史大夫温造爲禮部尚書，旋卒，吏部侍郎李固言代造。

右丞王璠爲户部尚書判度支，代鄭覃，覃爲秘書監。

吏部尚書令狐楚爲太常卿。

京兆尹楊虞卿坐妖言貶虔州司馬，宰相李宗閔貶明州刺史，再貶虔州長史，三貶潮州司户。吏部侍郎李漢、刑部侍郎蕭澣、工部侍郎崔侑、吏部郎中張諷，考功郎中蘇滌，户部郎中楊敬之貶邠、遂、洋、夔、忠、連州刺史。侍御史李甘爲封州司馬，殿中侍御史蘇特爲潘州司户。

李固言爲相，旋出爲山南西道節度使。

右司郎中侍御史知雜舒元輿爲御史中丞。

李訓爲兵部郎中知制誥，仍充侍講學士。

大理卿羅讓爲散騎常侍，汝州刺史郭行餘爲大理卿，旋爲邠寧節度使。

吉州刺史裴泰爲邕管觀察使。

户部侍李翺爲山南東道節度使代王起，起爲兵部尚書判户部。

太僕卿鄭注爲工部尚書充侍講學士，爲鳳翔節度使。

秘書監鄭覃爲刑部尚書。

户部侍郎翰林學士李珏貶江州刺史。

中書舍人權璩貶鄭州刺史。

中書舍人高元裕貶閬州刺史。

蘇州刺史盧周仁爲湖南觀察使。

賓客分司白居易爲同州刺史，代楊汝士，旋改太子少傅分司。

李固言罷相爲山南西道節度使。

御史中丞舒元輿、兵部郎中知制誥李訓爲相。
刑部郎中兼侍御史知雜李孝本權御史中丞。
吏部尚書令狐楚爲左僕射，刑部尚書鄭覃爲右僕射，王源中爲刑部尚書。
殺王守澄。
户部尚書判度支王璠爲河東節度使，京兆尹李石爲户部侍郎判度支。
甘露事起，殺王涯、賈餗、舒元輿、李訓、王璠、郭行餘、鄭注、羅立言、李孝本、韓約等。
鄭覃、李石爲相。
權京兆尹張仲方爲華州刺史。
給事中李翊爲中丞。
是年諸鎮：鳳翔李聽、鄭注、陳君奕，邠寧郭行餘未任死、涇原劉沔、王茂元，鄜坊史孝章、趙儋、蕭珙，夏綏李昌言，朔方王晏平，振武劉沔，宣武李程、王智興，義成史孝章，忠武李聽、杜悰，天平殷侑、庾丞宣卒、殷侑復任、王源中，兖海崔杞，武寧崔珙，淄青王彦威，河陽蕭珙、李泳，河中王智興、李程，昭義劉從諫，義武張璠，義昌李彦佐，幽州史元忠，成德王元逵，魏博何進滔，山南東王起、李翺，山南西王源中、李固言，荆南韋長，淮南牛僧孺，浙西李德裕、賈餗、路隋、崔鄲，浙東李紳、高銖，宣歙王質，江西吴士矩，福建段倫，鄂岳崔鄲、高重，湖南盧周仁，黔中李玭，西川段文昌、楊嗣復，東川楊嗣復、馮宿，嶺南王茂元、李從易，邕管裴弘泰，

容管胡沐，桂管李從易、韓佽，静海田羣（紀作前棣州刺史田早，此據田弘正傳）

李讓夷爲諫議大夫。（舊傳）

盧鈞爲給事中。（舊傳）

崔龜從爲司勳郎中知制誥，旋拜中書舍人。（舊傳）

令狐定爲職方員外，弘文館直學士。（舊傳）

唐扶爲職方郎中，權中書舍人。（舊傳）

丁居晦自起居舍人集賢院直學士充翰林學士。（壁記）

黎埴自右補闕充翰林學士。（壁記）

韋温自考功員外爲諫議大夫知制誥。（杜牧集韋公墓誌銘）

李逢吉卒。（舊紀）

段文昌卒。（舊紀）

庾承宣卒。（舊紀）

沈傳師卒。（舊紀）

温造卒。（舊紀）

崔鄯卒。（舊紀）

知貢舉崔鄲，進士二十五人：鄭確、賈馳、何扶、牛蔚、侯固。（按：牛蔚爲僧孺之子。）

是年十月劉禹錫自汝州刺史遷同州，十二月至同州任。

開成元年丙辰（八三六）

秘書監韋績爲工部尚書。

右左散騎常侍羅讓爲江西觀察使。

袁州長史李德裕爲滁州刺史，旋爲賓客分司，又出爲浙西觀察使。

河南尹鄭澣爲左丞，賓客分司李紳代澣。（按紀在四月，李紳集拜三川守詩序云開成元年三月。）紳旋爲宣武節度使。

亳州刺史裴弘泰爲義成節度使。

潮州司户李宗閔爲衡州司馬，江州刺史李珏爲賓客分司。

李固言爲相，判户部，李石判度支兼鹽鐵使。

翰林學士歸融爲御史中丞，旋爲京兆尹。

給事中盧鈞爲華州防禦使。

右丞鄭肅爲陝虢觀察使，陝虢復使額。

中書舍人唐扶爲福建觀察使。

河中節度使李程爲左僕射。

刑部尚書殷侑爲山南東道節度使。

平盧節度使王彦威爲户部侍郎判度支。

壽州刺史高承恭爲邕管節度使。

中書舍人崔龜從爲華州防禦使，代盧鈞。

兵部侍郎楊汝士爲東川節度使。

是年諸鎮：鳳翔陳君奕，邠寧李用，涇原王茂元，鄜坊蕭洪旋貶、傅毅，夏綏劉源，朔方魏仲卿，振武劉沔，宣武王智興卒、李紳，義成史孝章、裴弘泰，忠武杜悰，天平王源中，兗海崔杞，武寧薛元賞，淄青王彦威、陳君賞，河陽李泳，陝虢鄭肅，河東李載義，河中李程、李聽，昭義劉從諫，義武張璠，義昌李彦佑，幽州史元忠，成德王元逵，魏博何進滔，山南東李翺、殷侑，山南西李固言、令狐楚，荆南韋長，淮南牛僧孺，浙西崔鄲卒、李德裕，浙東高銖，宣歙王質，江西羅讓，福建唐扶，鄂岳高重，湖南盧行術，黔中李玭，西川楊嗣復，東川馮宿卒、楊汝士，嶺南李從易卒、盧鈞，邕管高承恭，桂管韓佽。

馮宿卒。（舊紀）

李虞仲卒。（舊傳）

蕭澣卒。（李商隱集）

王質卒。（劉集）（按：紀在次年。）

知貢舉高鍇進士四十人：陳上美、鄭史、蔡京、陸瓌、李□、劉瑑、裴德融。（按鄭史爲鄭谷之父，李□見鄭谷詩，其下二人亦未確定。）

是年劉禹錫在同州刺史任，以足疾改太子賓客分司。（本集）

開成二年丁巳（八三七）

吏部侍郎崔鄲爲宣歙觀察使。

右丞鄭澣爲刑部尚書。

左僕射李程爲山南東道節度使，代殷侑，侑爲賓客分司。

河南尹李珏爲户部侍郎，兵部侍郎裴潾代珏。

工部侍郎知制誥翰林學士陳夷行爲相。

中書舍人敬昕爲江西觀察使。

東都留守裴度爲河東節度使，淮南牛僧孺代度，浙西觀察使李德裕鎮淮南，蘇州刺史盧商代德裕。

河陽軍亂。

崔珙爲京兆尹。

御史中丞狄兼謨爲刑部侍郎。

前京兆尹歸融爲秘書監。

給事中李翊爲湖南觀察使。

太府卿張賈爲兗海觀察使。

户部侍郎王彦威爲衛尉卿分司。

李固言罷相爲西川節度使。

楊嗣復爲户部尚書充鹽鐵使。

刑部尚書鄭澣爲山南西道節度使。

是年諸鎮：鳳翔陳君奕，邠寧李用卒、李直臣，涇原王茂元，鄜坊傅毅，夏綏劉源，朔方魏仲卿，振武劉沔，宣武李紳，義成裴弘泰，忠武杜悰、殷侑，天平王源中，兗海張賈，武寧薛元賞，淄青陳君賞，河陽李泳被逐、李執方，陝虢鄭肅、盧行術，河東李載義、裴度，河中李聽，昭義劉從諫，義武張璠，義昌李彦佐，幽州史元忠，成德王元逵，魏博何進滔，山南東殷侑、李程，山南西令狐楚卒、鄭澣，荆南韋長，淮南牛僧孺、李德裕，浙西李德裕、盧商，浙東高銖，宣歙崔鄲，江西羅讓卒、敬昕，福建唐扶，鄂岳高重，湖南盧行術、李翊，黔中李玭，西川楊嗣復、李固言，東川楊汝士，嶺南盧鈞，桂管韓佽、嚴謩，静海馬植。

蕭俶爲楚州刺史。（舊傳）

周墀自考功員外知制誥充翰林學士。（壁記）

國子監石經成。（舊紀）

王質卒。（舊紀）

鄭居中卒。（郎考）

張仲方卒。（舊傳）

令狐楚卒。（舊傳）

知貢舉高鍇，進士四十人：李肱、張棠、沈黄中、王收、柳棠、李商隱、韓瞻、獨孤雲、韋潘、鄭憲、郭植、李定言、牛藂、鄭茂諶、曹確、楊鴻、楊戴、吴當。（按：韓瞻爲韓偓之父，牛藂爲牛僧孺之子，鄭茂諶爲鄭餘慶之孫、鄭澣之子，後名茂休。）

是年劉禹錫仍爲賓客分司。

開成三年戊午（八三八）

楊嗣復、李珏爲相。

李石罷相爲荆南節度使，荆南韋長爲河南尹。

衡州司馬李宗閔爲杭州刺史。

同州刺史孫簡爲陝虢觀察使，左丞盧載代簡。

給事中裴衮爲華州防禦使。

吴士矩坐贜長流端州。

吏部侍郎高鍇鎮鄂岳，觀察使代高重，重爲兵部侍郎。

河南大水，分命給事中盧弘宣、刑部郎中崔瑨宣慰。

左丞崔琯爲東都留守，東都留守牛僧孺爲左僕射。

易定軍亂。

少府監張沿爲黔中觀察使。

中書舍人李景讓爲華州防禦使。

翰林學士丁居晦爲御史中丞。

兵部侍郎狄兼謨爲河東節度使。

是年諸鎮：鳳翔陳君奕，邠寧李直臣、史孝章卒、郭旼，涇原王茂元，鄜坊傅毅，夏綏劉源卒、高霞寓，朔方魏仲卿，振武劉沔，宣武李紳，義成裴弘泰，忠武殷侑卒、王彦威，天平王源中卒、李彦佐，兖海張賈，武寧薛元賞，淄青陳君賞，河陽李執方，陝虢孫簡，河東裴度、狄兼謨，河中李聽，昭義劉從諫，義武張璠卒、李仲遷、韓威，義昌李彦佐、劉約，幽州史元忠，成德王元逵，魏博何進滔，山南東李程，山南西鄭澣，荆南韋長、李石，淮南李德裕，浙西盧商，浙東高銖，宣歙崔鄲，江西敬昕，福建唐扶，鄂岳高重、高鍇，湖南李翊，黔中張洺，西川李固言，東川楊汝士，嶺南盧鈞，邕管唐弘實，桂管嚴謩，静海馬植。

柳公權爲工部侍郎。（舊傳）

裴素自司封員外兼起居郎史館修撰充翰林學士。（壁記）

柳璟自翰林學士承旨駕部郎中知制誥遷中書舍人。（玉谿生年譜會箋）

崔鄲自商州防禦判官入爲監察御史。（舊崔元暐傳）

杜慥自江州刺史改湖州。（杜牧集）

薛廷老卒。（舊傳）

裴潾卒。（舊紀）

知貢舉高鍇，進士四十人：裴思謙，趙瓆、李滂、蕭儧、歸仁晦、沈朗、陳嘏。

是年劉禹錫仍爲賓客分司。

開成四年己未（八三九）

吏部侍郎鄭肅爲河中節度使。

蘇州刺史李道樞爲浙東觀察使，旋卒，楚州蕭俶繼。

諫議大夫高元裕爲御史中丞。

大理卿盧貞爲福建觀察使。

吏部侍郎歸融爲山南西道節度使。

宣歙觀察使崔鄲爲太常卿，户部侍郎崔龜從代鄲。

鄭覃、陳夷行罷相，覃爲左僕射，夷行爲吏部侍郎。

河南尹韋長爲淄青節度使，刑部侍郎高鍇代長。

太常卿崔鄲爲相。

給事中姚合爲陝虢觀察使。

東川節度使楊汝士爲吏部侍郎，吏部侍郎陳夷行爲華州防禦使。

蘇州刺史李穎爲江西觀察使。

諫議大夫馮審爲桂管觀察使。（據傳爲馮審，紀誤作馮定。）

京兆尹鄭復爲東川節度使，敬昕代復。

杭州刺史李宗閔爲賓客分司。

是年諸鎮：鳳翔陳君奕，邠寧郭旼卒、符澈，涇原王茂元，鄜坊李昌言，朔方魏仲卿，振武劉沔，宣武李紳，義成裴弘泰，忠武王彦威，天平李彦佐，兖海張賈，武寧薛元賞，淄青韋長，陝虢姚合，河東狄兼謨，河中李聽、鄭肅，昭義劉從諫，義武韓威，義昌劉約，幽州史元忠，成德王元逵，魏博何進滔，山南東李程卒、牛僧孺，山南西鄭澣卒、歸融，荆南李石，淮南李德裕，浙西盧商，浙東高銖、李道樞，宣歙崔鄲，崔龜從，江西敬昕、李穎，福建唐扶卒、盧貞，鄂岳高鍇，湖南李翊，黔中張汧，西川李固言，東川楊汝士、鄭復，嶺南盧鈞，桂管嚴謩卒、馮審，静海馬植。

鄭澣卒。（舊紀）

高少逸充侍講學士。（郎考）

鄭朗自考功郎中遷諫議大夫。（舊傳）

周墀爲中書舍人。（舊傳）

裴度卒。（舊紀）

知貢舉崔蠡，進士三十人：崔□、曹汾、田章。

是年劉禹錫改秘書監分司。

開成五年庚申（八四〇）

文宗卒，武宗嗣位。

殺楊賢妃、陳王成美，安王溶。

户部尚書判度支崔珙、華州刺史陳夷行爲相。（按：夷行入相，表在次年。）

殺中官劉弘逸、薛季稜。

楊嗣復、李珏罷相爲湖南及桂管觀察使，中丞裴夷直爲杭州刺史。

李德裕爲相。

是年諸鎮：鳳翔陳君奕，邠寧符澈，涇原王茂元、楊鎮，鄜坊李昌元，朔方魏仲卿，振武劉沔，宣武李紳、王彦威，義成高銖，忠武王茂元，天平李彦佐，武寧薛元賞、李彦佐，淄青韋長，河陽李執方，陝虢韋温，河東狄兼謨，河中鄭肅，昭義劉從諫，義武陳君賞，義昌劉約，幽州史元忠，成德王元逵，魏博何進滔，山南東牛僧孺，山南西歸融，荆南李石，淮南李德裕、李紳，浙西盧商，浙東蕭俶，江西李穎，福建盧貞，鄂岳高鍇，湖南楊嗣復，黔中張沼，西川李固言，東川鄭復，嶺南盧鈞，桂管馮審、李珏，静海馬植。

司封員外盧懿充侍講學士。（壁記）

兵部員外周敬復知制誥。（壁記）

左補闕李訥充翰林學士。（壁記）

司勳員外崔鉉充翰林學士。（壁記）

兵部員外史館修撰敬晦充翰林學士。（壁記）

考功員外集賢院直學士李褒充翰學轉庫部郎中知制誥。（壁記）

崔琯卒。（舊傳）

知貢舉李景讓，進士三十人：李從實，喻凫、李蔚、楊知退、沈樞、楊假、薛眈。（按楊假爲楊收之兄。）

是年劉禹錫爲祕書監分司。

武宗會昌元年辛酉（八四一）

湖南楊嗣復、桂管李珏、杭州裴夷直再貶湖州、端州司馬、驩州司户。

幽州軍亂。

山南東道節度使牛僧孺爲太子太師。

崔鄲罷相爲西川節度使。

是年諸鎮：鳳翔陳君奕，邠寧王宰，涇原楊鎮，鄜坊李昌元、振武劉沔，宣武王彦威，義成高銖，忠武王茂元，天平薛元賞，兗海李玭，武寧李彦佐，淄青烏漢貞，河陽李執方，陝虢韋温，河東符澈，河中孫簡，昭義劉從諫，義武陳君賞，義昌劉約，幽州史元忠被逐，張仲武，成德王元逵，魏博何進滔、何重順，山南東牛僧孺、盧鈞，山南西崔琯，荆南李石，淮南李紳，浙西盧簡辭，浙東蕭俶，宣歙崔龜從，福建黎植，鄂岳崔蠡，湖南楊嗣復、盧簡辭，黔中馬植，西川李固言、崔鄲，東川歸融，桂管李珏、蔣係。

知貢舉柳璟，進士三十人：崔峴、薛逢、沈詢、楊收、王鐸、李蠙、談銖、康□、謝防。

是年劉禹錫加檢校禮部尚書，兼太子賓客。

會昌二年辛酉（八四二）

淮南節度使李紳爲相。（舊紀爲元年，今依通鑑。）

陳夷行罷相爲左僕射，左丞李讓夷爲相。

是年諸鎮：鳳翔陳君奕，邠寧王宰，涇原楊鎮，鄜坊李昌元，振武李忠順，宣武王彦威，義成高銖，忠武王茂元，天平薛元賞，兖海李玭，武寧李彦佐，淄青烏漢貞，河陽李執方，陝虢韋温，河東劉沔，河中孫簡，昭義劉從諫，義武陳君賞，義昌劉約，幽州張仲武，成德王元逵，魏博何重順，山南東盧鈞，山南西崔綰，荆南李石，淮南杜悰，浙西盧簡辭，浙東蕭俶，李師稷，宣歙崔龜從，江西裴休，福建黎植，鄂岳崔蠡，黔中馬植，西川崔鄲，東川歸融，桂管蔣係。

令狐綯爲户部員外。（舊傳）

白敏中爲户部員外。（白集送敏中新授户部員外郎西歸詩注云，長慶初予爲主客郎中知制誥，遷中書舍人，去今二十一年。（壁記作兵部。）
韋琮自起居舍人史館修撰充翰林學士加司勳員外。（壁記）
左司郎中封敖充翰林學士。（郎考）
白居易罷太子少傅。（本集）
鄭覃卒。（舊紀）
知貢舉柳璟，進士三十人：鄭顥、張潛、鄭從讜、鄭畋、鄭誠、郭京、宋震、崔樞。（按：鄭顥爲鄭絪之孫，鄭祗德之子，鄭從讜爲鄭餘慶之孫，鄭畋爲鄭亞之子。）
李商隱書判拔萃。（舊傳）
是年劉禹錫卒，年七十一。（白集）

附録四　餘録

箋證寫定既竟，復有無所附麗者若干條，於治劉集不無少裨，爰綴録於此，略引其端以待探究焉。

一

於劉禹錫之詩備致推崇，而又能得其肯綮者，莫如王夫之。其言曰：「七言絶句，初盛唐既饒有之，稍以鄭重故損其風神。至劉夢得而後宏放出於天然，於以楊扢性情，馺娑景物，無不宛爾成章，誠小詩之聖證矣。此體一以才情爲主，言簡者最忌局促，局促則必有滯累，苟無滯累，又蕭索無餘。非有紅爐點雪之襟宇，則方欲馳騁，忽爾蹇躓，意在矜莊，祇成疲薾。以此求之，知率筆口占之難倍於按律合轍也。夢得而後，惟天分高朗者能步其芳塵，白樂天、蘇子瞻皆有合作，近則湯義仍、徐文長、袁中郎往往能居勝地，無不以夢得爲活譜。」按：王氏雖只就七言絶句言之，其所謂宏放出於天然者，亦實足以概其全體。

二

洪亮吉北江詩話卷六：「開寶諸賢七律以王右丞、李東川爲正宗，右丞之精深華妙，東川之清麗典則，皆非他人所及。然門徑始開，尚未極其變也。至大曆十才子，對偶始參以活句，盡變化錯綜之妙。如盧綸『家在夢中何日到，春來江上幾人還』，劉長卿：『漢女有道恩猶薄，湘水無情弔豈知。』劉禹錫『懷舊空吟聞笛賦，到鄉翻似爛柯人』，白居易『曾犯龍鱗容不死，欲騎鶴背覓長生』，開後人多少法門。即以七律論，究當以此種爲法。」按：洪氏所論頗能盡古今之變，然大曆諸家仍僅能啓導先路，至元和始極變化之能事。元和諸家之中，尤以七律見長者首推禹錫，而後温、李承之。後世沿流導瀾者衆，故禹錫開創之功不甚爲人所重耳。

三

沈德潛論詩，時不免庸腐之病，蓋其時風氣使然，不足深責。然其論劉詩亦非毫無是處者。其説詩晬語云：大曆十子後，劉夢得骨幹氣魄似又高於隨州。人與樂天並稱，緣劉、白有唱和集耳，白之淺易未可同日語也。蕭山毛大可尊白詘劉，每難測其指趣。柳子厚哀怨有節，律中騷體，與夢得故是敵手。

四

宋人之中，蘇軾似爲能知禹錫者。東坡題跋云：「每風自四山而下，震動大木，掩冉衆草，紛紅駭緑，蓊勃薌氣。柳子厚、劉夢得皆善造語，若此句殆入妙矣。夢得云：水禽嬉戲，引吭伸翮。紛驚鳴而決起，拾綵翠於沙礫。亦妙語也。」按：所引出劉集卷一之楚望賦，此文既素不爲人所稱，而蘇氏能知其妙，可謂具隻眼者。又後山詩話云：「蘇詩始學劉禹錫，故多怨刺，不可不慎也。」其謂蘇學劉，必非無據。然謂多怨刺，則甚不然。蘇詩譏訕時政之語，乃以不樂王安石之變法，非若劉詩之爲民間申疾苦，深合於興觀羣怨之旨。此又不可不辨。

又曲洧舊聞九：「或曰：東坡詩始學劉夢得，不識此論誠然乎哉？予應之曰：予建中靖國間在參寥座，見宗子士暕以此問參寥，參寥曰：此陳無己之論也。東坡天才，無施不可，以少也實嗜夢得詩，故造詞遣言峻峙淵深，時有夢得波峭。然無己此論，施於黄州以前可也。坡自元豐末還朝後，出入李、杜，則夢得已有奔逸絶塵之歎矣。」按：蘇詩未見有似劉處，然宋人詩因無不自唐人出者，其服膺劉詩則宜亦有之。朱氏此説固足廣異聞耳。

又容齋隨筆卷十四云：劉夢得山圍故國周遭在，潮打空城寂寞回之句，白樂天以爲後之詩人無復措詞。坡公仿之曰：山圍故國城空在，潮打西陵意未平。坡公天才出語驚世。如追和陶詩，真與之齊驅，獨此二者比之韋、劉爲不侔，豈非絶唱寡和，理自應爾耶？」（按：此條上文涉及韋應物寄全椒山中道士詩，故云。）

四庫全書總目提要云：「陳師道稱蘇軾詩初學禹錫，吕本中亦謂蘇軾晚年令人學禹錫詩，以爲用意深遠，有曲折處。」師道語已見前，本中語見苕溪漁隱叢話後集卷二十引吕氏童蒙訓。

五

全唐詩話續編引黄常明云：夢得詩：「只恐鳴騶催道上，不容待得晚菘嘗」，乃周彦倫答文惠太子問山中菜食，云：春初早韭，秋末晚菘，此以兩字用事者，送熊判官云：「臨軒弄郡章，得人方付此。」乃用漢高弄印兒寬事，此以一字用事者。按：弄印乃趙堯事，與兒寬無與。古今用典，但取大意，禹錫尤能運成語而使人不覺，黄氏之言猶未免拘執。

六

後人所傳禹錫之詩爲集所不載者二首。其一，本事詩云：「劉尚書禹錫罷和州，爲主客郎中集賢學士，李司空罷鎮在京，慕劉名，嘗邀至第中，厚設飲饌，酒酣，命妙妓歌以送之，劉於席上賦詩曰：鬉鬌梳頭宫様妝，春風一曲杜韋娘。司空見慣渾閑事，斷盡江南刺史腸。李因以妓贈之。」髻鬌字亦作低墮。

按：此詩可疑，本無待辨。而苕溪漁隱叢話卷九引韓子蒼以爲韋應物事，又云：「此是韋集後王欽臣所作序載國史補之語。」殊不可解。又升庵詩話云：「本事詩載劉禹錫杜司空席上贈妓詩云：浮渲梳頭宫樣妝，春風一曲杜韋娘。今本浮渲梳頭作高髻雲鬟，又以爲韋應物詩者，誤也。蓋韋與劉皆嘗爲蘇州刺史，是以傳疑。浮渲字妙，畫家以墨飾美人鬢髮，謂之渲染。」亦未知所據。又唐人萬首絶句作「髪鬟梳頭」，必髪鬌二字之訛。

其二，雲谿友議云：「湖州崔郎中芻言初爲越副戎，宴席中有周德華，德華者乃劉采春女也，雖羅嗊之歌不及其母，而楊柳枝詞采春難及……所唱者七八篇，乃近日名流之詠也……劉禹錫尚書一首：春江一曲柳千條，二十年前舊板橋，曾與美人樓上别，恨無消息到今朝。」按：全唐詩已以此詩録入禹錫卷中。

又丹鉛總録卷十六，「晉桓玄喜陳書畫，客有不濯手而執書帙者，偶涴之，後遂不設寒具。齊民要術并食經皆云環餅，世疑饊子也。劉禹錫寒具詩：纖手搓來玉數尋，碧油煎出嫩黄深。夜來春睡無輕重，壓匾佳人纏臂金。蓋以寒具爲饊子也。……」劉集無此詩，楊説不足據。

七

劉集雖幸而傳世，真能通觀首尾者殆不多，前人論之者，往往不過摘其斷句。楊慎雖亦僅著眼其詞華，然猶是能深入者。升庵詩話云：元和以後，詩人之全集可觀者數家，當以劉禹錫爲第一。其詩入選及人所膾炙，不下百首矣。其未經選，全篇如棼絲瀑云：飛流透嵌隙，噴洒如絲棼。含暈迎初旭，翻光破夕曛。餘波繞石去，碎響隔溪聞。却望瓊沙際，逶迤見脈分。樂府絶句云：大艑高帆一百尺，新聲促柱十三弦。揚州市裏商人女，來占西江明月天。詠硯云：烟嵐餘斐亹，水墨兩氤氲。好與陶貞白，松窗寫紫文。詠鶯雜體云：鶯，能語，多情。春將半，天欲明。始逢南陌，復集東城。林疎時見影，花密但聞聲。營中緩催短笛，樓上欲定哀筝。千門萬户垂楊裏，百囀如簧烟景晴。五言摘句，如桃花迷隱跡，樱葉慰忠魂。又，殘兵疑鶴唳，空壘辨烏聲。又，路塵高出樹，山火遠連霞。又，登臺吸瑞景，飛步翼神飆。詠花云：香歸荀一作陶令宅，豔入孝皇家。園景云：傅粉琅玕節，薰香菡萏莖。榴花裙色好，桐子藥丸成。妓席云：容華本南國，粧束學西京。月落方收鼓，天寒更炙笙。七言：如中國書流讓皇象，北朝文士重徐陵。又，桂嶺雨餘多鶴跡，茗園晴望似龍鱗。又，連檣估客吹羌笛，盪槳巴童歌竹枝。又，眼前名利同春夢，醉裏風情敵少年。又，野草芳菲紅錦地，遊絲撩亂碧羅天。又，青城三百九十橋，夾岸朱樓隔柳條。又，三花秀色通春幌，十字春波繞宅牆。又，海嶠新辭永嘉守，夷門重見信陵君。又，水底遠山雲似雪，橋邊平岸草如烟。又，外集有歡舞一首云：山鷄臨清鏡，石燕赴遥津。何如上客會，長袖入華裀。體輕若無骨，歡者皆聳神。曲盡回身去，層波猶注人。宛有六朝風致，尤可喜也。劉全集今多不傳，予舊選之爲句圖，今録其尤著者於兹云。

八

柳河東集有詩題云：同劉二十八院長述舊言懷感時書事奉寄澧州張員外使君五十二韻之作其韻增至八十通贈二君子，據柳詩之排比宏富，知禹錫原作必包含事實，可爲自傳之旁證，而集中獨佚此大篇，深可惜也。柳詩云：「弱歲遊玄圃，先容幸棄瑕。名勞長者記，文許後生誇。鷃翼嘗披隼，蓬心類倚麻。繼酬天祿署，俱尉甸侯家。憲府初收迹，丹墀共拜嘉。分行參瑞獸，傳點亂宮鴉。執簡寧循枉？持書每去邪。鸞凰標魏闕，熊武負崇牙。辨色宜相顧，傾心自不譁。金爐仄流月，紫殿啓晨赮。未竟遷喬樂，俄成失路嗟。還如渡遼水，更似謫長沙。別怨秦城暮，途窮越嶺斜。訟庭閒枳棘，候吏逐麇麚。三載皇恩暢，千年聖曆遐。朝宗延架海，師役罷梁溠。京邑搜貞幹，南宮步渥窪。世推材是梓，人仰驥中驊。歙刺苗人地，仍逾贛石涯。禮容垂琕琫，戍備響鋞鍛。寵即郎官舊，威從太守加。建旟翻鷙鳥，負弩繞文蛇。册府榮八命，中闈盛六珈。肯隨胡質矯，方惡馬融奢。褒德符新換，懷仁道併遮。俗嫌龍節晚，朝訝介圭賒。禹貢輸苞匭，周官賦秉秅。雄風吞七澤，異產控三巴。即事觀農稼，因時展物華。秋原被蘭葉，春渚漲桃花。令肅軍無擾，程懸市禁貰。不應虞竭澤，寧復歎棲苴。蹀躞驕先駕，籠銅鼓報衙。染毫東國素，濡印錦溪砂。貨積舟難泊，人歸山倍畬。吴歈工折柳，楚舞舊傳芭。隱几松爲曲，傾樽石作汙。寒初榮橘柚，夏首薦枇杷。祀變荆巫禱，風移魯婦髽。已聞施愷悌，還覩正奇衺。慕友慙連璧，言姻喜附葭。沉埋全死地，流落半生涯。入郡腰恒折，逢人手盡叉。敢辭親恥汙，唯恐長疵瘕。善幻迷冰火，齊諧笑柏塗。東門牛屢飯，中散蝨空爬。逸戲看猿鬭，殊音辨馬撾。渚行狐作孽，林宿鳥爲蹉。同病憂能老，新聲厲似姱。豈知千仞墜，祇爲一毫差。守道甘長絶，明心欲自剄。貯愁聽夜雨，隔淚數殘葩。梟族音常聒，豺羣喙競呀。岸蘆翻毒蜃，磎竹鬭狂犘。野鶩行看弋，江魚或共扠。瘴氛恒積潤，訛火亟生煆。耳静煩喧蟻，魂驚怯怒蛙。風枝散陳葉，霜蔓綖寒瓜。霧密前山桂，冰枯曲沼蕸。思鄉比莊舃，遯世遇眭夸。漁舍茨荒草，村橋卧古槎。御寒衾用罽，挹水勺仍椰。窗蠹惟潛蝎，甍涎競綴蝸。引泉開故竇，護藥插新笆。樹怪花因槲，虫憐目待蝦。驟歌喉易嗄，繞醉鼻成皻。曳捶牽羸馬，垂蓑牧艾豭。已看能類鼈，猶訝雉爲鷃。誰采中原菽，徒巾下澤車。俚兒供苦笋，傖父饋酸楂。勸策扶危杖，邀持當酒茶。道流徵短褐，禪客會袈裟。香飯舂菰米，珍蔬折五茄。方期飲甘露，更欲吸流霞。屋鼠從穿穴，林狙任攫拏。春衫裁白紵，朝帽挂烏紗。屢歎恢恢網，頻搖肅肅罝。衰榮因蓂莢，盈缺幾蝦蟆。路識溝邊柳，城聞隴上笳。共思指佩處，千騎擁青緺。」

按：詩中有「仍逾贛石涯」一語，指張署自虔州刺史移澧州也。韓昌黎集祭河南張員外文，自署結銜爲「彰義軍行軍司馬」，是元和十二年（八一七）事。舊注云：元和二年（八〇七），公分教東都，署爲京兆府司録參軍。則署刺虔、澧州在其後。是劉、柳在朗、永時也。

九

宋沈作喆寓簡四云：「因觀劉中山集，見有任同州刺史日謝表云：伏奉制書，以當州連年歉旱，特放開成元年（八三六）夏青苗錢，并賜粟麥六萬石，仰長吏逐急濟用，不得非時量有抽斂於百姓者。又表云：敕牒度支奏諸道節度觀察使及州府借便省司錢物斛斗等數内，同州欠三萬六千二十三貫石，並放免。按夢得以大和九年（八三五）至同州，明年改元開成，此表皆開成初也。唐至開成已爲季世，然朝廷州縣猶有憂民之心，其所施惠寬貸以予民者，一同州至緡錢粟斗以數萬計，合諸道無慮數十百萬，猶賢於後世當民力困敝無蓋藏之時，剥膚次骨，盡其膏血而曾不之恤者，有間矣。」按：帝王詔令無不自居於發政施仁，臣下亦動以深仁厚澤爲頌。沈氏若假此以諷時，固未爲不是，若摭此一事而遂謂唐之朝廷州縣猶有憂民之心，亦謬甚矣。

十

柳宗元集有爲劉同州謝上表，舊注云：劉同州未詳，德宗貞元十八年（八〇二），以同州刺史劉公濟爲鄜州刺史、鄜坊丹延節度使，豈即此人耶？當在京師時作。按：舊注是也。此劉同州決非禹錫，不待辨而可知。宋人未見及此，而以柳文爲僞。沈作喆寓簡四：「柳子厚文多假安，……有代劉禹錫同州謝上表。予按子厚以元和十四年（八一九）十月死柳州，而禹錫至文宗朝大和九年（八三五）始遷同州，距子厚之死十七年矣，安得尚爲禹錫作表？其文卑弱，作僞顯然。而編摩者疎謬，不能删去，讀其書者亦不復發擿，可歎也。賓客集中自有同州刺史兼長春宫使謝表甚善。子厚集中又有上大理崔卿啓等，亦塵俗凡陋，非子厚文。」按：柳集此文頗有古意，不得謂爲卑弱，以與劉文相較，貞元、大和風格已大不同，宋人未細考，其論不足據也。

十一

苕溪漁隱叢話引諸家論劉詩之語，多不得要領。其引隱居詩話謂：「禹錫自有可稱之句甚多，顧白居易不能知之。」最爲可笑。居易之稱禹錫曰：文章微婉我知丘，禹錫詩中之深微處，唐之同時人且不能盡知，豈後人所易窺見耶？又引雪浪齋日記云：「荆公喜唐人楓林社日鼓，茅屋午時雞。書於劉楚公第。或以爲此即儲光羲詩。苕溪漁隱曰：此一聯，乃夢得秋日送客至潛水驛詩，非儲光羲也。」足見宋人多不詳觀劉集。

又艇齋詩話云：「劉夢得：神林社日鼓，茅屋午時鷄，温庭筠：鷄聲茅店月，人迹板橋霜，皆佳句，然不若韋蘇州：緑陰生晝静，孤花表春餘。」以楓爲神，未知其有據否。

十二

劉克莊後村詩話新集卷五録禹錫詩句甚多，末云：「夢得德宗朝已爲郎官御史，坐伾、文黨久斥於外，晚與樂天皆爲午橋賓客，累官至侍從，然八十餘矣。既死，微之有五言云：併失鴛鸞侶，空餘麋鹿身，只應嵩少下，長作獨遊人。」按：克莊此言幾於夢囈，竟不知元、劉二人之年齒與存殁。「官至侍從」一語亦是宋時制度，非可以論唐人。殊不值一哂。然其前集卷一亦有此一條，舉似數首云：「皆雄渾老蒼，沈着痛快，小家數不能及也。絶句尤工。」又引答樂天云：「莫道桑榆晚，爲霞尚滿天，亦足見其精華老而不竭。」似亦非未觀劉集者，蓋不考史實，但知談文，宋人習氣如此。

十三

清吴喬圍爐詩話云：「劉夢得五言古詩多學南北朝，近體多雜古調，五古是其勝場，可喜處多在新聲變調尖警不含蓄者，七言大致多可觀。」又云：「夢得佳詩多在朗、連、夔、蘇時作主客以後，始自疎縱，與白傅唱和者尤多老人衰颯之音。七律雖多美言，亦多熟調，名宿猶爾，可不懔懔！送李侍郎自河南尹再除本官、贈令狐相公鎮太原等詩，或切其地，或切其人，或切其事與景，八面俱鋒。」按：禹錫之詩，何者爲因，何者爲創，既須通觀唐人之作，又須通觀全集。吴氏謂其五言古詩多學南北朝，此不知唐人名家之詩無不淵源南北朝者，同時之韓愈，稍後之李商隱，其集中亦多有學南北朝之作，非必禹錫獨異也。近體多雜古調之語，尤不知其何所指，若云古詩偶雜近體則有之，如送僧方及南謁柳員外是。又「新聲變調尖警」云云，亦不甚確。元和詩人皆厭薄陳腐，競尚創新，乃時代風氣使然。吴氏若意在竹枝詞、浪淘沙諸篇，則其言差是。

十四

陸時雍詩鏡總論云：「專尋好意不理聲格，此中晚唐絶句所以病也。詩不待意，即景自成，意不待尋，興情即是。王昌齡多意而多用之，李太白寡意而寡用之，昌齡得之椎鍊，太白出於自然，然而昌齡之意象深矣。劉禹錫一往深情，寄言無限，隨物感興，往往調笑而成。南宫舊吏來相問，何處淹留白髮生！舊人惟有何戡在，更與殷勤唱渭城。更有何意索得？此所以有水到渠成之説也。」又云：「劉夢得七言絶、柳子厚五言古俱深於哀怨，謂騷之餘派可，劉婉多風，柳直損致。世稱韋、柳，則以本色見長耳。」按：婉而多風，與白居易論劉之語差合。

十五

宋人於禹錫詩多影響附會之談，如王安石寄蔡天啓詩云：「杖藜緣塹復穿橋，誰與高秋共寂寥。佇立東岡一搔首，冷雲衰草暮迢迢。」李壁注之云：「劉賓客詩：人道逢秋轉寂寥，我言秋日勝春朝。晴空一鶴排雲上，便引詩情到碧霄。兩詩相似亦相角也。」其實兩詩無相似處，禹錫詩境高處，安石所不能及，且亦無相角之意。

又黄庭堅集題蘇徯作牧護歌後云：「劉夢得作夔州刺史時樂府有牧護歌，似賽神曲，不可解。」按：禹錫在夔州有竹枝詞，無牧護歌。張祜有穆護砂詩，庭堅殆誤記耳。

十六

全唐文禹錫卷中各篇爲本集所無者，如擬册齊、晉、楚王文，及授某官制，皆羌無事實，本不足存。其謝手詔慰撫表及謝恩存問表，列在爲淮南杜相公謝賜墨詔第二表之前，語氣皆不合杜佑身分。又代李相公賀登極第一第二兩表，似爲順宗、憲宗相繼即位而作，第二表指内禪，語意甚明。然「冰霰傷和，人情慢蔽」等語，詞既不順，亦殊不似賀表中所用。貞元末年使相中亦似無李姓者，禹錫當時亦未必爲藩鎮草賀表，皆不足據。

宋以後古文選本相沿有禹錫陋室銘，而本集不載。察其語意，以揚雄、諸葛亮自比，絶不合禹錫之身世，禹錫未登朝時，固已有宦達之望，非有慕於隱遯。至於「談笑有鴻儒，往來無白丁」，禹錫更不至出語庸陋如此。況文格纖仄，亦迥非元和中所有，不待辨而可知，不解宋人何以言之鑿鑿。如輿地紀勝：「和州景物有陋室，云唐劉禹錫所闢。又有陋室銘，禹錫所撰，今見存。」又云：「劉禹錫陋室銘柳公權書，在廳事西偏之陋室。」又：全唐文紀事卷一〇三引輿地碑目：陋室銘不知在何所。政和中，郡民至龜頭土城上茅棘中見一頑石，其色如鐵，面平可坐，因刮拭之，仿佛有字，題曰陋室銘，唐劉禹錫文，今其碑在明月樓。又乾隆御製詩二集自注：「定州南有陋室，相傳劉禹錫製銘即其處。然跡其生平，趨炎亂政，實有愧於德馨之語。」附會至定州，尤可笑矣。

十七

宋、明人詩話中論禹錫之詩，往往褒貶雜出，姑録數條爲例，當分别觀之。

蔡夢弼草堂詩話：「詩眼曰：世俗喜綺麗，知文者能輕之，後生好風花，老大即厭之。然文章論當理不當理耳。苟當於理則綺麗風花同入於妙，苟不當理則一切皆爲長語。上自齊梁諸公，下至劉夢得輩，往往以綺麗風花累其正氣，其過在於理不勝而詞有餘也。」

楊慎升庵詩話引敖陶孫器之詩評云：「劉夢得如鏤冰雕瓊，流光自照。」（按：此評似謂其空明而無實相，亦非篤論。）

謝榛四溟詩話云：「意巧則淺，若劉禹錫遥望洞庭湖水面，白銀盤裏一青螺，是也。」

吴可藏海詩話云：「有大才作小詩輒不工，退之是也。子蒼然之，劉禹錫、柳子厚小詩極妙。」

張戒歲寒堂詩話云：「張司業詩與元、白一律，專以道得人心中事爲工，但白才多而意切，張思深而語精，元體輕而詞躁爾。籍律詩雖有味而少文，遠不逮李義山、劉夢得、杜牧之。然籍之樂府，諸人未必能也。」

又：「李義山、劉夢得、杜牧之三人筆力不相上下，大抵工律詩而不工古詩，七言尤工，五言微弱，雖有佳句，然不能如韋、柳、王、孟之高致也。義山多奇趣，夢得有高韻，牧之專事華藻，此其優劣耳。」

李東陽麓堂詩話云：「質而不俚是詩家難事，樂府歌辭所載木蘭辭前首最近古。唐詩張文昌善用俚語，劉夢得竹枝亦入妙。至白樂天令老嫗解之，遂失之淺俗，其意豈不以李義山輩爲僻澀而反之，而弊一至是，豈古人之作端使然哉？」（按：李義山在樂天之後，而謂樂天以爲僻澀而反之，明人議論蹈空往往如此。）

胡應麟詩藪云：「中唐白居易、劉禹錫、元稹詩皆傳播四裔而不滿後人者，一擯於李、杜，再擯於錢、劉也。然蕭、李名浮其實，即非諸子掩之，固自難矣。劉、白時代壓之，格律稍左，其才固自縱横。」

又云：「元和以後，詩道寖晚，而人才故自横絶一時，若昌黎之宏偉，柳州之精工，夢得之雄奇，樂天之浩博，皆大家材具也。今人概以中晚束之高閣。若根脚堅牢，眼目精利，泛取讀之，亦足充擴襟靈，贊助筆力。（按：此評以雄奇許禹錫，以浩博許居易，亦是別解。）

十八

今傳世之禹錫手書以乘廣禪師碑爲最著。考高僧集三集卷二十七唐剡沃洲山禪院寂然傳：「釋寂然，姓白氏，不知何許人也，……後終於山院，大和七年（八三三），時白樂天在河南保釐爲記，劉賓客禹錫書之。」禹錫是時方刺蘇州。此記未見著録。

又胡應麟詩藪云：「元和以來，詞翰兼奇者，有柳柳州宗元、劉尚書禹錫及楊公，劉、楊二人，詞翰之外，別精篇什……楊祭酒即敬之，語項斯者。」其語未知何本，稱禹錫書法者殊不多見。

又禹錫所作碑誌，不盡傳於集中，宋人尚多見之。金石録云：「右唐韋翃墓誌，劉禹錫撰。」世所傳禹錫文集無此誌，蓋禹錫集本四十卷，今亡其十卷，墓誌皆闕，非獨此一篇也。翃有子詢，仕爲湖南觀察使，舊史有傳，新史無之。墓誌云翃父幼卿，而傳作召卿，墓誌云，翃官終殿中侍御史，而傳作侍御史，皆非也。

十九

淳熙祕閣續帖載白居易書略云：「韋揚子遞中李宗直、陳清等至，連奉三問，并慰馳心。前月廿六日崔家送終事畢，執紼之時，長慟而已。況見所示祭文及祭微哀辭，豈勝淒咽！平生相識雖多，深者蓋寡，就中占夢得同厚者，深、敦、微而已。今相次而去，奈老心何！以此思之，遂有奉寄長句，長句而下，或感事，或遺懷，或對境，共十篇。今又録往。公事之暇，爲遍覽之。亦可悲，亦可哂也。微既往矣，知音兼勍敵者非夢而誰！故來示有脱膊毒拳腦門起倒之戲，如此之樂，誰復知之！從報白君『麨榴裙』之逸句，少有登高之稱，豈人之遠思，唯餘兩僕射之歎詞？乃至金環翠羽之悽韻，每吟皆數四，如清光在前。向前兩度寄詩，皆酒酣操簡，或書不成字，或言涉無端，此病固蒙素知，終在希君恕醉人耳。沃洲僧往，又蒙與書，便是數百年盛事，可謂頭頭結緣耳。宗直還，奉狀不宣。」按：韋揚子即卷十七蘇州舉韋中丞自代狀中之韋應物，是時禹錫由蘇州寓書洛陽，故附其揚子巡院之公文轉遞。居易書中所云「崔家送終事畢」，指大和六年（八三二）崔羣之卒也。云「所示祭文及祭微哀辭」，考元稹卒於五年（八三一），略在禹錫除蘇州刺史之前，或禹錫於稹歸葬咸陽時遥致祭文耳。（居易詩中載稹以大和六年七月葬咸陽。）

二十

白居易集哭劉尚書夢得二首云：「四海齊名白與劉，百年交分兩綢繆。同貧同病退閒日，一死一生臨老頭。杯酒英雄君與操，文章微婉我知丘。賢豪雖殁英靈在，應共微之地下遊。」「今日哭君吾道孤，寢門淚滿白髭鬚。不知箭折弓何用，兼恐脣亡齒亦枯。窅窅窮泉埋寶玉，駸駸落景挂桑榆。夜臺暮齒期非遠，但問前頭相見無？」劉之卒年七十一，卒後四年，白亦卒矣。此後復有感舊詩云：「晦叔（崔玄亮）墳荒草已陳，夢得墓濕土猶新。微之捐館將一紀，杓直（李建）歸丘二十春。平生定交取人窄，屈指相交唯五人。四人先去我在後，一枝蒲柳衰殘身。豈無晚歲新相識？相識面親心不親。人生莫羨苦長命，命長感舊多悲辛。」具見劉、白二人交情之篤。至於晚歲論詩之契合，則白集中有與劉蘇州書云：「嗟乎！微之先我去矣。詩敵之勍者，非夢得而誰？前後相答，彼此非一。彼雖無虛可擊，此亦非利不行。但止交綏，未嘗失律。然得雋之句，警策之篇，多因彼唱此和中得之，他人未嘗能發也。」而劉之金陵五題序亦有云：適有客以金陵五題相示，逌爾生思，欻然有得。他日友人白樂天掉頭苦吟，歎賞良久，且曰：「石頭題詩云：潮打空城寂寞迴，吾知後之詩人不復措詞矣。餘四詠雖不及此，亦不孤樂天之言爾。」此尤足證四海齊名，百年交分之非虛也。

二十一

陳鴻墀全唐文紀事卷五三：「北夢瑣言：白少傅居易文章冠世，不躋大位。先是，劉禹錫大和中爲賓客時，李太尉德裕同分司東都，禹錫謁於德裕曰：近曾得白居易文集否？德裕曰：累有相示，别令收貯，然未一披，今日爲吾子覽之。及取看，盈其箱笥，没於塵坌，既啓之而復卷之，謂禹錫曰：吾於此人不足久矣，其文章精絶，何必覽焉？但恐迴吾之心，所以不欲觀覽（廣記有此六字）其見抑也如此。衣冠之士並皆忌之，咸曰：有學士才，非宰相器。識者於其答制中見經綸之用，爲時所排，此（比）賈誼在漢文之朝，不爲卿相，知人皆惜之。鴻墀謹案：南部新書謂白傅每有所寄文章，李緘之一篋，劉三復或請之，曰：見詞翰則迴吾心矣。與瑣言作劉禹錫異。全唐詩話與此同。」按：北夢瑣言尚有數語云：「葆光子曰：李衛公之抑忌白少傅，舉類而知也。初，文宗命德裕論朝中朋黨，首以楊虞卿、牛僧孺爲言，楊、牛即白公密友也。其不引翼，義在於斯，非抑文章也，慮其朋比而掣肘也。」光憲此言，亦非無據。惟德裕、禹錫同爲賓客分司，在大和、開成之間，白、劉皆届懸本已近，德裕亦不致慮居易之柄用耳。

二十二

劉賓客嘉話録：「爲詩用僻字須有來處。宋考功詩云：馬上逢寒食，春來不見餳，嘗疑此字。因讀毛詩鄭箋説簫處注云：即今賣餳人家物。六經唯此注中有餳字。緣明日是重陽，欲押一餻字，尋思六經，竟未見有餻字，不敢爲之。」後人爲此頗多論辯。如野客叢書六云：「宋景文公曰：夢得嘗作九日詩，欲用餻字，思六經中無此字，遂止。故景文九日詩曰：劉郎不肯題餻字，虚負人生一世豪。僕讀周禮疏，羞籩之實，糗餌粉餈，鄭箋今之餈糕，安謂六經中無此字邪？又觀揚雄方言亦有此字。苕溪漁隱謂古人九日詩未有用餻字，惟崔德符和吕居仁一詩有買餻沽酒之語。」

又野客叢書七云：「劉禹錫嘗曰：詩用僻字須有來處。宋考功詩曰：馬上逢寒食，春來不見餳，疑此字僻。因讀毛詩有瞽注，乃知六經中惟此注有餳字。僕觀揚雄方言有此一字，觀樊儵傳，三歲獻甘醪膏餳，知漢人嘗有此語。又考周禮少師掌教簫注，亦有餳字，則是餳字六經中不但詩注有此一字，又見於周禮注矣。禹錫所言，是未深考。僕因觀唐人詩集有曰：馬上逢寒食，途中屬暮春。可憐江浦望，不見洛橋人。此宋考功途中寒食詩也。有曰：嶺表逢寒食，春來不見餳，洛中新甲子，何日是清明？此沈佺期詩也。禹錫舉考功馬上逢寒食之言，而綴以佺期春來不見餳之句，是又誤以二詩爲一詩言耳。」

二十三

全唐詩各卷贈和禹錫之詩，除已采入箋證者外，尚有以下數首。

竇鞏送劉禹錫詩云：「十年憔悴武陵溪，鶴病深林玉在泥。今日太行平似砥，九霄初倚入雲梯。」蓋禹錫自朗州司馬召入京時也。

戴叔倫寄劉禹錫詩云：「謝相園西石逕斜，知君習隱暫爲家。有時出郭行芳草，長日臨池看落花。春去能忘詩共賦；客來應是酒頻賒。五年不見西山色，悵望浮雲隱落霞。」按：全唐詩小傳：「戴叔倫，潤州金壇人，劉晏管鹽鐵，表主運湖南，嗣曹王臯領湖南江西，表佐幕府，臯討李希烈，留叔倫領府事，試守撫州刺史，俄即真，遷容管經略使。德宗嘗賦中和節詩遣使寵賜。」按：討李希烈是建中間事。叔倫與禹錫年輩稍遠，據權德輿所撰墓誌，叔倫卒於貞元五年（七八九），禹錫方十餘歲，語氣亦不似贈一成童之人，詩題必有誤。

竇羣有贈劉大兄院長詩云：「萬年枝下昔同趨，三事行中半已無。路自長沙忽相見，共驚雙鬢別來殊。」按：羣以元和三年（八〇八）自御史中丞出爲湖南觀察使，既行，改黔中，疑途次與禹錫相見而有此贈。

殷堯藩有送劉禹錫侍御出刺連州詩云：「遐荒迢遞五羊城，歸興濃消客裏情。家近似忘山路險，土甘殊覺瘴煙輕。梅花清入羅浮夢，荔子紅分廣海程。此去定知償隱趣，石田春雨讀書耕。」按：此詩全不似送劉語氣，亦恐題有誤。

張祜寓懷寄蘇州劉郎中云：「一聞周召佐明時，西望都門强策羸。天子好文才自薄，諸侯力薦命猶奇。賀知章口徒勞說，孟浩然身更不疑。唯是勝遊行未遍，欲離京國尚遲遲。」注云：

「時以天平公薦罷歸。」似張深得劉之揄揚也。

薛濤有和劉賓客玉蕣詩云：「瓊枝的皪露珊珊，欲折如披玉彩寒。閑拂朱房何所似，緣山偏映月輪殘。」

二十四

據全唐詩禹錫卷中有下列各首，不見集中，其來歷待考。白鷹一首語意尤不似禹錫之作。

虎丘寺路宴：青林虎丘寺，林際翠微路。立見山僧來，遥從鳥飛處。兹峯淪寶玉，千載惟丘墓。埋劍人空傳，鑿山龍已去。捫蘿披翳薈，路轉夕陰遽。虎嘯崖谷寒，猿鳴松杉暮。徘徊北樓上，海江窮一顧。日映千里帆，鴉歸萬家樹。暫因愜所適，果得捐外慮。庭暗棲還雲，簷香滴甘露。久迷空寂理，多爲聲華故。永欲投此山，餘生豈能誤？

缺題：故人日已遠，窗下塵滿琴。坐對一尊酒，恨多無力斟。幕疎螢色迥，露重月華深。萬境與羣籟，此時情豈任？

晚步楊子游南塘望沙尾：淮海多夏雨，曉來天始晴。蕭條長風至，千里孤雲生。卑濕久喧濁，褰開偶虚清。客遊廣陵郡，晚出臨江城。郊外緑楊陰，江中沙嶼明。歸帆翳盡日，去櫂聞遺聲。鄉國殊渺漫，羈心目懸旌。悠然京華意，悵望懷遠程。薄暮大山上，翩翩雙鳥征。

白鷹：毛羽編斕白紵裁，馬前擎出不驚猜。輕拋一點入雲去，喝殺三聲掠地來。緑玉嘴攢雞腦破，玄金爪擘兔心開。都緣解搦生靈物，所以人人道俊哉。

樓上：江上樓高二十梯，梯梯登遍與雲齊。人從别浦經年去，天向平蕪盡處低。

二十五

記禹錫佚事者多出附會，如玉泉子：先時韋臯奏使入長安，素與劉禹錫深交，禹錫時爲禮部員外郎，與日者從容。（段）文昌入謁，日者匿於簾下。既去，日者爲（謂）禹錫曰：員外若圖省轉，事勢殊遠，須待十年後此客入相，方轉本曹正郎耳。自是禹錫失意，連授外官，十餘年文昌入相，方除禹錫吏部郎中。

唐語林卷六云：「劉禹錫爲屯田員外郎，旦夕有騰超之勢。知一僧有術數，寓直日，邀至省，方欲問命，報韋秀才在門外，不得已見之，令僧坐簾下。韋獻卷已，略省之，意色頗倦，韋覺告去。僧吁嘆良久曰：某欲言，員外心不愜如何？員外後遷乃本曹郎中也。然須待適來韋秀才知印處置。禹錫大怒，揖出之。不旬日貶官，韋乃處厚相，二十餘年在中書，禹錫轉爲屯田郎中。」按：文昌爲相之日，禹錫猶在謫籍，處厚爲相之日，禹錫官乃主客郎中，亦非屯田本曹也。二説出於一源。皆無稽之談也。又考劉賓客嘉話録云：「薛邕侍郎有宰相望，時有張山人善相，崔造相公方爲兵部郎中，與前進士姜公輔同在薛侍郎坐中，薛問張山人曰：坐中有宰相否？心在己身多矣。張曰有。薛曰：幾人？曰有兩人。曰何人？曰崔、姜兩人必同時宰相，薛默然不樂。既而崔郎中徐問張曰：何以同時？意謂姜公始前進士，己正郎，勢不相近也。曰命合如此，仍郎中在姜之後。」疑禹錫平日喜談此類之事，人遂歸之於禹錫本身耳。

二十六

文昌雜録云：「工部王侍郎言，昔與先兄同官河内，嘗借親書劉夢得集四册，後不復見還，今尚存否？余歸索於書橐中，果有劉集一部，細書小楷，末有印記克臣二字，侍郎名也，因以還之，凡四十五年復歸王氏，侍郎且言，二十歲寫此書，今七十年矣，不惟不復能寫小字，遠視亦已不見，又可慨然也。」按：龐元英爲元豐間人，可見北宋時寫書之風尚未改，惟已變卷子爲册子矣，四册略與今之四十卷相當，蓋彼時劉集已非全璧也。

劉禹錫集箋證
四角號碼篇名索引

一、本索引供查檢《劉禹錫集箋證》詩文篇名之用。所録篇名，以本書正文的題目爲準，遇有總題和小題者，二者均出條。書中原附的他人之作，如卷五《天論》三篇之前有柳宗元的《天説》，外集卷四有裴度與作者的聯句，均同時出條，並在題下用括號注明柳宗元、裴度。

二、本索引採用四角號碼檢字法編排。凡題目的第一字，標出四角號碼及其附角，第二字標第一第二角，第三字起雖不標號碼，但其順序仍按四角號碼。每題之後的阿拉伯字，爲該題在書中的頁碼。

三、篇名相同者按二種類型處理：詩歌，用括號注明首句；文，相同題目均照列，以頁碼小者在前。

四、後附筆劃順序檢字。凡題目的第一字，用筆劃順序排列，注明四角號碼及其附角，可與本索引對照使用。

筆劃順序檢字

本檢字爲便利習慣使用筆劃順序檢字者查檢四角號碼索引之用。凡本書索引中的第一個字，依筆劃順序排列。同筆劃的，按點、横、直、撇、折五種起筆排列。每字之後注明四角號碼及其附角，可憑此查檢索引字頭。

八　劃

九　劃

十　劃

十一劃

十二劃

十三劃

十四劃

十五劃

澈 3814$_0$
鄭 8742$_7$
養 8073$_2$
請 0562$_7$
論 0862$_7$
調 0762$_0$
廟 0022$_7$
摩 0025$_2$
醉 1064$_8$
賞 9080$_6$
罷 6021$_1$
儆 2824$_0$
德 2423$_1$
徵 2824$_0$
樂 2290$_4$
劉 7210$_0$
慰 7433$_0$

十六劃

澤 3614$_1$
龍 0121$_1$
謁 0662$_7$
燕 4433$_1$
歎 4758$_2$
翰 4842$_7$
機 4295$_3$
歷 7121$_1$
憶 9003$_6$
館 8377$_7$
學 7740$_7$
舉 7750$_3$

十七劃

謝 0460$_0$
薦 4422$_7$
薔 4460$_1$
韓 4445$_6$
擣 5404$_1$
戲 2325$_0$
牆 2426$_1$
蹋 6612$_7$

十八劃

謫 0062$_7$
題 6180$_8$
魏 2641$_3$
雙 2040$_7$
闕 7748$_2$

十九劃

懷 9003$_2$
贈 6886$_6$
邊 3630$_2$

二十劃

瀟 3412$_7$
竇 3080$_6$
競 0021$_6$
夔 8024$_7$
蘇 4439$_4$
獻 2323$_4$
鶗 6782$_7$

二十一劃

辯 0044$_1$
鶴 4722$_7$
覽 7821$_6$

二十二劃

讀 0468$_6$
聽 1413$_1$
鑒 7810$_9$

二十四劃

讓 0063$_2$
衢 2121$_4$

二十五劃

蠻 2213$_6$
觀 4621$_0$